中國語言文字研究輯刊

十八編

許學仁 主編

第 3 冊

漢代簡帛經方字詞集釋（上）

胡 娟 著

花木蘭文化事業有限公司

國家圖書館出版品預行編目資料

漢代簡帛經方字詞集釋（上）／胡娟 著 -- 初版 -- 新北市：
花木蘭文化事業有限公司，2020〔民109〕
序 18+ 目 6+214 面；21×29.7 公分
（中國語言文字研究輯刊 十八編；第 3 冊）
ISBN 978-986-518-019-5（精裝）
1.漢代 2.簡牘文字 3.帛書 4.研究考訂
802.08   109000437

ISBN-978-986-518-019-5

9 789865 180195

中國語言文字研究輯刊
十八編　　第三冊　　　　ISBN：978-986-518-019-5

漢代簡帛經方字詞集釋（上）

作　　者　胡　娟
主　　編　許學仁
總 編 輯　杜潔祥
副總編輯　楊嘉樂
編　　輯　許郁翎、張雅淋　美術編輯　陳逸婷
出　　版　花木蘭文化事業有限公司
發 行 人　高小娟
聯絡地址　235 新北市中和區中安街七二號十三樓
　　　　　電話：02-2923-1455／傳眞：02-2923-1452
網　　址　http://www.huamulan.tw 信箱 hml810518@gmail.com
印　　刷　普羅文化出版廣告事業
初　　版　2020 年 3 月
全書字數　312900 字
定　　價　十八編 8 冊（精裝）台幣 25,000 元

漢代簡帛經方字詞集釋（上）

胡娟 著

作者簡介

胡娟（1985.12～），女，四川德昌人，文學博士，高等院校教師（講師）。2016 年畢業於西南大學漢語言文獻研究所漢語言文字學專業，師從著名簡帛文獻研究學家張顯成教授。畢業後曾在西華大學人文學院任教，現任教於西南民族大學彝學學院，主要從事古代漢語、漢語史和出土文獻的教學與研究。

出版專著《漢代簡帛經方字詞集釋》1 部，在四川大學漢語史研究編《漢語史研究集刊》、四川師範大學漢語研究所編《語言歷史論叢》、河北師範大學文學院編《中國語言文學研究》和《雲南師範大學學報》《西南民族大學學報》《光明日報》《東亞人文學》（韓國）《Chinese Studies》（美國）等中外 CSSSI、CSCD 期刊上發表論文 10 餘篇；參與由博士導師張顯成先生主持的 2012 年國家社科基金重大招標項目「簡帛醫書綜合研究」（專案批准號 12&ZD115）之子課題研究；主持四川省哲學社會科學重點研究基地、四川省高校人文社科重點研究基地、四川中醫藥文化協同發展中心專案研究項目「武威漢代醫簡疑難藥名考釋」（批准號：ZYYWH1807）1 項；參編由向熹、鍾如雄主編的古代漢語教材《古代漢語高級教程》（高教出版社 2017）1 部。

提　要

《馬王堆漢墓帛書〔肆〕〔伍〕〔陸〕》中的《五十二病方》《養生方》《雜療方》《雜禁方》和《武威漢代醫簡》，是我國二十世紀七十年代出土的漢代簡帛經方文獻。這批出土簡帛文獻，因在我國藥物學、臨床醫學、古典文獻學、漢語言文字學等領域都具有極高的史學價值和應用價值，故自出土以來的四十餘年間，引起了相關學界的極大關注，並對其進行了全面、系統、深入的研究。

但是，由於這批出土的簡帛經方文獻都是我國印刷術發明以前的寫本，因其書寫材料或為竹簡木牘或為絹帛，加之書寫者又多為當時的中下層知識份子，故書寫用字缺乏統一與規範，書寫也較為隨意、潦草，再加之書寫時代古遠，出土時破損嚴重，故給整理與釋讀帶來了極大困難。

本書在前人整理、釋讀、考證的基礎上，集釋字詞計一百餘條，按漢語詞性和藥物名稱分成實詞集釋、虛詞集釋、短語集釋、藥名集釋四卷，另加通論一卷，凡五卷。

國家社科基金重大招標項目
「簡帛醫書綜合研究」
（批准號 12&ZD115）成果之一

序　一

張顯成

　　近現代的中華民族災難深重，然而，上帝卻在古文獻的賜予方面非常偏愛我們這個民族，一個世紀以來，地不愛寶，發現了大量的地下文獻，包括甲骨文、簡牘帛書和敦煌寫卷。[註1] 這幾大出土文獻，都大大地震盪著中外學術界，各自都成為了顯學。其中的簡帛學的發展猶為迅速，主要原因是，簡帛至今已發現約 22 萬枚，總字數達約 700 萬字（這是本人的初略統計數），並且，近些年還在不斷出土問世，幾乎每年都有出土，還往往是大批量的發現，其考古發現呈井噴之勢。相比之下，再發現一個殷墟，或再發現一個藏經洞，已是不可能，而簡帛卻還會不斷發現，所以，簡帛學的發展猶為迅速，前景也猶為遠大，不少原來不關心簡帛，不搞簡帛研究的學人和機構，也都紛紛加入到簡帛研究的行列中來，使得簡帛研究越來越熱，研究成果也越來越多。

　　現在，每年每月都有簡帛研究的論著湧現，時常都有簡帛方面的學術會議召開，早在 20 年前，李學勤先生就說過：「今天，恐怕沒有人能遍讀簡帛學有關的考古報告、簡報和多種多樣的論著作品。」[註2] 所以，簡帛研究的多個領域，如文字學領域、語言學領域、文獻學領域、歷史學領域、哲學領域、文學

〔註 1〕加上明清大內檔案，就是我們常說的文獻材料的「四大發現」。敦煌寫卷出於藏經洞，人們一般還是歸之於出土文獻。

〔註 2〕張顯成《簡帛文獻學通論・李學勤〈序〉》，中華書局，2004 年。

領域、民俗學領域、書法學領域、軍事學領域、法律學領域、經濟學領域、中醫藥學領域、數學領域、天文學領域、地理學領域，等等各領域，都需要有人蒐集其有關的研究成果，並進行梳理歸納總結，這顯然是極有意義的工作。

2012 年，我申報獲准國家社科基金重大招標項目「簡帛醫書綜合研究」，同年，胡娟考取我的博士研究生，經同與她同年入學的另兩位博士生劉春語、王奇賢相商，決定他們三人分別對簡帛醫學文獻的醫經文獻、經方文獻，和散見涉醫文獻，進行字詞集釋，將學界有關的釋讀成果進行窮盡性的蒐集，然後進行整理歸納，定其是非。這是重大項目的基礎工作，做好了既有利於項目的開展，又有利於鍛鍊博士生，培養人才。胡娟負責的就是簡帛經方文獻的字詞集釋。

簡帛醫書字詞集釋的工作不好做。首先，因為研究材料是中醫藥學專業的文獻，必須要具備一定的中醫藥專業的基礎知識。第二，簡帛醫書都是佚書，無傳世文獻可資對照，又大都是《黃帝內經》《神農本草經》《難經》《傷寒雜病論》這些傳世的早期醫籍成書以前的醫學文獻，文字面貌、語言面貌多有不同於傳醫籍的地方，且時有簡帛的殘斷。所以，簡帛醫書的釋讀不容易。針對三位博士生的實際情況，我要求他們首先學習中醫藥的基礎理論，讀《黃帝內經》《神農本草經》《難經》《傷寒雜病論》等中醫藥典籍，以及有關的導讀本，讀《中醫學史》《中藥學史》，熟悉中醫學史和中藥學史上的相關典籍和作者。在此基礎上，熟悉簡帛文獻，特別是簡帛醫藥文獻。在進行字詞集釋的過程中，注意進行跨學科研究，特別是要善於將語言文字學與中醫藥學的理論方法結合起來進行研究。

在三位博士生的字詞集釋工作中，我們曾多次開展有關討論，或是多人一起討論，或是與某位的單個討論。三位博士生經過幾年「痛苦」的學習和學位論文的撰寫，終於分別在四年、五年後，通過了學位論文的答辯，獲得了博士學位。胡娟的博士學位論文的主體含以下幾部分：

第一章「緒論」，下含五節，分別為：解題及研究材料、國內外研究現狀、漢簡帛醫書的價值、前人研究中存在的主要問題、字詞集釋的原則、方法和凡例。

第二章「普通字詞集釋（上）：實詞集釋」，下含兩節，分別為：動詞集釋、其他實詞集釋。

第三章「普通字詞集釋（下）：虛詞和短語集釋」，下含兩節，分別爲：虛詞集釋、短語集釋。

第四章「藥名字詞集釋」，下含三節，分別爲：植物類藥名字詞集釋、動物類藥名字詞集釋、礦物類藥名字詞集釋。

最後是「結語」、「附錄」和「主要參考文獻」。

現在呈現在讀者面前的，是胡娟在其博士學位論文基礎上進行修改後的結果。

字詞集釋的工作，表面上看似好做，實際上難爲，特別是要對見仁見智的觀點作出中肯的評價，析其優劣，定其是非，甚至獨出己見，所以，胡娟的《漢代簡帛經方字詞集釋》，內中有亮點，有其獨到的見解，當然，也免不了會有學界不一定接受的觀點，這自然是正常的。

胡娟富於批判性思維，書中有不少獨特的觀點，有些觀點可能學界不一定會接受，然其勇於提出己見的精神是值得肯定的，也是治學之人應當具備的。當然，獨出己見當有理有據，方能得出科學的結論，這也是治學之人特別是初始問學的年輕人，應當重視的。

胡娟的專業是漢語言文字學。從事語言學、文字學研究的人，不應當把自己緊緊囿於語言學或文字學，應當利於語言學、文字學的理論和方法，來解決其他學科的問題，把語言學、文字學作爲工具來用，如解決文獻學、歷史學、哲學、文學、民俗學、軍事學、法律學、經濟學、中醫藥學、數學、天文學、地理學等的問題，這應該就是清人所說的由小學入經學、循經學入史學的道理，用現代的話來說，就是要善於進行跨學科研究。胡娟的《漢代簡帛經方字詞集釋》，實際上就是屬於跨學科研究的範疇，就研究方法來講，這是值得充分肯定的。

當然，要進行跨學科研究，並不是件容易的事，必須具備所跨學科的基礎理論方法，如研究簡帛中醫藥文獻，必須同時具備語言學、文字學、中醫學、中藥學和相關歷史知識，方能得出正確的結論。比如，要考釋一個藥名，就不光要從語言文字學方面（包括文字學、音韻學、訓詁學）說明它是哪一個名稱，或必須從醫理藥理角度來證明它就是這個名稱，不煩舉一例：

馬王堆佚醫書中有一味中藥名叫「汾困」，見於《養生方》行 74-76：

治中者，以汾囷始汾以出者，取，【勿】令見日，陰乾之。須其
乾，□以稗（草）【薜】五、門冬二、伏靈一，即并搗，漬以水，令
龜（纚）閣（掩）。□而沘（滭）取其汁，以漬【汾】囷，亦【令龜
（纚）】閣（掩），即出而乾之。令盡其乾，即冶，參指最（撮），以
□半柘（杯）飲之。

整理小組注：「汾囷，囷讀爲菌，是一種菌類。始汾以出，汾讀爲墳，《國
語·晉語》注：『起也。』」後裘錫圭主編的《長沙馬王堆漢墓簡帛集成》照
轉此注，未言其他。這裏將「囷」讀爲「菌」，以及將「始汾以出」之「汾」
讀爲「墳」都是正確的。但「汾囷」到底是什麼呢？卻一直是一大難題。馬
繼興先生《馬王堆古醫書考釋》釋「汾菌」爲山西境內的菌：「汾，水名，在
今山西境內。《說文·水部》『汾』條段注引《水經》：『水出太原，汾陽縣……
西注於河。』『汾菌』是菌類的一種。」〔註3〕也未考出「汾菌」之所指，且
訓之爲汾地之菌也欠妥。實際上，這裡的「汾菌」即「香蕈」，理由如次：

「汾」通「芬」，二者音同，均「分」聲，故可相通。《說文·屮部》：「芬，
草初生其香分布也。從屮、分聲。芬，芬或從艸。」（依段注改訂）《荀子·
正名》：「香、臭、芬、鬱、腥、臊、洒、酸奇臭，以鼻異。」楊倞注：「芬，
花草之香氣。」即「芬」的本義爲「香、香氣」。菌，即蕈、菌子。再，「芬
菌」爲（前）偏（後）正式合成詞，「香蕈」也是（前）偏（後）正式複合詞，
二者的構詞法是相同的。故「芬菌」即「香蕈」。以上是語言學上的理據。

下面看中醫藥學上的理據。《本草綱目·菜部·香蕈》（卷二十八）引宋
人陳仁玉《菌譜》曰：「寒極雪收，春氣欲動，土松芽活，此菌候也。其質外
褐色，肌理玉潔，芬香韻味，一發釜鬲，聞于百步。」「香蕈」歸經於胃、肝，
具有補中益氣強健脾胃之功用，《本草求新》稱之「專入胃」，《本草再新》稱
之「入肝經」。《本經逢原》稱其「大益胃氣」，《日用本草》稱其「益氣不饑」。
本方是「治中」方（「中」即「中氣」——中焦脾胃之氣），此與本方所主正
相符且絲絲入扣，故本方的「汾囷（菌）」即「香蕈」無疑。由本方所述藥物

〔註3〕馬繼興《馬王堆古醫書考釋》，湖南科學技術出版社，1992年版，頁692。另，馬
書關於《水經注》的引文殘缺不全，斷句未妥，當爲：「水出大原汾陽縣北管涔山，
至汾陰縣北，西注於河。」

的加工製作來看，以及將本方的其他幾味藥「萆解」「（天）門多」「伏靈」的
主治功與「汾菌」的主治功用相比較，我們還可知，「專入胃」「大益胃氣」
的「汾菌」還是本方的主味藥。〔註4〕

　　以上分別從語言學和中醫藥學角度進行考證的結果，都證明「汾困」就是
「香葷」，這樣的考釋結論自然會可靠。胡娟的《漢代簡帛經方字詞集釋》，努
力在實踐這種跨學科的研究方法，至於做得怎麼樣，還請學界予以評說。

　　胡娟書稿付梓前，向我索序，本來胡娟的碩士導師鍾如雄教授已爲之序，
覺得沒有必要我再贅言，然胡娟堅持要我寫序，且書稿已近排定，只得遵囑匆
匆寫就以上文字，聊以充序。

張顯成

2019 年 11 月 28 日（己亥冬月初三）

於西南大學竭駑齋

〔註 4〕以上對考辨曾以《馬王堆醫書藥名「汾困」試考》爲名，載《中華醫史雜誌》1996
　　　　年 4 期（總第 26 卷）。

序 二

鍾如雄

　　整整花了兩週的時間，反覆看了胡娟博士的《漢代簡帛經方字詞集釋》，讀後心情很輕鬆很愉快。這部處女作寫得很真實、很規範，充分展示出了作者的學術功力，令人欣慰。

　　中國出土簡帛文獻的研究可謂既源遠流長又似舊猶新。二〇〇六年文物出版社出版了駢宇騫、段書安兩位先生合著的《二十世紀出土簡帛綜述》，全面而系統地介紹了近百年來出土的簡帛文獻及其研究狀況。出土簡帛文獻的整理與研究是個龐大的系統工程，需要一代代專家學者的不懈努力，纔能完成這一偉大的事業。然而，但凡一個偉大事業的完成，不能搞「大躍進」，使研究的成果全是些「鹿馬」不分的東西。作為一個學者，「鹿馬」難辨的東西搞多了，雖然一時能獲得某些「殊榮」，但從學術史的角度看，學術「垃圾」總會被後人清理的。綜觀前人的研究成果，或篳路藍縷，或精雕細琢，或拾遺補缺，或後出轉精，可謂百花齊放。當然，其中的得與失亦是有的，誰敢保證自己研究的結論就百分之百的正確呀？即便是老師宿儒、行家裡手，亦不敢狂言自己的看法就一定是「不刊之論」，祇要做的是真學問，就不怕別人批評指正。

　　研究古代文獻的語言，首先要過「四關」——文字關、語言關、訓詁關和史學關。

　　（一）過文字關的基礎訓練是熟讀《說文解字》《甲骨文字詁林》《金文詁林》《戰國古文字典》《漢語大字典》等字書，瞭解每一個漢字的構形的理據、形體的轉換、讀音的嬗變、字義的凝聚與擴散等等。清代《說文》學家段玉裁有句名言：「小學有形，有音，有義，三者互相求，舉一可得其二；有古形，有今形，有古音，有今音，有古義，有今義，六者互相求，舉一可得其五。漢、魏、晉爲古，則唐、宋以下爲今。聖人之制字，有義而後有音，有音而後有形；學者之考字，因形以得其音，因音以得其義。治經莫重於得義，得義莫切於得音。」〔註1〕段氏所說的「六者互相求」，既是研究文字形音義的基本思路和方法，亦是研究古今一切書面文獻的基本原則和方法。作爲一個研究文獻語言的學者，尤其是研究古代文獻語言的學者，不懂得漢字的構形理據、形體轉換、讀音嬗變、字與字之間的親疏等關係，古人所寫的到底是什麼，又怎麼能搞懂呢。如長沙馬王堆漢墓出土帛書《五十二病方·諸傷》第十五治方中有這樣一句話：「稍（消）石直（置）溫湯中，以洒癰。」其中的「洒」帛書原文寫作「（圖）」，帛書本〔註2〕釋爲「洒」，繼後考注本〔註3〕、考釋本〔註4〕、校釋（壹）本〔註5〕、補譯本〔註6〕、校釋本〔註7〕等均從其釋，唯獨集成本〔註8〕改釋爲「洈（洗）」，並注：「洈，原釋文作『洒』，此從劉釗（2010）釋。」以上兩種釋讀都牽涉到字源關係問題。

　　第一，「洈」與「洗」「洒」不是同一個字的繁簡或異體關係，而是三個不同的字，其讀音及其本義都完全不同。「洒」甲骨文作（圖）、（圖）、（圖），上古音屬心母脂部，《廣韻·薺韻》先禮切，今音 xǐ，本義爲泛指洗滌。《說文·水部》：「洒，滌也。从水西聲。古文爲灑埽字。」（十一上）段玉裁注：「下

〔註1〕〔清〕段玉裁：《廣雅疏證序》，見（清）王念孫《廣雅疏證》，中華書局 1983 年版。

〔註2〕馬王堆帛書整理小組《馬王堆帛書〔肆〕》的簡稱，文物出版社 1985 年版。

〔註3〕周一謀、蕭佐桃《馬王堆醫書考注》的簡稱，天津科學技術出版社 1988 年版。

〔註4〕馬繼興《馬王堆古醫書考釋》的簡稱，湖南科學技術出版社 1992 年版。

〔註5〕魏啓鵬、胡翔驊《馬王堆漢墓醫書校釋（壹）》的簡稱，成都出版社 1992 年版。

〔註6〕嚴健民編著《五十二病方注補譯》的簡稱，中醫古籍出版社 2005 年版。

〔註7〕周祖亮、方懿林：《簡帛醫藥文獻校釋》的簡稱，學苑出版社 2014 年版。

〔註8〕裘錫圭主編《長沙馬王堆漢墓帛書集成》的簡稱，中華書局 2014 年版。

文云：『沬，洒面也』；『浴，洒身也』；『澡，洒手也』；『洗，洒足也』。今人假『洗』爲『洒』，非古字。」〔註 9〕「洒」上古音屬心母脂部，《廣韻・獮韻》息淺切，今音 xiǎn，〔註 10〕本義爲專指洗腳。《說文・水部》：「洗，洒足也。从水先聲。」《漢書・黥布專》：「（黥布）至，漢王方踞牀洗，而召布入見。」唐顏師古注：「洗，濯足也。」「灑」上古音屬山母支部，《廣韻・馬韻》砂下切，今音 sǎ，本義爲灑水。《說文・水部》：「灑，汛也。从水麗聲。」段玉裁注：「凡埽者先灑。」唐玄應《一切經音義》卷二引《通俗文》：「以水撿塵曰灑。」洗滌、洗腳、灑水雖有聯繫，但「洒」與「洗」衹是一種同源關係，〔註 11〕而與「灑」連同源關係亦沒有。大概從南朝開始，洗滌義專用「洗」來表示，而不再用「洒」了。《玉篇・水部》：「洒，先禮、先殄二切。濯也；深也；滌也。今爲洗。」段玉裁說得更清楚：「今人假『洗』爲『洒』，非古字。」考釋本、補譯本因不明「洒」與「灑」的聯繫和區別，反受《說文》「古文爲灑埽字」一語的誤導纔注音爲「sǎ」，顯然錯將「灑」當成了「洒」字的初文。

第二，「灑」與「洶」更是風馬牛不相及的兩個字。「洶」上古音屬心母脂部，《廣韻・薺韻》蘇計切，今音 xí，本義爲水名。《說文・水部》：「洶，水。出汝南新郪入潁。從水囟聲。」（十一上）清朱駿聲通訓定聲：「（洶水）當出今安徽潁州府阜陽縣東，《水經注・潁水注》作『細水』，引《地理志》：『細水出細陽縣，東南入潁。』今此水未知其審。」「洶」又音 náo（《篇海類編》尼交切），即「洶沙」，亦寫作「硇沙」，礦物類方藥名。《篇海類編・地理類・水部》：「洶，洶沙，藥名。亦作硇。」「洒」帛書原文寫作「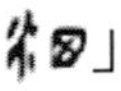」，其構形與甲骨文的「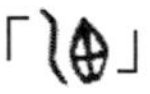」基本相同，並非像「洶」，故「洒」用不著改釋成「洶」後再轉說同「洗」。

漢字的每一個形體都貯存著遠古先賢對客觀萬物認知的成果。所以要讀懂古人所說的話，識字是基本功。「章黃學派」自太炎先生始，精讀《說文》，代代相傳，已成傳統。太炎先生說：「明本字，辨雙聲，則取諸錢曉徵。既通

〔註 9〕〔清〕段玉裁：《說文解字注》第 563 頁，上海古籍出版社 1988 年版。

〔註 10〕郭錫良：《漢字古音手冊》第 331 頁，商務印書局 2010 年版。

〔註 11〕王力：《同源字典》第 521 頁，商務印書館 1982 年版。

其理，亦猶有所欠然。在東閒暇，嘗取二徐原本讀十餘過，乃知戴（震）、段（玉裁）而言轉注猶有汎濫。」〔註12〕然而中國大陸的小學、中學和大學，近半個世紀以來基本上不重視文字教育了，主管教育的一代代官員都很熱衷於「洋奴化」，抓外文教育比抓國文教育更賣力，所以近半個世紀以來培養的學生基本上都成了「洋學生」。他們的英語水準一代比一代好，而文字學的知識一代比一代差。在當代中國，搞國文教學的人還有多少通讀過《說文》？他們祇把《說文》當成一部字書來查，從來沒有把它當成一部文字學著作來讀。字之不解，還能搞國語研究嗎？

（二）過語言關的基礎訓練是通讀、熟讀、多背古代文獻。從讀古書的角度看，重點是牢記詞義、構詞法和句法。通讀死記，學會歸納與總結。其實古代漢語的構詞法與句法都很簡單，很有規律。當代人害怕讀古書有兩個原因：一是被「專家語法」誤導了，二是被繁體字攔住了。近半個世紀以來，大陸學生學的都是簡化字，而繁體字與簡化字的對應關係大多數人搞不清楚了。比如「後」與「后」，用簡化字來書寫都寫作「后」，但是用繁體字來書寫，「皇后」寫作「后」，「先後」寫作「後」，有人搞不清楚，就鬧出以下笑話：中國書畫藝術研究院名譽院長趙青海，給臺灣影后歸亞蕾題贈了一幅叫《影后》的字，居然把「影后」寫成了「影後」。連一個著名書法家都搞不清楚「後」與「后」的區別，你說當代大陸人的國文水平到底有多差？

被「專家語法」誤導的例子更是舉不勝舉。比如《老子》八十章：「甘其食，美其服，安其居，樂其俗。」王力先生主編的《古代漢語》云：「形容詞用如意動，它後面的成分就是它的賓語。從意思上看，『甘其食』就是以其食為甘，『美其服』就是以其服為美。這也是非常精煉的句法。」〔註13〕古代漢語中的形容詞能帶賓語，這是不爭的事實。「甘、美、安、樂」在句子中分別帶「其食、其服、其居、其俗」四個賓語，為什麼要把「甘、美」說成「形容詞意動用法」，而把「安、樂」說成「形容詞使動用法」呢？這類「意動」與「使動」跟古代漢語的句法有關係嗎？如果有，為什麼相同的句子結構會得出兩種解釋呢？其實，字詞的「意動」與「使動」跟句法一點關係亦沒有。

〔註12〕章炳麟：《自述學術次第》，見《制言》半月刊第二十五期，1936 年。
〔註13〕王力主編：《古代漢語》（校定重排本）第 348 頁，中華書局 1999 年版。

假如我們告訴學生：「意動」與「使動」與句法分析沒有任何關係，祇是爲了便於準確理解句意纔這樣說罷了。這樣講，是否要客觀些呢？古今漢語根本不存在「意動」「使動」這類句法，它們全都是憑空杜撰出來的「專家語法」。

漢語的構詞法很多，而且很成系統，需要逐一梳理。就語音構詞而言，則有「重言」「聯綿」「急言」「緩言」「變音」等等。急言構詞法，就是將一個詞原有的兩個音節快讀成一個音節。如川南合江土語將人稱代詞複數「我們、你們、他們」，快讀成「gong³³、nin³³、nan³³（或 næ³³）」，「人家、回家、不曉、不要」快讀成「nia⁵⁵、hua⁵⁵、biao⁵¹、biao⁵¹（嫑）」。古代將「之乎、不可、不律」快讀成「諸、叵、筆」，今北京話將「不用、不要」快讀成「甭、嫑」，這說明古今漢語的急言構詞法是一脈相承的。緩言構詞法與急言構詞法相對，則是將一個詞原有的單音節慢讀成雙音節。比如把「鸒、孔、隹、茨」慢讀成「卑居、窟窿、夫不、蒺藜」。如《說文‧隹部》：「雅，楚烏也。一名鸒，一名卑居，秦謂之雅。从隹牙聲。」（四上）宋徐鉉等注：「今俗別作鴉。」〔註14〕段玉裁注：「楚烏，烏屬，其名楚烏，非荊楚之楚也。」又《烏部》：「烏，孝鳥也。象形。」（十四上）《鳥部》：「鸒，卑居也。從鳥與聲。」（十四上）《說文》未收「鴉」字，《廣韻‧麻韻》：「鴉，烏別名。」

「卑居」最早見於《詩經》毛傳，《爾雅》寫作「鵯鶋」。《小雅‧小弁》：「弁彼鸒斯，歸飛提提。」毛傳：「鸒斯，卑居。卑居，雅烏也。」唐孔穎達等正義：「此鳥名鸒，而云『斯』者，語辭，尤『蓼彼蕭斯』『菀彼柳斯』。」唐陸德明釋文：「鸒，音豫。鸒斯，鵯居也，一名雅烏。《小爾雅》云：『小而腹下白、不反哺者謂之雅烏。』《說文》云：『雅，楚烏也。一名鸒，一名鵯居，秦謂之雅。』一云：斯，語辭。卑居，本亦作鵯，同。音匹，又必移反。」〔註15〕《爾雅‧釋鳥》：「鸒斯，鵯鶋。」晉郭璞注：「雅烏也。小而多羣，腹小白，江東亦呼爲鵯烏。音匹。」清郝懿行義疏：「《水經‧灅水》注引孫炎曰：『卑居，雅烏。犍爲舍人以爲壁居，《莊子》曰「雅賈」，馬融亦曰「賈烏」。』然則賈烏即雅烏。卑居，舍人作壁居，是卑讀如壁，郭音匹，非矣。斯字語

〔註14〕〔漢〕許慎撰，（宋）徐鉉等校定：《說文解字》第 76 頁，中華書局 1963 年影印本。

〔註15〕〔唐〕陸德明：《經典釋文》第 82 頁，中華書局 1983 年版。

詞，故《釋文》云『本多無此字』，是也。」〔註16〕由此可知，「烏鴉」在魏晉以前既可單說「鸒、雅（鴉）、烏」，亦可複說「卑居、鵯鶋、鵯烏、壁居、雅烏、雅賈、賈烏」。在前三個雙音詞中，「卑居、鵯鶋、壁居」屬於同一個讀音的三種書寫形式，它們都是魏晉以前用緩言構詞法為「鸒、雅（鴉）、烏」創造的雙音詞。「鸒」上古音屬餘母魚部，《廣韻·禡韻》羊洳切，今音 yù；「雅」上古音屬疑母魚部，《廣韻·馬韻》於加切，今音 yā；「鴉」上古音屬影母魚部，《廣韻·麻韻》五下切，今音 yā；「烏」上古音屬影母魚部，《廣韻·模韻》哀都切，今音 wū。「卑」上古音屬幫母支部，《廣韻·支韻》府移切，今音 bēi。「壁」上古音屬幫母錫部，《廣韻·錫韻》北激切，今音 bì。「居」上古音屬見母魚部，《廣韻·魚韻》九魚切，今音 jū。幫母的「卑（壁）」與魚部的「居」通過快讀，就分別合音成了「鸒、烏、雅（鴉）」三個單音詞。

　　同一個詞運用快讀（急言）和慢讀（緩言）的構詞方法使之變成兩種語音形式，在出土的簡帛文獻中亦有。比如《五十二病方·加（痂）》第五治方：「一，冶亭（葶）磨（藶）、莁夷（黃），熬叔（菽）、逃夏皆等，以牡豬膏、鱣血饍。【先】以酒灑，燔樸炙之，乃傅。」其中的「逃夏」，帛書本無釋文，考注本、校釋（壹）本、考釋本、補譯本、校釋本均未補釋。集成本補釋為「逃夏」，並注：「『逃夏』二字，原釋文缺釋。今按：逃夏，藥名，待考。」其實「逃夏」的合音詞就是「蓬」，即車前草。《廣韻·曷韻》：「蓬，馬舄，草名。」〔註16〕車前草早期叫做「芣苢」。《爾雅·釋草》：「芣苢，馬舄。馬舄，車前。」晉郭璞注：「今車前草，大葉長穗，好生道邊。江東呼為蝦蟇衣。」《說文·艸部》：「芣，華盛。從艸不聲。一曰芣苢。」（一下）又：「苢，芣苢，一名馬舄。其實如李，令人宜子。從艸目聲。《周書》所說。」《詩經·周南·芣苢》：「采采芣苢，薄言采之。」毛傳：「芣苢，馬舄。馬舄，車前也，宜懷妊焉。」孔穎達等正義引晉陸璣義疏：「一名車前，一名當道，喜在牛跡中生，故曰車前、當道也。」陸德明釋文：「芣苢，音浮；苢，本亦作苡，音以。芣苡，馬舄也，又名車前。韓詩云：『直曰車前，瞿曰芣苡。』郭璞云：『江東呼為蝦蟇衣。』《草木疏》云：『幽州人謂之牛舌，又名當道。其子治婦人生難。』《本草》云：

〔註16〕〔清〕郝懿行：《爾雅義疏》第 1228～1229 頁，上海古籍出版社 1983 年版。

〔註16〕《宋本廣韻》第 464 頁，北京市中國書店 1982 影印本。

『一名牛蘈，一名勝舄。《山海經》《周書》、王會皆云：「苤苢，木也。實似李，食之，宜子出。」』於西戎衛氏傳及，許愼並同，此王肅亦同，王基已有駁難也。馬舄，音昔。」〔註17〕聞一多《詩經通義》云：「『苤苢』之音近『胚胎』，故古人根據類似律（聲音類近）之魔術觀念，以爲食苤苢即能受胎生子。」

　　「苤」上古音屬並母之部，《廣韻・尤韻》縛謀切，今音 fú；「苢」上古音屬餘母之部，《廣韻・止韻》羊已切，今音 yí；「舄」上古音屬心母鐸部，《廣韻・昔韻》思積切，今音 xì。「馬舄」可單說「舄」，後世增附類母「艸」寫作「蕮」「藛」。《玉篇・艸部》：「苢，餘止切。莒，同上。蕮，思亦切。馬蕮，車前。」〔註18〕《集韻・昝韻》：「舄，馬蕮，艸名，車前也。或作藛。」〔註19〕「逃」上古音屬定母宵部，《廣韻・豪韻》徒刀切，今音 táo；「夏」上古音屬匣母魚部，《廣韻・馬韻》胡雅切，今音 xià；「蓬」始見於《廣韻・曷韻》，唐割切，今音 dá。「舄（蕮）」是上古漢語「苤莒」的合音詞，而「逃夏」則是「蓬」在楚方言中合音詞，前人因明「急言」和「緩言」構詞法而缺如「待考。」關於「苤莒、逃夏」的構詞理據，我們今後還將專門討論。

　　（三）過訓詁關的基礎訓練是學會兩種技能：一是搜集、整理語料，二是分析、處理語料。「訓詁」是古代聖賢在解釋古典文獻語言的進程中逐步形成的一門特殊的綜合性學問。解釋語言務求客觀而科學，而解釋的過程則務求簡潔而藝術，據理推論，唯好惡之務去。

　　前人解釋「訓詁」最爲精確的是唐代的孔穎達、宋代的邢昺和清代的陳澧。《詩經・周南・關雎序》「詁訓傳」孔穎達等正義：「詁者，古也。古今異語，通之使人知也。」《爾雅・釋詁》宋邢昺疏：「詁者，古也。古今異言，釋之使人知也。」陳澧《東塾讀書記・小學》：「詁者，古也。古今異言，通之使人知也。蓋時有古今，猶地有東西有南北，相隔則言語不通矣。地遠則有翻譯，時遠則有訓詁。有翻譯則能使別國如相鄰，有訓詁則能使古今如旦暮，所謂通之也。訓詁之功大矣哉！」以今語釋古語，以通語釋別國方言，是「訓詁」的基本要義。與古人對話，要做到融會貫通，就必須有眞才實學，具備博古通今、

〔註17〕　〔唐〕陸德明：《經典釋文》第 54 頁，中華書局 1983 年版。

〔註18〕　《宋本玉篇》第 249 頁，北京市中國書店 1983 年版。

〔註19〕　〔宋〕丁度等編：《集韻》第 742 頁，上海古籍出版社 1985 年版。

察遠照邇的知識儲備和富有智慧的聯想能力，單靠戴盆望天、井底之鼃的一點淺見，是搞不成訓詁學的。今人喜追求「新知」，但讀書日少，讀古書尤少，所以注解古書很難做到融會貫通。因此，凡是學語言的，什麼都要看、都要聽、都要讀、都要記、都要懂，見多識廣，心如止水，方能涵泳。

與古人對話，基本的原則是準確無誤。比如《五十二病方・嬰兒索痙》：「嬰兒索痙：索痙者，如產時居濕地久，其肎直而口鈶，筋攣難以信（伸），取封殖（埴）土冶之。」其意是說：得痙病的新生兒，都因爲產後放在濕地上的時間過長，所以肌肉僵硬，嘴巴緊閉，筋骨痙攣，難以伸直，用堆集在蟻穴出口外的泥土來治療。其中的「如」是什麼意思？帛書本注：「如，此處用法同當字。」考注本、考釋本、補譯本等注釋均從帛書本。但從上下文看，釋爲「相當」或「應當」都不準確，應該釋爲「均」。「如」甲骨文作 𠨗，金文作 𠮠，本義爲隨從。《說文・女部》：「如，從隨也。从女从口。」（十二下）段玉裁注：「從隨即隨從也。」《左傳・宣公十二年》：「執事順成爲臧，逆爲否，眾散爲弱，川壅爲澤，有律以如己也。故曰律臧否。」晉杜預注：「如，從也。法行則人從法，法敗則法從人。」引申爲往、如同、相當、應當、比得上、均等（都）等。〔註20〕如《五十二病方・狂犬齧人》第二治方「一，狂〚犬〛齧人者，孰（熟）澡湮汲，注音（杯）中，小（少）多如，再食浒（漿）」中的「如」，就表示藥量「相等」。本方的「如」是個表示範圍的副詞，義爲「全、都」。《廣雅・釋言》：「如，均也。」〔註21〕「如產時居濕地久」，意爲「都因爲生產時新生兒放在潮濕的地方過長」。解讀古代文獻，需逐字逐句，精雕細琢，如切如磋，唯實是求。

（四）過史學關的基礎訓練是通讀歷史（包括通史、斷代史和專門史）。每個族群、社會、集團、國家都有自己的發展史。歷史學是一門以眞實性爲基礎，融合特殊性、綜合性、實證性、抽象性、價值性、科學性、藝術性爲一體的社會科學，其本質是「務實求眞」，因此解讀古代文獻需要有歷史的眼

〔註20〕〔清〕王引之《經傳釋詞》卷七云：「如，猶當也。《宋策》曰：『夫宋不足如梁也，寡人知之矣。』高（誘）注：『如，當也。』當爲相當之當，又爲當如是之當。」見《經傳釋詞》第147頁，嶽麓書社1984年版。
〔註21〕〔清〕王念孫：《廣雅疏證》155頁，中華書局1983年版。

光。漢字是歷史的鏡子，憑藉它可以考證歷史的古今變化。先師宋永培先生曾說：「康有爲曾有『上古茫昧無稽考』的浩歎。他說：『吾中國號稱古名國，文明最先矣。然「六經」以前無復書記。』康氏忽略了：漢字也是史料，漢字的本義具有直接表達古史的寶貴價值。漢字的產生與中國的文明同樣古老；漢字出現的年代一定早於任何一部成文的典籍。即使『「六經」以前無復書記』，或者『文獻不足』，我們可經由漢字來考察古史。」〔註22〕宋永培先生是當代著名的《說文》學家，他繼承和發展了其師陸宗達、王寧先生關於文字學研究的主體思想，將《說文》漢字體系與上古史貫通融會、比較互證，獲得了很多令學界信服的科學成就。我們應該以宋永培先生的學術思想爲指導，以史爲鑑，做好出土文獻的整理、研究工作。

　　《五十二病方・□蠱者》第三治方云：「人蠱而病者：燔北鄉並符，而㱾羊尼（眉），以下湯敦（淳）符灰，即【□□】病者，沐浴爲蠱者。」關於其中的「並符」，前人有三種解釋，一種存疑。考注本說：「燔北鄉（嚮）並符：符，桃符。古人用以驅鬼卻災。全句意即焚燒掛在朝北方向的桃符。」考釋本說：「並符——並字義不詳。符即符咒」。張顯成先生說：「並」與「秉」爲耕、陽兩韻通轉，故「『並符』即『秉符』。本方之『燔北嚮並符』，意即：手秉符籙北向而焚之。符，即古人迷信鬼神用以驅鬼招神治病的神秘文書，也稱『符籙』『符書』。」〔註23〕補譯本說：「『燔北嚮並符』即掛在北門兩側的桃符取下來燒成灰備用。」校釋本說：「北嚮並符：懸掛在朝北方向的桃符。」考注本、校釋本的解釋其實並沒有說明「並符」到底是什麼，唯有補譯本「掛在北門兩側的桃符」之說，較爲明確地說明了「並符」的內涵。

　　《五十二病方》中的「符」指的是「桃符」，而不是東漢以後的「符籙」「符咒」，因爲在西漢以前，還沒有這類驅鬼鎮邪的東西。相傳東海度朔山上有一棵大桃樹，樹幹彎曲伸展三千里，枝椏一直伸向東北方的鬼門。鬼門後面的山洞裡住的全是鬼怪，他們每天都要從此門進出。把守鬼門的兩位神將叫「神荼」「鬱壘」，他們一旦發現害人的惡鬼，就用芒葦繩將他們捆去喂老

〔註22〕 宋永培：《〈說文〉意義體系與成體系的中國上古史》，《四川大學學報》（哲社版）1994 年第 1 期；《〈說文〉與訓詁研究論集》第 239 頁，商務印書館 2013 年版。

〔註23〕 張顯成：《馬王堆佚醫書釋讀箚記》，《帛書研究》第二輯，廣西教育出版社 1996 年版。

虎。《太平御覽‧果部四》引《漢舊儀》曰：「《山海經》稱：東海攦嵒度朔山，山上有大桃，屈蟠三千里。東北間，百鬼所出入也。上有二神人，一曰神荼，二曰鬱壘，主領萬鬼。惡害之鬼，執以葦索以食虎。黃帝乃立大桃人於門戶。畫神荼、鬱壘與虎、葦索，以禦鬼。」又引《風俗通》曰：「《黃帝書》稱：上古之時，兄弟二人，曰荼與、鬱壘，度朔山上桃樹下簡百鬼。鬼妄楣人，則援以葦索，執以食虎。於是縣官以臘除夕，飾桃人，垂葦索，交畫虎於門，效前事也。」從周代起，每逢年節，民間都用兩塊長六寸、寬三寸的桃木板，上刻兩位神將的圖像或題上他們的名字，懸掛在大門或臥房門的兩側，以鎮邪驅鬼、祈福納祥，這就是桃符。據史書記載，自古以來中國人認為桃木有驅鬼避邪的作用，先秦時期就認為桃茢（即桃木柄笤帚）具有驅鬼避邪的神奇力量。《禮記‧檀弓下》云：「君臨臣喪，以巫祝桃茢執戈，（鬼）惡之也。」漢鄭玄注：「為有凶邪之氣在側，君聞大夫之喪，去樂卒事而往，未襲也。其已襲，則止巫，去桃茢。桃，鬼所惡；茢，萑苕，可掃不祥。」〔註24〕《左傳‧襄公二十九年》亦有類似的記載。桃枝的驅鬼避邪作用見於《莊子》：「插桃枝於戶，連灰其下。童子入而不畏，而鬼畏之。是鬼智不如童子也。」（《藝文類聚》卷八十六《果部四》）由於桃木的神奇作用，漢代在臘日前一日逐疫畢，要舉行賜公、卿、將軍、特侯、諸侯「葦戟桃杖」的儀式。〔註25〕在辭舊迎新之際，用桃木版分別雕刻「神荼」「鬱壘」神像，懸掛在兩扇大門上鎮邪驅鬼，已成中華民族的傳統習俗。故知本方所說的「並符」，就是指掛在山門兩扇大門上雕刻著「神荼」「鬱壘」神像的兩塊桃木版。不懂得中國的巫儺史和傳統的「桃符」文化，就會誤把「符籙」「符咒」當「並符」。

　　十餘年前我和胡娟認識，那時她還是個小姑娘。〇七年秋，我接手上漢語言文學零五級本科班的「古代漢語」課，她走進了我的視野，看上去她顯得沉穩而多疑。一年的「古代漢語」課結束後，我們幾乎沒有來往，但〇八年秋後她說要考我的研究生，我亦沒有多想，到〇九年秋，她居然真的成了我的研究生，從此我對她另眼相看了。研究生三年，她應該讀了不少書，常常和我交流，

〔註24〕見（清）阮元校刻《十三經注疏》第 1302 頁，中華書局 1980 年影印本。

〔註25〕《後漢書‧禮儀志中》：「百官官府各以木面獸能為儺人師訖，設桃梗、鬱櫑、葦茭畢，執事陛者罷。葦戟、桃以賜公、卿、將軍、特侯、諸侯。」

談她對學習「漢語言文字學」的一些思考，時不時拿些她寫的小論文給我看。在和她的交談中，我發現胡娟是個聰慧伶俐、心胸豁達、好學上進、眼光敏銳、腳踏實地、務實求眞的研究生，是個學術研究上繼往開來的好苗子。在我帶她的三年裡，合作發表過多篇論文。一二年初夏，她以優異的成績結束了碩士研究生階段的學習，同時順利地考上了西南大學漢語言文獻所的博士研究生，步入了著名簡帛文獻學家張顯成教授的學術殿堂。在繼後的四年讀博期間，適逢張顯成先生獲得國家社科基金重大招標項目「簡帛醫書綜合研究」的立項，她在導師的精心指導下，圓滿地完成了子課題「漢代簡帛醫書方藥類文獻字詞集釋」的研究，獲得了校內外評審專家的一致好評，且順利地獲得了「文學博士」學位。

　　胡娟的《漢代簡帛經方字詞集釋》一書，是在其博士論文《漢代簡帛醫書五種字詞集釋》的基礎上修改、補充而完善的一部學術著作。所考釋的字詞、短語僅有一百餘條，談不上鴻篇巨著。關於漢代簡帛經方文獻，不知道前人有多少人研究過，亦不知道反覆梳理過多少遍，發表過多少篇考據文章，出過多少部研究成果，後人要想從中挑「一根骨頭」，發現「百密一疏」，沒有眞憑實據，是難以服眾的。但綜觀《漢代簡帛經方字詞集釋》全書，仔細研讀其中的每一條考證，雖不敢說「字字眞言」，但起碼是「貨眞價實」的，從中可以看出作者的睿智精思與奇思妙想。如《五十二病方‧諸傷》第十七治方：「一，令金傷毋（無）痛，取薺孰（熟）乾實，爤（熬）令焦黑，冶一；暊（術）根去皮，冶二；凡二物並和，取三 25/25 指寂（最—撮）到節一，醇酒盈一衷（中）桮（杯），入藥中，撓歆（飲）。26/26」胡娟按：「本方中的『爤』帛書本說是『熬』的異體字，考釋本說是『熬』的通假字，補譯本說讀 xiāo，指乾炒食物時發出的爆裂聲音，均不準確。『爤』從火囂聲，是『炒』的異體字。『炒』初文作『鬻』。《說文‧鬻部》：『鬻，𪋟也。从鬻芻聲。』清段玉裁注：『鬻，《爾雅音義》引《三蒼》：「熬也。」《說文》：「火乾物也。」與今本異。』或寫作『䵕』，從「鬲」與從『鬻』無別。《玉篇‧鬲部》：『䵕，楚狡切。熬也。』又《火部》：『㷅（取），初絞切。火乾也。䵕、炒，同上。』《集韻‧巧韻》：『鬻，《說文》：「熬也。」或作䵕、炒。』漢崔寔《四民月令‧正月》：『上旬䵕豆，中旬煮之。以碎豆作「末都」』。」或類母、聲母全部更換轉形爲『爤』，再更換聲母『囂』轉形爲『炒』。北魏賈思勰《齊民要術‧造

神麴並酒》：『炒麥黃，莫令焦。』『爁』是個祇見於漢代簡帛文獻中的俗字。《五十二病方》『炒』均寫作『爁』。本方中的『爁鹽令黃』，與《齊民要術》中的『炒麥黃』火候相近。」又《武威漢代醫簡》：「☑石鐘乳三分，巴豆一分，二者二分。凡三物皆冶合，丸以密，大如吾實。宿毋食，旦吞三丸。」本方的「鐘」，醫簡本〔註 26〕、注解本〔註 27〕均如是釋，校釋本釋爲「鍾」，注云：「石鍾乳：藥物名。《神農本草經》謂其『主欬逆上氣，明目益精。安五臟，通百節，利九竅，下乳汁』。」胡娟按：「今細看醫簡本圖版，『鐘』或『鍾』簡文原本寫作『埄』，即「埄」字，醫簡本、注解本、校釋本均誤釋。『埄』《集韻·用韻》竹用切，云：『池塘塍埄也。』石埄乳是懸掛在石灰岩洞頂上的椎狀物體，由含碳酸鈣的水溶液逐漸蒸發凝結而成。因其形狀似『埄』，故名『石埄乳』；又因其懸掛在石灰岩洞頂上，形似懸鐘，故後世改稱『石鐘乳』，或簡稱『石乳』。明李時珍《本草綱目·石部二·石鐘乳》（集解）引宋馬志曰：『石乳者，其山純石，以石津相滋，陰陽交備，蟬翼紋成。其性溫。』《神農本草經》之『石鍾乳』，爲『石鐘乳』之誤。注意：《漢語大辭典》收有『石鐘乳』而未收『石埄乳』，應據《武威漢代醫簡》補。」

　　以上兩例文字考釋，據實分辨，說理充分，甚爲穩當，發前人之所未發。用「前修未密，後出轉精」這兩句話來總結胡娟博士的《漢代簡帛經方字詞集釋》一書，絕非過譽之辭。《漢代簡帛經方字詞集釋》的出版，必將引起國內外之簡帛文獻研究者的極大關注。今是書即將由臺灣花木蘭文化事業有限公司付梓，特作斯序以勵之。

鍾如雄

己亥年仲夏序於蓉城苦粒齋

〔註 26〕甘肅省博物館武威縣文化館合編《武威漢代醫簡》簡稱「醫簡本」，文物出版社 1975 年版。

〔註 27〕張延昌主編《武威漢代醫簡注解》簡稱「注解本」，中醫古籍出版社 2006 年版。

目次

下　冊

卷一　通　論

一　「漢代簡帛經方字詞集釋」題解

「漢代簡帛經方字詞集釋」是國家社會科學基金 2012 年度重大招標項目「簡帛醫書綜合研究」研究成果之一。本書的名稱包含以下內容。

（一）漢代簡帛

「漢代簡帛」指出土的漢代簡牘與帛書。關於「簡帛」的含義，張顯成先生曾作過闡釋：「簡帛，即『簡牘帛書』的簡稱，指簡牘和帛書。簡牘帛書是古代的書寫材料，它是我國紙張發明和廣泛運用以前的書寫材料，主要運用於殷商至漢魏時期……簡就是竹質書寫材料——經過加工是竹片；牘是木質書寫材料——經過加工的木片。故書於竹者謂之簡，書於木者謂之牘。」又說：「帛是一種絲織品，即絹帛，故用絹帛書寫的書籍或者文書稱『帛書』，亦即用絹帛書寫的文獻。」〔註1〕

（二）簡帛經方

「經方」一詞始見於《漢書·藝文志》的「方技略」，本專指漢代以前臨床醫學文獻及方劑。《漢書·藝文志》：「經方者，本草石之寒溫，量疾病之淺深，假藥味之滋，因氣感之宜，辯五苦六辛，致水火之齊，以通閉解結，反

〔註1〕　張顯成：《簡帛文獻學通論》第 7～8 頁，中華書局 2004 年版。

之於平。及失其宜者，以熱益熱，以寒增寒，精氣內傷，不見於外，是所獨失也。故諺曰：『有病不治，常得中醫。』」亦泛指經典醫方文獻如《黃帝內經》《神農本草經》《傷寒論》《金匱要略》等中的方劑。而我們所說的「簡帛經方」，專指出土的漢代簡帛醫學文獻中的方劑。後世出土的漢代簡帛醫學文獻很多，如馬王堆帛書中的《五十二病方》《養生方》《雜療方》〔註2〕《雜禁方》，張家山漢簡中的《引書》《脈書》，《武威漢代醫簡》等等。

（三）字詞集釋

按照「簡帛醫書綜合研究」項目的研究計劃，有關簡帛醫學文獻的字詞集釋分爲三個部分：一是簡帛醫書方藥類文獻中的字詞集釋；二是簡帛醫書醫經、房中、導引文獻中的字詞集釋；三是散見簡帛涉醫文獻中的字詞集釋。「漢代簡帛經方字詞集釋」所集釋的對象僅限於漢簡帛醫書方藥類文獻中的字詞，其他非方藥類漢簡帛醫書文獻的字詞不在本集釋的範圍。漢代簡帛經方文獻包括《五十二病方》《雜療方》《養生方》《雜禁方》以及《武威漢代醫簡》等。

方藥類文獻中的字詞的使用，必然處於特定的語言環境中，因此要詮釋清楚相關字詞，最基礎最根本的是要讀懂句子。句子不通則字詞不明，字詞不明則難通句意。明代醫學家繆希雍《神農本草經疏·祝醫五則》中云：

> 凡爲醫師，當先讀書；凡欲讀書，當先識字。字者，文之始也。不識字義，寧解文理，文理不通，動成窒礙，雖詩書滿目，於神不染，觸途成滯，何由省入？譬諸面牆，亦同木偶，望其拯生民之疾苦，顧不難哉！故昔稱太醫，今曰儒醫。太醫者，讀書窮理，本之身心，驗之事物，戰戰兢兢，求中於道造次之際，罔敢或肆者也。外此則俗工耳，不可以言醫矣。

清儒戴震在《爾雅注疏箋補序》中也說：

> 夫今人讀書，尚未識字，輒目故訓之學不足爲。其究也，文字

〔註2〕裘錫圭主編的《長沙馬王堆漢墓簡帛集成》（中華書局2014年版），將《雜療方》分爲《房內記》與《療射工毒方》二種，但以前諸家研究者均習慣使用整理小組擬定的《雜療方》這一名稱。《房內記》的命名當否，學界有不同意見，故本書暫不採用新名稱。

之鮮能通，妄謂通其語言；語言之鮮能通，妄謂通其心志，而曰傳

合不謬，吾不敢知也。〔註3〕

　　繆希雍與戴震，都在警示後人，「不識字義，寧解文理，文理不通，動成窒礙」，「文字之鮮能通，妄謂通其語言；語言之鮮能通，妄謂通其心志」，他們都在強調「凡欲讀書，當先識字」。

　　漢簡帛醫書方藥類文獻中的許多字詞，用的多為古字、記音字和假借字，稍有疏忽，就會造成誤判誤釋，直接影響到對整個醫方的理解。所以解釋每一個字詞，必須將其放在整個句子、乃至整個醫方中連貫分析、解讀。這樣必然牽涉句讀問題，也就是說，句讀也是解釋方藥類字詞不可分割的重要內容。故我們在集釋字詞的過程當中，若遇到前人因句讀失誤而導致字詞意義理解的障礙，也將相關的「短語」放在集釋範圍內加以解釋。如果句讀失誤部分與所集釋的字詞無直接關係，則另文討論。

　　「字詞集釋」是本書核心的注解內容和方式。「集釋」是訓詁學術語，意為匯聚前人的注釋加以評述，再作新注。清王先謙《莊子集釋‧序》云：「郭君愛翫之不已，因有集釋之作。」許維遹在《呂氏春秋集釋‧自序》中，對「集釋」的做法作了簡要說明：

　　　　余遠念前修，近承師教，於玩索之餘，輒自鈔纂。采眞削繁，間附管見；依據畢刻，參伍別本。蓋於前人校讎訓詁之書，凡有發明，靡不甄錄。其沿明清人評點陋習及穿鑿附會者，輒加刪正，更自旁涉典籍，以廣異聞，質正師友，俾就繩墨。其或稽疑莫解，則丘蓋不言。如謂載咸陽門市之金，補高氏古注之闕，則吾豈敢。

〔註4〕

　　許維遹所謂「采眞削繁，間附管見；依據畢刻，參伍別本」，就是「集釋」這種訓詁方法的基本做法。

二　漢代簡帛經方文獻簡介

　　本書所集釋的「漢代簡帛經方」字詞僅來自於兩批簡帛文獻，一批是一九

〔註3〕〔清〕戴震：《戴震文集》第45～46頁，中華書局1980年版。

〔註4〕許維遹：《呂氏春秋集釋》，文學古籍刊行社1955年版。

七三年發掘於湖南長沙馬王堆三號漢墓的帛書，一批是一九七二年發掘於甘肅武威的漢代醫簡。前者包括《五十二病方》《養生方》《雜療方》《雜禁方》等四種書，後者僅有《武威漢代醫簡》一種書。這五種文獻均屬於經方類文獻，分別簡介如下。

（一）《五十二病方》

《五十二病方》全書現存七千七百餘字，記載的是五十二種疾病的治療處方。卷首列有目錄，篇目標題爲疾病的名稱，記於各篇之首。除三種疾病名稱因篇目缺文不詳外，其餘四十九種包括外科、內科、兒科等疾病。外科疾病種類繁多，包括各種外傷、動物咬傷、癰疽、潰爛、腫瘤、皮膚病、痔病、瘛病等；內科疾病包括癲癇、瘧病、飲食病、疝病、淋病等；兒科疾病包括嬰兒索痙、嬰兒癲癇、嬰兒瘛瘲等。該書是我國最古老的醫學方書。《五十二病方》已殘損，從目前統計的情況來看，現存醫方二百八十三方，記載的藥物名稱二百餘種。在《馬王堆漢墓帛書〔肆〕》中，整理小組將《足臂十一脈灸經》至《五十二病方》之間的十九條殘缺不全的醫方排在本書之末。

（二）《養生方》

《養生方》全書共三十二篇，原書文字缺損較多，現存三千三百餘字。原書前面部分爲正文，書後附有目錄。醫方內容較爲複雜，主要有滋陰壯陽、房中補益、女子用藥、增強體力、治療陰部腫脹等的醫方。書後還附有一幅女子外陰圖，原圖可能列有女子陰部十二個部位的名稱，現僅殘存八個部位的名稱。該書屬於房事養生類著作。

（三）《雜療方》

《雜療方》原書文字殘損較多，現存約一千字。內容包括四個方面：一是男女性功能增強法；二是產後胞衣埋藏法；三是益壽延年法；四是預防和治療毒蟲咬傷法。該書屬於保健養生類著作。

《馬王堆帛書〔肆〕》〔註5〕中的《雜療方》，在《馬王堆漢墓簡帛集成》〔註6〕

〔註5〕 馬王堆帛書整理小組：《馬王堆帛書〔肆〕》，文物出版社 1985 年版。本書簡稱「帛書本」。

〔註6〕 裘錫圭主編：《馬王堆漢墓簡帛集成〔伍〕〔陸〕》，中華書局 2014 年版。本書簡稱「集成本」。

中分爲了《房內記》和《療射工毒方》兩種書。

（四）《雜禁方》

《雜禁方》原書爲木牘，共十一枚，一百二十餘字。主要討論怎樣用符咒之法攘除災禍、取媚於人，以及怎樣治療嬰兒啼哭、消除頻繁惡夢等方法。該書屬於祝由方著作。

（五）《武威漢代醫簡》

《武威漢代醫簡》1972 年出土於甘肅省武威縣旱灘坡，共有簡牘九十二枚，其中竹簡七十八枚，木牘十四枚。整理小組將竹簡分成兩類：「第一類簡」四十一枚（包括殘簡），腐朽殘損嚴重，字跡泐蝕不清者較多；簡文內容都是治療內科、外科、婦科和五官科的處方。「第二類簡」三十七枚（包括殘簡），簡色淺黃色，完整如新，字跡較爲清晰；簡文內容也是治療各科疾病的處方。木牘十四枚，牘文也是墨書，略有殘損，字跡部分模糊不清；正反兩面書寫，每面字數不等，一般爲兩行，多者爲六行。牘文字體也是隸書兼章草；內容也是治療疾病的處方。《武威漢代醫簡》「是一份很珍貴的醫療記錄資料」。〔註7〕

三　漢代簡帛經方文獻國內外研究現狀

湖南長沙出土的《馬王堆漢墓帛書〔肆〕》和甘肅武威出土的《武威漢代醫簡》，都是我國最爲珍貴的古代醫學文獻。它們與湖北江陵出土的張家山漢代醫簡等具有同等重要的中醫史學、臨床醫學、古代文獻學、文字學、漢語史等方面的研究和應用價值，是漢代以前的祖先在醫治人類疾病、保健養生方面的偉大實踐，也是他們爲中華醫療、保健學寶庫積累的豐富經驗。因此，《馬王堆漢墓帛書〔肆〕》和《武威漢代醫簡》自出土以來的四十餘年間，無論是考古學者、中醫學者、保健學者，還是文獻學者、文字學者、語言學者，都給予了極大的關注，並對其進行了較爲全面、深入的研究。其研究成果主要集中在：醫簡成書年代、簡序與句讀、文字考正、語詞考釋、臨床運用、保健養生、醫學文化等方面。

〔註7〕 參看《武威漢代醫簡的發現與清理》，見甘肅省博物館、武威縣文化館合編《武威漢代醫簡》，文物出版社 1975 年版。《武威漢代醫簡》本書簡稱「醫簡本」。

（一）《五十二病方》研究成果

《馬王堆漢墓帛書〔肆〕》出土以來的四十餘年間，國內外爲此召開了四次學術研討會議。一九八一年八月「馬王堆醫書研究學術報告會」在湖南衡山召開。此次會議宣佈成立了「馬王堆醫書研究會」。一九八零～一九八一年，由長沙馬王堆醫書研究組編輯出版了兩期《馬王堆醫書研究專刊》〔註8〕。一九八四年六月「馬王堆醫書研究學術討論會」在湖南長沙召開。與會學者集中討論了《馬王堆漢墓帛書〔肆〕》中的病名考證、疾病分類與治療、方藥製劑與服法、臨床觀察與實驗、祝由術的起源與價值等等問題。一九九二年「馬王堆漢墓國際學術討論會」在湖南長沙召開。與會學者來自美國、加拿大、英國、法國、日本和中國大陸及其臺灣、香港地區，會後結集出版了《馬王堆漢墓研究文集——1992年馬王堆漢墓國際學術討論會論文選》〔註9〕。二〇〇四年八月由湖南省博物館、湖南省文物考古研究所主辦的「紀念馬王堆漢墓發掘三十週年國際學術討論會」在湖南長沙召開，與會學者九十七人，他們分別來自美國、加拿大、英國、德國、韓國、日本和中國大陸及其臺灣、香港地區。本次會議討論漢語言文字學方面的論文主要有西南大學張顯成教授的《馬王堆帛書語言文字研究價值漫談》、日本東京大學大西克也教授的《出土簡帛資料和先秦漢語語法的地域性差異》等等。張顯成先生認爲，馬王堆帛書在語言、文字、辭彙和語法方面都具有極其重要的研究價值。大西克也則強調，盡可能利用馬王堆帛書、包山楚簡、睡虎地秦簡、銀雀山漢簡等出土文獻，以探討上古時期漢語語法的地方性差異。

《馬王堆漢墓帛書〔肆〕》出版四十餘年來，研究古醫書的專著成果主要有：周一謀、蕭佐桃《馬王堆醫書考注》〔註10〕，體例完整，注釋用功。馬繼興《馬王堆古醫書考釋》《出土亡佚古醫籍研究》〔註11〕，在試補殘文，訓釋通假，訂

〔註8〕 《馬王堆醫書研究專刊》第1輯，《湖南中醫學院學報》1980年；《馬王堆醫書研究專刊》第2輯，《湖南中醫學院學報》1981年。

〔註9〕 《馬王堆漢墓研究文集——1992年馬王堆漢墓國際學術討論會論文選》，湖南出版社1994年版。

〔註10〕 周一謀、蕭佐桃：《馬王堆醫書考注》，天津科學技術出版社1988年版。本書簡稱「考注本」。

〔註11〕 馬繼興：《馬王堆古醫書考釋》，湖南科學技術出版社1992年版；《出土亡佚古醫

正譌誤，注釋疑難等方面頗見功力。魏啓鵬、胡翔驊《馬王堆漢墓醫書校釋（壹）》《馬王堆漢墓醫書校釋（貳）》〔註12〕，對傳統醫學經解、方論、治療、用藥詳加校釋，但考辨引證過於簡明扼要。張顯成《簡帛藥名研究》《先秦兩漢醫學用語研究》和《先秦兩漢醫學用語匯釋》〔註13〕，採用比較互證的訓詁方法，以探討出土和傳世醫學文獻的用語特徵，尋根溯源，詳細解釋醫學用語意義，闡明其對全民用語的影響。嚴健民編著《五十二病方注補譯》〔註14〕，注釋翻譯，闡明醫理，對殘缺文字大膽填補。此外，還有尚志鈞《五十二病方藥物注釋》〔註15〕，魯兆麟、黃作陣《馬王堆醫書》〔註16〕，陳松長《馬王堆簡帛文字編》〔註17〕，〔日〕小曾戶洋、長谷部英一、町泉壽郎合著《馬王堆出土文獻譯注叢書·五十二病方》〔註18〕，〔日〕江村治樹主編《馬王堆出土醫書字形分類索引》〔註19〕，黃文傑《秦至漢初簡帛文字研究》〔註20〕，白於藍《簡牘帛書通假字字典》《戰國秦漢簡帛古書通假字彙纂》〔註21〕，周祖亮、方懿林《簡帛醫藥文獻校釋》〔註22〕，周德生、何清湖《馬王堆醫方釋義》〔註23〕

籍研究》，中醫古籍出版社 2005 年版。本書簡稱「考釋本」。

〔註12〕魏啓鵬、胡翔驊：《馬王堆漢墓醫書校釋（壹）》《馬王堆漢墓醫書校釋（貳）》，成都出版社 1992 年版。《馬王堆漢墓醫書校釋（壹）》本書簡稱「校釋（壹）本」，《馬王堆漢墓醫書校釋（貳）》本書簡稱「校釋（貳）本」。

〔註13〕張顯成：《簡帛藥名研究》，西南師範大學出版社 1997 年版：《先秦兩漢醫學用語研究》，巴蜀書社 2000 年版：《先秦兩漢醫學用語彙釋》，巴蜀書社 2002 年版。

〔註14〕嚴健民編著：《五十二病方注補譯》，中醫古籍出版社 2005 年版。本書簡稱「補譯本」。

〔註15〕尚志鈞：《五十二病方藥物注釋》，油印稿，1985 年。

〔註16〕魯兆麟、黃作陣：《馬王堆醫書》，遼寧科學技術出版社 1995 年版。

〔註17〕陳松長：《馬王堆簡帛文字編》，文物出版社 2001 年版。

〔註18〕〔日〕小曾戶洋、長谷部英一、町泉壽郎合著：《馬王堆出土文獻譯注叢書——五十二病方》，東京株式會社東方書店 2007 年版。

〔註19〕〔日〕江村治樹主編：《馬王堆出土醫書字形分類索引》，有糺書房，昭和 62 年版。

〔註20〕黃文傑：《秦至漢初簡帛文字研究》，商務印書館 2008 年版。

〔註21〕白於藍：《簡牘帛書通假字字典》，福建人民出版社 2008 年版：《戰國秦漢簡帛古書通假字彙纂》，福建人民出版社 2012 年版。

〔註22〕周祖亮、方懿林：《簡帛醫藥文獻校釋》，學苑出版社 2014 年版。本書簡稱「校釋本」。

〔註23〕周德生、何清湖：《馬王堆醫方釋義》，人民軍醫出版社 2014 年版。

等等。

尤其可喜的是，由裘錫圭主編的《馬王堆漢墓簡帛集成〔伍〕〔陸〕》的出版，標誌著《五十二病方》等漢代簡帛醫書的研究已獲得重要進展。關於《五十二病方》的研究現狀，張雷在《馬王堆帛書〈五十二病方〉出土 37 年來國內外研究狀況》〔註24〕一文中作了全面介紹。

總之，上述專著對簡帛醫學文獻或進行專書注釋，或集中考釋通假字，或進行綜合研究，或側重於醫藥理論的探討，初步解決了文獻釋讀的難題。

《馬王堆漢墓帛書〔肆〕》四十餘年來，研究古醫書的論文成果也極爲豐富。其中既有綜合性考辨的文章，也有專門考釋文字、醫藥詞語或研究詞彙、句法的文章，還有探討醫學理論和臨床價值的文章。考釋文字，訂正譌誤，疑難解惑，句讀補正，訓釋文句，是前人研究的主要任務。

1、文字考釋。這方面的論文主要有：尚志鈞《〈五十二病方〉殘缺字試補》〔註25〕，裘錫圭《馬王堆醫書釋讀瑣議》〔註26〕，王寧《〈五十二病方〉丰卵考》〔註27〕，潘遠根《馬王堆醫書〈雜療方〉考辨》〔註28〕，李書田《〈五十二病方〉的文字通用及研究意義》〔註29〕，張顯成《〈馬王堆漢墓帛書〉兩種醫書用字現象考》〔註30〕，《從馬王堆醫書俗字看簡帛俗字研究對後世俗字及俗字史研究的意義》〔註31〕，王建民《〈馬王堆漢墓帛書〔肆〕〉俗字研究》〔註32〕，李家浩

〔註24〕張雷：《馬王堆帛書〈五十二病方〉出土 37 年來國內外研究狀況》，《中醫文獻雜誌》2010 年第 6 期。

〔註25〕尚志鈞：《〈五十二病方〉殘缺字試補》，《長沙馬王堆醫書研究專刊》第二輯，《湖南中醫學院學報》1981 年。

〔註26〕裘錫圭：《馬王堆醫書釋讀瑣議》，《湖南中醫學院學報》1987 年第 4 期。

〔註27〕王寧：《〈五十二病方〉丰卵考》，《中華醫史雜誌》1988 年第 3 期。

〔註28〕潘遠根：《馬王堆醫書〈雜療方〉考辨》，《湖南中醫學院學報》1989 年第 3 期。

〔註29〕李書田：《〈五十二病方〉的文字通用及研究意義》，《四川中醫》1992 年第 1 期。

〔註30〕張顯成《〈馬王堆漢墓帛書〉兩種醫書用字現象考》，《研究生論叢》，四川大學出版社 1994 年版；《簡帛文獻論集》第 89～104 頁，巴蜀書社 2008 年版。

〔註31〕張顯成：《從馬王堆醫書俗字看簡帛俗字研究對後世俗字及俗字史研究的意義》，《湖南省博物館館刊》第一輯，《船山學刊》2004 年；《簡帛文獻論集》第 442～456 頁，巴蜀書社 2008 年版。

〔註32〕王建民：《〈馬王堆漢墓帛書〔肆〕〉俗字研究》，西南師範大學碩士學位論文，2002 年。

《馬王堆帛書祝由方中的「由」》〔註33〕，吳雲燕《馬王堆漢墓帛書通用字研究》〔註34〕，何麗敏《馬王堆史書、醫書通假字研究》〔註35〕，陳劍《馬王堆帛書〈五十二病方〉〈養生方〉釋文校讀札記》〔註36〕，鍾如雄、胡娟《〈五十二病方〉釋文字詞勘誤》〔註37〕，等。

2、詞義考釋。這方面的論文主要有：李鍾文《〈五十二病方〉中膏脂類藥物的探討》〔註38〕，孫啓明《〈五十二病方〉僕纍考》〔註39〕，趙有臣《〈五十二病方〉中幾種藥物的考釋》〔註40〕，施謝捷《武威、馬王堆漢墓出土古醫籍雜考》〔註41〕，李學勤《「冶」字的一種古義》〔註42〕，張顯成《馬王堆醫書藥名「汾囷」試考》〔註43〕《馬王堆佚醫書釋讀札記》〔註44〕《馬王堆醫書藥名試考》〔註45〕《試論用「語流音變」理論解讀簡帛藥名——兼論古音的研究》〔註46〕《簡帛醫書藥名釋讀續貂》〔註47〕《馬王堆醫書中的新興

〔註33〕李家浩：《馬王堆漢墓帛書祝由方中的「由」》，《河北大學學報》（哲社版）2005年第1期。

〔註34〕吳雲燕：《馬王堆漢墓帛書通用字研究》，華東師範大學碩士論文，2006年。

〔註35〕何麗敏：《馬王堆史書、醫書通假字研究》，西南師範大學碩士學位論文，2007年。

〔註36〕陳劍：《馬王堆帛書〈五十二病方〉〈養生方〉釋文校讀札記》，《出土文獻與古文字研究》第五輯，上海古籍出版社2013年版。

〔註37〕鍾如雄、胡娟《〈五十二病方〉釋文字詞勘誤》，《西南民族大學學報》（人文社科版）2015年第11期。

〔註38〕李鍾文：《〈五十二病方〉中膏脂類藥物的探討》，《長沙馬王堆醫書研究專刊》第一輯，《湖南中醫學院學報》1980年。

〔註39〕孫啓明：《〈五十二病方〉僕纍考》，《中成藥研究》1983年第5期。

〔註40〕趙有臣：《〈五十二病方〉中幾種藥物的考釋》，《中華醫史雜誌》1985年第2期。

〔註41〕施謝捷：《武威、馬王堆漢墓出土古醫籍雜考》，《古籍整理研究學刊》1991年第5期。

〔註42〕李學勤：《「冶」字的一種古義》，《語文建設》1991年第11期。

〔註43〕張顯成：《馬王堆醫書藥名「汾囷」試考》，《中華醫史雜誌》1996年第4期；《簡帛文獻論集》第28～30頁，巴蜀書社2008年版。

〔註44〕張顯成：《馬王堆佚醫書釋讀札記》，《簡帛研究》第二輯，廣西教育出版社1996年版；《簡帛文獻論集》第31～46頁，巴蜀書社2008年版。

〔註45〕張顯成：《馬王堆醫書藥名試考》，《湖南中醫學院學報》1996年第4期；《簡帛文獻論集》第47～61頁，巴蜀書社2008年版。

〔註46〕張顯成：《試論用「語流音變」理論解讀簡帛藥名——兼論古音的研究》，中國中

量詞》〔註48〕《簡帛文獻對辭書編纂的價值》〔註49〕《論簡帛的新詞新義研究價值》〔註50〕，張麗君《〈五十二病方〉藥物量詞舉隅》〔註51〕，劉釗《馬王堆帛書〈五十二病方〉中一個久被誤釋的藥名》〔註52〕，孫啓明《〈馬王堆醫帛書〉中「人病馬不癇」之「不」字談》〔註53〕，張俊之、張顯成《帛書〈五十二病方〉數量詞研究》〔註54〕，孟蓬生《〈五十二病方〉詞語拾零》〔註55〕，劉慶宇《簡帛疾病名研究》〔註56〕，李書田《以馬王堆古醫書補〈漢語大字典〉條目之不足》〔註57〕《以馬王堆古醫書補〈漢語大字典〉義項之不足》〔註58〕《以馬王堆古醫書補〈漢語大字典〉書證之不足》〔註59〕，張俊之《秦漢簡

醫藥學會李時珍學術研討會編《中華傳統醫藥新論》，中醫古籍出版社1998年版；《簡帛文獻論集》第62～73頁，巴蜀書社2008年版。

〔註47〕張顯成：《簡帛醫書藥名釋讀續貂》，《甘肅中醫學院學報》1994年第4期；《簡帛文獻論集》第74～84頁，巴蜀書社2008年版。

〔註48〕張顯成：《馬王堆醫書中的新興量詞》，《湖南省博物館館刊》第二輯，嶽麓書社2005年版。

〔註49〕張顯成：《簡帛文獻對辭書編纂的價值》，《辭書研究》1998年第1期；《簡帛文獻論集》第342～371頁，巴蜀書社2008年版。

〔註50〕張顯成：《論簡帛的新詞新義研究價值》，四川大學《漢語史研究集刊》第二輯，巴蜀書社2000年版；《簡帛文獻論集》第372～391頁，巴蜀書社2008年版。

〔註51〕張麗君：《〈五十二病方〉藥物量詞舉隅》，《古漢語研究》1998年第1期。

〔註52〕劉釗：《馬王堆帛書〈五十二病方〉中一個久被誤釋的藥名》，《古籍整理研究學刊》1997年第3期。

〔註53〕孫啓明：《〈馬王堆醫帛書〉中「人病馬不癇」之「不」字談》，《中華醫史雜誌》2001年第3期。

〔註54〕張俊之、張顯成：《帛書〈五十二病方〉數量詞研究》，《簡帛語言文字研究》第一輯，巴蜀書社2002年版。

〔註55〕孟蓬生：《〈五十二病方〉詞語拾零》，《中國語文》2003年第3期。

〔註56〕劉慶宇：《簡帛疾病名研究》，上海中醫藥大學博士學位論文，2007年。

〔註57〕李書田：《以馬王堆古醫書補〈漢語大字典〉條目之不足》，《吉林中醫藥》2008年第3期。

〔註58〕李書田：《以馬王堆古醫書補〈漢語大字典〉義項之不足》，《河南中醫》2008年第10期。

〔註59〕李書田：《以馬王堆古醫書補〈漢語大字典〉書證之不足》，《中醫文獻雜誌》2008年第3期。

帛方劑文獻數量詞研究》〔註60〕，張雷《馬王堆帛書〈五十二病方〉釋讀再探3例》〔註61〕等等。以上論文從微觀的角度對《馬王堆漢墓帛書〔肆〕》的詞語進行了考察、解釋和分析。

　　3、語法研究。這方面的論文成果主要有：〔日〕大西克也《帛書五十二病方的語法特點》〔註62〕，徐莉莉《馬王堆漢墓帛書〔肆〕所見稱數法考察》〔註63〕，陳近朱《〈馬王堆漢墓帛書〔肆〕〉「數‧量‧名」形式發展探析》〔註64〕，張正霞《〈五十二病方〉構詞法研究》〔註65〕，張本瑞《出土簡帛外治法文獻釋讀與研究》〔註66〕，〔日〕廣瀬薫雄《〈五十二病方〉的重新整理與研究》〔註67〕，等等。以上論文從不同角度對簡帛醫籍的某類語法現象進行了考察和分析。

（二）《武威漢代醫簡》研究成果

　　關於《武威漢代醫簡》的研究現狀，張延昌在《武威漢代醫簡出土後的研究現狀》〔註68〕一文中對二○○二年以前的研究狀況作過綜述，而楊耀文則在《武威漢代醫簡出土四十年研究綜述》〔註69〕一文中作過全面綜述。

　　《馬王堆漢墓帛書〔肆〕》出土以來四十餘年間，國內外爲此召開了數次學術研討會議，相比之下，《武威漢代醫簡》出土以來的四十餘年間，國內外幾乎沒有爲之召開過像樣的學術研討會議，且正式出版和發表的、比較有學術價值

〔註60〕張俊之：《秦漢簡帛方劑文獻數量詞研究》，四川師範大學碩士學位論文，2004年。

〔註61〕張雷：《馬王堆帛書〈五十二病方〉釋讀再探3例》，《安徽中醫學院學報》2009年第5期。

〔註62〕〔日〕大西克也《帛書五十二病方的語法特點》，湖南省博物館編《馬王堆漢墓研究文集——1992年馬王堆漢墓國際學術討論會論文選》，湖南出版社1994年版。

〔註63〕徐莉莉：《馬王堆漢墓帛書〔肆〕所見稱數法考察》，《古漢語研究》1997年第1期。

〔註64〕陳近朱：《〈馬王堆漢墓帛書〔肆〕〉「數‧量‧名」形式發展探析》，《中文自學指導》2003年第5期。

〔註65〕張正霞：《〈五十二病方〉構詞法研究》，西南師範大學碩士學位論文，2003年。

〔註66〕張本瑞：《出土簡帛外治法文獻釋讀與研究》，上海中醫藥大學碩士學位論文，2011年。

〔註67〕〔日〕廣瀬薫雄：《〈五十二病方〉的重新整理與研究》，《文史》第九九輯，中華書局2012年版。

〔註68〕張延昌：《武威漢代醫簡出土後的研究現狀》，《甘肅科技》2002年第9期。

〔註69〕楊耀文：《武威漢代醫簡出土四十年研究綜述》，《絲綢之路》2013年第2期。

的研究成果也很少，這說明對《武威漢代醫簡》的研究十分薄弱，遠遠落後於《馬王堆漢墓帛書〔肆〕》的研究，反映出無論是政府還是學界，對《武威漢代醫簡》的研究重視很不夠。

迄今爲止，能見到研究《武威漢代醫簡》的著作祇有張延昌、朱建平編著的《武威漢代醫簡研究》〔註70〕，張延昌主編的《武威漢代醫簡注解》〔註71〕，和周祖亮、方懿林的《簡帛醫藥文獻校釋》等三種注本。發表的論文，除探討醫學理論和臨牀價值的文章外，主要偏重在殘文修復、文字考釋、句讀補正、訓釋文句、訂正譌誤、疑難解惑等方面展開討論。其中涉及到漢語語言文字學方面的文章分類如下。

1、文字考釋。這方面的論文主要有：王輝《〈武威漢代醫簡〉疑難字求義》〔註72〕，張顯成《〈武威醫簡〉異體字初探》〔註73〕，李具雙《〈武威漢代醫簡〉的用字特點》〔註74〕，何茂活《從〈武威漢代醫簡〉說「轉注」和「假借」——武威醫簡用字「六書」分析之二》〔註75〕《武威醫簡語言文字學價值述要》〔註76〕《〈中國簡牘集成·武威醫藥簡〉標注本指疵》〔註77〕《武威醫簡用字與今慣用字偏旁歧異類析》〔註78〕《武威醫簡同源詞例解——兼以〈五十二病方〉爲證》〔註79〕，何茂活、程建功《武威漢代醫簡中的古今字和異體字》〔註80〕《〈武

〔註70〕 張延昌、朱建平編著：《武威漢代醫簡研究》，原子能出版社 1996 年版。

〔註71〕 張延昌主編：《武威漢代醫簡注解》，中醫古籍出版社 2006 年版。本書簡稱「注解本」。

〔註72〕 王輝：《〈武威漢代醫簡〉疑難字求義》，《中華醫史雜誌》1988 年第 2 期。

〔註73〕 張顯成：《〈武威醫簡〉異體字初探》，《中國文字研究》第六輯，廣西教育出版社 2005 年版；《簡帛文獻論集》第 105～140 頁，巴蜀書社 2008 年版。

〔註74〕 李具雙：《〈武威漢代醫簡〉的用字特點》，《中醫文獻雜誌》2001 年第 2 期。

〔註75〕 何茂活：《從〈武威漢代醫簡〉說「轉注」和「假借」——武威醫簡用字「六書」分析之二》，《甘肅中醫學院學報》2009 年第 4 期。

〔註76〕 何茂活：《武威醫簡語言文字學價值述要》，《河西學院學報》2010 年第 3 期。

〔註77〕 何茂活：《〈中國簡牘集成·武威醫藥簡〉標注本指疵》，《中醫文獻雜誌》2010 年第 4 期。

〔註78〕 何茂活：《武威醫簡用字與今慣用字偏旁歧異類析》，《甘肅中醫學院學報》2010 年第 5 期。

〔註79〕 何茂活：《武威醫簡同源詞例解——兼以〈五十二病方〉爲爲證》，《甘肅中醫學院學報》2012 年第 1 期。

〔註80〕 何茂活、程建功：《武威漢代醫簡中的古今字和異體字》，《河西學院學報》2003

威漢代醫簡〉用字的構形模式分析——武威醫簡用字「六書」分析之一》〔註81〕，何茂活、謝繼忠《武威漢代醫簡中的通假字和訛誤字》〔註82〕，林進忠《武威漢代醫簡的行草書法》〔註83〕，徐莉莉《武威漢代醫簡異體字考》〔註84〕，李貴生《從武威漢代醫簡看〈說文解字〉的編纂動因及其價值》〔註85〕等。

　　2、詞義考釋。這方面的論文主要有：（日）赤堀昭《武威漢代醫簡研究》〔註86〕，何雙全《〈武威漢代醫簡〉釋文補正》〔註87〕，劉綱《〈武威漢代醫簡〉「大黃月」考釋》〔註88〕，張標《詞語札記（二）》〔註89〕，陳國清《〈武威漢代醫簡〉釋文再補》〔註90〕，施謝捷《武威、馬王堆漢墓出土醫籍雜考》〔註91〕，張顯成《「橐吾」即「鬼臼」——簡帛醫書短札》〔註92〕，李牧《麻風第一方考》〔註93〕，張麗君《〈武威漢代醫簡〉「𤻲𤻲」考釋》〔註94〕《〈武威漢代醫簡〉「朌膊」考》〔註95〕，杜勇《〈武威漢代醫簡〉考釋》〔註96〕《〈武

第 6 期。

〔註81〕何茂活、程建功：《〈武威漢代醫簡〉用字的構形模式分析——武威醫簡用字「六書」分析之一》，《廣州大學學報》（社科版）2007 年第 5 期。

〔註82〕何茂活、謝繼忠：《武威漢代醫簡中的通假字和訛誤字》，《甘肅聯合大學學報》（社科版）2004 年第 3 期。

〔註83〕林進忠：《武威漢代醫簡的行草書法》，國立臺灣藝術大學《藝術學報》第 72 期，1992 年。

〔註84〕徐莉莉：《武威漢代醫簡異體字考》，《天津師範大學》（社科版）2005 年第 6 期。

〔註85〕李貴生：《從武威漢代醫簡看〈說文解字〉的編纂動因及其價值》，《甘肅中醫學院學報》2010 年第 6 期。

〔註86〕〔日〕赤堀昭《武威漢代醫簡研究》，《東方學報》第 50 期，1981 年。

〔註87〕何雙全：《〈武威漢代醫簡〉釋文補正》，《文物》1986 年第 4 期。

〔註88〕劉綱：《〈武威漢代醫簡〉「大黃月」考釋》，《中藥材》1986 年第 5 期。

〔註89〕張標：《詞語札記（二）》，《文史》第三十輯，中華書局 1988 年版。

〔註90〕陳國清：《〈武威漢代醫簡〉釋文再補》，《文物與考古》1990 年第 4 期。

〔註91〕施謝捷：《武威、馬王堆漢墓出土古醫籍雜考》，《古籍整理研究學刊》1991 年第 5 期。

〔註92〕張顯成：《「橐吾」即「鬼臼」——簡帛醫書短札》，《成都中醫學院學報》1995 年第 1 期；《簡帛文獻論集》第 570～576 頁，巴蜀書社 2008 年版。

〔註93〕李牧：《麻風第一方考》，《中華醫史雜誌》1995 年第 2 期。

〔註94〕張麗君：《〈武威漢代醫簡〉「𤻲」考釋》，《中華醫史雜誌》1996 年第 1 期。

〔註95〕張麗君：《〈武威漢代醫簡〉「朌膊」考》，《中華醫史雜誌》1996 年第 1 期。

威漢代醫簡〉43、43 簡考釋》〔註97〕，李具雙《「膏藥」考》〔註98〕，劉金華《〈武威漢代醫簡〉校讀五則》〔註99〕，何茂活《〈武威漢代醫簡〉「父且」考辨》〔註100〕《「嬰桃」考辨》〔註101〕，張延昌、楊扶德、田雪梅等《〈武威漢代醫簡〉藥方注解（一）》〔註102〕《〈武威漢代醫簡〉藥方注解（二）》〔註103〕《〈武威漢代醫簡〉藥方注解（三）》〔註104〕《〈武威漢代醫簡〉藥方注解（四）》〔註105〕《〈武威漢代醫簡〉藥方注解（五）》〔註106〕《〈武威漢代醫簡〉藥方注解（六）》〔註107〕，陳魏俊《武威漢代醫簡字詞考釋簡述》〔註108〕《武威漢代醫簡考釋二則》〔註109〕《武威漢代醫簡「大黃丹」考釋》〔註110〕，楊森、鄭訪江、祁琴《武威漢代醫簡終古無子治之方注解》〔註111〕，段禎《〈武威漢

〔註96〕杜勇：《〈武威漢代醫簡〉考釋》，《甘肅中醫》1998 年第 1 期。

〔註97〕杜勇：《〈武威漢代醫簡〉43、43 簡考釋》，《甘肅中醫》1998 年第 5 期。

〔註98〕李具雙：《「膏藥」考》，《中醫文獻雜誌》2002 年第 2 期。

〔註99〕劉金華：《〈武威漢代醫簡〉校讀五則》，《南京中醫藥大學學報》（社科版）2003 年第 4 期。

〔註100〕何茂活：《〈武威漢代醫簡〉「父且」考辨》，《中醫文獻雜誌》2004 年第 4 期。

〔註101〕何茂活：《「嬰桃」考辨》，《中華醫史雜誌》2010 年第 4 期。

〔註102〕張延昌、楊扶德、田雪梅等：《〈武威漢代醫簡〉藥方注解（一）》，《甘肅中醫》2004 年第 11 期。

〔註103〕張延昌、楊扶德、田雪梅等：《〈武威漢代醫簡〉藥方注解（二）》，《甘肅中醫》2004 年第 12 期。

〔註104〕張延昌、楊扶德、田雪梅等：《〈武威漢代醫簡〉藥方注解（三）》，《甘肅中醫》2005 年第 1 期。

〔註105〕張延昌、楊扶德、田雪梅等：《〈武威漢代醫簡〉藥方注解（四）》，《甘肅中醫》2005 年第 2 期。

〔註106〕張延昌、楊扶德、田雪梅等：《〈武威漢代醫簡〉藥方注解（五）》，《甘肅中醫》2005 年第 3 期。

〔註107〕張延昌、楊扶德、田雪梅等：《〈武威漢代醫簡〉藥方注解（六）》，《甘肅中醫》2005 年第 4 期。

〔註108〕陳魏俊：《武威漢代醫簡字詞考釋簡述》，《阿壩師範高等專科學校學報》2007 年第 1 期。

〔註109〕陳魏俊：《武威漢代醫簡考釋二則》，《四川文物》2010 年第 3 期。

〔註110〕陳魏俊：《武威漢代醫簡「大黃丹」考釋》，《中醫文獻雜誌》2010 年第 5 期。

〔註111〕楊森、鄭訪江、祁琴：《武威漢代醫簡終古無子治之方注解》，《甘肅中醫》2007

代醫簡〉「和」「合和」正義》〔註112〕《〈武威漢代醫簡〉「大黃丹」考證》〔註113〕，
段禎、王亞麗《〈武威漢代醫簡〉「芎藭」臆說》〔註114〕，王盼、程磐基《〈武威漢代醫簡〉「痿」「沿痿」「五痿」探討》〔註115〕，袁仁智《武威漢代醫簡校注拾遺》〔註116〕，袁仁智、肖衛瓊《武威漢代醫簡 87 校注拾遺》〔註117〕，彭達池《武威漢代醫簡札記三則》〔註118〕等。

3、構詞法分析。這方面的論文主要有：張正霞《〈武威漢代醫簡〉構詞法分析》〔註119〕，段禎《芻談〈武威漢代醫簡〉中的量詞用法》〔註120〕等。

4、句讀勘誤。這方面的論文主要有：張延昌、吳礽驤、田雪梅等《〈武威漢代醫簡〉句讀補正注解（一）》〔註121〕《〈武威漢代醫簡〉句讀補正注解（二）》〔註122〕《〈武威漢代醫簡〉句讀補正注解（三）》〔註123〕《〈武威漢代醫簡〉句讀補正注解（四）》〔註124〕《〈武威漢代醫簡〉句讀補正注解（五）》〔註125〕，

年第 6 期。

〔註112〕段禎：《〈武威漢代醫簡〉「和」「合和」正義——并就有關句讀與張延昌先生商榷》，《甘肅中醫學院學報》2010 年第 1 期。

〔註113〕段禎：《〈武威漢代醫簡〉「大黃丹」考證》，《中醫研究》2010 年第 11 期。

〔註114〕段禎、王亞麗：《〈武威漢代醫簡〉「芎藭」臆說》，《中國中醫基礎醫學雜誌》2013 年第 91 期。

〔註115〕王盼、程磐基：《〈武威漢代醫簡〉「痿」「沿痿」「五痿」探討》，《中醫文獻雜誌》2009 年第 5 期。

〔註116〕袁仁智：《武威漢代醫簡校注拾遺》，《中醫研究》2010 年第 11 期。

〔註117〕袁仁智、肖衛瓊：《武威漢代醫簡 87 校注拾遺》，《中醫文獻雜誌》2012 年第 6 期。

〔註118〕彭達池：《武威漢代醫簡札記三則》，《中醫文獻雜誌》2012 年第 1 期。

〔註119〕張正霞：《〈武威漢代醫簡〉構詞法分析》，《寧夏大學學報》（人文社科版）2004 年第 1 期。

〔註120〕段禎：《芻談〈武威漢代醫簡〉中的量詞用法》，《甘肅中醫學院學報》2009 年第 4 期。

〔註121〕張延昌、吳礽驤、田雪梅：《〈武威漢代醫簡〉句讀補正注解（一）》，《甘肅中醫》2004 年第 6 期。

〔註122〕張延昌、吳礽驤、田雪梅：《〈武威漢代醫簡〉句讀補正注解（二）》，《甘肅中醫》2004 年第 7 期。

〔註123〕張延昌、吳礽驤、田雪梅：《〈武威漢代醫簡〉句讀補正注解（三）》，《甘肅中醫》2004 年第 8 期。

〔註124〕張延昌、吳礽驤、田雪梅：《〈武威漢代醫簡〉句讀補正注解（四）》，《甘肅中醫》

胡娟、鍾如雄《漢代簡帛醫書句讀勘誤四則》〔註126〕等。

二〇一四年八月，安徽科學技術出版社出版了李盛華、張延昌主編的《武威漢代醫簡研究集成》，其中第二、第三章詳細介紹了《武威漢代醫簡》出土四十餘年來出版的研究成果，後附有《武威漢代醫簡研究論文題錄》，共搜集論文題目二百一十二篇。該書《內容提要》指出：「1972 年 11 月武威旱灘坡出土的武威漢代醫簡被定為『國寶』級文物，屬於醫簡學中最有保存和歷史研究價值的文物……這批醫藥簡牘出土至今已四十年，文字、歷史、考古、醫學等領域的科學工作者做了大量的整理和研究，本書編著者將武威漢代醫簡出土以來的研究綜述、出版著作、發表論文、科研成果、新聞報導匯集一卷，較詳細地集成薈萃了該領域的最新研究成果，是進一步瞭解、研究、運用武威漢代醫簡的重要參考史料。」〔註127〕

（三）《養生方》《雜療方》《雜禁方》等的研究成果

長沙馬王堆出土的《養生方》等三部醫書，前人研究的成果總體不多。相比而言，討論房中術的論著要比討論字詞的論文多一些。因為這三部醫書與《五十二病方》均收錄在《馬王堆漢墓帛書〔肆〕》中，因此，其研究成果，本文在介紹《五十二病方》的研究成果部分，有的已作了連帶介紹，故不再贅述。除此之外，還有以下論著。

1、房中養生術研究。這方面的論著主要有：周世榮《馬王堆房中養生學：中國最古老的性氣功醫學》〔註128〕，周一謀譯注、羅淵祥審校《馬王堆漢墓出土房中養生著作譯釋》〔註129〕，長青（張顯成）《房事養生典籍·馬王堆漢墓

2004 年第 9 期。

〔註125〕張延昌、吳礽驤、田雪梅等：《〈武威漢代醫簡〉句讀補正注解（五）》，《甘肅中醫》2004 年第 10 期。

〔註126〕胡娟、鍾如雄：《漢代簡帛醫書句讀勘誤四則》，《東亞人文學》第四十五輯，〔韓〕東亞人文學會出版發行，2018 年 12 月。

〔註127〕李盛華、張延昌主編：《武威漢代醫簡研究集成》，安徽科學技術出版社 2014 年版。

〔註128〕周世榮：《馬王堆房中養生學：中國最古老的性氣功醫學》，臺北《氣功》雜誌社1990 年。

〔註129〕周一謀譯注、羅淵祥審校：《馬王堆漢墓出土房中養生著作譯釋》，香港海峰出版社 1990 年第一版，今日中國出版社 1992 年再版。

帛書》〔註 130〕，周一謀《馬王堆簡帛與古代房中養生》〔註 131〕，辛智科《試論馬王堆出土竹簡〈養生方〉》〔註 132〕，李零《高羅佩與馬王堆房中書》〔註 133〕，馬繼興《馬王堆古醫書中的呼吸養生法》〔註 134〕等。

2、文字、詞義考釋。這方面的論文主要有：潘遠根《馬王堆醫書〈雜療方〉考辨》〔註 135〕，劉釗《馬王堆漢墓帛書〈雜療方〉校釋札記》〔註 136〕，倪世美《馬王堆〈養生方〉「加」義明辨》〔註 137〕，周一謀《簡帛〈養生方〉及〈雜療方〉中的方藥》〔註 138〕等。

四　漢代簡帛經方文獻的價值

衡量和判斷一部古籍的價值有多重角度，但最基本的角度是看它在整個民族發展史上起到過什麼作用，對後世乃至世界有什麼影響。關於《五十二病方》《武威漢代醫簡》等漢代簡帛經方文獻的價值，我們祇從漢字發展史、漢語史、醫藥史以及其他學科方面等角度作出評價。

（一）對漢字發展史研究的價值

東漢文字學家許慎說：「及宣王太史籀著大篆十五篇，與古文或異，至孔子書《六經》，左丘明述《春秋傳》，皆以古文，厥意可得而說。其後諸矦力政，不統於王。惡禮樂之害己，而皆去其典籍，分為七國。田疇異晦，車塗異軌，律令異法，衣冠異制，言語異聲，文字異形。」〔註 139〕在漢字系統中，「文

〔註 130〕長青（張顯成）：《房事養生典籍・馬王堆漢墓帛書》，西北大學出版社 1993 年版。

〔註 131〕周一謀：《馬王堆簡帛與古代房中養生》，嶽麓書社 2005 年版。

〔註 132〕辛智科：《試論馬王堆出土竹簡〈養生方〉》，《陝西中醫》1990 年第 6 期。

〔註 133〕李零：《高羅佩與馬王堆房中書》，湖南省博物館編《馬王堆漢墓研究文集——1992 年馬王堆漢墓國際學術討論會論文選》，湖南出版社 1994 年版。

〔註 134〕馬繼興：《馬王堆古醫書中的呼吸養生法》，湖南省博物館編《馬王堆漢墓研究文集——1992 年馬王堆漢墓國際學術討論會論文選》，湖南出版社 1994 年版。

〔註 135〕潘遠根：《馬王堆醫書〈雜療方〉考辨》，《湖南中醫學院學報》1989 年第 3 期。

〔註 136〕劉釗：《馬王堆漢墓帛書〈雜療方〉校釋札記》，《古文字研究》第二十八輯，中華書局 2010 年版。

〔註 137〕倪世美：《馬王堆〈養生方〉「加」義明辨》，《成都中醫藥大學學報》1995 年第 2 期。

〔註 138〕周一謀《簡帛〈養生方〉及〈雜療方〉中的方藥》，《福建中醫藥》1992 年第 6 期。

〔註 139〕〔漢〕許慎《說文解字敘》，見〔宋〕徐鉉等校定《說文解字》第 315 頁，中華書

字異形」主要指兩個方面：一是指構形法的發展，二是指字形形體的轉換。構形法的發展是以滿足造字的需要爲目的，而字形形體的轉換則是以滿足用字的需要爲目的。許慎所說的「文字異形」指的是字形形體的轉換。

1、爲古今字的研究提供早期史料。漢字集團中的古今字是個集合概念，指的是某一個字，原來的意義很多，後來爲其中的某個或幾個意義造了區別字。由此，本字與區別字之間就構成了「古」與「今」的關係。如「卬」與「仰」：

「卬」的本義爲仰望。《說文·匕部》〔註140〕：「卬，望欲有所庶及也。从匕从卪。《詩》曰：『高山卬止。』」（八上）清徐灝注箋：「卬，古仰字。」《篇海·卪部》：「卬，望也。」《字彙·卪部》：「卬，翹首望也。」《詩經·大雅·雲漢》：「瞻卬昊天，云如何里？」漢鄭玄注：「里，憂也。王愁悶於不雨，但仰天曰：『當於我之憂何？』」《楚辭·宋玉〈九辯〉》：「卬明月而太息兮，步列星而極明。」宋洪興祖補注：「卬，望也。」引申爲：

①向上，與「俯」相對。《廣雅·釋詁一》：「仰、卬，舉也。」清王念孫疏證：「仰、卬，聲義並同。《說文》：『仰，舉也。』」《玉篇·匕部》：「卬，俯卬。今爲仰。」《漢書·鼂錯傳》：「兵，兇器；戰，微事也。以大爲小，以彊爲弱，在俛卬之間耳。」

②仰仗、仰慕。《玉篇·匕部》：「卬，待也。」《荀子·議兵》：「上足卬則下可用也，上不卬則下不可用也。」唐楊倞注：「卬，古仰字。不卬，不足仰也。下託上曰仰。」

③向著、對著、朝著。《廣雅·釋詁四》：「卬，嚮也。」王念孫疏證：「卬與仰通。」《玉篇·匕部》：「卬，向也。」

④變讀五剛切（《廣韻·疑韻》），今音 áng。抬起、揚起。《穀梁傳·昭公八年》：「置旃以爲轅門。」晉范甯注：「轅門，卬車以其轅表門。」唐陸德明釋文：「卬車，五郎反……本又作昂。」

⑤今音 áng。高；價格高。《廣韻·唐韻》：「卬，高也。」《漢書·溝洫志》：「奏請穿鑿六輔渠，以益溉鄭國傍高卬之田。」《漢書·食貨志下》：「萬

局 1963 年版。

〔註140〕《說文·匕部》：「匕，相與比敘也。从反人。匕亦所以用匕取飯，一名柶。」（八上）〔宋〕徐鉉等注：「卑履切。」

物印貴。」唐顏師古注：「印，物價起。」

⑥今音 áng。昂揚。重言作「印印」。《詩經‧大雅‧卷阿》：「顒顒印印，如圭如璋，令聞令望。」毛傳：「印印，盛貌。」《文選‧司馬相如〈長門賦〉》：「貫歷覽其中操兮，意慷慨而自印。」唐李善注：「印，激厲也。」

⑦今音 áng。第一人稱代詞。《爾雅‧釋詁下》：「印，我也。」晉郭璞注：「印，猶姎也。語之轉耳。」宋邢昺疏：「《說文》云：女人稱我曰姎。由其語轉，故曰印。」清俞正燮《癸巳類稿‧複語解》和章太炎《新方言‧釋言》均認爲，即俗「俺」的本字。《尙書‧大誥》：「越予沖人，不印自恤。」陸德明釋文：「印，我也。」《詩經‧邶風‧匏有苦葉》：「招招舟子，人涉印否。」毛傳：「印，我也。」

「印」至少有以上八個義項，後人爲了避免理解的混亂和記憶的準確，造了個區別字「仰」，以分擔本義「仰望」和引申義①「向上」、②「仰仗、仰慕」、③「向著、對著、朝著」；再造區別字「昂」，以分擔引申義④「抬起、揚起」、⑤「高」。剩下的引申爲⑥⑦依然用「印」來表示。如此一來，「印」與「仰」、「印」與「昂」，就構成了古今字的關係。

古今字的形成，雖然起到了區別意義的作用，但是，由於書寫者會養成習慣，喜歡多用最先習得的字，如此一來，某些古籍中用的古字顯得多一些，有些則很少用古字。比如《史記》幾乎很少用古字，而《漢書》則多用占字。

在漢代簡帛經方文獻中，多用古字顯得尤爲突出。比如「般」與「瘢」。《五十二病方‧諸傷》第九治方：

一，令傷毋（無）般（瘢），取彘（彘）膏、口衍并冶，傅之 14 / 14〔註141〕。

本方中的「般」字，帛書本釋爲「般（瘢）」，並注：「毋瘢，沒有瘢痕，這是防止創傷瘉合後造成瘢痕的方法。」考注本：「令傷毋般：使傷口愈後不發生瘢痕。」考釋本逕改釋爲「瘢」，並注：「瘢——原作般。瘢與般上古音均並母，元部韻，同音通假。」

本方中的「般」是用諧聲字來代替本字的。「般」甲骨文作，金文，

〔註141〕此下標的編號爲《馬王堆漢墓帛書集成》釋文中的編號，「／」前數字爲集成本的重新編號，其後爲原帛書本的編號。下同。

上古音並母元部〔註142〕，今音 pán，本義爲搖船。《說文・舟部》：「般，辟也。象舟之旋。从舟从殳。殳，所以旋也。舨，古文般从攴。」（八下）清段玉裁改「攴」爲「支」，並注：「各本作『从攴』，誤，今正。从支猶从殳也。」《白虎通・崩薨》：「臣子於其君父，非有老少也，亦因喪質，無般旋之禮，但盡悲哀而已。」引申爲斑紋、瘢痕，音變爲 bān。《周禮・天官・內饔》：「馬黑脊而般臂，螻。」鄭玄注：「般臂，臂毛有文。」《史記・司馬相如列傳》：「般般之獸，樂我君囿。」唐司馬貞索隱：「般般，文彩之皃也。音班。」宋洪適《隸續・丹陽太守郭旻碑》：「即世雖立碑頌裁足載字加有瑕般。」自注：「般，即瘢字。」後世另造「瘢」字以分「般」之「瘢痕」義。

「瘢」上古音也屬並母元部，本義爲因創傷、瘡癤後留在皮膚上的疤痕。《說文・疒部》：「瘢，痍也。从疒般聲。」（七下）南唐徐鍇繫傳：「痍傷處已愈，有痕曰瘢。」《玉篇・疒部》：「瘢，瘡痕也。」《漢書・朱博傳》：「博聞知，以它事召見，視其面，果有瘢。」唐顏師古注：「瘢，創痕也。」後世更換聲母「般」轉形爲「癍」「瘢」。元楊瑀《山居新話》：「（大德間）適德壽太子病癍而薨。」明李時珍《本草綱目・穀之四・大豆豉》：「（主治）下氣調中，治傷寒、溫毒、發癍、嘔逆。」清趙學敏《本草綱目拾遺・金部・母子懸》：「凡人面有紫黑癍記，久沐盡去。」清葉桂《臨證指南醫案》：「癍者，有觸目之色，而無礙手之質，即稠如錦紋，稀如蚊跡之象也。或佈於胸腹，或見於四肢，總以鮮紅起發者爲吉。」

「瘢」字雖見於東漢文獻，但在西漢時期尚未造「瘢」字，且「般」的引申義在秦代以前就有了「瘢痕」義，所以《五十二病方》寫作「般」，屬於用古字，不算通假字，考釋本說本方中的「般」通「瘢」，不確。

再如「段」與「鍛」。《五十二病方・牝痔》第三治方：

一，**牝痔之有數竅，蟯白徒道出者方**：先道（導）以滑夏鋌，令血出。穿地深尺半，袤尺，【廣】 267/254 三寸，【燔】口炭其中，段（煅）駱阮少半斗，布炭上，【以】布周蓋，坐以熏其竅。

本方中的「段」，帛書本釋爲「段（煅）」，考注本、校釋（壹）本、校釋

〔註142〕郭錫良：《漢字古音手冊》第 312 頁，商務印書館 2010 年版。按：本書所引上古音，除特別注明外，均引自郭錫良《漢字古音手冊》。

本從其釋。考釋本逕釋爲「煆」，補譯本改釋爲「段（煆）」，並注：「段：通煆（duàn）。《廣韻》：『煆，火氣猛也。』本文疑煆從上句，讀作：『燔桑炭其中，煆。』」集成本也改釋爲「段（煆）」。

今細看集成本新圖版，〔註143〕帛書原文本寫作「叚」。「段」金文作叚，象手持椎敲打石頭之形，會意字，即「鍛」「煆」等的古字。《說文・殳部》：「段，椎物也。从殳，耑省聲。」（三下）〔註144〕清段玉裁注：「用椎曰段。《考工記》『段氏爲鎛器』，鑄欲其段之堅，故官曰段氏。《函人職》曰：『凡甲鍛不摯則不堅。』段亦當作段。《金部》：『鍛，小冶也。』小冶，小鑄之竈也。後人以『鍛』爲『段』字，以『段』爲分段字。」清徐灝注箋：「段、鍛，古今字。引申之，則爲分段。」朱芳圃《殷周文字釋叢》：「金文『段』象手持椎於厂中捶石之形，許君訓『椎物』，引申之義也。云『耑省聲』，誤象形爲形聲矣。」《禮記・曲禮下》：「天子之六工：曰土工、金工、石工、木工、獸工、草工。」漢鄭玄注：「金工：築、冶、鳧、栗、段、桃也。」唐孔穎達等正義：「段氏主錢鎛、田器。」

「段」的本義爲敲擊，引申爲：①在石頭上捶製乾肉；②斷開、分開；③鳥蛋孵不出；④捶物墊的石頭；⑤身段；⑥一種質地厚實而有光澤的絲織品等。後世另造區別字「鍛」區分本義，另造「腶」區分引申義①，另造「㱿」區分引中義③，另造「緞」區分引申義⑥。因此「段」與「鍛」「腶」「㱿」「緞」就成古今字。從漢字轉注原理看，「鍛」不僅是「段」的區別字，還是它的轉形字。

「段」的另一個區別字是「煅」。「煅」與「煆」不是異體字，帛書本不僅沒有搞清楚「段」與「煅」的古今字關係，而且還用一個錯字來釋讀「段」。補譯本將「煆」改釋爲「煅」，集成本從其釋，甚確。

「煅」與「煆」是兩個不同的字。「煆」今音 xiā 或 xià，本義爲熱或火氣猛。《廣雅・釋詁二》：「煆，爇也。」清王念孫疏證：「《方言》：『煦、煆，爇也。』」《玉篇・火部》：「煆，許嫁切。熱也。乾也。」《廣韻・麻韻》：「煆，

〔註143〕本書所說的「集成本新圖版」，特指《長沙馬王堆漢墓帛書集成》中附的經最新設備和技術處理後的、比原整理圖版更高清的圖版，也是集成本中已用以區別舊圖版的稱謂。

〔註144〕〔漢〕許慎撰，〔宋〕徐鉉等校定：《說文解字》第 66 頁，中華書局 1963 年版。

火氣猛也。許加切，又呼嫁切。」〔註145〕「煅」字則是「鍛」的異體字。《字彙・火部》：「煅，與鍛同。打鐵也；椎鍊也。」引申爲中藥炮製的方法之一，即將藥材放在火裡燒。本方「段」用的古字，所謂「段骼阮少半斗」，就是將小半斗骼阮倒進桑炭火中燒。

再如「到縣」與「倒懸」。《五十二病方・牝痔》第七治方：

人州出不可入者，以膏=（膏膏）出者，而到（倒）縣（懸）其人，以寒水戔（濺）其心腹，入矣。 276 / 263

本方中的「到縣」，帛書本釋爲「到（倒）縣（懸）」，繼後各注本從其釋，而考釋本逕改釋爲「倒懸」，並說它們是「同音通假」，甚誤。「到」與「倒」，「縣」與「懸」，均爲古今字。

「到」金文作 𝍇，本義爲到達。《說文・至部》：「到，至也。從至刀聲。」《詩經・大雅・韓奕》：「蹶父孔武，靡國不到。」引申爲顛倒。清潘奕雋《說文解字通正》：「《太玄經》：『顛衣到裳。』是『到』正字，『倒』新字。」《墨子・經下》：「臨鑑而立，景到。」清孫詒讓閒詁：「畢云：『即今影倒字。』」後世另造區別字「倒」。《集韻・號韻》：「倒，顛倒也。」《禮記・曲禮下》：「倒篋則龜於君前，有誅。」漢鄭玄注：「倒，顛倒也。」「到」「倒」的顛倒義在漢代都同時使用，本方的書寫者用的是古字。

「縣」金文作 𥄉，從木從系，持首，今音 xuán，本義爲懸掛。《說文・県部》：「縣，繫也。從系持県。」（九上）後世增「心」另造區別字「懸」。《廣韻・先韻》：「縣，《說文》：『繫也。』胡娟切。懸，俗，今通用。」〔註146〕《詩經・魏風・伐檀》：「不狩不獵，胡瞻爾庭有懸貆兮？」

本方的書寫者用的也是古字。故知帛書本釋爲「到（倒）縣（懸）」，考釋本逕改釋爲「倒懸」，均未安。

古今字的研究原則是：

第一，區別字產生以前，書寫者祇能用古（本）字，因此，後世在研究某部古籍或某個時代的古今字時，祇能以古字爲研究對象，並以後出的區別字來說明它們之間的源流關係，但不得直接或間接地以後出的區別字來替換原文；

〔註145〕《宋本廣韻》第 149 頁，北京市中國書店 1982 年據張氏澤存堂本影印。
〔註146〕書同上，116 頁。

　　第二，如果古今字在同一時代共存，而書寫者或祇用古字或古今字混用，後世在研究某部古籍或某個時代的古今字時，應以某部古籍中的古今字作對比研究，並引用同時代的其他古籍以佐證，但也不得直接或間接地以區別字來替換原文。

　　在漢代簡帛經方文獻中，書寫者因為多屬於粗通文墨的下層知識份子，所以慣用已習得的古字來書寫，而當今整理漢代簡帛經方文獻的人，或誤將古字當成通假字來釋讀，或直接、間接地以後出的區別字來替換原文，這種做法是對古籍的「背叛」。

　　研究漢代簡帛中的古今字，既能瞭解漢代中下層知識份子寫字的習慣，更能為我們梳理清楚漢代古今字之間的源流關係提供難得的文字資料。

　　2、為異體字的研究提供早期史料。漢字集團中的異體字也是一個集合概念，指的是同一個字有兩種以上書寫形體。李圃（玲璞）說：「關於異體字的概念，學術界目前有廣義（祇在某一義項上可以替換的若干字）和狹義（在所有義項上都可以替換的若干字）的區別。很顯然，這種區分實際上也祇是共時的分析認定。從歷時角度來看，廣義的異體和狹義的異體往往可以相互轉化，或發生其他變化。故廣義、狹義的判斷只屬於斷代異體字研究的範疇。」他特別強調指出：「在人們對漢字異體字現象的理論表述中，有一個問題是往往被忽略的。而我們認為，正是這個問題乃是準確的認識把握異體現象的關鍵，這就是漢字異體字的歷時流變性質。」〔註147〕李圃先生所說的「歷時流變性質」就是許慎所謂「文字異形」，以及鍾如雄先生所說的形體轉換。〔註148〕

　　漢字形體的歷時流變會產生大量的異體字，這些異體字，匯聚到後世的某一個時期，如果將它們搜集起來編寫成一部字典，就叫做「異體字字典」。如晉代張揖所撰的《古今字詁》，唐代顏元孫所撰的《干祿字書》，宋代司馬光等人所撰的《類篇》，以及今人李圃主編的《異體字字典》等。

　　如果仔細分析，異體字中實際上包含三類字形：第一類，初文與後起字都有構形理據可說的，要麼是用不同的造字方法（或象，或會意，或形聲）

〔註147〕李圃：《漢字異體字論（代前言）》，見李圃主編《異體字字典》，學林出版社1997年版。

〔註148〕關於漢字的形體轉換，請參看鍾如雄的「六書」轉換理論，見《說文解字論綱》（修訂本）第八章，中國社會科學出版社2014年版。

造的字，要麼都是用同一種造字方法造的字。第二類，構形部件完全相同，祇是組合方式不同。第三類，後起字無構形理據可言，祇是形體的譌變或筆劃的增與減而已。如「魅」，甲骨文寫作魅 𧴪、𧴪，後隸變爲「彪」，應爲初文。《說文・鬼部》：「彪，老精物也。从鬼、彡。彡，鬼毛。魅，或从未聲。录，古文。裛，籀文从象首，从尾省聲。」（九上）《周禮・春官・神仕》：「以夏日至，致地示（祇）物彪。」鄭玄注：「百物之神曰彪。」清孫詒讓正義：「即物之老而能爲精怪者。」後世再造出「魅、录、裛、魈、魯、魂、魖、魁、魃、魀、魊、魌、魆、魋、魅、魑、魖」等十八個異體字來。

「魅」，爲《說文》同部重出字。《左傳・宣公三年》：「螭魅罔兩，莫能逢之。」晉杜預注：「魅，怪物，」漢王充《論衡・訂鬼》：「一曰：鬼者，物也，與人無異。天地之間，有鬼之物，常在四邊之外，時往來中國，與人雜則（廁），兇惡之類也。故人病且死者，乃見之……或謂之鬼，或謂之凶，或謂之魅，或謂之魖，皆生存實有，非虛無象類之也。」

「录、裛」也爲《說文》同部重出字。

「魁」，《玉篇・鬼部》：「彪，莫覬切。老精物也。魁、魅，並同上。录，古文。裛，籀文。」〔註149〕

「魊」，《直音篇・鬼部》作爲「魅」的俗字收錄。

「魈、魯」，《龍龕手鑑・鬼部》作爲「魅」的俗字收錄。

「魆」，《龍龕手鑑・鬼部》作爲「魅」的古字收錄。《六度集經》卷一：「今爾鬼魆系發之邪力，焉能遏吾正正眞之勢乎？」

「魂、魋、魁、魌、魑」，《龍龕手鑑・鬼部》作爲「魅」的俗字收錄。

「魅」，《通志・六書略四》：「先儒所以顛沛淪於經籍之中，如汎一葦於溟渤，靡所底止，皆爲假借所魅也。」中華書局 1955 年王重民點校本作「魅」。

「魂」，《改倂四聲篇海・鬼部》引《搜眞玉鏡》：「魂，音義與魅同。」

「魆」，《字彙補・鬼部》：「魆，同魅。」「魖」，《篇海類編・人物類・鬼部》：「魖，音魅，義同。」

這十八個異體字可分爲三類：

第一類：構形有理據可說的。用會意法造的有「彪、录、裛、魈、魯」五

〔註149〕《宋本玉篇》第 370 頁，北京市中國書店 1982 年據張氏澤存堂本影印。

個字；用形聲法造的有「魅、魖、𩲡」三個字。

第二類：構形部件相同，僅僅是組合方式不同的有「魁」與「嵒」，「魄」與「寬」，「魖」與「魗」，「勉」與「𩲡」八個字。

第三類：字形譌變的有「魃、魩、魅」三個字。

在漢代簡帛經方文獻中，以上三類異體字幾乎都有，不過其中一三兩種多見。原因是漢代醫簡屬於眞正意義的「手書」，而且還是當時中下層知識份子的手書，所以手書慣用古字，且筆劃增減隨意，這就爲我們研究異體字的形成原因提供了眞實而難得的歷史資料。如「鬻」與「粥」。《五十二病方·蚖》第六治方：

一，以青粱米爲鬻（粥），水十五而米一，成鬻（粥）五斗，出，揚去氣，盛以新瓦甖（罋），冥（幎）口以布三【口】，92 / 92 即封涂（塗）厚二寸，燔，令泥盡火而歃（歇）之，肎（痏）巳（已）。93 / 93

本方中的兩個「鬻」字，帛書本釋爲「鬻（粥）」，繼後各注釋本均從其釋。考釋本逕改釋爲「粥」，並注：「粥與鬻上古音均覺部韻。粥爲章母，鬻爲餘母，故鬻假爲粥。」

「鬻」原本是「粥」的完整寫法，而「粥」則是「鬻」的省文。《說文·鬻部》：「鬻，䭈也。从鬲米。」（三下）清段玉裁注：「鬻，會意……〔徐〕鉉本誤衍『聲』字。」《爾雅·釋言》：「鬻，糜也。」清郝懿行義疏：「鬻者，經典省作『粥』而訓『糜』。」《集韻·屋韻》：「鬻，糜也。亦書作粥。」《左傳·昭公七年》：「饘於是，鬻於是，以餬余口。」唐孔穎達等正義：「稠者曰糜，淖者曰粥。」《儀禮·士喪禮》：「夏祝鬻餘飯，用二鬲於西牆下。」清毛奇齡《喪禮吾說篇·重說》：「鬻，粥也。取死者養疾所餘米而熬爲粥也。」本方之「鬻」用的本（正）字，帛書本不當改釋爲「鬻（粥）」；考釋本逕改釋爲「粥」，並說「鬻假爲粥」，甚誤。

在漢代簡帛經方文獻的三類異體字中，第一類（即構形有理據可說）非常值得深入研究。這類異體字，從共時和靜態的角度看，它們是異體，但從歷時和動態的角度看，它們之間包含著一種舊形轉換的規律。這種舊形轉換成新形的規律，鍾如雄先生稱之爲「舊形改造翻新的規律」。他說：「我們認識的轉注原理，借用唐代孔穎達的『舊形』改造規律來講，就是漢字的舊形

轉換規律，即對原有的字形進行改造翻新的規律。轉注者，舊形更換者也。『轉』是更換，『注』也是更換。其方法是：在原字的基礎上重建表示字義的義類（亦稱『類母』）或表示讀音的聲類（亦稱『聲母』），或統一部首來創造新字。」〔註150〕

漢字轉換原理和方法的運用，會產生許許多多異體字來。比如《五十二病方》中的「鷄」都寫作「雞」，而帛書本、集成本等釋爲「鷄」，甚爲不妥。「雞」從「隹」，「鷄」則從「鳥」，兩字類母不同。《說文·隹部》：「雞，知時畜也。从隹奚聲。鷄，籀文雞从鳥。」《玉篇·鳥部》：「鷄，知時鳥。又作雞。」再如「衝」與「衝」。《五十二病方·腸頽（癩）》第八治方：

一，以日出時，令積（癩）者屋霤下東鄉（嚮），令人操築西鄉（嚮），祝曰：「今日庚，某積（癩）亢；今日己，某積（癩）巳（已）。【□】₂₁₉/₂₀₆ 而父與母皆產，柏築之，顛父而衝（衝）子，胡不巳（已）之有」？」以築衝（衝）積（癩）二七」。巳（已）備，即曰：「某起。」積【已】

220 / 207

本方中「父而衝」「築衝積（癩）」之「衝」，帛書本釋爲「衝」，集成本改釋爲「衝（衝）」。相同的一個字，帛書本與集成本就有兩種釋文，兩種釋文都不對。今細看集成本新圖版，帛書原文本寫作「衝」，即「衝」，帛書本誤釋爲「衝」了，所以集成本纔改釋爲「衝」。集成本原本改釋得很正確，然卻在「衝」後增加了個「衝」字，本想說明「衝」就是「衝」字，這樣釋反而顯得畫蛇添足。

從字源關係看，「衝」是「衝」的初文，本義爲四通八達的大路。後世更換聲母「童」轉形爲「衝」。《說文·行部》：「衝，通道也。从行童聲。《春秋傳》曰：『及衝以戈擊之。』」（二下）清邵瑛羣經正字：「（衝）今經典作衝。」《史記·酈生陸賈列傳》：「夫陳留，天下之衝，四通五達之郊也。」引申爲撞擊、突擊。《莊子·秋水》：「梁麗可以衝城，而不可以窒穴，言殊器也。」唐成玄英注：「衝，擊也。」本方的「衝」，或寫作「童（衝）」，表示用柏杵撞擊。如「而父與母皆童（衝）柏築之顛」，意爲「你的父母都撞在柏杵頭上

〔註150〕鍾如雄：《轉注系統研究》第 241 頁，商務印書館 2014 年版。

（死了）」。注意：《漢語大字典》「衞」下未收「碰撞」「撞擊」義項，〔註151〕
應據《五十二病方》補。

再如「蠭」與「蜂」。《五十二病方・腸穨（癩）》第十三治方：

一，陰乾之旁蠭（蜂）卵，以布裹□□。 225/212

本方中「旁蠭卵」之「蠭」，原帛書寫作「**䗬**」，帛書本誤釋爲「逄」，並
注：「旁逄卵，旁疑讀爲房，逄疑讀爲蜂，下第二三六行有蜂卵，可參看。」
繼後考注本、校釋（壹）本從其釋。考釋本迻改釋爲「房蜂卵」，並注：「蜂
——原作『逄』。蜂與逄上古音均東部韻。蜂爲滂母，逄爲並母，故逄假爲
蜂。」校釋本從其釋。集成本再改釋爲「旁蠭（蜂）卵」。今細看集成本新
圖版，帛書原文本寫作「旁蠭卵」，不過「蠭」下面「虫」的筆劃有些模糊。

從字源關係看，「蠭」是「蜂」等字的初文。《爾雅・釋蟲》：「土蠭、木
蠭。」《說文・蚰部》：「蠭，飛蟲螫人者。从蚰逄聲。蠢，古文省。」（十三
下）後世更換類母「蚰」和聲母「逄」轉形爲「蜂（䖡）」。〔註152〕《玉篇・
蚰部》：「蠭，孚容切。螫人飛蟲也。亦作蜂。」《左傳・僖公二十二年》：「蠭
蠆有毒。」唐陸德明釋文：「蠭，俗作蜂。」《說文》「蠭」邵瑛羣經正字：「此
字俗作蜂。」或更換聲母「逄」轉形爲「蟲」。《說文》同部重出字有「蟲」
字。《玉篇・蚰部》：「蠭，螫人飛蟲也。亦作蜂。蟲，古文。」《集韻・鍾韻》：
「蠭，《說文》：『飛蟲螫人者。』古作蟲，通作蜂。」《楚辭・天問》：「蟲蛾
微命，力何固？」宋洪興祖補注：「蟲，一作蠭。」《古今韻會舉要・多韻》：
「蠭，古作蟲。」或再更換類母「蚰」轉形爲「蠭（䖡）」。《集韻・鍾韻》：「蠭，
《說文》：『飛蟲螫人者。』古作蟲，或作䖡、蚌，通作蜂。」或再更換聲母
「逄」轉形爲「蠭」。《集韻・東韻》：「蜂，《倉頡篇》：『蟲、蜂，蟲名。』或
从蓬。」「蟲」「蠭（䖡）」「蜂（䖡）」「蠭」等，都是「蠭」的後出轉形字，
集成本改「蠭」爲「蜂」，未安。

〔註151〕《漢語大字典》第914頁，四川辭書出版社、湖北崇文書局2010年版。

〔註152〕關於形聲字的「形符」與「聲符」，本書採用鍾如雄先生的「類母」「聲母」說。「類
　　　　母」「聲母」即「字義類屬性字母」和「聲義擴散性字母」的簡稱。鍾先生說：「『類
　　　　母』指在形聲字的構形中表示字義所屬類別的字母，即字義類屬性字母。『聲母』
　　　　指同一讀音和意義向不同事物趨同的字母，即聲義擴散性字母。」參看鍾如雄《說
　　　　文解字論綱》（修訂本）第106頁腳注②，中國社會科學出版社2014年版。

「旁蠭卵」即「蠭房卵」，別名「蜂子」「蜂蛹」，動物類方藥名。《神農本草經·蜂子》：「蜂子，味甘，平，微寒，無毒。主治風頭，除蠱毒，補虛羸，傷中。治心腹痛，大人小兒腹中五蟲口吐出者，面目黃。久服令人光澤，好顏色，不老，輕身益氣。大黃蜂子：主治心腹脹滿痛，乾嘔，輕身益氣。土蜂子：主治癰腫，嗌痛。一名蜚零。生武都山谷。畏黃芩、芍藥、牡蠣。」

漢代簡帛經方文獻中的異體字，有的見於傳世文獻和字書，有的則不見於傳世文獻。研究漢代簡帛經方文獻中的異體字，既有利於搞清楚漢字形體轉換的基本原理和方法，更有利於我們準確地讀懂原文文意，避免誤釋誤訓。如「捽」與「撮」。《五十二病方·毒烏象（喙）》第二治方：

一，㕑（屑）勹（芍）藥，以口半桮（杯），以三指大捽（撮），歆（飲）之。72 / 72

本方中的「捽」，帛書本釋為「捽（撮）」，考釋本、校釋（壹）本、校釋本、集成本從其釋。考注本：「撮——原作『捽』。捽與撮為同源字。從清旁紐，物月旁轉。三指大撮——即撮取藥物粉末時較一般的三指撮更多一些的容量。」補譯本：「三指大捽（撮）與 285 / 272 行文一致，即要求作到多撮一點藥，又如 26 / 26 行『三指撮到節』意同。」

我們注意到，《五十二病方》中的「撮」多寫作「㝡」。「㝡」即「最（cuō）」字的異體。《集韻·末韻》：「撮，《說文》：『四圭也。一曰兩（三）指撮也。』或省。」《狂犬齧人》第二治方寫作「㝡」，云：「取竈末灰三指㝡（撮）【□□】水中，以歆病者。」「撮」後世也寫作「撮」，從「最（㝡）」得聲。《龍龕手鑑·手部》「撮」同「撮」。《敦煌變文集·維摩詰經講經文》：「是身如聚沫，不可撮摩。」

本方中的「捽」，是「撮」的轉形字，即更換聲母「最」轉形為「捽」，故不宜釋為「捽（撮）」，祇能照原文釋。「捽」是西漢以前為「撮」造的異體字。考注本說「捽與撮為同源字」，未安；《漢語大字典》未收「捽」字，應據《五十二病方》補。

再如「咃」與「舓」。《五十二病方·疣》第三治方：

一，濡，以鹽傅之，令牛咃（呬——舓）之。80 / 80

本方中的「咃」，帛書本釋為「呬」，云：「呬，即舓字，《說文》作舓。《千

金要方》卷二十五載，治卒死無脈，『牽牛臨鼻上二百息，牛舐一必差。牛不肯舐，著鹽汁塗面上，牛即肯舐』。也是用鹽誘使牛舐的療法。」考注本、校釋（壹）本、校釋本注同帛書本。考釋本云：「『咃』字當爲舐之形訛。舐字古寫又作餲、舔。」集成本改釋爲「咃（咃－舐）」。今細看帛書新圖版，原文本寫作「𧿹」，本爲「餲」字的異體，故改釋爲「咃」。

考釋本說「舐字古寫又作舔」，即把「舔」字當成「𦧇」的異體字了，顯然錯誤。從字源關係看，「舔」與「𦧇」衹是同源關係。

第一，「𦧇」是「餲」的異體字。「餲」上古音屬船母支部，今音 shì，本義爲用舌頭取食。《說文・舌部》：「餲，以舌取物也。从舌易聲。𦧇，餲或从也。」（三上）清段玉裁注：「也聲。」《廣韻・紙韻》：「餲，以舌取物。」《宋書・符瑞志上》：「湯將奉天下放桀，夢及天而餲之，遂有天下。」「餲」或更換聲母「易」轉形爲「𦧇」，《說文》重出字有「𦧇」。《玉篇・舌部》：「餲，神爾切。《說文》云：『以舌取物也。』舐、𦧇並同上。」清徐珂《清稗類鈔・藝術類》：「畫者𦧇筆和墨，旁睨而髮鬆焉。」但在宋代以前的傳世文獻中，「餲」「𦧇」均無用例。再更換聲母「也」轉形爲「舐」。《玉篇・舌部》云「舐、𦧇」並同「餲」。唐慧琳《一切經音義》卷二十九：「舐血：上時爾反，上聲字。《說文》：以舌取物也。从舌氏聲。或作餲，亦作舐，古字也。」〔註 153〕《莊子・列禦寇》：「秦王有病召醫，破癰潰痤者得車一乘，舐痔者得車五乘。」《後漢書・楊彪傳》：「愧無日磾先見之明，猶懷老牛舐犢之愛。」再更換聲母「氏」轉形爲「舐」。慧琳《一切經音義》卷二十九：「舐，《說文》正作餲，从舌易聲。經本作舐，俗用字也。」宋蘇過《思子臺賦》：「同舐犢於晚歲兮，又何怨於老臕。」

第二，「咃」從口它聲，或寫作「咃」。因爲「它」和「也」的本義都是蛇類動物，二字古文同形，故凡從「也」得聲的字多可換成「它」，如「虵」也寫作「蛇」，「牠」也寫作「牠」等。它們是「餲」的初文。《漢語大字典》未收「咃」字，當據《五十二病方》補。

注意：「咃」今音 yě，傳世文獻始見於字書《龍龕手鑑・口部》，云：「咃，俗。」卻無釋義，後人揣測說它是佛經咒語的譯音字；現代用來表示驚異、

〔註 153〕徐時儀校注：《一切經音義三種校本合刊》第 1022 頁，上海古籍出版社 2008 年版。

驚疑的語氣，讀音 yē。但它最早卻見於漢代帛書《五十二病方》，從文意看，顯然是「曀」的初文。

「咃、吔、曷、舓、舐、舐」是一組轉形異體字，考釋本說「『吔』字當爲舓之形訛。舐字古寫又作曷、舔」，失審。「吔」既非「舓」字之訛，更不同於「舔」。「舔」字見於唐代文獻，本音 tān，與「舕」連用，表示吐舌的樣子。唐李白《鳴臯歌送岑徵君》：「玄猿綠羆，舔舕鑒岌。」清王琦注：「舔舕，吐舌貌。」〔註154〕後變音 tiǎn，字也寫作「㖞」，表示「以舌取物」，與「曷」合流。《字彙·舌部》：「舔，以舌舔物也。」但它與「咃、吔、曷、舓、舐、舐」等衹是同源關係，與「䰞」與「鍋」的關係相同，而非異體關係。

3、爲同源字的研究提供早期史料。漢字集團中的同源字也是一個集合概念，指的是後世形成的一組漢字原本同出一源，就像後世的一個大宗族，他們同爲一個祖宗一樣。因此，凡構成同源關係的一組字，其語音幾乎相同，意義也大同小異。人們在使用它們時，起初都嚴加區別，後來則相互混用，由此形成用字的「通假」現象。比如「䰞」與「鍋」。

煮飯用的「鍋」本字寫作「䰞」。《說文·鬲部》：「䰞，秦名土釜曰䰞。从鬲牛聲。」（三下）段玉裁注：「今俗作鍋。」但此字宋代以前均不見用例，而均用「釜」或「鬲」表示。今本《陸游集·埭西小聚》「沙鍋煮麥人」，其中的「鍋」字，清光緒年修的《崇明縣志·方言》引作「䰞」。「䰞」或寫作「鬴」。《廣雅·釋器》：「鬴，釜也。」清王念孫疏證：「鬴，即今鍋字。」《集韻·戈韻》：「䰞，《說文》：『秦名土釜曰䰞。』或作鬴。」或更換聲母「牛」轉形爲「䵷」。《集韻·戈韻》：「鍋、鈛、䵷，鍋鑼，溫器。或作鈛䵷。」〔註155〕

「鍋」的本義爲車釭。《方言》卷九：「車釭，燕齊海岱之間謂之鍋。」引申爲盛膏器。《方言》卷九：「盛膏者，乃謂之鍋。」清錢繹箋疏：「膏施於車釭，故釭亦得鍋名。」《玉篇·金部》：「鍋，盛膏器。」或更換聲母「咼」轉形爲「鐹」。《方言》之「鍋」，《太平御覽》卷七百七十六引作「鐹」。《廣雅·釋器》：「鐹，釭也。」《大般涅槃經》卷三十一：「譬如巧匠鉗鐹盛金，

〔註154〕〔清〕王琦：《李太白全集注》第 469 頁，中華書局 2015 年版。

〔註155〕〔宋〕丁度等編：《集韻》第 197 頁，上海古籍出版社 1985 年據上海圖書館收藏
述古堂影宋鈔本影印。

自在隨意，撓攪融消。」後世與表示烹煮事物之炊具的「鍋」字混用，而獲得了炊具義。唐慧琳《一切經音義》卷十四：「鍋，古禾反。燒器也。《字書》云：『小鑊也。』」〔註156〕《廣韻·戈韻》：「鍋，溫器。」晉徐廣《孝子傳》：「吳人陳遺爲郡吏，母好食鍋底焦飯。」今表示炊具，卻用「鍋」而不用「鐹」字。

由此可見，後世「鍋」字雖然取代了「鍋」而成爲表示烹煮事物之炊具的常用字。這種初始混用而最終取代的現象，在用字習慣中極爲常見。儘管如此，它掩蓋不了「鍋」與「鍋」之間的同源關係。

在漢代簡帛經方文獻中用的有些字，與同時代的某些字爲同源關係，今人或不知，卻把它們當成異體字（或譌體）來解釋。如「傅」與「敷」。《五十二病方·諸傷》第五治方：

一，以刃傷，頹（燔）羊矢，傅之 10／10

本方中的「傅」，考注本說「通敷，即外敷」。考釋本逕改釋爲「敷」，並注：「傅——假爲『敷』。二字上古音均魚部韻。傅爲幫母，敷爲滂母。」補譯本也說「傅：古通敷。《荀子·成相》『禹傅土，平天下。』楊倞注：『傅讀爲敷。』《漢書·陳湯傳》：『離城三里，止營傅城。』顏師古注：『傅，讀爲敷，敷布也。』」〔註157〕《五十二病方》中，傅，均指將藥敷布於傷口之上。」

關於《五十二病方》中的「傅」，考釋本、補譯本說「通敷」，極爲不當。「傅」金文作𫝶，上古音幫母魚部，今音 fù，本義爲輔佐。《說文·人部》：「傅，相也。从人尃聲。」（八上）《左傳·僖公二十八年》：「鄭伯傅王，用平禮也。」晉杜預注：「傅，相也。」輔佐爲次要的依附於主體的，並給予主體以利益，故引申爲將木板、灰粉、藥物等塗抹在物（身）體上，且變音爲 fū。《墨子·備城門》：「板周三面，密傅之。」孫詒讓閒詁：「蘇（子卿）云：『傅即塗也，所以放火。』」

「敷」的本字作「尃」，上古音滂母魚部，今音 fū，本義爲給予。《說文·支部》：「尃，㪺也。从攴甫聲。《周書》曰：『用尃遺後人。』」（三下）後世更

〔註156〕徐時儀校注：《一切經音義三種校本合刊》第 735 頁，上海古籍出版社 2008 年版。

〔註157〕〔唐〕顏師古注：「傅，讀爲敷，敷布也。」應讀爲：「傅，讀爲敷。敷，布也。」補譯本誤讀。

換聲母「專」轉形爲「敷」。《說文》「敷」引《周書》曰：「用敷遺後人」，今本《尚書》作「敷」。《尚書·康王之誥》：「勘定厥功，用敷遺後人休。」僞孔安國傳：「用布遺後人之美，言施及子孫無窮。」

「敷」引申爲傳佈、公佈、鋪陳、鋪展、散佈、生長、分別搽抹等，但其「搽抹」義產生在清代，故凡敷藥，清代以前的中醫典籍均用「傅」字。因此，在漢代簡帛經方文獻中「敷」都寫作「傅」，沒有一例寫作「敷」的。漢代以前雖然已有「敷」字，但「搽抹」義都不用它來表示。

從字源關係看，「傅」「敷（敷）」均從「專」得聲，二者爲同源字；從字義流變看，在「搽抹」義上，二字在清代以後同義，所以前人在注解漢代簡帛經方文獻時，將「傅」當成「敷」的通假字毫無根據。

再如「覈」與「核」。《五十二病方·諸傷》第十四治方：

一，久傷者，薺（齏）杏霾〈覈（核）〉中人（仁），以職（膱）膏弁，封痏，虫（蟲）即出。【●嘗】試。 21/21

本方中的「杏霾中人」，帛書本釋爲「杏霾〈覈（核）〉中人（仁）」，「杏核中人，《神農本草經》作『杏核人』，即杏仁，云主治『金瘡』。」考注本注：「杏核中仁：即杏仁。《神農本草經》有杏核仁主治金創的記載。」考釋本注：「杏核中仁——《本經》名『杏核仁』。云：『味甘溫。主欬逆，上氣，雷鳴，喉痹，下氣，產乳，金瘡，寒心，賁豚。』」校釋（壹）本：「杏核中仁，即杏仁。《神農本草經》稱其主治『產乳金瘡』。《千金方》載杏仁膏、《本草綱目》載『杏仁去皮，研濾取膏，入輕粉，麻油調搽』，『治諸瘡腫痛』，皆與本方類似。」校釋本注：「杏核中仁：即杏仁，《神農本草經》作『杏核人』，謂其主治『金瘡』。」

「杏覈中人」後世文獻寫作「杏仁」。北齊顏之推《顏氏家訓·養生》：「鄴中朝士有單服杏仁、枸杞、黃精、朮、車前，得益者甚多。」明李時珍《本草綱目·果之一·杏》：「杏仁能散能降，故解肌、散風、降氣、潤燥、消積，治傷損藥中用之。」此外，帛書本說「《神農本草經》作『杏核人』」，但據我們調查，今本《神農本草經》中無「杏核人」或「杏核仁」之類方藥名。

關於「杏覈中人」之「覈」，帛書本釋爲「霾〈覈（核）〉」，不確。考釋本逕改釋爲「核」，認爲：「『霾』未見傳世字書。從其前後文考察應爲『覈』字之

形譌。核與覈上古音均匣母紐。核爲職母。覈爲錫母。故覈假爲核。按覈字古義爲果實，或與核義同。」考釋本誤把「匣母」說成「匣母紐」，職部、錫部說成「職母」「錫母」，但他看出了「覈」與「核」的字義關係，這點很可貴。

今細看集成本新圖版，「覈」帛書原寫作「覈（覈）」，帛書本釋形有誤。上古音「覈」屬匣母錫部，「核」屬匣母職部，〔註158〕二字爲同源字。「覈」本義爲果仁。《說文·襾部》「覈」清朱駿聲通訓定聲：「覈，凡物包覈其外，堅實其中曰覈。故草木之果曰覈。」《周禮·地官·大司徒》：「三曰丘陵，其動物宜羽物，其植物宜覈物。」漢鄭玄注：「核物，李梅之屬。」清孫詒讓正義：「丁晏曰：『經文作覈，注作核，是果實之字當用覈。鄭君作核，從今文假借字也。』」《馬王堆漢墓帛書·稱》：「華之屬，必有覈，覈中必有意。」

「核」字本音 gāi，本義爲木名。《說文·木部》：「核，蠻夷以木皮爲篋，狀如籨尊。从木亥聲。」（六上）南唐徐鍇繫傳：「蠻夷以木皮爲篋，狀如籨樽之形也⋯⋯籨即鏡匣也。」段玉裁注：「今字果實中曰核，本義廢矣。」後變音爲 hé，引申義與「覈」的本義合流了，都表示果仁。《爾雅·釋木》：「桃李醜核。」郭璞注：「子中有核人。」郝懿行義疏：「《初學記》引孫炎曰：『桃李之類，實皆有核。』按：核當作覈⋯⋯經典假借作核耳。」《禮記·玉藻》：「食棗桃李，弗致於核。」孔穎達等正義：「謂其懷核，不置於地也。」

可見，上古漢語果仁都寫作「覈」，「核仁」寫作「覈中人」。漢魏以後「覈」「核」雖混用，但人們仍然知道，「覈」是果仁的本字。因此，《五十二病方》杏仁寫作「杏覈中人」，其「覈」爲本字，而非假借字。考釋本說「覈假爲核」，顛倒了「覈」「核」的源流關係。

再如「泄」與「炪」。《五十二病方·朐養（癢）》第一治方：

燔所穿地，令之乾，而置艾 279/266 其中，置柳蕈艾上，而燔其艾、蕈；而取盍，穿其斷，令其大圜寸，以復（覆）之。以土齹（罋）280/267 寫會，毋【令】煙能炪（泄），即被盍以衣，而毋蓋其盍空（孔）。281/268

本方中的「炪」，帛書原文寫作「炪」，從火世聲，爲形聲字，帛書本釋爲「炪（泄）」，但無注釋。考釋本逕改釋爲「泄」，並注：「泄——原作炪，形近致訛。《廣雅·釋言》：『泄，漏也。』」補譯本注：「煙能炪（xie）：讓煙祇從小

〔註158〕見郭錫良：《漢字古音手冊》（增訂本）第 26～27 頁，商務印書館 2010 年版。

陶盆口冒出。」

　　我們認爲，帛書本釋「烗」爲「烗（泄）」，未安；考釋本逕改釋爲「泄」，且認爲「烗」是「泄」的譌體，甚誤。「泄」上古音屬餘母月部，《廣韻‧祭韻》餘制切，今音 yì，本義爲水名，即今安徽六安市的汲水。《說文‧水部》：「泄，水。受九江博安洵波，北入氏。从水世聲。」（十一上）後變音私列切，今音 xiè，義爲排出。《廣韻‧薛韻》：「泄，漏泄也。」《篇海類編‧地理類‧水部》：「泄，出也；發也。」《詩經‧大雅‧民勞》：「惠此中國，俾民憂泄。」漢鄭玄箋：「泄，猶出也，發也。」

　　「烗」不見於字書和傳世文獻，故無所謂「形近致訛」。水排出爲「泄」，煙火排出爲「烗」。漢人類推，而造從火世聲的「烗」字，且衹見於出土的漢代文獻。「烗」與「泄」爲同源字，而本方用的是本字，故不當釋爲「泄」。本方所謂「毋令煙能烗」，意爲：不要讓土坑裡的煙霧從密封瓦盆邊沿烗漏出來。

　　在漢代簡帛經方文獻中，同源字用得較多，除前文提到的外，還有「淳」與「醇」等。研究漢代簡帛經方文獻中同源字，能爲同源字的形成和發展提供極爲可靠的證明資料。

　　4、爲通假字的研究提供早期史料。「通假字」是漢字在使用的過程中產生的一個集合概念，它們與漢字的字形構造沒有關係，與漢字孳乳也沒有關係，純屬於用字的不規範造成。無論是古代還是現代，人的認字數量總是有限的。學識高的人識字相對較多，而初通文墨的人識字相對較少。識字較少的人，無論作文還是鈔寫，總是難免出現「張冠李戴」的用字錯誤。用字錯誤有一條總規律，就是用同音字代替。例如《左傳‧文公十七年》「鹿死不擇音」，晉杜預注：「音，所茠蔭之處。古字聲同，皆相假借。」唐孔穎達等正義：「杜意言本當作蔭。古字聲同，皆相假借，故傳作音。」《孟子‧滕文公下》：「君子實玄黃於匪，以迎其君子。」宋孫奭疏：「匪，丁云：義當作篚。篚以盛贄幣，此作匪，古字借用。」杜預所謂「古字聲同，皆相假借」和孫奭所謂「古字借用」，都是指書寫時用同音字代替本字的問題。

　　在漢字集團中，嚴格說來是不存在通假字的，衹有在書面文獻中，纔偶有覺得某個字用錯了——或寫錯或鈔錯了。後人在讀古籍時，就把原來寫錯、鈔錯的字找出來，用正確的那個字去解釋它。但僅僅是解釋，而不是替換。漢代簡帛經方文獻因爲出自中下層知識份子之手，他們因爲識字量相對較少，會寫

的多爲古字，不會寫的多用同音字代替。所以，在今天我們看到的漢代簡帛經方文獻中，通假字的使用比起傳世文獻來要多得多。如「筑」與「築」，「弱」與「溺」等。《五十二病方·蚖》第四治方：

一，以董一陽（煬）筑（築）封之，即燔鹿角，以弱（溺）歙（飲）之。_{90 / 90}

第一，「筑」通「築」。本方中之「筑」：帛書本釋爲「筑（築）」，繼後各注本均從其釋。考注本注：「築，擣也。《說文》：『築，所以擣也。』」校釋（壹）本注：「『筑』通『祝』，斷。這裡殆烘乾切碎。」考釋本逕改釋爲「築」，并注：「築——原作『筑』。筑與築上古音均端母，覺部韻。同音通假。按，『筑』字今又爲築之簡化字。築字義爲杵，即搗物的棒槌。《楚詞·離世》：『破荊和以繼築』。王注：『築，木杵也。』《史記·黥布列傳》：『身負版築。』集解引李奇：『築，杵也。』《說文句讀》：『所以用以擣者，亦謂之築。』此處的『陽築』係指拿著木杵將藥物（生藥）搗爛。」帛書本認爲，本方中之「筑」通「築」，校釋（壹）本則說「通『祝』」。通「築」則訓「擣」，而通「祝」則訓「切」。

「筑」上古音屬端母覺部，《廣韻·屋韻》張六切，今音 zhù，〔註 159〕爲古代的一種擊絃樂器，形似箏，頸細肩圓。演奏時以左手握持，右手以竹尺擊弦。《說文·竹部》：「筑，以竹曲，五弦之樂也。从竹从巩。巩，持之也。竹亦聲。」（五上）《戰國策·燕策三》：「既祖取道，高漸離擊筑，荊軻和而歌，爲變徵之聲。」《史記·高祖本紀》：「酒酣，高祖擊筑。」南朝宋裴駰集解引三國吳韋昭曰：「筑，古樂，有弦，擊之不鼓。」

「築」上古音也屬端母覺部，《廣韻·屋韻》張六切，今音 zhù，本義爲擣築土牆。《說文·木部》：「築，擣也。从木筑聲。𥮫，古文。」（六上）《釋名·釋言語》：「築，堅實稱也。」《詩經·大雅·緜》：「築之登登。」《儀禮·既夕禮》：「甸人築坅坎。」鄭玄注：「築，實土其中，堅之。」引申爲築土牆用的木杵。《廣雅·釋器》：「築謂之杵。」清王念孫疏證：「《周官·鄉師》注引《司馬法》云：『輂：一斧，一斤，一鑿，一梩，一鉏。周輂：加二版二築。』《六韜·軍用篇》云：『銅築，長五尺以上。』」《左傳·宣公十一年》：「稱畚築，程土物。」孔穎達等正義：「築者，築土之杵。」再引申爲泛指舂擣、捅

〔註 159〕郭錫良注音 zhú。見《漢字古音手冊》（增訂本）第 152 頁，商務印書館 2010 年版。

· 35 ·

刺。《廣雅・釋詁一》:「築,刺也。」《三國志・魏志・少帝紀》:「賊以刀築其口,使不得言。(鄭)像遂大呼,令城中聞知。」

「築」與「筑」上古同音,且字形相似,本方書寫者誤將「築」寫成了「筑」。

「陽」本有太陽義。《詩經・小雅・湛露》:「湛湛露斯,非陽不晞。」毛傳:「陽,日也。」本方中的「陽」,表示把草藥放在太陽下曬乾。「陽筑」即「陽築」,意爲把草藥曬乾後搗爛。

第二,「弱」通「溺」。原文中之「弱」,考釋本:「溺——原作『弱』,通假。參見本書【原文三十六】注,即人尿(人弱)。《別錄》:『療寒熱,頭痛,溫氣。』按,後世藥用多取童便(10 歲以下小兒尿)作爲藥引,功能滋陰降火,活血化瘀。」

「弱」上古音屬日母藥部,《廣韻・藥韻》而灼切,今音 ruò,本義爲差、微薄,與「強」相對。《說文・彡部》:「弱,橈也。上象橈曲,彡象毛氂橈弱也。弱物並,故从而㢲。」(九上)段玉裁注:「橈者,曲木也,引伸爲凡曲之稱。直者多強,曲者多弱……曲似弓,故以弓象之;弱似毛弱,故以彡象之。」《尚書・洪範》:「六曰弱。」僞孔安國傳:「尪劣。」唐孔穎達等正義:「尪劣並是弱事,爲筋力弱,亦爲志氣弱。」引申爲柔軟。

「溺」上古音也屬日母藥部,《廣韻・藥韻》而灼切,今音 ruò,本義爲水名,即弱水,引申柔軟,與「弱」同義。清許棫《讀〈說文〉記》:「蓋弱、溺古本一字,故《易・大過》王弼注:『拯弱興衰,救其弱。』釋文:『弱,本作溺。』《春秋・昭八年》『陳侯溺』,《漢書・古今人表》作『弱』,是其證也。」或變讀 niào,義爲小便。《莊子・人間世》:「夫愛馬者,以筐盛矢,以蜄盛溺。」《史記・扁鵲倉公列傳》:「熱中,故溺赤也。」表示小便之「溺」,後世更換類母「水」轉形爲「㞙」。《字彙・尸部》:「㞙,同溺。」

在上古漢語中,「弱」「溺」同音,且「溺」從「弱」得聲,故本方書寫者以諧聲偏旁代本字書寫。在漢代簡帛經方文獻中「溺」均寫作「弱」。如《五十二病方・瘙病》第二十治方(第 196/183 行):「一,以己巳晨虒(嗁),東鄉(嚮)弱(溺)之。不巳(已),復之。196/183」《漢語大字典》「弱」下衹收了「通『溺(nì)』」義,而未收「通『溺(niào)』」義,〔註 160〕應據《五

〔註 160〕見《漢語大字典》第 1064 頁,四川辭書出版社、湖北崇文書局 2010 年版。

十二病方》補。

再如「麻」與「磨」。《五十二病方·疣》第三治方：

一，以產豚豕（喙）麻（磨）之。[89/89]

本方中的「麻」，帛書本釋爲「麻（磨）」，但無注釋，後繼諸家注本均從其釋，也無注釋。考釋本注：「摩——原作『麻』。上古音摩與麻均明母，歌部韻。同音通假。摩字義爲按摩。」

「磨」從「麻」得聲，本義爲磨製石器。《爾雅·釋器》：「玉謂之琢，石謂之磨。」郭璞注：「皆治器之名。」《詩經·衛風·淇奧》：「有匪君子，如切如磋，如琢如磨。」毛傳：「治骨曰切，象曰磋，玉曰琢，石曰磨。」引申爲按摩、摩擦。本方即指此義。在漢代簡帛經方文獻中，「磨」「糜」多寫作「麻」。《武威漢代醫簡》簡 8「先餔飯米麻（糜），飲藥耳」，此「麻」通「糜」，指粥。

再如「密」與「蜜」。《武威漢代醫簡》簡 3-5：

治久咳上氣喉中如百虫鳴狀卅歲以上方茈胡桔梗蜀椒各二分桂烏喙 ₃
薑各一分凡六物冶合和丸以白密大如嬰桃晝夜含三丸消 ₄ 咽其汁甚良 ₅

上述引文中之「密」，醫簡本注：「『密』用作『蜜』字。」注解本注：「密。『蜜』的通假字，即白蜜，蜂蜜。」

「密」上古音屬明母質部，《廣韻·質韻》美畢切，今音 mì，本義爲貼近、親近。〔註161〕

「蜜」初文作「䀉」，上古音也屬明母質部，《廣韻·質韻》彌畢切，今音 mì，本義爲蜂蜜。《說文·䖵部》：「䀉，蠭甘飴也。一曰螟子。從䖵鼏聲。蜜，䀉或從宓。」《玉篇·䖵部》：「䀉，亡吉切。勉也。又蠭甘飴也。今作蜜。䀉，同上。」〔註162〕又《虫部》：「蜜，彌畢切。蜂所作。」在上古漢語中「䀉」「密」二字同音，且「䀉」的異體「蜜」，與「密」均從「宓」得聲。在漢代，「密」已經開始用作「蜜」的假借字。《釋名·釋言語》：「密，蜜也。」故在漢代簡帛經方文獻中，也用本字，如《武威漢代醫簡》簡 9 寫作「蜜」，但多

〔註161〕參看鍾如雄、劉春語《釋「密」》，見四川師範大學文學院編《語言歷史論叢》第六輯，巴蜀書社 2012 年版，或見鍾如雄《苦粒齋漢學論叢》第 381～388 頁，中國社會科學出版社 2013 年版。

〔註162〕《宋本玉篇》第 470 頁，北京市中國書店 1983 年據張氏澤存堂本影印。

寫作「密」。

「密」是「蜜」的假借字。「白密」同「白蜜」，別名「沙蜜」「白沙蜜」「蠜駞」等。《五十二病方·加（痂）》第二十四治方叫做「蠜駞」。

漢代簡帛經方文獻中的通假字很多。研究漢代簡帛經方文獻中的通假字，既能瞭解漢代人用字的習慣，又能爲上古音聲韻研究的結論提供可靠的證據材料。

（二）對漢語史研究的價值

關於漢語的歷史到底是什麼樣子，近百年來學界都在不斷地探索、構建、修改和補充，以求使其每一個要素、每一段歷史都脈絡明晰、真實可信。但是，由於漢語自有文字記錄以來，至今已有三千多年的歷史，在這漫長的歷史演變過程中，不斷有新質要素的產生和舊質要素的衰亡。新質要素的產生和舊質要素的衰亡來源於兩個方面的影響：一是漢語內部的自我調整，諸如發音部位和方式的改變、構成方法的改變與創新、語序的變更等等；二是民族語言的融合對漢語的影響。不同民族因在同一地區長期密切接觸而漸漸趨向融合，由此自然會導致其語言融合。語言融合不是指產生「混合語」，而是指在相互接觸中，一種語言排擠代替了他種語言，繼續保留著自己的基本詞彙和語法構造，並且按照自己發展的內在規律繼續發展，成爲民族融合體內部共同的交際工具，而其他民族的語言，則在融合的過程中因無人再使用而自然消亡。但消亡的語言通常會在共同使用的語言中留下一些痕跡，比如某些發音方式和構詞方法，當地某些特殊的稱謂等等。

由於「語言融合」很容易被誤解爲兩種語言成分有機地混合起來並產生出一種新的語言，所以這一術語學界已經不常用了，多改稱「語言替換」或「語言替代」。今天的漢語，歷經無數種民族語言的融合，早已不再是某個民族的純正語言了。

王力先生指出：「漢語史是關於漢語發展的內部規律的科學。在這一門科學中，我們研究現代漢語是怎樣形成的。這就是說，我們研究現代漢語的語音系統、語法系統、語法結構、詞彙、文字是怎樣形成的。從商代的『漢語』那種質態，經過了三千多年的漸變，產生了現代漢語這種質態。這種新的質態在歷史上是怎樣產生的？這就是漢語史所要研究的物件。語言的發展是經歷新質要素的逐漸積累，舊質要素的逐漸衰亡來實現的。在漢語史的研究中，

我們要問：在三千多年的漢語發展過程中，到底逐漸積累了的是什麼新質要素，逐漸衰亡了的又是一些什麼舊質要素？能答覆這個問題，就是研究了漢語的歷史。」〔註163〕我們今天剖析出土的漢代簡帛經方文獻，可以清晰地看到發展到漢代的漢語，某些舊質要素的延續和新質要素的產生。

在漢代簡帛經方文獻中，漢語舊質要素的延續很多，但其中最具特色的是構詞法、句法的傳承，而新質要素的產生，主要表現爲物量詞的增多。

1、構詞法的傳承。語言是隨著人類社會的不斷發展而發展的。某些舊詞的過時則意味著需要創造出一些新詞，而新詞的產生大體上要服從一定的規則，有其規律可循。語言的這種「棄舊創新」，體現出的就是一種規律——構詞法（word-formation）。

（1）「中定」構詞法的傳承。今天我們所說的修飾成分，先秦人叫做「大別名」；而中心語成分，先秦人則叫做「大共名」。「大別名」放在「大共名」之前或之後，都是漢語中兩種古老而傳承的構詞方法。比如「貓熊」也說「熊貓」。今港臺人叫「貓熊」，「貓」修飾成分，直接放在中心語「熊」前面，說明「熊」的樣子似貓，大陸則叫「熊貓」，即將修飾成分「貓」放在「熊」之後，先說明它的屬類，再說明它像哪類動物。「貓熊」的構詞法屬於偏正結構，而「熊貓」的構詞法我們叫做「正偏結構」。清人稱「貓熊」之類構詞法叫「小名冠大名」，稱「熊貓」之類構詞法叫「大名冠小名」。清俞樾《古書疑義舉例》卷三云：

> 以大名冠小名例。《荀子・正名篇》：「物也者，大共名也；鳥獸也者，大別名也。」是正名百物，有共名別名之殊。乃古人之文，則有舉大名而合之於小名，使二字成文者。如《禮記》言「魚鮪」，魚其大名，鮪其小名也。《左傳》言「鳥烏」，鳥其大名，烏其小名也。《孟子》言「草芥」，草其大名，芥其小名也。《荀子》言「禽犢」，禽其大名，犢其小名也。皆其例也……《爾雅・釋獸》：「麋牡麔牝麎，鹿牡麚牝麀。」《秦風・駟驖》篇：「奉時辰牡。」「辰」即「麎」之叚字，《詩》言「麎牡」，猶襄四年《左傳》言「麀牡也」。蓋以凡獸言之，則爲「牝牡」；專以麋言，則爲「麎麔」；專以鹿言，則爲「麀麚」。乃《詩》言「麎牡」，傳言「麀牡」。牡者通凡獸而

〔註163〕王力：《漢語史稿》第 1 頁，中華書局 1980 年新 1 版。

言，其大名也；曰麎曰麆，專以麋、鹿言，其小名也。毛公傳《詩》，

訓「辰」爲「時」，古語之不能通曉，自六國時已然矣。〔註164〕

漢語中的「中定」構詞法是一種古老的構詞法，它源於先秦以前，後世一直傳承，至今仍保留在漢語的方言中。在漢代簡帛經方文獻中，仍見有用「中定」構詞法造的雙音節複音詞。例如《武威漢代醫簡》：

☑日病愈禁酒葷采魚亲 33

本方中的「魚亲」，醫簡本注：「簡文中『魚亲』，『亲』爲『辛』字。」注解本注：「魚亲：當作魚辛。亲，爲『辛』的誤寫。」我們認爲「亲」應是「親」字之省寫。

「窺」甲骨文作 ☒，金文作 ☒（《䚘侯鼎》），從宀見辛，會意字，或換「見」爲「斤」作 ☒（《中山王鼎》）。陳漢平說：「河北省平山縣出土中山王鼎銘文有：『鄰邦難斳，仇人在旁』句，亦有斳字，字讀爲親。《說文》無斳字而有窺、親字。『窺，至也。從宀親聲。』『親，至也。從見親聲。』可見斳、窺二字同訓。由中山王鼎銘斳字讀爲親，知斳字即窺字異體。」〔註165〕或省「宀」作 ☒（《克鐘》），秦《詛楚文》在「辛」下增「木」作「親」（「亲」乃「榛」字初文〔註166〕），從見亲聲，由會意字轉形爲形聲字；《定縣竹簡》和《曹全碑》「辛」省一畫作辛，故「親」亦省作「親」，今簡化爲「亲」。《集韻·眞韻》云：「親，古作窺。」秦李斯《泰山刻石》：「窺輈遠黎，登茲泰山，周覽東極。」《史記·秦始皇本紀》引作「親巡遠方黎民」。〔註167〕

《說文》收有兩個「親」字，它們是同一個字的異體，《宀部》：「窺，至也。從宀親聲。」（七下）清段玉裁注：「至者，親密無間之意。《見部》曰：『親，至也。』然則『窺』與『親』音義皆同。」又《見部》：「親，至也。從見亲聲。」段玉裁注：「《至部》曰：『到者，至也。』到其地曰至，情意懇到曰至。」《集韻·眞韻》：「親，古作窺。」

〔註164〕見〔清〕俞樾等著《古書疑義舉例五種》第52～53頁，中華書局1956年版。

〔註165〕陳漢平：《古文字釋叢》，見于省吾主編《甲骨文字詁林》第 2512 頁，中華書局1996年版。

〔註166〕《玉篇·木部》：「亲，側詵切。實似小栗。榛，同上。」

〔註167〕〔漢〕司馬遷：《史記》第 243 頁，中華書局 1959 年版。

「寴」字在上古已省寫作「親」了，金文作 𥎊 是其證，或再省作「案」「宷」。《玉篇·宀部》：「寴，至也。宷，同上。」《集韻·眞韻》：「親，古作宷。」《廣韻·眞韻》：「親，愛也……宷，古文。」《玉篇》《集韻》分別說「宷」「案」是「親」的異體或「古文」。

「寴（親）」的本義表示關係密切，感情深厚。《呂氏春秋·貴信》：「交友不信，則離散鬱怨，不能相親。」引申爲特稱父母，或偏稱父親或母親。段玉裁注：「親，父母者，情之最至者也，故謂之親。」《詩經·豳風·東山》：「親結其縭，九十其儀。」唐孔穎達等正義：「其母親自結其衣之縭。」《孟子·盡心上》：「孩提之童無不知愛其親者。」孫奭疏：「繈褓之童無有不知愛其父母。」《史記·韓信盧綰列傳》：「盧綰親與高祖太上皇相愛，及生男，高祖、盧綰同日生，里中持羊酒賀兩家。」南朝宋裴駰集解引如淳曰：「親，謂父也。」

父母稱「親」，故某些水生的雌雄性動物亦稱「親」。如今稱發育到性成熟階段的雄魚雌魚爲「親魚」。《現代漢語詞典》：「親魚：指發育到性成熟階段，有繁殖能力的雄魚或雌魚。」〔註168〕西南官話稱公鴨、公鵝爲「鴨親」「鵝親」等。《武威漢代醫簡》中的所謂「亲」應爲「親」字的省寫，而非「辛」字的省寫，醫簡本、注解本之說有誤。「魚亲」即「亲魚」，指發育到性成熟階段、有繁殖能力的雄魚或雌魚。

漢語中的「中定」構詞法是由「中定」這種句法結構演變而成的。在上古漢語裡，「中定」是一種常見的句法結構，即將修飾或限制性成分放在中心語後面，再在它們之間加結構助詞「之」，使「中定」結構之間的關係顯得鬆散，易於辨識、理解。如《說文·艸部》：「茶，艸之可食者。」（一下）「艸之可食」的另一種結構就是「可食之艸」，但前者屬於「中定」結構，後者則屬於「定中」結構。但無論是定中結構還是中定結構，都屬於句法的範疇。然而在漢語中，構詞法往往受句法的影響，因而句法的特徵也會自然轉變爲構詞法的特徵。所以「中定」結構既是造句的方法，同時也是構詞的方法。

在漢代簡帛經方文獻中，「中定」之間加「之」這種構詞法依然在使用。如《五十二病方·尤》第一治方：

〔註168〕見《現代漢語詞典》（第 5 版）第 1105 頁，商務印書館 2005 年版。

尤（疣）：取敝蒲席若藉之弱（蒻），繩之，即燔其末，以久（灸）尤（疣）末，熱，即拔尤（疣）去之。102／102

本方中的「藉之弱」，帛書本注：「藉，即薦，《說文》：『蒲子，可以爲平席。』藉之蒻，薦上的蒲子。《證類本草》卷十一引《新修本草》注：『青、齊間人，謂蒲薦爲蒲席，亦曰蒲蓋。謂槁作者爲薦耳。山南江左機上織者爲席，席下重厚爲薦。』本方所說的藉則是蒲薦。」考注本注：「籍，當作藉，藉，即薦。蒻，《說文》：『蒲子，可以爲平席。』藉之蒻，謂薦上的蒲子。《證類本草》卷十一引《新修本草》注：『青、齊間人，謂蒲薦爲蒲席，亦曰蒲蓋。謂槁作者爲薦耳。山南江左機上織者爲席，席下重厚爲薦。』本方所說的藉則是蒲薦。」考釋本注：「蒻（ruò，弱）——原作『弱』。蒻與弱上古音均日母，藥部韻。同音通假。《說文・草部》：『蒻，蒲子，可以爲平席。』徐曰：『按蒻，蒲下泥白處，今俗呼蒲白。……即根上初生萌葉時殻也。』段注：『蒲子者，蒲之少（小）者也。……此用蒲之小者爲主，較蒲席爲細。』」校釋（壹）本注：「藉之蒻：草墊子上的蒲子。」補譯本：「弱：疑蒻，即嫩香草。」校釋本注：「薦，草席。《廣雅・釋器》：『薦，席也。』《說文・艸部》：『蒻，蒲子，可以爲平席。』《證類本草》卷十一引《新修本草》注：『青、齊間人，謂蒲薦爲蒲席，亦曰蒲蓋。謂槁作者爲薦耳。山南江左機上織者爲席，席下重厚爲薦。』」

我們認爲：從構詞法看，「藉之弱」也屬於「大名冠小名」。「藉之弱」後世寫作「藉之蒻」，即「蒻藉」，就是用細蒲草編的席子，今稱「細蒲席」，與普通的蒲席相對而言。《說文・艸部》：「蒻，蒲子，可以爲平席。從艸弱聲。」（一下）「蒲子」就是嫩蒲草，《急就篇》：「蒲蒻藺席帳帷幢。」唐顏師古注：「蒻，爲蒲之嫩弱者也。」引申爲細小。《淮南子・主術訓》：「匡牀蒻席，非不寧。」漢高誘注：「蒻，細也。」「藉」就是草席。《廣雅・釋器》：「筵，席也。」清王念孫疏證：「《說文》：『席，藉也。』〔註169〕『筵，竹席也』。席

〔註169〕今本《說文・巾部》：「席，籍也。《禮》：『天子、諸侯席，有黼繡純飾。』從巾，庶省。䈰，古文席從石省。」（七下）與王念孫所引釋詞不同。今大徐本《說文》的釋詞有誤，應以王氏所引爲正。見〔漢〕許慎撰，〔宋〕徐鉉等校定《說文解字》第159頁，中華書局1963年影印本。

與藉，古同聲而通用。」〔註170〕

　　此外：第一，「藉之蒻」之「藉」，帛書本正文釋作「籍」，而被釋詞則作「藉」，補譯本沿襲其說。應該統一作「藉」。考注本正文作「籍」，注云「籍，當作藉。」其說非是。因為集成本新圖版就寫作「耤」，不存在「當作藉」的問題。第二，前輩注家均認為「藉」無「席」義，故必須通「薦」纔能解釋為「席」。其實在古代漢語裡，「藉」「薦」都有席子義，不必曲說。

　　（2）記音構詞法的廣泛運用。在詞彙日趨複音化的漢代，出現了兩種發展趨勢：一種是將原來的單音詞複音化，一種是新造詞的複音化。這一時期，記音構詞法得到了廣泛運用。

　　記音構詞法廣泛運用於單音詞複音化。如「蔆」「芰」。在漢代以前，「蔆」「芰」分別都可以單獨成詞，是菱科一年生草本植物。果實菱角，四角或兩角，可供食用或製澱粉。

　　「菱」初文作「蔆」，也寫作「薐」「蘦」。《爾雅·釋草》：「蔆，蕨攗。」晉郭璞注：「蔆，水中菱。」陸德明釋文作「薐」，注云：「字又作菱，今本作蔆。」《說文·艸部》：「蔆，芰也。從艸淩聲。楚謂之芰，秦謂之薢茩。薐，司馬相如說蔆從遴。」《玉篇·艸部》：「蔆，力升切。芰也。薐，同上。司馬相如說蔆從遴。薐，同上。亦作菱。」《周禮·天官·籩人》：「加籩之實，蔆、芡、栗、脯。」《呂氏春秋·恃君》：「夏日則食菱芡，冬日則食橡栗。」漢高誘注：「菱，芰也。」《集韻·蒸韻》：「蔆，《說文》：『芰也。』或作菱。」《說文·艸部》：「芰，蔆也。從艸支聲。茤，杜林說芰從多。」（一下）清桂馥義證：「芰從多者，多，聲也⋯⋯《論語》：『多見其不知量也。』疏云：『古人「多」「祇」同音。』本書遺、移竝從『多』聲。」《玉篇·艸部》：「芰，巨寄切。蔆也。」《國語·楚語上》：「屈到嗜芰有疾，召其宗老而屬之曰：『祭我必以芰。』」三國吳韋昭注：「芰，蔆也。」

　　漢代複合成雙音詞「菱芰」，複合之初先用「陵枝」記音。如《五十二病方·加（痂）》第十四治方：

　　一，以小童弱（溺）漬陵（菱）枝（芰），以瓦器盛，以布蓋，置突上五六日，【囗】傅之。_{361/351}

〔註170〕〔清〕王念孫：《廣雅疏證》第 262 頁，中華書局 1983 年影印本。

　　本方中的「陵茋」，帛書本釋爲「陵（菱）茋（芰）」，繼後各注本均從其釋。「陵茋」爲「菱芰」「菱芰」的記音詞，也寫作「陵餃」（如《雜病方》第63行），魏晉以後纔將「菱」「芰」複合成雙音詞「菱芰」，也寫作「菱芰」。如《樂府詩集‧清商曲辭四‧神弦歌十六》：「東湖扶菰童，西湖採菱芰。」本方的「茋」爲「豉」的本字。《說文‧尗部》：「茋，配鹽幽尗也。从尗支聲。豉，俗茋从豆。」《玉篇‧尗部》：「茋，市寘切。以調五味也。今作豉。」《雜病方》第63行的「餃」也是「豉」的異體字。

　　記音構詞法也廣泛運用於新造詞。如「黎盧」「犁盧」與「藜蘆」。《五十二病方‧加（痂）》第十三治方：

　　一，燔礜，冶烏豙（喙）」、黎（藜）盧」、蜀叔（菽）、庶、蜀梂（椒）、桂各一，合，并和，以頭脂【囗，裹】以布，炙以尉（熨），卷（倦）而休。360/350

　　本方中的「黎盧」，帛書本釋爲「黎（藜）盧」，繼後各注本均從其釋。考釋本逕改釋爲「藜蘆」，並注：「藜蘆——原作黎盧。藜與黎上古音均來母，脂部韻。同音通假。蘆與盧上古音均來母，魚部韻。同音通假。」補譯本注：「黎（藜）盧：《神農本草經》：『味辛寒。主蟲毒咳逆，瀉利腸辟，頭瘍疥瘙，惡創，殺諸蟲毒，去死肌。』」校釋本改釋爲「藜蘆」。

　　「黎盧」一詞不見於先秦文獻，是漢代纔出現的新詞，初造時爲記音詞，故在《五十二病方》也寫作「犁盧」（如《加（痂）》第二十四治方）。「黎盧」是一種百合科藜蘆屬多年生草本植物，別名「黑藜蘆」「蔥苒」「蔥葵」「山蔥」「憨蔥」「鹿蔥」等，故後世在「黎」「盧」上各增加「艸」寫作「藜蘆」。《神農本草經‧藜蘆》：「藜蘆，味辛，寒、微寒，有毒。主治蟲毒、欬逆、洩痢、腸澼、頭瘍、疥瘙，惡瘡，殺諸蟲毒，去死肌。治咽逆、喉痺不通、鼻中息肉、馬刀爛瘡。不入湯。一名蔥苒，一名蔥葵，一名山蔥。生泰山山谷。三月採根，陰乾。」南朝梁陶弘景集注：「近道處處有之。根下極似蔥而多毛。用之止剔取根，微炙之。」考釋本說「黎盧」與「藜蘆」爲「同音通假」，其說違背通假原則。

　　漢代簡帛經方文獻記音構詞法的廣泛運用，爲我們研究漢語構詞法的歷史演變提供了可靠的證據。

2、句法的傳承。句法的傳承最具特色的是普通名詞作狀語和賓語前置。

（1）普通名詞作狀語。普通名詞作狀語是上古漢語句法的一大特色。以往的學者都認為，漢語中的普通名詞作狀語屬於「詞類活用」，而鍾如雄先生則認為它是因「補語前移」和「比喻」法的使用而形成的。在早期漢語裡，由介詞「以」或「于（於）」構成的介詞結構，在句中通常放在動詞後作補語，但有時因為句型的調整，補語向動詞前移動，同時又省略了介詞，就形成了名詞作狀語的句法；有時又因為作者（或說話人）為了增加動詞的動態形象，直接將狀態效果極強的名詞放在動詞之前作狀語。比如《戰國策·秦策一》：「（蘇秦）將說楚王，路過洛陽。父母聞之，清宮除道，張樂設飲，郊迎三十里；妻側目而視，側耳而聽；嫂她行匐伏，四拜自跪而謝。」宋鮑彪注：「郊迎，迎於郊」；「蛇行，蛇不直行」。鮑彪之注，說明「郊迎」由「迎於郊」演變而成，「她行」之「她」，直接放在動詞「行」前，極度誇張地描寫出蘇秦之嫂行走的樣子。鍾先生說：「名詞作狀語已經是漢語句法規則中的一種定律，不管人們用何種理論來解釋它，都無法改變這種定律。」〔註171〕

在漢代簡帛經方文獻中，名詞作狀語這種句法依然在使用。例如：

【一曰：□□】以瘨（顛）棘為漿方：刌瘨（顛）棘長寸【□】節者三斗□□以善【□□□□□】之，以蘿（蘆）堅 3/3 【稠】節者爨，大潰（沸），止火，潰（沸）定，復爨之。不欲如此，二斗半【□□□□□】□，以故瓦器盛 4/4，【□】為剛炊稊米二斗而足之。氣（迄）孰（熟），□旬□寒□即乾【□□□□□】沃之，居二日而 5/5【□】漿。節（即）巳（已），近內而歙（飲）此漿一升。（《養生方·【老不起】》）

本方中的「氣孰」由「孰之以氣」演變而來，「氣」在動詞「孰」前說明制作藥物的方式方法，即祇能用蒸氣使之變熟，而不能用「水煮」或「火燒」的方法。「氣熟」這種說法，依然沿用在今西南官話中。

（2）賓語前置。賓語前置也是上古漢語裡句法的一大特色，它依然保留在漢代簡帛經方文獻中。仔細分析這類句法，有利於我們準確地解讀簡帛醫書的文意，避免誤讀。例如：

〔註171〕參看鍾如雄《名詞狀語的性質》，見《苦粒齋漢學論叢》第 185～198 頁，中國社會科學出版社 2013 年版。

一，令尤（疣）者抱禾，令人嘑（呼）曰：「若胡爲是？」癒（應）曰：「吾尤（疣）」。」置去禾〈禾去〉，勿顧。₁₀₃／₁₀₃（《五十二病方・尤》第二治方）

本方中的「若胡爲是」，考注本注：「若胡爲是：若，你。全句意爲：你爲什麼這樣做（指抱禾）？」校釋（壹）本：「若胡爲是：你爲啥這樣？」考釋本注：「若——你。《國語・吳語》：『其歸若已。』韋注：『若，汝也。』《漢書・高五王傳》：『若生而爲王子。』顏注：『若，亦汝也。』《字通》：『通汝。』胡——爲什麼，怎麼。《詩經・國風・式微》：『胡不歸？』」補譯本注：「若：古代詞：你。《莊子・齊物論》：『然則我與若與人俱不能相知也。』若，即你。胡：《說文》『胡，牛頤垂也』。《漢書・郊祀志上》：『鼎既成，有龍垂胡鬚下迎黃帝……』顏師古注：『胡，謂頸下垂肉也。』因此古時，胡亦指贅生之物，與疣一致。」校釋本注：「若胡爲是：你爲什麼這樣做。若，你。」

對「若胡爲是」，前人有兩種解釋：第一，釋詞的分歧。以考釋本爲代表的都認爲「胡」是個疑問代詞，「胡爲」相當於「爲什麼」，而補譯本則認爲應該釋爲「頸下垂肉」。第二，句法分析的分歧。考注本、校釋（壹）本、校釋本等認爲，「胡爲」在句中充當「是」的狀語，翻譯成「你爲什麼這樣做」，而補譯本既然把「胡」釋爲「頸下垂肉」，其句子結構分析自然與考注本等不同，但到底怎麼分析，尚未說明，我們不好臆測。

我們認爲：「若胡爲是」乃是後世判斷句「若是胡」的賓語前置句。其中的「爲」不是常見的介詞，而是個不多用的代詞，相當於「之」，在句中複指前置賓語「胡」。關於「爲」字的代詞性質，鍾如雄先生認爲：「代詞『爲』在先秦古籍中主要見於《莊子》《論語》《孟子》《荀子》《左傳》《戰國策》《晏子春秋》《呂氏春秋》等書。其語法功能主要是作賓語和定語。」且指出：「爲」還具有複指前置賓語的功能。如《戰國策・齊二》：「秦伐周、韓，趙魏不伐，周、韓爲割，韓卻周害也。」其中的「周、韓爲割」，即是趙國、魏國分割周國、韓國的土地。〔註172〕「若胡爲是」中的「是」，具有繫詞（或稱判斷詞）的性質。〔註173〕全句可譯爲：「你是什麼（東西）？」故下文「應曰：『吾尤。』」

<hr>

〔註172〕參看鍾如雄《從〈山海經〉「爲・M」看「爲」的代詞性質》，見《西南民族大學學報》1992 年第 2 期。

〔註173〕參看鍾如雄《秦簡〈日書〉中的判斷詞「是」》，見《苦粒齋漢學論叢》第 218～

這樣解讀，應該更精確些。此外，如果此句中「是」果真是繫詞，還能將漢語繫詞產生的時期提到戰國後期。

3、物量詞的豐富與發展。「量詞」是表示數量的詞，前人或稱「單位詞」。王力先生說：「漢語裏有一種特殊的名詞，叫做單位詞（或稱量詞）。單位詞主要有兩種：第一種是度量衡單位，如『尺』『寸』『升』『斤』『兩』等；第二種是天然單位，如『隻』『枚』『匹』『顆』『次』『回』等。第一種是一般語言都具備的；第二種是東方語言所特有的，特別是漢藏語系語言所特有的。就它與其他詞類配合的情況來說，單位詞也有兩種。一種是指稱事物單位的，如『個』『隻』等，與名詞配合；另一種是指稱行為單位的，如『次』『回』等，與動詞配合。」〔註174〕

漢代簡帛經方文獻屬於出土類醫學文獻，這類古籍如果使用量詞，必然多為指稱事物單位的量詞，其中包括藥物的劑量、容量、長度和估量。〔註175〕

（1）藥物劑量詞。在漢代簡帛經方文獻中，藥物劑量詞「斤」「兩」已廣泛使用。例如：

①治百病膏藥方蜀椒一升付子廿果皆父豬肪三斤煎之五沸浚去宰有病者取 ₁₇ 大如羊矢溫酒飲之日三四與宰搗之丸大如赤豆心寒氣脅下愚吞五丸日三吞 ₁₈（《武威漢代醫簡》一類簡）

②☑四兩消石二兩人參方風細辛各一兩肥棗五 ₇₇（《武威漢代醫簡》二類簡）

（2）藥物容量詞。在漢代簡帛經方文獻中，藥物容量詞「參、升、斗、刀圭、方寸匕」已廣泛使用，「合」則祇見於《五十二病方》，後世醫書中常見的「斛」尚未使用。例如：

①【便近】內：為便近內方：用瘨（顛）棘根刊之，長寸者二參，善洶（洗）之；有（又）取全黑雄雞，合翼成□【□□】₆₅/₆₅ 三雞之心鼬（腦）旬（肫），以水二升泊故鐵鬵，并煮之。（《養生方·【便近】內》）

221 頁，中國社會科學出版社 2013 年版。

〔註174〕王力：《漢語史稿》第 234 頁，中華書局 1980 年新 1 版。

〔註175〕參看馬繼興《馬王堆漢墓醫書中藥物劑量的考察》，《中國醫學雜誌》1981 年第 3 期。

②一，牝痔之有數竅，蟯白徒道出者方：先道（導）以滑夏鋌，令血出。穿地深尺半，袤尺，【廣】$_{267/254}$三寸，【燔】□炭其中，段（煅）駱阮少半斗，布炭上，【以】布周蓋，坐以熏其竅。（《五十二病方·牝痔》第三治方）

③治傷寒逐風方付子三分蜀椒三分澤舄五分烏喙三分細辛五分朮五分凡五物皆冶$_6$合方寸匕酒飲日三飲$_7$（《武威漢代醫簡》一類簡）

④治心腹大積上下行如虫狀大恚方班蝥十枚地膽一枚桂一寸凡三物皆并冶合和使病者宿毋食旦飲藥一刀圭$_{45}$（《武威漢代醫簡》二類簡）

（3）度量詞。在漢代簡帛經方文獻中，表示長度的量詞衹有「尺、寸、方寸」三個，而「方寸」一詞衹見於《五十二病方》。例如：

①一，牝痔之有數竅，蟯白徒道出者方：先道（導）以滑夏鋌，令血出。穿地深尺半，袤尺，【廣】$_{267/254}$三寸，【燔】□炭其中，段（煅）駱阮少半斗，布炭上，【以】布周蓋，坐以熏其竅。（《五十二病方·牝痔》第三治方）

②治心腹大積上下行如虫狀大恚方班蝥十枚地膽一枚桂一寸凡三物皆并冶合和使病者宿毋食旦飲藥一刀圭$_{[45]}$（《武威漢代醫簡》第二類簡）

（4）估量詞。在漢代簡帛經方文獻中，表示估量的量詞有「冣（撮）、捽、齊（劑）、束、把、抙（桮）、分」等。例如：

①加：以五月望取萊⏋、藺，陰乾，冶之，有（又）冶白松脂之【□□□□□□□□□□□□□□】$_{18/18}$各半之，善裹以韋，日一歙（飲）之。誨（每）歙（飲），三指冣（撮）入酒中，【□□□□□□□□□□□□□】$_{19/19}$力善行⏋。雖旦莫（暮）歙（飲）之，可殹$_{20/20}$。（《養生方·加（痂）》）

②一，屑（屑）勺（芍）藥，以□半桮（杯），以三指大捽（撮），歙（飲）之。$_{72/72}$（《五十二病方·毒烏彖（喙）》第二治方）

③嬰兒病閒（癇）方：取鼺（雷）尾〈戾（矢）〉三果（顆），冶，以豬煎膏和之。小嬰兒以水【半】斗，大者以一斗，三分藥，取

₄₈/₄₈ 一分置水中，撓，以浴之。₄₉/₄₉（《五十二病方・嬰兒病間（癇）》）

④一，涅汲水三什，以龍須（鬚）一束并者（煮）□▨₁₆₇/₁₅₄（《五十二病方・瘂病》第四治方）

⑤【一日：□□】蛇牀泰半參┘，藟本二斗半┘，潘石三指最（撮）一┘，桂尺者五廷（挺）【□□□□】□之菩半₈₅/₈₅尺者一抌（葉），以三【月】茜（糟）憑（截）洎，孰（熟）煮₈₆/₈₆。（《養生方・▨巾》）

⑥【一日：□□□】大牡兔，皮，去腸。取葷葵長四寸一把，茳（朮）一把，烏豪（喙）十□【□□】削皮細析，以大【牡₁₂₂/₁₂₁兔】肉入藥閒，盡之，乾，勿令見日┘百日，冶，裹₁₂₃/₁₂₂。（《養生方・除中益氣》）

以下六點值得關注：

第一，漢代簡帛經方文獻中有表示藥物容量「參」字，「一參」相當於三分之一斗。「參」本來是個數詞，也寫作「三」。《廣雅・釋言》：「參，三也。」《左傳・隱公元年》：「先王之制，大都不過參國之一，中五之一，小九之一。」晉杜預注：「三分國城之一。」《急就篇》：「蠡斗參升半厄籥。」宋陸游《老學庵筆記》卷七：「壹、貳、參、肆、伍、陸、柒、捌、玖、拾，字書皆有之。『參』正是『三』字，或讀作七南反耳。」「參」表示容量，祇見與漢代醫簡中，在上古其他傳世古籍和後世醫書中均不見用例。《漢語大字典》「參」下未收此義〔註176〕，應據漢代醫簡補。

第二，表示測量粉末的容量詞，如「方寸匕、五分匕、刀匕、錢匕」等，均不見於先秦時期的《黃帝內經》，但在漢代傳世醫書如《傷寒論》《金匱要略》等和出土的漢代醫簡如《武威漢代醫簡》《居延漢簡》中已經出現。

第三，表示長度的量詞「尺、寸、丈」在《黃帝內經》中已經使用，而漢代醫簡中祇用「尺、寸」，而不見「丈」的用例。相反，「方寸」一詞祇見於《五十二病方》，其他醫簡未見用例。

第四，表示佔量的量詞「㝡」是「最」的異體字，「最」則是「撮」的通

〔註176〕《漢語大字典》第 422 頁，四川辭書出版社、湖北崇文書局 2010 年版。

假字，亦寫作「揻」，「捽」是「撮」的異體字。「撮」表示用拇指、食指和中指（三指）合攏抓取細末藥物的大致數量，故在漢代醫簡中用「三指冣（揻、捽）」表示，或簡稱「冣（揻、捽）」。

「三指撮」在傳世醫書中最早見於《黃帝內經．素問．病能論》，其簡稱「撮」在《史記．扁鵲倉公列傳》中亦沿用開來，但在先秦醫書中它還僅僅表示一種大致的容量，而到漢代則成爲一種固定的容量單位，據《漢書．律曆志》記載，一「三指撮」相當於「四圭」。《史記．扁鵲倉公列傳》：「菑川王美人懷子而不乳，來召臣意。臣意往，飲以莨礍藥一撮，以酒飲之，旋乳。」

第五，表示估量的量詞「齊」是「劑」是的古字，即表示在同一處方中，某種藥物的用量確定後，其他藥物均按相應的分量比例用藥。「齊」表示「分」義始見於《五十二病方》。在漢代文獻如《史記》和出土的漢代簡帛經方文獻如《居延漢簡》中雖然也沿用「齊」，但其意義已經改變，相當於現在所說的「付」，不再表示「分」了。如《史記．扁鵲倉公列傳》：「菑川王美人懷子而不乳，來召臣意。臣意往，飲以莨礍藥一撮，以酒飲之，旋乳。臣意復診其脈，而脈燥。燥者有餘病，即飲以消石一齊，血如豆比五六枚。」《居延漢簡考釋》卷一：「飲藥十齊。」

第六，表示估量的量詞「分」，其最初的意義同先秦時期的「齊」，表示總的份數。這種意義祇見於《五十二病方》。在傳世醫書《黃帝內經》和出土醫書《武威漢代醫簡》《流沙墜簡》等中的「分」，都沒有這種意義，而是表示兩以下幾錢、幾分之義。清羅振玉、王國維在《流沙墜簡．方技類．醫書》中說：「古醫方傳世最古者爲《傷寒》《金匱》諸方，凡言藥劑皆以兩計，其分兩同者曰『等分』，其散藥則言『方寸匕』。今簡中諸方皆言『幾分』，其義與『等分』之分同，非謂兩以下之幾錢幾分之謂。蓋漢以前兩下但云『銖』，不云『錢』與『分』也。」〔註177〕

漢代簡帛經方文獻中的物量詞雖然不多，卻別具特色，有的前所未有，如「方寸匕、刀匕、齊（劑）」等，有的表義與其他同時代或後世的其他醫書不同，如「冣（揻、捽）、分」等，它們的運用，既豐富了漢語的量詞，又爲漢語史的研究提供可靠的證據。

〔註177〕〔清〕羅振玉、王國維編著：《流沙墜簡》第97頁，中華書局1993年版。

（三）對中醫藥史研究的價值

　　長沙馬王堆三號漢墓出土的醫書《五十二病方》《養生方》《雜療方》《雜禁方》等和甘肅武威旱灘坡漢墓出土的醫書《武威漢代醫簡》，塡補了中醫藥學史上的空白，爲我國中醫藥學發展史的正本清源，提供了極其寶貴的眞實史料，也爲當代中華醫學服務於世界作出了不可磨滅的貢獻。

　　一九七五年，文物出版社在《武威漢代醫簡》的《出版說明》中指出：「這批醫藥簡牘，可能是墓主人長期臨床實踐經驗的總結性記錄。簡牘的內容相當豐富。在診斷、治療和處方用藥等方面，生動地體現了辯證施治的原則和方法。在我國最早的醫書漢張仲景《傷寒雜病論》原本早已亡佚的情況下，這批醫簡的出土，便爲研究我國古代醫學科學地提供了一個重要的可靠依據。」

　　一九八五年，文物出版社在《馬王堆漢墓帛書〔肆〕》的《出版說明》中指出：「《五十二病方》的著成年代較早，在我國醫藥學史研究上有非常重要的價值。」梁茂新在《從〈五十二病方〉看先秦時期的藥學成就》中說：「從《病方》藥學資料所展示的我國先秦時期的藥物學，已經完成了遠古藥學史向中古本草學史的演變，而具有比較典型的本草學特徵。對藥物多方面的論述和多功能的認識，都取得了長足的發展和卓著的成就。因此可以說，這一時期是我國藥學史不可忽視的重要發展時期。」〔註178〕

　　李學勤先生在《〈二十世紀中國中醫書集成〉導言》中，簡明扼要地闡明了出土簡帛醫書的歷史價值。他說：「新發現的佚籍，有的是久已全佚之書，例如馬王堆帛書的《五十二病方》，收集了諸傷、傷痙、嬰兒索痙等五十二種疾病的處方。從書中語言等方面的特點考察，可能爲楚國人所作，醫方則有不同來源。這部珍貴的醫方集恐怕在西漢中晚期便亡佚了。有的尚有部分留存，例如馬王堆帛書的《胎產書》，後半《禹藏圖》等內容均已亡佚，但開頭禹與幼頻問答一節，卻保存在隋唐的《諸病源候論》《千金要方》裡面，只是文字稍有改易，而且被稱爲『徐之才（北魏名醫）逐月養胎方』了。這些佚籍的出現，塡補了醫學史上的空白，也揭示出許多前人未知的眞相。」〔註179〕

〔註178〕梁茂新：《從〈五十二病方〉看先秦時期的藥學成就》，《中醫研究》1988 年第 4 期。

〔註179〕見魏啓鵬、胡翔驊《馬王堆漢墓醫書校釋〔壹〕》，成都出版社 1992 年版。

此外，我們在結束集釋的時候，從國外傳來了一個振奮中國中醫學界的特大消息：瑞典卡洛琳醫學院二〇一五年十月五日宣佈，將二〇一五年諾貝爾生理學或醫學獎授予中國藥學家屠呦呦以及愛爾蘭科學家威廉·坎貝爾和日本科學家大村智，以表彰他們在寄生蟲疾病治療研究方面取得的成就。

「屠呦呦的獲獎理由是『有關瘧疾新療法的發現』。這是中國科學家因為在中國本土進行的科學研究而首次獲諾貝爾科學獎，是中國醫學界迄今為止獲得的最高獎項，也是中醫藥成果獲得的最高獎項。屠呦呦是諾貝爾醫學獎的第十二位女性得主。上世紀六七十年代，在極為艱苦的科研條件下，屠呦呦團隊與中國其他機構合作，經過艱苦卓絕的努力並從《肘後備急方》等中醫藥古典文獻中獲取靈感，先驅性地發現了青蒿素，開創了瘧疾治療新方法，全球數億人因這種『中國神藥』而受益……」〔註180〕

屠呦呦認為，治療瘧疾的「中國神藥」的發明，其靈感來於晉葛洪《肘後備急方·治寒熱諸瘧方》中的「青蒿一握，水二升漬絞，取汁盡服之」。「青蒿」入藥早在《五十二病方》中就有記載。《牝痔》第一治方：

> 【牝】痔之入竅中寸，狀類牛幾（蟣）三□_（□□）然，後而潰出血，不後上鄉（嚮）者方：取弱（溺）五斗，以煮青蒿 261/248 大把二，鮒魚如手者七，冶桂六寸，乾薑（薑）二果（顆），十沸，抒置甀（甕）中，貍（埋）席下，為竅，以熏 262/249 痔。藥寒而休，日三熏。263/250」

曾經討論過《五十二病方》《養生方》《雜療方》《武威漢代醫簡》等簡帛醫書的價值的論文主要有：張振平《從帛書〈五十二病方〉看先秦藥學的發展》〔註181〕，宋經中、吳子明《試論〈五十二病方〉是我國現存最早的一部驗方集》〔註182〕，梁茂新《從〈五十二病方〉看先秦時期的藥學成就》〔註183〕，沈頌金

〔註180〕劉仲華、商璐：《人民日報頭版頭條報導屠呦呦獲諾貝爾獎（圖）》，《人民日報》2015 年 10 月 6 日第 1 版。

〔註181〕張振平：《從帛書〈五十二病方〉看先秦藥學的發展》，《山東中醫學院學報》1979 年第 1 期。

〔註182〕宋經中、吳子明：《試論〈五十二病方〉是我國現存最早的一部驗方集》，《湖南中醫學院學報》1984 年第 2 期。

〔註183〕梁茂新：《從〈五十二病方〉看先秦時期的藥學成就》，《中醫研究》1988 年第 4 期。

《漢代醫學簡的價值及其研究》〔註184〕，陳力、黃新建《從〈萬物〉和〈五十二病方〉看春秋戰國時期藥物學發展狀況》〔註185〕，聶耀、李永清、高美先《從〈五十二病方〉看先秦時期中藥學發展概況》〔註186〕，張延昌《武威漢代醫簡出土文物對藥學貢獻考證》〔註187〕《武威漢代醫簡的中醫學成就》〔註188〕，周祖亮《試論帛書〈五十二病方〉的方藥淵源與傳承》〔註189〕等，可爲進一步深入討論簡帛醫書的中醫藥學價值參考。

（四）對巫術文化史研究的價值

古代施術者女性稱「巫」，男性稱「覡」，而巫術是巫覡通過表演或祈禱、詛咒的形式來實施巫術，即通過一定形式的表演，利用和操縱某種超人的力量來影響族群生活或自然界的事件，以達到某種目的。巫術表演常常採用象徵的歌舞形式，且憑藉某種賦有魔力的實物和咒語來驅妖除病。降神、祈禱和詛咒等是巫術的核心內容。巫術的超自然力量與實體奧秘仍有待進一步科學研究。但漢代以前的巫術活動，祇有降神和祈禱消災、禳除疾病的內容，還沒有詛咒的內容。

林河先生認爲：「古人認爲：『國之大事，惟祀與戎』，就是說：只有『祭祀』和『打仗』這兩件纔是最重要的國家大事。無論古代的哪一個國家和哪一個地區，祭祀用品和軍事裝備都是當時的最高水準。但古代的作戰，自始至終都離不開祀神，因此，國家的大事，無不與巫儺文化的祭祀活動有關。」〔註190〕

在漢代簡帛醫書中，傳統的「巫術」名稱已經有個新的稱謂——「祝由」

〔註184〕沈頌金：《漢代醫學簡的價值及其研究》，《西北史地》1994 年第 3 期。

〔註185〕陳力、黃新建：《從〈萬物〉和〈五十二病方〉看春秋戰國時期藥物學發展狀況》，《湖南中醫學院學報》1997 年第 2 期。

〔註186〕聶耀、李永清、高美先：《從〈五十二病方〉看先秦時期中藥學發展概況》，《內蒙古醫學院學報》1997 年第 3 期。

〔註187〕張延昌：《武威漢代醫簡出土文物對藥學貢獻考證》，《中醫藥學刊》2003 年第 7 期。

〔註188〕張延昌：《武威漢代醫簡的中醫學成就》，《甘肅中醫》2005 年第 8 期。

〔註189〕周祖亮：《試論帛書〈五十二病方〉的方藥淵源與傳承》，《時珍國醫國藥》2013 年第 1 期。

〔註190〕林河：《中國巫儺史》第 34 頁，花城出版社 2001 年版。

術。祝由術在《五十二病方》中有 38 個病方運用過，而且祇用於驅妖除病。漢人認爲，外傷出血、蛇蟲咬傷、慢性潰瘍、全身潰瘍、土漆過敏、小兒驚風、小兒神智異常、燒燙傷、瘊子、癃閉、臃腫、疝病、蠱病等病症，都是邪魔妖怪附身作祟造成的，必須通過祈禱，邀請各路神靈降妖驅邪，以禳除創傷與疾病。《五十二病方》中用祝由術治病，多採用祈禱與行爲配合、祈禱與藥物配合、祈禱與行爲、藥物綜合配合等治療方法。從治療的病症與治療方法看，《五十二病方》中的施術者多數不是專職巫覡，而是精通或粗通祝由術的普通族人。這說明，漢代的祝由術已經變成了一種大眾化的驅妖除病活動了，與專門的巫術活動有了顯著區別。因此，研究簡帛醫書中的祝由術，能豐富傳統巫術的文化內涵。

曾經討論過漢代巫術和《五十二病方》中祝由術價值的論著主要有：袁瑋《〈五十二病方〉祝由療法淺析》〔註 191〕，陽太《祝由術漫筆》〔註 192〕，焦振濂、王怡《〈五十二病方〉巫祝術之時代環境與文化淵源》〔註 193〕，李零《中國方術考·出土醫方中的祝由術》〔註 194〕，孫家洲《漢代巫術巫風探幽》，〔註 195〕，張麗君《〈五十二病方〉祝由之研究》〔註 196〕，沈晉賢《巫醫同源研究》〔註 197〕，李叢《〈五十二病方〉禁咒內容研究》〔註 198〕，石琳、胡娟、鍾如雄《從漢代醫簡看遠古祝由術的禳病法》〔註 199〕等，可爲進一步深入討論簡帛醫書的巫術發展史文化價值參考。

〔註 191〕袁瑋：《〈五十二病方〉祝由療法淺析》，《湖南中醫學院學報》1988 年第 1 期。

〔註 192〕陽太：《祝由術漫筆》，中華全國首屆馬王堆醫術學術討論會《湖南醫學院論文專集》，1990 年。

〔註 193〕焦振濂、王怡：《〈五十二病方〉巫祝術之時代環境與文化淵源》，中華全國首屆馬王堆醫術學術討論會《湖南醫學院論文專集》，1990 年。

〔註 194〕李零：《中國方術考·出土醫方中的祝由術》，人民大學出版社 1993 年版。

〔註 195〕孫家洲：《漢代巫術巫風探幽》，《社會科學戰線》1994 年第 5 期。

〔註 196〕張麗君：《〈五十二病方〉祝由之研究》，《中華醫學雜誌》1997 年第 3 期。

〔註 197〕沈晉賢：《巫醫同源研究》，《南京中醫藥大學》（社科版）2003 年第 4 期。

〔註 198〕李叢：《〈五十二病方〉禁咒內容研究》，《江西中醫學院》2008 年第 2 期。

〔註 199〕石琳、胡娟、鍾如雄：《從漢代醫簡看遠古祝由術的禳病法》，《雲南師範大學學報》（哲社版）2016 年第 4 期。

（五）對書法史研究的價值

書法不僅是漢字的書寫方法，而且也是漢字書寫的藝術。漢代簡帛的書法藝術，在我國書法史上具有極其重要的研究價值。

在隋代發明雕版印刷術以前的兩千二百餘年間，我國的書面文獻，全靠手工雕刻、青銅鑄造、毛筆書寫而得以儲存與流傳，因此形成了一系列以書寫材料命名的文字，如甲骨文、金文、陶文、石鼓文、簡牘、帛書、石刻等。隋代雕版印刷術的發明（七世紀初）和應用，大大降低了生產的成本，提高了生產的效率，加速了資訊知識的傳播，促進了社會文明的發展。

我國博大精深的漢字文化、雕刻技藝、簡帛制度、筆墨紙張的應用，以及數以萬計的汗牛充棟的典籍，都為雕版印刷術的發明，提供了必要的條件。明代學者胡應麟說：「雕本肇自隋時，行於唐世，擴於五代，而精於宋人。」（《少室山房筆叢・經籍會通四》），扼要概述了雕版印刷術的起源和發展。但是雕版印刷術的發明與應用，不會促進漢字的書法藝術的豐富和發展。

在《武威漢代醫簡的發現與清理》一文中，整理小組特別指出：《武威漢代醫簡》「是隸書兼章草」寫成的。這裡所說的「章草」，就是形成於我國西漢時期的一種書法藝術。章草的書寫特點是：筆劃有隸書的波殊，字字獨立，而不連寫。唐張懷瓘《書斷》卷上《章草》：「章草之書，字字區別。」

「章草」一詞原本指起草奏章。《後漢書・吳祐傳》：「時扶風馬融在坐，為冀章草。」後世則專稱漢代以前的草書，魏晉以後形成的草書叫「今草」。《南齊書・王僧虔傳》：「郗愔章草亞於右軍。」關於「章草」名稱的由來，前人有以下說法：

一說史遊作草書《急就章》（又名《急就篇》），後來省去「急就」二字祇叫「章」。史遊為西漢元帝的黃門令。他著《急就章》，並用隸書草寫的方法書寫。這種「草書」與後世的「草書」還不完全相同，祇是把字型筆劃簡略了一些，後人稱之為「章草」。《書斷》卷上《章草》云：「章草者，漢黃門令史遊所作也……杜度在史遊後一百餘年，即解散隸體，明是史遊創焉。史遊即章草之祖也。」〔註200〕《四庫全書總目提要》也云：「所謂章書者，正因遊

〔註200〕　〔唐〕張懷瓘：《書斷》，見《欽定四庫全書》子部八藝術類一，上海人民出版社、
　　　　　迪志文化出版有限公司 1999 年版。

作是書，以所變草法之，後人以其出於《急就章》，遂名『章草』者。」

一說因東漢章帝喜好這種書體，並命杜度等奏事用之，因而得名。《書斷》卷上《章草》云：「至建初中，杜度善草，見稱於章帝。上貴其跡，詔使草書上事。魏文帝亦令劉廣通草書上事，蓋因章奏，後世謂之章草。」唐韋續《墨藪‧纂五十六種書》云：「章草書，漢齊相杜伯度援槀所作，因章帝所好，名焉。」

一說取「章程書」意，因其草法規範化、法則化、程式化而得名。《書斷》卷上《章草》云：「王愔云：漢元帝時史遊作《急就章》，解散隸體，麁書之，漢俗簡墮漸以行之是也。此乃存字之梗槩，損隸之規矩，縱任奔逸，赴俗急就，因草創之義，謂之草書……章草即隸書之捷，草亦章草之捷也。」

以上三說，基本上能代表唐以前的書法界對章草得名之由的認識。關於章草的書法特徵，東漢著名書法家崔瑗在《草書勢》中有以下描述：

> 書契之興，始自頡皇，寫彼鳥跡，以定文章。章草之法，蓋又簡略，應時諭指，周旋卒迫，兼功并用，愛日省力，絕險之變，豈必古式。觀其法象，俯仰有義。方不中矩，圓不副規；抑左揚右，望之若崎；鸞企鳥峙，志意飛移；狡獸暴駭，將奔未馳；狀似連珠，絕而不離；畜怒怫鬱，放逸生奇；騰蛇赴穴，頭沒尾垂；機要微妙，臨時從宜。〔註201〕

《書斷》卷上《章草》也云：「章草之書，字字區別。張芝變爲今草。如其流速，拔茅其茹，上下牽連，或借上字之下而爲下字之上。奇形離合，數意兼包。若懸猿飲澗之象，鉤鎖連環之狀，神化莫若，變態不窮。」「字字區別」「奇形離合」「數意兼包」，應該是章草書法藝術的基本特徵。

被後世稱爲二十世紀中國震驚世界的三大文化發現之一的《流沙墜簡》，是僑居日本的羅振玉、王國維先生，根據從法籍漢學家沙畹處索取到的漢代簡牘照片及有關資料作出釋文和考證後編著成書而成的漢代簡牘文獻學，一九一四年在日本京都出版。《流沙墜簡》的出土，我國對書法藝術研究，起到重大的促進作用，尤其是對章草的復興產生巨大的影響。肖文飛說：「20世紀初出土的流沙墜簡使人們第一次清晰目睹了漢晉人的墨蹟，它包括了隸書、

〔註201〕見《晉書‧衛恒傳》，又見〔唐〕張懷瓘《書斷》卷上《章草》。

章草、行書、草書各體，清晰地反映了書體嬗變的淵源關係，而借助現代照相印刷出版的《流沙墜簡》又使得它在書法界的影響更爲廣泛和深遠。清代碑派書法的興起，依託於金石碑刻，以隸、篆書體的復興爲先導，道、咸時期，碑派書家的努力又從篆、隸書體擴大到楷書領域，而流沙墜簡墨蹟的出現，則使得對書法傳統的梳理在清末民初進入了行草書的領域，並導致了書法觀念的轉變——碑帖對立的消解，以及章草書風的出現。依託於流沙墜簡完成的對草書譜系的梳理以及草書的復興，爲貫穿於整個清代，實質上是對兩千年書法傳統進行重新梳理的碑帖論爭畫上了圓滿的句號。」〔註202〕

從此，引起了文字學和書法學界對章草來源的重新認識和熱烈討論，尤其是繼後《秦簡日書》《馬王堆漢墓帛書》《武威漢代醫簡》等簡帛文獻的相繼出土，這方的討論更是異常激烈。

徐利民先生認爲：「一種新體在民間萌發成長以至成熟，須經歷相當長的一段時間，方可得到文人士大夫階層的接受、認可，進行仿傚。新體到了文人士大夫的手中，最終得到整理和提高，並受到充分的尊重和運用」。「由此可證，在當時民間日常的文書手札中，草體筆法的發展是走在上層文人士大夫前面的，這正合乎書法發展的歷史規律」。〔註203〕無論是《馬王堆漢墓帛書》還是《武威漢代醫簡》的寫本，都出自下層文人之手。因此，趙彥國先生指出：「鑒於章草在書體演變中所處的角色，它本自隸法，是隸書草化並使之歸整的結果，『此乃存字之梗概，損隸之規矩。』因而與古體篆、隸書的用筆之法有著內在的必然聯繫，且尤與隸法相近，既有隸書的波挑常法，又有在草寫中產生的變法，即非隸書的筆法。同時它又有與今草的勾連環繞有所不同，下筆斬斷，沉著痛快，筆毫起落有致，連帶少且多以實筆和意連爲主，線條顯得短促而有力。」〔註204〕

探討我國草書、行書的起源和發展，離不開對漢代「章草」的研究，而探討章草的起源和發展，更離不開對出土的秦漢簡帛的研究。秦漢簡帛的書法藝

〔註202〕肖文飛：《流沙墜簡對 20 世紀初書法的影響》，中國書法院主編《書法研究》第271 頁，榮寶齋出版社 2009 年版。

〔註203〕徐利民：《中國書法風格史》第 83、130 頁，河南美術出版社 1997 年版。

〔註204〕趙彥國：《論「原生態章草」在簡牘中的書法嬗變》，中國書法院主編《簡帛書法研究》第 139 頁，榮寶齋出版社 2009 年版。

術，乃是後世草書和行書的源頭，它們不僅是漢字構形學研究的重要資料，更是我國書法藝術研究的不可多得寶貴資料。就像林進忠在《武威漢代醫簡的行草書法》一文中所說的那樣：「武威醫簡的書寫年代，正是漢代隸行與隸草均發展完熟的時期，出土醫簡文字具有相當的品質，除有隸書之外，也有隸行與隸草，書寫表現均極優異可賞，對於草書源起發展的探索，以及行書、草書的文字形體學研究，都具有重要的意義與價值。」〔註205〕

二〇〇九年四月一九日，中國書法院在湖南省博物館舉辦了一場名爲《淵源與流變——帛書書法研究展》暨《帛書書法研究論壇》，書法家和書法研究者，通過當代視覺，梳理書法發展的淵源與流變，審視書法藝術傳統。他們認爲：「20世紀初，殷墟甲骨、漢晉木簡、敦煌寫經等重大考古發現，不僅對中國古代文明的學術研究產生了深遠影響，而且爲書法藝術的學習和創作提供了新的借鑒資源。」〔註206〕關於出土簡帛文獻的書法價值，陳松長作過以下總結：「湖南出土簡帛的書法價值主要有：（1）展現了戰國楚系文字的原始面貌。（2）提供了秦漢之際隸變過程中豐富多彩的秦隸書體。（3）給隸書的成熟期提供了新的佐證。（4）給東漢後期和三國魏晉的書法研究提供了全新的資料。（5）給當代書法創作提供了高古生動的臨摹範本。」〔註207〕

曾經討論過秦漢簡帛書法藝術價值的論著主要有：于豪亮《釋漢簡中的草書》〔註208〕，林進忠《武威漢代醫簡的行草書法》〔註209〕，陳松長《馬王堆帛書藝術》〔註210〕，文功烈《漢簡牘書法研究》〔註211〕，周平、夏時《論簡帛書法發展的內在原因及其載體的文化意義》〔註212〕，華人德《兩漢簡牘的書法》

〔註205〕林進忠：《武威漢代醫簡的行草書法》，國立臺灣藝術大學《藝術學報》第72期，1993年。

〔註206〕恒廬：《「淵源與流變——帛書書法研究展」暨「帛書書法研究論壇」在湖南省博物館隆重舉行》，《東方藝術》2009年第12期。

〔註207〕陳松長：《湖南出土簡帛的書法價值初探》，《湖南大學學報》（社科版）2011年第2期。

〔註208〕于豪亮：《于豪亮學術文存》第241頁，中華書局1985年版。

〔註209〕林進忠：《武威漢代醫簡的行草書法》，《藝術學報》1992年第72期。

〔註210〕陳松長：《馬王堆帛書藝術》，上海書店1996年版。

〔註211〕文功烈：《漢簡牘書法研究》，首都師範大學碩士論文，2001年。

〔註212〕周平、夏時：《論簡帛書法發展的內在原因及其載體的文化意義》，《湘潭工業學院

〔註213〕，丁政《簡牘帛書與書法史研究及當代書法創作》〔註214〕，王祖龍《楚簡帛書法藝術概論》〔註215〕，樊中岳、陳大英、陳石編《簡牘帛書書法字典》〔註216〕，葉康寧《考古發現與當代書學》〔註217〕，黃偉鋒《長沙東牌樓漢簡書法淺論》〔註218〕，姚宇亮《漢簡中所見隸書的風格演變與分期》〔註219〕，程鵬萬《說簡牘帛書上的表識符號》〔註220〕，沈利《漢代簡牘書法形態研究》〔註221〕，侯東菊《略論簡牘在書法藝術發展中的影響》〔註222〕，李丹《甘肅漢簡書法風格研究》〔註223〕，沃興華《湖湘簡牘書法研究》〔註224〕，王曉光編著《新出漢晉簡牘及書刻研究》〔註225〕，李潯《馬王堆書法藝術探索》〔註226〕，趙凱昕、盧甫聖《歷史的還是美的？——論簡牘帛書以何種身份進入書法領域》〔註227〕，吳曉懿《楚國簡帛書法的材質與款式研究》〔註228〕，楊然、王曉光《漢

學報》（社科版）2002 年第 2 期。

〔註213〕華人德：《兩漢簡牘的書法》，《中國書法》2002 年第 11 期。

〔註214〕丁政：《簡牘帛書與書法史研究及當代書法創作》，《貴州大學學報》（藝術版）2004 年第 3 期。

〔註215〕王祖龍：《楚簡帛書法藝術概論》，《長江大學學報》（社科版）2005 年第 4 期。

〔註216〕樊中岳、陳大英、陳石編：《簡牘帛書書法字典》，湖北美術出版社 2009 年版。

〔註217〕葉康寧：《考古發現與當代書學》，《新疆藝術學院學報》2009 年第 2 期。

〔註218〕黃偉鋒：《長沙東牌樓漢簡書法淺論》，西南大學碩士論文，2009 年。

〔註219〕姚宇亮《漢簡中所見隸書的風格演變與分期》，中國書法院主編《書法研究》第 101 頁，榮寶齋出版社 2009 年版。

〔註220〕程鵬萬：《說簡牘帛書上的表識符號》，中國書法院主編《書法研究》第 77 頁，榮寶齋出版社 2009 年版。

〔註221〕沈利：《漢代簡牘書法形態研究》，南京航空航天大學碩士論文，2010 年。

〔註222〕侯東菊：《略論簡牘在書法藝術發展中的影響》，《書法賞評》2012 年第 1 期。

〔註223〕李丹：《甘肅漢簡書法風格研究》，西北師範大學碩士論文，2012 年。

〔註224〕沃興華：《湖湘簡牘書法研究》，《詩書畫》2013 年第 4 期。

〔註225〕王曉光編著：《新出漢晉簡牘及書刻研究》，榮寶齋出版社 2013 年版。

〔註226〕李潯：《馬王堆書法藝術探索》，《書法賞評》2013 年第 5 期。

〔註227〕趙凱昕、盧甫聖：《歷史的還是美的？——論簡牘帛書以何種身份進入書法領域》，《藝術探索》2015 年第 5 期。

〔註228〕吳曉懿：《楚國簡帛書法的材質與款式研究》，《藝術史與藝術考古》2014 年第 2 期。

代的「書佐」與簡牘書寫》〔註229〕等，可爲進一步深入討論簡帛醫書書法藝術的歷史價值提供參考。

五　前人研究中存在的主要問題

　　裘錫圭先生主編的《長沙馬王堆漢墓簡帛集成》和李盛華、張延昌主編的《武威漢代醫簡研究集成》，是最新出版的兩部研究漢代簡帛文獻的重要著作。其中較爲客觀地反映了《五十二病方》《武威漢代醫簡》等文獻出土四十餘來學界的研究現狀和研究成果。綜觀前人的研究成果，無論在簡帛的整理、殘字的修補、字詞的考釋、句讀的勘誤，還是在醫理的解讀等方面，都作了全面而深入的研究，可謂後出轉精，日臻完善。

　　但是，由於這些醫簡，都是在我國印刷術發明以前的寫本，因爲書寫材料或爲竹木簡牘，或爲帛書，用字不甚規範，書寫較爲隨意，書寫時代古遠，出土時破損嚴重，再加之這些醫簡橫跨文字學、語言學、文獻學、中醫學、性學等諸多學科，所以給我們釋讀和理解文意造成了很大困難。已故的李學勤先生指出：「這類佚籍大都古奧費解，需要長時間的鑽研探討，絕非少數人在短時間內所能全部通曉。整理報告的出版，只標誌研究的一個段落，甚至是剛剛是開始。」〔註230〕

　　綜觀前人的研究成果，在《馬王堆漢墓帛書〔肆〕》和《武威漢代醫簡》簡文的整理和文字考釋方面作了一些工作，但僅從漢語言文字學的角度看，前人的研究存在三大缺失：（一）簡帛釋文不乏錯誤；（二）詞義解釋多主觀猜想；（三）句讀較多錯誤。造成這些問題的原因是，一方面，許多從事中醫學研究的學者涉獵學科畢竟有限，偶有缺乏古文字學、漢語史、文獻學等方面的知識，古籍釋力較弱，因此在他們出版或發表的論著中，錯讀、誤讀、錯釋、誤解的情況不少。另一方面，許多具有較高古文字學、漢語史、考據學功力的研究者，又因中醫學知識有限，按常識解釋醫學名詞，往往造成誤解。還有部分搞漢語言文字學的學者，卻缺乏漢語言文字學的歷史發展眼光，動輒以後起字、同源字、通假字來解釋古字古義，這樣的研究成果，令人難

〔註229〕楊然、王曉光：《漢代的「書佐」與簡牘書寫》，《書法》2015 年第 6 期。

〔註230〕李學勤：《《二十世紀出土中國古醫書集成》導言》，魏啓鵬、胡翔驊《馬王堆漢墓醫書校釋（壹）》，成都出版社 1992 年版。

以爲據。現就以上問題剖析如下。〔註231〕

（一）文字釋誤

1、以後出異體字釋初文。文字學上稱某個字最早的書寫形式叫「初文」，以區別該字後出的異體字。在漢字系統中，由於「文字易形」，〔註232〕後世給某個初文再造了多個異體字。在使用初文的時期，其後出的異體字根本就沒有造出來，但因今人慣用後出的異體字，往往忘了初文，而在釋讀出土文獻時，慣用常用的字來釋讀。用後出異體字釋初义，乃是前人釋讀出土的秦漢文獻時常犯的錯誤。例如《五十二病方·諸傷》第一治方〔註233〕：

【諸傷：□□】膏」、甘草各二，桂」、畺（薑）」、椒【」】、朱（茱）【黄】□【□□□□□□□□□□□□□□□□□□】₁/₁【□□】毀一垸（丸）音（杯）酒中，歙（飲）之，日壹歙（飲），以□其☒₂/₂

本方中的「歙」，帛書本釋作「飲」，集成本釋作「歙（飲）」。細看帛書新圖版，原文本寫作「歙」。〔註234〕

「飲」甲骨文作 𓏺、𓏺、𓏺、𓏺 等，金文作 𓏺，從構形意看，象一人趴在酒罐上伸長舌頭吸酒之形，會意字，隸變爲「㱃」「歙」，本義爲喝酒，也泛指喝。《說文·㱃部》：「㱃，歠也。从欠㱃聲。㳄，古文㱃从今水。㱃，古文㱃从今食。」（八下）〔註235〕又：「歠，㱃也。从㱃省，叕聲。𠸺，歠或从口从夬。」《玉篇·欠部》：「歙，一錦切。古文飲。」「㱃」是「歠」的省

〔註231〕關於此類問題，我們曾發表文章討論過。見胡娟《四十年來出土醫簡文字研究之缺失——以〈五十二病方〉〈武威漢代醫簡〉爲例》(《Summary on the studies of the unearthed bamboo medical books for the past Forty years—take Prescriptions of fifty-two diseases and Han medical books of WuWei for example》)，《Chinese Studies》(《中國研究》) 2016 年第 1 期。

〔註232〕〔漢〕許慎：《說文解字敘》，見《說文解字》第 314 頁，中華書局 1963 年影印本。

〔註233〕本節所例舉原文出均引自《長沙馬王堆漢墓帛書集成〔伍〕〔陸〕》的釋文，以下不再單獨説明。

〔註234〕本書中插入的圖片字，除直接引用其他文獻上的外，均在原簡帛圖片基礎上，經淡化背景色而保留字跡筆畫的技術處理後得出的圖片字，均忠實於原文。以下不再一一注明。

〔註235〕見〔漢〕許慎撰，〔宋〕徐鉉等校定《說文解字》第 180 頁，中華書局 1963 年版。

形字。《說文‧酉部》:「酓,酒味苦也。从酉今聲。」(十四下)許君析形釋義均誤。譚戒甫《西周量鼎銘研究》:「酓,卻是由歙而省欠。」《玉篇‧酉部》:「酓,於忝、火含二切。酒苦也。」《集韻‧琰韻》:「歙,《說文》:『歠也。』或从食,古文作酓。」《正字通‧酉部》:「飲,本作酓,別作歙。」《陝西扶風出土西周周伯㦖諸器》:「(酓壺)腹底銘文五字:『白(伯)㦖乍(作)酓(飲)殼(壺)。』」

「歙」或寫作「齡」。《字彙補‧酉部》:「齡,《字學指南》與飲同。」又譌作「歙」。《楚辭‧大招》:「清馨凍歙,不歠役只。」宋朱熹注:「歙,一作飲。」「歙」後世或更換「酓」轉形為「飲」。《說文》未收「飲」字。《玉篇零卷‧食部》:「飲,飲歙也;咽水也。」今宋本《玉篇‧欠部》:「歙,古文飲。」今經典均寫作「飲」。《詩經‧小雅‧無羊》:「或降于阿,或飲于池。」《孟子‧告子上》:「冬日則飲湯,夏日則飲水。」或再更換「欠」轉形作「汆」「龡(龡)」「淾」。《說文》重文有「汆」「龡」二字。《玉篇‧食部》:「飲,於錦切。咽水也。龡,古文亦作歙。」又《水部》:「淾,烏錦切。古文飲。」《字彙‧食部》:「龡,古文歙字。」

由此可知,「酓、歙」是「飲」的初文,「齡」是「歙」異構字,而「汆、龡(龡)、飲、歙」則是「酓、歙」的譌體。

《五十二病方》中的「飲」均用初文「歙」書寫,釋文應直接釋為「歙」纔是。帛書本用後出的異體字「飲」釋初文「歙」,集成本雖然改釋成了「歙」,卻又在其後補了一個「飲」,表明在他們其看來,「歙」當寫作「飲」纔正確。

表示「喝」這一行為,《五十二病方》還用「歠」字。「歠」是「歠」的異體字。如《蚖》第六治方(第 93 行):「一,以青粱米為鬻(粥),水十五而米一,成鬻(粥)五斗,出,揚去氣,盛以新瓦罋(甕),冪(冪)口以布三【□】,$_{92/92}$ 即封涂(塗)厚二寸,燔,令泥盡火而歠(歠)之,有(痏)已(已)。$_{93/93}$」

2、以今字釋古字。「古今字」是文字學上的一個特定的稱謂,即指母字(也稱「本原字」)和區別字(也稱「後起字」)。母字是區別字之母體,其義項通常較多,後世為了分化其中的某個義項或幾個義項,往往造新字來表示。由此就形成古今字。比如「燃」,母字寫作「然」,本義為燃燒。《說文‧火部》:

「然，燒也。从火肰聲。𤎩，或从艸難。」《孟子・公孫丑上》：「若火之始然，泉之始達。」引申爲閃耀、明白、對、應允、形成、合適、這樣（指示代詞）等，後世爲了分化其本義，在其上累增類母「火」，另造區別字「燃」字。《說文》「然」南唐徐鉉等注：「然，今俗別作『燃』。」南朝宋劉義慶《世說新語・文學》引三國魏曹植《七步詩》：「萁在釜下燃，豆在釜中泣。」「燃」，逯欽立《先秦漢魏晉南北朝詩》作「然」。〔註236〕「然」與「燃」就構成了一對古今字。在《五十二病方》中，「燃」等都寫作古字「然」。「熟」與「孰」亦同理，如《諸傷》第二治方：

【一，□】□□胷，令大如荅，即以赤荅：【一斗幷【□，□□□□□□□□□□□□】3/3孰（熟）而□【□飲】其汁=（汁，汁）宰（滓）皆索」，食之自次（恣）殹。▱4/4

本方中的「孰」，考釋本注：「熟——原作孰。熟與孰上古音均禪母，覺部韻。故孰假爲熟」。

「孰」甲骨文作𦥑、𦥑，金文作𦥑，本義爲事物煮熟了。《說文・𠬜部》：「𩟄，食飪也。从𠬜𦎧聲。《易》曰：『孰飪。』」段玉裁改爲「从𠬜𦎧」，並注：「後人乃分別熟爲生熟，孰爲誰孰矣。曹憲曰：『顧野王《玉篇》始有『熟』字。』……各本衍『聲』字，非也。」《玉篇・𠬜部》：「孰，示六切。《說文》：『食飪也。』《爾雅》：『誰也。』」後世累增「火」轉形爲「熟」。《玉篇・火部》：「熟，市六切。爛也。」〔註237〕《字彙・子部》：「孰，古惟孰字，後人以此字爲誰孰，而於生孰字下加『火』以別之。」既然「熟」字是後人「於生孰字下加『火』以別之」，那麼帛書用本字「孰」並無錯誤，更不存在「同音通假」問題，考釋本說「孰」通「熟」，失審。

再如「尉」與「熨」。《五十二病方・傷痙》第一治方：

傷痙=（痙：痙）者，傷，風入傷，身倍〈信（伸）〉而不能詘（屈）。治之：爛（熬）鹽令黃，取一斗，裹以布，卒（淬）醇酒中，入 30/30 即出，蔽以市，以尉（熨）頭。

〔註236〕見逯欽立輯校《先秦漢魏晉南北朝詩》第460頁，中華書局1983年版。
〔註237〕《宋本玉篇》第393頁，北京市中國書店1983年據張氏澤存堂本影印。

　　本方中的「尉」，帛書原文本寫作「」，帛書本、考注本、校釋（壹）本、考釋本等迻釋作「熨」，未安，應按帛書原文釋爲「尉」。「尉」在本方中有『尉』『尉』兩種寫法，而「尉」爲「熨」的古字，「尉」爲「尉」的譌體。

　　「尉」金文作（《龍淵宮鼎》），從尸從又從火，會意字，今音 yùn，本義爲熨燙絲織品，泛指熨燙。《說文·火部》：「尉，从上按下也。从尸，又持火以尉申繒也。」（十上）徐鉉等注：「今俗別作熨。」〔註238〕邵瑛羣經正字：「今俗又加『火』作『熨』。」《五十二病方·牡痔》：「燔小隋（橢）石，淬醯中以尉。」注意：《漢語大字典》「尉」下無文獻例證，〔註239〕應據《五十二病方》補。

　　「熨」初文作「叞」，後世更換「又」轉形爲「尉」，譌變爲「叞」「尉」。《廣韻·物韻》：「尉，《說文》作『尉』，从尸火，持火所以申繒也。」〔註240〕《集韻·未韻》：「尉，隸作尉。」《篇海類編·通用類·又部》：「叞，音尉，義同。」《字彙·又部》：「叞，同尉。」再彙增「火」轉形爲「熨」。《玉篇·火部》：「尉，於貴切。申帛也，按也。又紆物切。熨，同上。」《廣韻·物韻》紆物切，云：「熨，火展帛也。《說文》本作『尉』。」或更換「尸」「又」轉形爲「爨」。《集韻·迄韻》：「熨，持火展繒也。一曰火斗。或从鬱。」

　　由此可知，「叞」是「尉」「熨」的初文，「叞」「尉」是「叞」「尉」是譌體。本方的「尉」用的是「熨」的初文，不當改釋爲「熨」。今人多不知「叞」「尉」「尉」與「熨」之間的字源演變關係，而誤將古字當成通假字。

　　再如「鄉」與「嚮」。《五十二病方·巢者》第一治方：

巢者：矣（候）天旬（電）而兩手相靡（摩），鄉（嚮）旬（電）祝之曰：「東方之王，西方【□□□】主冥=（冥=——冥冥）人星。」二七而【□】。 66/66

　　本方中的「鄉」，帛書原文本寫作「」，帛書本釋爲「鄉（嚮）」，校釋本、集成本從其釋，考釋、校釋（壹）本改釋爲「鄉（向）」，考注本迻釋爲「向」，並注：「向——原作『鄉』。向與向上古音均曉母，陽部韻。同音通假」。

〔註238〕〔漢〕許慎撰，〔宋〕徐鉉等注：《說文解字》第 208 頁，中華書局 1963 年版。
〔註239〕見《漢語大字典》第 554 頁，四川辭書出版社、湖北崇文書局 2010 年版。
〔註240〕見《宋本廣韻》第 455 頁，北京市中國書店 1982 年據張氏澤存堂本影印。

在前人的釋文中，「鄉」被改釋爲「嚮」和「向」，但均認爲它們之間爲通假關係。

「鄉」甲骨文作（字形），金文或增「食」作（字形），象兩人面對而食，本音讀 xiāng，本義爲面對面進餐。楊寬《「鄉飲酒禮」與「饗禮」新探》云：「『鄉』和『饗』原本是一字，甲骨文和金文中只有『鄉』字，字作『（字形）』，其中（字形）象盛食物的簋形，整個字象兩人相向對坐、共食一簋的情況，其本義應爲鄉人共食。因爲『鄉』的本義是鄉人共食，所以鄉人的酒會也稱爲『鄉』了。」「在金文中『鄉』和『卿』的寫法無區別，本是一字。《儀禮·士冠禮》《禮記·冠義》：『遂以贄見鄉大夫、卿先生。』『鄉大夫』也或作『卿大夫』，清代學者爲此曾發生爭議，其實『鄉』和『卿』原本就是一字。」〔註241〕既然「相向對坐，共食一簋」，故「鄉」引申爲面向、朝著，變讀爲 xiàng。《集韻·漾韻》：「鄉，面也。或從向。」《左傳·僖公三十三年》：「秦伯素服郊次，鄉師而哭。」《漢書·張良傳》：「雒陽東有成皋，西有崤、黽，背河鄉雒，其固亦足恃。」

「向」甲骨文作（字形），金文作（字形），本義爲朝北開的窗戶。《說文·宀部》：「向，北出牖也。從宀從口。」（七下）徐灝注箋：「古者前堂後室，室之前爲牖，後爲向，故曰『北出牖』……象形。」《詩經·豳風·七月》：「穹窒熏鼠，塞向墐戶。」毛傳：「向，北出牖也。」既然爲朝北開的窗戶，就很自然地引申爲面向、朝著。故在「面向」「朝著」義上「鄉」「向」語義合流了。

異字同義的合流，鍾如雄先生稱爲「字義凝聚」。他說：「所謂『字義凝聚』是指異字同義的凝聚。」〔註242〕既然「鄉」「向」都有「面向」「朝著」義，後世則將其合併，另造「嚮」字來表示。故「嚮」的本文義爲「面向」「朝著」。《集韻·漾韻》：「鄉，面也。或從向。」《尚書·多士》：「嚮于時夏，弗克庸帝。」唐孔穎達等正義：「大歸向，於是夏家。」《史記·滑稽列傳》：「西門豹簪筆磬折，嚮河立待良久。」

本方「鄉甸（電）祝之」之「鄉」，書寫者寫的是「嚮」的古字。在《五十

〔註241〕見《中華文史論叢》1963 年第四輯，或見《古史新探》第 289 頁，中華書局 1965 年版。

〔註242〕曾玉洪、鍾如雄：《論字義的凝聚與擴散》，《西南民族大學學報》2013 年第 5 期。

二病方》《武威漢代醫簡》等出土簡帛中，「嚮」都寫作「鄉」，它們不存在「同音通假」的問題，不當改釋爲「嚮」或「向」。

（三）以同源字釋本字

「同源字」是文字學中的一個術語。王力先生說：「凡音義皆近，音近義同，或義近音同的字，叫做同源字。這些字都有同一來源。或者是同時產生的，如『背』和『負』；或者是先後產生的，如『氂』（犛牛）和『旄』（用犛牛尾裝飾的旗子）。同源字，常常是以某個概念爲中心，而以語音的細微差別（或同音），表示相近或相關的幾個概念。」〔註243〕如普通話之「理髮」，在成都話中，年長者多說「剪髮」，年輕人則說「絞頭」。「理」與「剪」「絞」爲同義詞；「剪」與「絞」聲母相同、韻母相近，故爲同源字。又前文所說的「鄉」，與「嚮」爲古今字，與「向」則爲同源字，它們讀音相同，且在「面向」「朝著」義上同義。

在《五十二病方》《武威漢代醫簡》等出土簡帛中，後世習慣用的「洗」字，都寫作本字「洒」。如《五十二病方·諸傷》第十五治方：

一，稍（消）石直（置）溫湯中，以洒（洗）癰。 22 / 22

本方中的「洒」，帛書原文寫作「𣲥」帛書本釋爲「洒」，繼後考注本、考釋本、校釋（壹）本、補譯本、校釋本等均從其釋，唯集成本改釋爲「洎（洗）」，並注：「洎，原釋文作『洒』，此從劉釗（2010）釋。」從集成本新圖版看，帛書本等釋爲「洒」最合原文，集成本釋爲「洎」不可從。

「洒」甲骨文作𣲘、𣲙、𣲚，上古音屬心母脂部，《廣韻·薺韻》先禮切，今音 xǐ，本義爲洗滌。《說文·水部》：「洒，滌也。从水西聲。古文爲灑埽字。」（十一上）清段玉裁注：「下文云：『沬，洒面也』；『浴，洒身也』；『澡，洒手也』；『洗，洒足也』。今人假『洗』爲『洒』，非古字。」又：「滌，洒也。从水條聲。」段玉裁注：「《皿部》曰：『蕩，滌器也。』引申爲凡清瀞之罰。」〔註244〕《玉篇·水部》：「洒，先禮、先殄二切。濯也；深也；滌也。今爲洗。」《左傳·襄公二十一年》：「在上位者，洒濯其心，壹以待人，軌度

〔註243〕王力：《同源字論》，王力《同源字典》第 3 頁，商務印書館 1982 年版。

〔註244〕〔清〕段玉裁：《說文解字注》第 563 頁，上海古籍出版社 1988 年第 2 版。

其信，可明徵也，而後可以治人。」《孟子・梁惠王上》：「及寡人之身，東敗於齊，長子死焉，西喪地於秦七百里，南辱於楚。寡人恥之，願比死者壹洒之。」孫奭疏：「今願近死不惜命者一洗除之。」

「洒」泛指一切的洗滌，「洗」則專指洗腳，它們在「洗滌」義上同義，本爲同源字。在王力先生的《同源字典》中，就是將其作爲同源字看待的〔註245〕。從《玉篇》「洒，滌也，今爲洗」看，「洗」取代「洒」是從南朝開始的，後世泛指洗滌都用「洗」，而不再用「洒」了，段玉裁說很清楚：「今人假『洗』爲『洒』，非古字。」

「洒」後世變讀爲 să（《廣韻・卦韻》所賣切）。表示把水均勻地散佈在地面或物體表面上。《廣韻・卦韻》：「洒，埽也。又先禮切。」後世另造「灑」來表示，今統一用「洒」字。本方所謂「洒癰」，指將消石放入溫水中兌勻，用以清洗潰爛的傷口。考釋本、補譯本讀「洒」爲 să，甚誤。集成本改釋爲「洶（洗）」，更是臆說。因爲「洶」爲水名，古今文獻未見與「洒」字混用的例證。《說文・水部》：「洶，水。出汝南新郪入潁。从水凶聲。」（十一上）清朱駿聲通訓定聲：「洶水……當出今安徽潁州府阜陽縣東，《水經注・潁水注》作『細水』，引《地理志》：『細水出細陽縣，東南入潁。』今此水未知其審。」「洶」又音 náo（《篇海類編》尼交切），即「洶沙」，也寫作「硇沙」，礦物類方藥名。《篇海類編・地理類・水部》：「洶，洶沙，藥名。亦作硇。」

（四）亂用通假

「古音通假」並非是文字學的專用術語，而是古人爲文字錯用而設的一個術語。古音通假必然出現「假借字」。假借字是一個集合的概念，即由「借字」與「被借字」集合而成的概念。「借字」是指文獻中寫成的字，這個字一定是個寫錯了的字，所以又叫「錯字」；「被借字」是指文獻中本應寫的字，這個字一定是個正確的字，所以又叫「正字」（也稱「本字」）。該用本字的而寫了個錯字，古人雅稱「古音通假」，今人叫做「寫錯字」。關於「古音通假」的形成原因，我們在《「古音通假」說的歷史反思》〔註246〕一文中作過詳細討

〔註245〕王力：《同源字典》第 521 頁，商務印書館 1982 年版。

〔註246〕鍾如雄、胡娟：《「古音通假」說的歷史反思》，四川師範大學漢語研究所編《語言歷史論叢》第八輯，巴蜀書社 2015 年版。

論，故此不再贅述。

在出土的簡帛文獻中，假借字的使用極爲普遍。喻遂生先生曾說：「戰國秦漢簡帛文字，有的就字體發展階段來說是在小篆之後，但因其不少形體尚存古意，所以一般學者亦將其歸入古文字研究範疇。在出土的簡牘帛書中，假借字明顯地較傳世文獻多。」〔註247〕因此，研究出土的簡牘帛書，必須注意漢字假借的問題。但是，關注假借並不等於說就要濫用通假來解釋出土的簡帛文獻。在前人釋文中，亂用「通假」已成積弊，凡字義關係梳理不清楚的，就用「同音通假」爲訓。在《五十二病方》的各注本中，馬繼興先生的《馬王堆古醫書考釋》用得最多。如「空」與「孔」。《五十二病方·傷痙》第三治方：

漬以【□□□□】毚膏煎汁，置 37/37【□□】沃，數□注，下膏勿絕，以欲（翕）寒氣，【□□□□】礜【□□□□□】，以傅傷空（孔），蔽上

本方中的「空」，帛書本釋爲「空（孔）」，考注本、校釋（壹）本、補譯本、校釋本、集成本從其釋，考釋本改釋爲「孔」，並注：「孔——原作『空』。空與孔上古音均溪母，東部韻。同音通假。」從集成本新圖版看，帛書原文本寫作「空」，不當釋爲「空（孔）」或「孔」。

「空」金文作空，爲「孔」的初文，今音 kǒng，本義爲洞穴。《說文·穴部》：「空，竅也。从穴工聲。」（七下）又：「竅，空也。从穴敫聲。」段玉裁注：「今俗語所謂『孔』也。」《集韻·董韻》：「空，竅也。通作孔。」《莊子·秋水》：「計四海之在天地之間也，不似礨空之在大澤乎？」陸德明釋文：「空，音孔。礨空，小穴也。」《周禮·考工記·函人》：「夫察革之道，眂其鑽空，欲其惌也。」陸德明釋文：「空，音孔，如字。」《史記·五帝本紀》：「舜穿井爲匿空旁出。」唐司馬貞索隱：「音孔。」鍾如雄《釋「婁」》：「『空』謂之『孔』（洞）。」〔註248〕

在《五十二病方》《武威漢代醫簡》等出土簡帛經方文獻中，「孔」都寫作初文「空」。本方所謂「傷空」，即指傷口。帛書本釋爲「空（孔）」，已誤；考釋本改釋爲「孔」，並說「空與孔上古音均溪母，東部韻，同音通假」，甚誤。

〔註247〕喻遂生：《文字學教程》267 頁，北京大學出版社 2014 年版。

〔註248〕鍾如雄：《苦粒齋漢學論叢》第 363 頁，中國社會科學出版社 2013 年版。

（五）字形誤釋

「字形釋讀錯誤」，嚴格說來不包含以上四類情況。識別字形，是傳統校勘學的基本功。清代說文學家段玉裁說：「凡書必有瑕也，而後有校定自任者出焉。校定之學識不到，則或指瑜爲瑕，指瑕爲瑜，而疵纇更甚，轉不若多存其未校定之本，使學者隨其學之淺深，以定其瑜瑕……古書之壞於不校者固多，壞於校者尤多。壞於不校者，以校治之；壞於校者，久且不可治。邢子才曰：『誤書思之，更是一適。』以善思爲適，不聞以擅改爲適也。」〔註249〕

「以擅改爲適」，無論是古代文獻學家還是當代學者，誰都不會這樣輕率校勘古籍，但是在字形不明，語義不清的時候，往往會妄下臆斷。如《五十二病方・癃》第五治方：

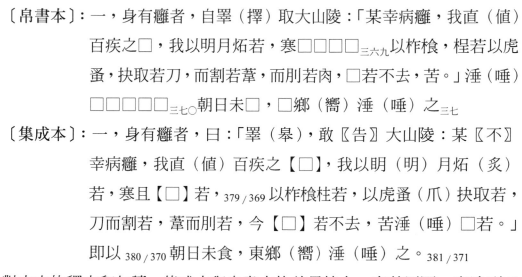

〔帛書本〕：一，身有癃者，自罜（擇）取大山陵：「某幸病癃，我直（值）
　　　　　百疾之□，我以明月炻若，寒□□□□三六九以柞檜，桯若以虎
　　　　　蚤，抉取若刀，而割若葦，而刖若肉，□若不去，苦。」湮（唾）
　　　　　□□□□□三七〇朝日未□，□鄉（嚮）湮（唾）之三七

〔集成本〕：一，身有癃者，曰：「罜（皋），敢〖告〗大山陵：某〖不〗
　　　　　幸病癃，我直（值）百疾之【□】，我以明（明）月炻（炙）
　　　　　若，寒且【□】若，379/369以柞檜柱若，以虎蚤（爪）抉取若，
　　　　　刀而割若，葦而刖若，今【□】若不去，苦湮（唾）□若。」
　　　　　即以380/370朝日未食，東鄉（嚮）湮（唾）之。381/371

對本方的釋文和句讀，集成本與帛書本的差異較大。究其原因，牽涉到三個方面的問題：其一，對原文中「自、罜、取、幸、炻、檜、桯」等字詞的釋讀或解釋不同；其二，對「以明（明）月炻（炙）若，寒且【□】若，以柞檜柱若，以虎蚤（爪）抉取若，刀而割若，葦而刖若，今【□】若不去，苦湮（唾）□若」這一排比句的句法特點，帛書本整理者似乎不甚熟悉；其三，對祝由方中所使用的韻語理解存在差異。細析如下。

（一）釋文勘誤。帛書本初釋爲「自、罜、取」的三個字，裘錫圭改釋爲「曰、皋、敢」。他說：「『自』當改釋爲『曰』，觀圖版自明。『罜』當讀爲『皋』。『罜』字古有『皋』音，或作『睪』，今『睪丸』一詞尚用之。《儀禮・

〔註249〕〔清〕段玉裁：《重刊明道二年國語序》，見《國語》，上海書店1987年影印本。

士喪禮》：『北面招以衣曰：皋，某複。三』。鄭玄注：『皋，長聲也』。『取』，當改釋爲『敢』，觀圖版自明。據文義，其下原來當抄脫一『告』字。」〔註250〕裘先生所釋甚確，故繼後注家均從其說，故本文不再贅述。

除「自、罩、取」三字外，前人對原文中「幸、炻、槍、桯」四個字的釋讀與解釋均存疑點。

（1）「某蚤病癩」之「蚤」，帛書本釋爲「幸」，並注：「幸字上疑脫一不字。」繼後各注本均從其釋。裘錫圭先生也說：「上引釋文的注一說：『某幸病癩』句，『幸』字上疑脫一『不』字（67頁），甚是。」考注本注：「幸：當爲不幸，脫一不字。」校釋（壹）本注：「某幸：帛書整理小組說：『幸字上疑脫一不字。』」考釋本在「幸」前補「不」字，並注：「不，原脫，今依文義補。」校釋本也在「幸」前補「〔不〕」字，並注：「某不幸病癩，我直（值）百疾之□：某人不幸患癩病，我遇到了百種疾病。『某不幸病癩』原文爲『某幸病癩』。帛書整理小組認爲，『幸』字之前疑脫一『不』字。」

今細看集成本新圖版，帛書本所釋之「幸」字，帛書原文本寫作「蚤」，其字跡雖略顯模糊，但仍能看出是個「蚤」字，與下文「虎蚤」之「蚤」的書寫極爲相似。在《五十二病方》中，「蚤」字寫法大體是相同的。如《白處》第三治方（即131行）：「雞湩居二□□之□，以蚤（爪）挈（契）○令赤，以□之。」《牘（癩）》十四治方（即213行）：「頹（癩）者及股癰、鼠復（腹）者，□中指蚤（搔）二〔七〕，必瘳。」這些「蚤」字的書寫特徵與本方的「蚤」字區別甚微。此外，在《武威簡·士相見一二》中也寫作「蚤」。由此可見，帛書本所釋之「幸」字應改釋爲「蚤」。「蚤」通「早」在上古漢語中已成習慣，多表示時間。「某蚤（早）病癩」，意爲「我很早以前就得了癩病」。「幸」改釋爲「蚤」後，不僅文從字順，而且「『幸』字上疑脫一『不』字」之說也就難以成立。

（2）「以明（明）月炻若」之「炻」，帛書本釋爲「炻」，且無注釋。考注本：「以明月炻若：炻，當作炤，即古照字。若，代詞，你也。意即我用明月照你，讓你顯見原形。」校釋（壹）本：「炻：讀爲磔。這裡意爲裂開你的肢體。」考釋本則逕改「炻」爲「照」，並注：「照：原作炻。按，炻不見《說

〔註250〕裘錫圭：《馬王堆醫書釋讀瑣議》，《湖南中醫學院學報》1987年第4期。

文》《玉篇》等字書，應為照字之形訛。炤為照字之異寫。《玉篇·火部》：『照，明也。炤同上。』」二○○六年九月六日，范常喜先生在簡帛網上發了一篇題為《〈五十二病方〉札記一則》的文章，至二○一五年則正式以《〈五十二病方〉「身有癰者」祝由語補疏》為題，發表在《湖南省博物館館刊》第十一輯上，文中將「炤」改釋為「炙」，並注：「『我以明月炤（炙）若』中的『炤』當即『庶』字，在此讀作『炙』。《包山楚簡》257：炤（炙）豬一箕，……鬻（熬）雞一箕，炤（炙）雞一箕，鬻（熬）魚二箕。』整理者指出：『「炤」，即「庶」字，借作「炙」。炙豬即烤豬。』馬王堆漢墓一號漢墓遣冊所記有『炙雞一笥（簡45）』『熬雉一笥（簡78）』，可證包山簡整理者之說至確。九店楚簡M56·53：『口口於室東，日出炊（炙）之，必肉飤（食）以飤（食）。』整理者注：『炊』應當讀為『炙』，是照曬的意思。《吳越春秋·夫差內傳》：『吳王乃取子胥屍盛以鴟夷之器，投之於江中，言曰：「胥汝一死之後，何能有知？」即斷其頭，置高樓上，謂之曰：「日月炙汝肉。飄風飄汝眼，炎光燒汝骨，魚鱉食汝肉，汝骨變形灰，有何所見？」乃棄其軀，投之江中。子胥因隨流揚波，依潮往來，蕩激崩岸。』可見，帛書中『炤』也應當與楚簡中用法相一致，亦當讀作『炙』，而這樣破讀也正可與《吳越春秋》『日月炙汝肉』的『炙』字相對參。」〔註251〕校釋本注：「我以明月炤若：我用明月來照射你，讓你顯現原形。」集成本從范常喜說改釋為「炤（炙）」。

今細看集成本新圖版，帛書本所釋之「炤」，帛書原文本寫作「𤊱」。從「𤊱」字的右文看，「反」明明是個「反」字，與「石」字的書寫特徵毫無相似之處。在《五十二病方》中，「石」都寫作「𥐚」。如《諸傷》十五治方（即22行）：「稍（消）𥐚直（置）溫湯中，以洒癰。」《狂犬齧人》第一治方（即56行）：「取恒𥐚兩，以相靡（磨）𣪠（也）。」另外《睡虎地簡二三·三》寫作「𥐚」，《居延簡七》寫作「𥐚」。這些「石」字的書寫特徵，怎麼看也不能與「反」聯繫在一起，故本方的「𤊱」，既不能釋讀為「炤」，更不能釋讀為「炤」「碟」或「庶（炙）」，而應釋為從火反聲的「烦」字。「烦」是「焕」異體，本義為光明、光亮。《篇海類編·天文類·火部》：「烦，亦作叛、焕，

〔註251〕范常喜：《〈五十二病方〉「身有癰者」祝由語補疏》，湖南省博物館館刊（十一），嶽麓書社2015年版。

明也。《文選》：『炇赫戲以輝煌。』」今本《文選》「炇」作「叛」。《文選·張衡〈西京賦〉》：「譬眾星之環〔北〕極，叛赫戲以輝煌。」唐李善注引三國吳薛綜曰：「叛，猶煥也。」《說文》未收「炇」「煥」二字。《說文》新附字曰：「煥，火光也。从火奐聲。」《集韻·換韻》：「煥，明也。」《論語·泰伯》：「煥乎，其有文章！」宋朱熹注：「煥，光明之貌。」

從以上訓釋語料中我們得知：「炇」上古音屬並母元部，《集韻·換韻》普半切，今音 pàn，「煥」上古音屬曉母元部，《廣韻·換韻》火貫切，今音均讀 huàn，它們是一對異體字；而「叛」則是「炇（煥）」的通假字，故也有具「光明」義。《漢語大字典》沒有釐清楚「叛」與「煥」的關係，誤以為「炇，也寫作『叛』」。﹝註252﹞本方所謂「以明（明）月炇若」，意為「用明月照亮你，（讓你原形畢露）」。前人之所以會產生「炳當作照」「炳讀為磔」「炳當讀為炙」等爭議，或未細看圖版原文，或不明「炇」「煥」異體關係造成的。

（3）「以柞檍桯」之「檍」，帛書本釋為「槍」，但無注釋。考注本注：「柞槍：柞，《集韻》：『斲也。』槍，當作食。即斲食。」校釋（壹）本注：「柞槍：砍傷、斫毀。槍讀為蝕。」范常喜先生認為：「『槍』，讀作『實』。《詩經·大雅·生民》：『以就口實。』劉賡《稽瑞》引《毛詩》作實。柞實即柞樹的果實，是一種卵圓形堅果，也稱皂斗。《周禮·地官·大司徒》：『其植物宜皂物。』鄭玄注：『皂物，柞栗之屬，今世間謂柞實為皂斗。』別名亦作芧栗（《莊子·徐無鬼》）、橡栗（《呂氏春秋·恃君》）、橡子（《莊子》司馬彪注）。」

今細看集成本新圖版，帛書原文的確寫作「檍」，後世隸定為「槍」，從木食聲，帛書本所釋甚確。考注本認為「當作食」，校釋（壹）本「讀為蝕」，很顯然他們都認為「槍」是個動詞，祇有范常喜先生認為「槍」當連上字「柞」讀。他認為「柞槍」是個複音名詞，義為「橡實」。

我們查閱傳世字典辭書，未見收錄「槍」字者，故懷疑它是因為西漢以前民間書寫者在不知道有「㯭」字的情況下再造的新字。「槍」是「㯭」的異體字。「㯭」《說文》失收，《廣韻》市之切，今音 shì，本義為樹木植立。《玉篇·木部》：「㯭，樹木立也。」《廣韻·之韻》：「㯭，樹木立皃。」《文選·宋玉〈高唐賦〉》：「（朝雲）其始出也，暐兮若松㯭。」唐李善注：「暐，茂貌。㯭，直

﹝註252﹞《漢語大字典》第 2349 頁，四川辭書出版社、崇文書局 2010 年版。

豎貌。音時。」〔註253〕

本方之「槍」不當連上字「柞」讀，因爲它是個動詞，放在動詞「桯」之前充當狀語，表示用木棒撞擊的方式，不是「柞」的中心語。在上古漢語裡，動詞既可直接充當狀語，也可在狀中結構之間用連詞「而」連接，故「槍桯」可說成「槍而桯」，意爲「直接撞擊」。「以柞槍桯若」，與《五十二病方·腸頹（癩）》第一治方（即 196 行）中的「賣者穜（撞）若」和第八治方（即 207 行）中的「以築沖頹（癩）」等句法基本相同，祇不過本方在「桯」前多用了一個表示動作方式的狀語「槍」字而已，而「穜（撞）若」和「沖頹（癩）」兩句前則沒有使用表示動作方式字詞。「以柞槍桯若」，意爲「用柞木直著撞你（狐妖）」。由此可知，將「槍」釋爲「（醫）食」或「蝕（砍傷）」「（橡）實」，均未安。

（4）「以柞槍**桯**」之「**桯**」，帛書本釋爲「桯」，但無注釋。裘錫圭改釋爲「柱」，他說：「從圖版看似當釋『柱』。」〔註254〕考注本注：「桯（tīng 汀）若以虎蚤：桯，《儀禮·既夕》注：夷床橫木也。又爲楹或字。此處作棍棒講，當動詞用，打擊之意。』」校釋（壹）本注：「桯：碓的木杵。這句是說用虎掌揍你。」考釋本改釋爲「梃」，並注：「梃若以虎蚤：梃字原作桯。梃與桯上古音均耕部韻。桯爲透母，梃爲定母，故桯假爲梃。梃字義爲木棍，木杖。《孟子·梁惠王上》：『殺人以梃與刃』。趙注：『挺（「梃」之誤——引者注），杖也。』其引申爲，即用棍打擊。」集成本從裘錫圭說改釋爲「柱」，並注：「柱，原釋文作『桯』，此從裘錫圭（1987）釋（此說見《古文字論集》版第㉖條）」范常喜認爲：「裘錫圭先生將此字釋作『柱』是正確的。我們懷疑『柱』在此可作『投』。《老子》五十章：『無所投其角。』《遂州龍興觀碑》、敦煌唐寫本『投』作『駐』。《莊子·達生》：『以瓦注者巧，以鉤注者憚，以黃金注者殙。』《呂氏春秋·去尤》『注』作『投』。古人驅鬼之法常用器物投之。」

今細看集成本新圖版，帛書原文本寫作「**桯**」，從木呈聲，顯然是「桯」字，帛書本所釋甚確，裘錫圭先生改釋爲「柱」未安。按帛書的書寫習慣，「、」則寫成點兒，「口」則寫成圓圈。「**桯**」字右上是個圓圈而不是點兒，

〔註253〕〔南朝梁〕蕭統編，〔唐〕李善注：《文選》第 265 頁，中華書局 1977 年版。

〔註254〕裘錫圭：《馬王堆醫書釋讀瑣議》，《湖南中醫學院學報》1987 年第 4 期。

祇能釋爲「桯」字，絕對不可能是「柱」字。

「桯」的本義爲床榻前置放的條几。《方言》卷五：「榻前几，江沔之間曰桯。」《說文·木部》：「桯，牀前几。从木呈聲。」（六上）清段玉裁注：「古者坐於牀而隱於几，此牀前之几，與席前之几不同。謂之桯者，言其平也。《考工記》『蓋桯』則謂直杠。」〔註255〕引申爲橫木。《說文·木部》：「桱，桯也。从木巠聲。」南唐徐鍇繫傳：「桯，即橫木也。」《儀禮·既夕禮》：「遷於祖，用軸。」鄭玄注：「軸狀如長牀，穿桯前後，著金而關軹焉。」再引申爲廳堂前兩邊的楹柱，變讀 yíng，也寫作「楹」。《集韻·清韻》：「楹，《說文》：『柱也。』引《春秋傳》『丹桓宮楹』。或之呈。」本方之「桯」用爲動詞，表示（用木柱）撞擊。

再則「桯」本有「柱」義，裘錫圭先生說通「柱」，不僅過於彎繞，更與本方文理意不合；范常喜先生從裘錫圭釋文，義則改釋爲「投」，是因爲他將「柞槍」強釋成「橡實」，如果不這樣講，其橡實說則未有著落；考釋本改釋爲「梃」，且說「梃」由木棍、木杖引申爲「用棍打擊」，其說雖也可通，但與帛書原文字形不吻合；考注本說「（桯）作棍棒講，當動詞用，打擊之意」，可從。

（二）缺文補字。由於帛書本與集成本釋文的差異較大，帛書本的句讀則相對混亂，難以順讀。集成本的句讀，採用的是廣瀨薰雄標點。廣瀨薰雄先生說：「經過這次拼合，我們進一步弄清楚了此咒語的意思。按照原釋文，此咒語以『而刐若肉，□若不去，苦』結束。現在看來，此咒語當以『今〔□〕若不去，苦湮（唾）□若』結束，『苦』『湮』不能斷開。苦唾就是苦的唾沫，與下『東向唾之』對應。苦唾亦見本篇 330 行『且以苦湮（唾）□端』。」〔註256〕「我以明（明）月炻（炙）若，寒且〔□〕若，以柞槍柱若，以虎蚤（爪）抉取若，刀而割若，葦而刐若，今〔□〕若不去，苦湮（唾）若」這段文字，經廣瀨薰雄重新標點後就合乎上古漢語的行文表達規律了。

但是，帛書本「寒□□□」一句，廣瀨薰雄未作補釋，集成本補釋爲「寒且〔□〕若」，並注：「且、若，根據新拼合的殘片釋（此殘片見原圖版三九頁二列八行）。」我們認爲，集成本在「寒」後補釋「且〔□〕若」甚是，然「且」

〔註255〕〔清〕段玉裁：《說文解字注》第 257 頁，上海古籍出版社 1988 年版。

〔註256〕〔日〕廣瀨薰雄：《〈五十二病方〉的重新整理與研究》，《文史》第九九輯，中華書局 2012 年版。

後之「□」爲何字，原圖版已殘缺不清，難以釋讀，我們試補「卷」字。理由是：

第一，本方是個祝由方，祝由方通常使用韻語。既然前句「我以明（明）月烒若」之「烒」押元部韻，那麼與之押韻的「□」，也應該是個屬於元部的字。其後「以柞槍桿若，以虎蚤（爪）抉取若；（以）刀而割若，（以）葦而刞若」中之「桿」與「取」押侯部韻，「割」與「刞」押月部韻。這樣整段韻語共六句，句句押韻，分別押「元」部、「侯」部和「月」部。

第二，從表意層次看，前一句講用明月照射（作祟的狐妖），讓它原形畢露，後一句就應該是講用嚴寒凍僵它，使之疲乏無力（難以繼續作祟）。考慮到表意與押韻兩個方面的吻合，「〔□〕」中可補釋「卷（券）」字，且「卷」字在《五十二病方·加（痂）》第十三治方（即 350 行）「卷（券）而休」中用過，表示疲勞義。《說文·力部》：「勌，罷也。从力卷省聲。」（十三下）宋徐鉉等注：「今俗作倦，義同。」〔註 257〕清段玉裁注：「今皆作倦。蓋由與契券从从刀相似而避之也。」《玉篇·力部》：「券，巨眷切。勞也。」《說文》異部重出字有「倦」。《人部》云：「倦，罷也。从人卷聲。」（八上）南唐徐鍇繫傳：「罷，疲字也。」清朱駿聲通訓定聲：「字亦作『劵』，作『惓』。」《玉篇·力部》：「劵，居員切。勞也。」《廣韻·線韻》：「倦，疲也。」《史記·屈原賈生列傳》：「勞苦倦極，未嘗不呼天也。」《國語·晉語一》：「用而不倦，身之利也。」三國吳韋昭注：「倦，勞也。」「倦」也寫作「僗」。《方言》卷十二：「殘、㑰，僗也。」清錢繹箋疏：「《說文》：『勌，罷也。』『倦，罷也。』……券、倦，並與僗同。」《集韻·線韻》：「倦，或作僗。」《全上古三代文》卷五引《孫子》：「大將四觀，擇空而取，皆會中道，僗而乃止。」《通典》卷一百五十九引作「倦」。由此可知，「僗、倦、劵、惓」都是「券」的後出異體字，而且「券、僗、倦」在漢代以前是個常用字。本方中的「寒且卷若」，意爲「把你凍僵，使你疲乏無力」。現將校補過的釋文錄之於後：

身有癃者曰：「睪（皋）！敢〔告〕大山陵：某蚤（早）病癃，我直（值）百疾之□。我以明（明）月烒若，寒且〔卷（券）〕若；379/369 以柞槍（樹）桿若，以虎蚤（爪）抉取若；刀而割若，葦而刞若。今□若不去，苦涶（唾）

〔註 257〕〔漢〕許愼撰，〔宋〕徐鉉等校定：《說文解字》第 292 頁，中華書局 19673 年版。

若。」380/370 即以朝日未食，東鄉潅之。381/371

再「鍾」與「埵」。《武威漢代醫簡》：

☐石鐘乳三分巴豆一分二者二分凡三物皆冶合丸以密大如吾實宿毋食旦吞三丸 29〔註258〕

本方中之「鐘」，醫簡本、注解本均如是釋，校釋本釋爲「鍾」，注云：「石鍾乳：藥物名。《神農本草經》謂其『主欬逆上氣，明目益精。安五臟，通百節，利九竅，下乳汁』。」

今細看醫簡本圖版，「鐘」或「鍾」，簡文原本寫作「埵」，即「埵」字，醫簡本、注解本、校釋本均誤釋。「埵」《集韻·用韻》竹用切，云：「池塘塍埵也。」石埵乳是懸掛在石灰岩洞頂上的椎狀物體，由含碳酸鈣的水溶液逐漸蒸發凝結而成。因其形狀似「埵」，故名「石埵乳」；又因其懸掛在石灰岩洞頂上，形似懸鐘，故後世改稱「石鐘乳」，或簡稱「石乳」。明李時珍《本草綱目·石部二·石鐘乳》（集解）引宋馬志曰：「石乳者，其山純石，以石津相滋，陰陽交備，蟬翼紋成。其性溫。」《神農本草經》之「石鍾乳」，爲「石鐘乳」之誤。注意：《漢語大辭典》收有「石鐘乳」而未收「石埵乳」，應據《武威漢代醫簡》補。

再如「樓」與「橋」。《武威漢代醫簡》木牘88甲：

治婦人膏藥方樓三升當歸十分白茝四分付子卅枚甘草七分弓大鄭十分菜草二束凡七物以肦膊高舍之 88甲

本方中的「☐」，醫簡本補釋爲「樓」，並注：「簡文中『三升』上一字疑是『樓』字，指栝樓。」注解本注：「樓，似爲『樓』字，指栝樓。」校釋本注：「樓：藥物名，疑爲栝樓。」

木牘88甲的文字雖然漫漶，但還能看出醫簡本所補釋的「樓」字，原本寫作「橋」，應是「橋」字，醫簡本應不當補釋，更不當誤釋爲「樓」。

「橋」是「蔦」字的異體字。《爾雅·釋木》：「寓木，宛童。」晉郭璞注：「寄生樹，一名蔦。」《說文·艸部》：「蔦，寄生也。從艸鳥聲。《詩》曰：『蔦

〔註258〕 本書論述中例舉的《武威漢代醫簡》原文，均引自甘肅省博物館、武威縣文化館合編《武威漢代醫簡》釋文，下同。

與女蘿。』檽，蔦或从木。」（一下）《山海經・中山經》：「又東北七十里，曰龍山，上多寓木。」郭璞注：「寄生也，一名宛童。」《廣雅・釋草》：「寄屑，寄生也。」清王念孫疏證：「即《釋木》所云：『宛童、寄生，檽也。』『屑』各本譌作『屏』。案：《神農本草》云：『桑上寄生，一名寄屑。』《廣韻》十二曷注云：『寄生，又名寄屑。』『屑』與『屏』字形相似而譌，今訂正。」〔註259〕宋洪適《隸釋・費鳳別碑》：「中表之恩情，兄弟與甥舅，檽與女蘿性，樂松之茂好。」

「檽」別名「寓木」「宛童」「寄屑」「寄生樹」「松寄生」「桑寄生」「廣寄生」「桑上寄生」「桃樹寄生」「苦楝寄生」「梧州寄生茶」等，植物類方藥名。為寄生科鈍果寄生屬常綠小灌木植物。常寄生於山茶科、山毛櫸科等植物上，葉近對生或互生，革質，卵形、長卵形或橢圓形，夏秋開花，色紫紅，漿果橢球形。枝、葉、花均被褐色毛。其味苦、甘，氣平和，不寒不熱，無毒。莖、葉、實均可入藥。有補肝腎，強筋骨，除風濕，通經絡，益血，安胎、明目等功效。可治胎漏血崩，產後餘疾，乳汁不下，腰膝酸痛，筋骨痿弱，偏枯，腳氣，風寒濕痹等病癥。

《神農本草經・桑上寄生》：「桑上寄生，味苦、甘，平，無毒。主腰痛、小兒背強、癰腫、安胎、充肌膚、堅髮齒、長鬚眉；主金瘡、去痹、女子崩中、內傷不足、產後餘疾、下乳汁。其實主明目、輕身、通神。」明繆希雍疏：「桑寄生感桑之精氣而生，其味苦、甘，其氣平和，不寒不熱，固應無毒。詳其主治，一本於桑抽其精英，故功用比桑尤勝。腰痛、及小兒背強，皆血不足之候；癰腫，多由於榮氣熱；肌膚不充，由於血虛。齒者，骨之餘也；髮者，血之餘也。益血，則髮華；腎氣足，則齒堅而鬚眉長；血盛，則胎自安。女子崩中及內傷不足，皆血虛內熱之故；產後餘疾，皆由血分；乳汁不下，亦由血虛；金瘡，則全傷於血上來。種種疢病，莫不悉由血虛有熱所發。此藥性能益血，故並主之也，兼能祛濕，故亦療痹。實味甘，平，亦益血之藥，故主治如經所云也。」

宋唐慎微《政和證類本草》卷十二：「桑上寄生，味苦、甘，平，無毒。主腰痛，小兒背強（巨兩切），癰腫，安胎，充肌膚，堅髮齒，長鬚眉，主金

〔註259〕〔清〕王念孫：《廣雅疏證》第 320 頁，中華書局 1983 年版。

瘄，去痹，女子崩中，內傷不足，產後餘疾，下乳汁。其實明目，輕身通神。一名寄屑。一名寓木，一名宛童，一名蔦（音鳥又音吊）。生弘農川谷桑樹上。三月三日采莖、葉，陰乾。」

李時珍《本草綱目・木部四・桑上寄生》：「桑上寄生，《本經》上品。釋名：寄屑（《本經》）、寓木（《本經》）、宛童（《本經》）、蔦（鳥、吊二音）。時珍曰：此物寄寓他木而生，如鳥立於上，故曰寄生、寓木、蔦木，俗呼爲寄生草。《東方朔傳》云：『在樹爲寄生，在地爲竇藪。』集解：《別錄》曰：『桑上寄生生弘農川谷桑樹上，三月三日采莖葉，陰乾。』弘景曰：『寄生松上、楊上、楓上皆有，形類一般，但根津所因處爲異，則各隨其樹名之。生樹枝間，根在枝節之內，葉圓青赤，厚澤易折，旁自生枝節。冬夏生，四月花白，五月實，赤大如小豆。處處皆有，以出彭城者爲勝。俗呼爲續斷用之，而《本經》續斷別在上品，主療不同。市人混雜無識者。恭曰：『此多生楓、槲、欅、柳、水楊等樹上，葉無陰陽，如細柳葉而厚脆，莖粗，短子黃色，大如小棗。惟虢州有桑上者，子汁甚黏，核大似小豆。九月始熟，黃色。陶言五月實，赤大如小豆，蓋未見也。江南人相承用其莖爲續斷，殊不相關。』保昇曰：『諸樹多有寄生，莖葉並相似。云是鳥鳥食一物，子糞落樹上，感氣而生，葉如橘而厚軟，莖如槐而肥脆，處處雖有，須桑上者佳。然非自采，即難以別，可斷莖視之，色深黃者爲驗。』又《圖經》云：葉似龍膽而厚潤，莖短似雞脚，作樹形，三月、四月花，黃白色，六月、七月結子，黃綠色，如小豆，以汁稠黏者良也。』大明曰：『人多收欅樹上者爲桑寄生，桑上極少，縱有形與欅上者亦不同；次即楓樹上者，力與欅樹上者相同，黃色，七月、六月采。』宗奭曰：『桑寄生，皆言處處有之，從官南北，處處難得，豈歲歲斫踐之，苦不能生耶，抑方宜不同耶？若以爲鳥食物，子落枝節間，感氣而生，則麥當生麥，穀當生穀，不當生此一物也。自是感造化之氣，別是一物。古人惟取桑上者，是假其氣爾，第以難得眞者。眞者下咽，必驗如神。向有求此于吳中諸邑者，予遍搜不可得，遂以實告之鄰邑以他木寄生送上，服之，逾月而死，可不愼哉！』震亨曰：『桑寄生，藥之要品，而人不諳其的，惜哉！近海州邑及海外之境，其地煖而不蠶桑，無採掇之苦，氣厚意濃，自然生出也，何嘗節間可容他子耶？』時珍曰：寄生，高者二、三尺，其葉圓而微尖，厚而柔，面青而光澤，背淡紫而有茸。人言川蜀桑多，時有生者，他處鮮得，

須自采或連桑采者，乃可用。世俗多以褁樹上者，克之氣性不同，恐反有害也。按鄭樵《通志》云：『寄生有兩種，一種大者，葉如石榴葉，一種小者，葉如麻黃葉，其子皆相似。大者曰蔦，小者曰女蘿。』今觀蜀本韓氏所説，亦是兩種，與鄭説同。修治：斅曰：采得銅刀和根枝莖葉細剉，陰乾用，勿見火。氣味苦，平，無毒（《別錄》曰：甘，無毒）。主治腰痛、小兒背强、癰腫、充肌膚、堅髮齒、長鬚眉、安胎（《本經》）；去女子崩中、内傷不足、產後餘疾，下乳汁，主金瘡、去痺（《別錄》）；助筋骨，益血脈（大明）；主懷妊，漏血不止，令胎牢固（甄權）。」清錢謙益《梅杓司詩序》：「余固知窮冬沍寒，當不與寓木蔓草俱盡也。」

「蔦」與「女蘿」都是寄生在樹木上的植物。《詩經・小雅・頍弁》：「蔦與女蘿，施于松柏。」毛傳：「蔦，寄生也。女蘿，菟絲，松蘿也。」因此後世將其誤認爲是同一種藥物。有的醫學家已知其有別，故詳加匯釋，以示區別。如明代的李時珍和繆希雍，分別在「集解」與「注疏」中詳加辨析，提示後人切勿一誤再誤。《漢語大字典・草部》「蔦」也有按語提示：「蔦爲常綠寄生小灌木；女蘿即松蘿，爲孢子植物地衣門松蘿科呈樹枝狀的植物體，懸垂在高山針葉林枝梢。古詩文因《詩》二者連用，常混以爲一物。」〔註260〕

（6）原文漏釋。「原文漏釋」是指簡帛中原本有的文字，釋讀者在釋文的過程中將其看漏了，沒有按原文逐一釋讀出來。如《武威漢代醫簡》木牘：

　　□□尚□┘ ▨伏下▨已汗□孫□内傷┘ ▨84乙

這段文字，原圖版殘損甚多，難以準確釋讀。醫簡本釋爲「□尚□┘ ▨伏下▨已汗□孫□内傷┘ ▨」，校釋本釋文同醫簡本，注解本釋爲「□尚□□□□□□□□□□伏下□□起□□□爲，已知孫□内傷，除□□□□□」。但細看醫簡本圖版，「尚」字前有「六壬（六壬）」二字，其後有「房（房）」字，醫簡本、注解木均漏釋，當補。

「六壬」是古代運用陰陽五行占卜吉凶的方法之一，與「遁甲」「太乙」合稱三式。五行（水、火、金、木、土）以爲水首，天干（甲、乙、丙、丁、戊、己、庚、辛、壬、癸）中的「壬」「癸」屬水，而「壬」爲陽水，「癸」爲陰水，捨陰取陽，故名「壬」。在六十甲子中，「壬」與地支組合共出現過

六次（壬申、壬午、壬辰、壬寅、壬子、壬戌），故名「六壬」。

「六壬」共七百二十課，一般總括爲六十四課。其占法是：用兩個木盤，上有天上十二辰分野，謂之「天盤」；下有地上十二辰方位，謂之「地盤」。兩盤相疊，轉動天盤，得出所占之天干與時辰的部位，以判吉凶。調和陰陽、和於術數的六壬，是天地人之際、四象八卦的發展。「六壬」以天圓地方、天規地矩的天地盤爲主。天盤以太陽日行爲主，日行即是太陽運行的度次。一年三百六十度，二十八宿；地盤以地球四方、五行、河圖、洛書爲準。太陽日行，加占時，則形成正反的六壬格局，合之則爲天、地、人之際。天盤一動，左旋右轉，則產生交易，三才、陰陽、五行、四方都在其中，歲、月、日、時爲數。歲時爲萬，月時爲千，日時爲百，時時爲十，五行求數，數求五行。

六壬學是一門能預斷吉凶的學問，其推演法類似易學，首先由「占時」至「月將」，是無極生太極，再由月將至干支，是太極生兩儀，由干支而產生四課，是兩儀生四象。再發三傳，即發三才。然後再分布各天將及神煞，用五行生剋預測吉凶進退。六壬占術由來甚古，《隋書·經籍志·五行》著錄有《六壬釋兆》、《六壬式經雜占》，此後歷代志書收錄頗多。

在本方中指身患「七疾」男子在「六壬」之日行房。「尚」連詞，表示假設，相當於「倘」「假如」。清王引之《經傳釋詞》卷六：「党、當、尚，並與倘同。」《墨子·尚賢》：「尚欲祖述堯舜禹湯之道，將不可以不尚賢。」《韓非子·制分》：「禁尚有連於己者，理（里）不得相闚，惟恐不得免。」陳奇猷集釋：「尚，與倘同。」「六壬尚房」即患有「七疾」的男子在「六壬」之日依然行房。注意：《漢語大詞典》「六壬」條引例晚於六朝〔註261〕，應據《武威漢代醫簡》補。

（二）字義失訓

清人段玉裁在《廣雅疏證·序》中說：「小學有形、有音、有義，三者互相求，舉一可得其二。有古形、有今形，有古音，有今音，有古義，有今義，六者互相求，舉一可得其五。古今者，不定之名也。三代爲古，則漢爲今；漢魏晉爲古，則唐宋以下爲今。聖人之制字，有義而後有音，有音而後有形。

〔註261〕見羅竹風主編《漢語大詞典》第749頁，漢語大辭典出版社1997年版。

學者考字，因形以得其音，因音以得其義。治經莫重於得義，得義莫切於得音……（張）稚讓爲魏博士，作《廣雅》，蓋魏以前，經傳謠俗之形、音、義，彙萃於是，不執於古形、古音、古義，則其說之存者，無由甄綜，其說之已亡者，無由比例推測。形失，則謂《說文》之外，字皆可廢；音失，則惑於字母、七音，猶治絲棼之；義失，則梏於《說文》所說之本義，而廢其假借。又或言假借，而昧其古音，是皆無與於學者也。」〔註262〕段氏認爲，研究古籍，是一門博綜融貫的學問，稍有疏漏，失之甄綜，就會謬以千里。

對漢代簡帛經方文獻詞義的研讀與考釋，祇有具有語言學的歷史發展眼光，高瞻遠矚，融會貫通，甄綜其義，相互證發，纔能盡量減少誤讀誤釋。觀前人說解釋文，因殫精極思，故大都精確可信，然不可信者，也間或有之。如《五十二病方・諸傷》第十七治方：

治病時，毋食魚、鱻肉、馬肉、飛 27/27 蟲、葷、麻○洙采（菜），毋近內，病已（已）如故。

本方中的「飛蟲」，帛書本釋爲「龜蟲」，且「龜」與「蟲」讀開了的，「龜」無注釋，「蟲」注：「帛書蟲、虫兩字已經混淆，此處蟲應爲虫，即蛇類。」考注本、考釋本、校釋（壹）本、補譯本等注同帛書本。考釋本注：「龜：《食性本草》：『（蠵龜）肉寒有毒』。（《正類本草》卷二十）蟲：有二義。一爲昆蟲之通稱。《廣韻・平・東》：『蟲，鱗介總名』。二爲蝮蛇，即虺。《玉篇・虫部》：『虫，虺古字。』但第一義所包括的蟲類過於廣泛。故此處似指後者，即禁食蛇肉。」

帛書本的「龜」，劉釗改釋爲「桑」，並說：「釋文中的『龜』字是個誤釋，其字本是『桑』字，釋爲『龜』是錯誤的。以往所有著作在注釋『龜』『蟲』二字時，都將其從中間點斷，認爲分別是指『龜肉』和『蛇肉』，但對爲什麼在治『金傷』的方劑中忌食龜肉和蛇肉都沒有合理的解釋。現在既然已知『龜』字乃是『桑』字的誤解，則所謂『龜肉』和『蛇肉』也便成了『無中生有』了。『桑蟲』本是一劑藥名，見於《本草圖經》一書，醫書中又稱『桑蠹』（《千金方》）、『桑蠹蟲』（《名醫別錄》）、『蛀蟲』（《本草綱目》）、『桑蠶』（《景岳全書》）。……『桑蟲』一藥，在醫書中常被用作發藥，如《本草推陳》中有『桑

〔註262〕〔清〕王念孫：《廣雅疏證》，中華書局 1983 年影印本。

蟲』治『痘瘡不發及癰疽不潰』方,《本經逢原》中有『桑蟲』治『痘瘡毒盛白陷不能發起者』方,可見『桑蟲』與『魚』『毚』『馬肉』『葷』『麻洙菜』等一樣不利於傷口癒合,這便是『令金傷毋痛』方將其列於禁食之列的原因。」〔註263〕校釋本從劉釗說釋作「桑蟲」,並注:「原釋文爲『龜、虫(蟲)』,分別指龜、蛇兩類動物。劉釗(1997)指出其謬,認爲應釋作『桑蟲』。此說可從。」集成本再改釋爲「飛蟲」,並注:「原釋文作『龜』,此從陳劍(2010)釋。」

今細看從集成本新圖版,帛書原文寫作「[圖]」,既不像「龜蟲」,也不像「桑蟲」,更不像「飛蟲」,而是草寫的隸書「求蟲」二字,故我們改釋爲「求蟲」。〔註264〕

「求」是「鰌」的記音字,本字爲「鰌」,即泥鰌。《說文·魚部》:「鰌,鰡也。从魚酋聲。」(十一下)清桂馥義證:「鰡也者,《埤雅》:『今泥鰌。似鱓而短,無鱗,以涎自染,難握。』」《爾雅·釋魚》:「鰼,鰌也。」晉郭璞注:「今泥鰌。」《說文·魚部》:「鰼,鰌也。从魚習聲。」《玉篇·魚部》:「鰼,似立切。泥鰌也。」宋陸佃《埤雅·釋魚》:「鰼,尋也。尋習其泥,厭其清水。」《莊子·齊物論》:「民溼寢則腰疾偏死,鰌然乎哉?」後世更換聲母「酋」轉形爲「鰍」。《廣韻·尤韻》:「鰍,魚屬。亦作鰌。」宋程垓《滿江紅》:「白沙遠浦,青泥別渚,剩有鰕跳鰍舞。」也寫作「鰲」。清乾隆二年修《福建通志·物產》:「永春州,鱗之屬:草魚、鯰魚、鰻魚、鰲魚。」

「求蟲」即「鰌蟲」,動物類方藥名。爲鰍科花鰍亞科泥鰍屬魚類,故亦稱「蟲」。《中國醫學大辭典》:「鰌魚肉:性質甘平無毒(或作涼)。功能益氣,暖中,調中(同米粉作羹食),醒酒,收痔,治消渴、陽事不起。雜論此物忌白犬血。」〔註265〕医家認爲,服中藥禁忌「腥」「辛」「葷」「辣」四种食物,泥鰍爲腥物,故本方與「魚」「葷」「麻」「椒」「馬肉」等同忌。

再如「以布足之」之「足」。《五十二病方·傷頸》第六治方(第 44 / 44 行):

〔註263〕劉釗:《馬王堆帛書〈五十二病方〉中一個久被誤釋的藥名》,《古籍整理研究學刊》1997 年第 3 期。

〔註264〕鍾如雄、胡娟《〈五十二病方〉釋文字詞勘誤》,《西南民族大學學報》(人文社科版)2015 年第 11 期。

〔註265〕謝觀主編:《中國醫學大辭典》第 4546 頁,商務印書館 2003 年版。

一，冶黃黔（芩）、甘草相半，即以彘（彘）膏財足以煎=之=（煎之。煎之）潰（沸），即以布足（捉）之，取其汁，𠰸傅【□】。₄₄ / ₄₄

本方中的「以布足之」之「足」，考注本注：「以布足（捉）之：用布把藥滓濾去。」考釋本逕改釋為「捉」，並注：「捉——原作『足』。捉與足上古音均屋部韻。捉為莊母，足為精母。故足極為捉。捉字義為榨取。參見本書【原文十二】注。」

「足」甲骨文作𤴔，金文作𧿹，本義為人體的小腿，後特指踝骨以下部分，今稱「腳」。引申為用腳踩或手擠等。本方「以布足之，予（抒）其汁」之「足」，與《諸傷》第十二治方（第 18 行）「以布捉取，出其汁」之「捉」同。「捉」從「足」得聲。「以布足之，予（抒）其汁」，將用豬油煎製的黃芩和甘草，用濾布包著，用手將其汁擠出來。「足」，考釋本釋為「榨取」，不準確。注意：《漢語大字典》「捉」下未收「擠壓」義，〔註266〕應據《五十二病方》補。

（三）擅改原文

清代學者治學嚴謹，校勘古籍自有家法。清葉德輝《藏書十約·校勘》云：「今試其法，曰死校，曰活校。死校者，據此本以校彼本，一行幾字，鉤乙如其書。一點一畫，照錄而不改，雖有誤字，必存原本。顧千里廣圻、黃蕘圃丕烈所刻之書是也；活校者，以群書所引，改其誤字，補其闕文，又或錯舉他刻，擇善而從，別為叢書，板歸一式。盧抱經文弨、孫淵如星衍所刻是也。斯二者非國朝校勘家刻書之秘傳，實兩漢經師解經之家法。鄭康成注《周禮》，取故書杜子春諸本，錄其字而不改其文，此死校也；劉向校錄中書，多所更定，許慎撰《五經異義》，自為折衷，此活校也。」我們校勘出土文獻，也應該秉承清代學者對待傳世文獻的基本原則和態度，原文照錄，有錯則注。然而綜觀前人各注，凡生疑惑，或間或改釋，或全然改之。如前文所述《五十二病方·癃》第五治方中的「蚤」「炊」「㹊」，《武威漢代醫簡》木牘 88 甲中的「楈」等，就被改釋成了「幸」「炴」「柱」「樓」。全然改釋簡帛經方文獻原文，以馬繼興先生《馬王堆古醫書考釋》為甚。如《五十二病方·尤》第一治方：

〔註266〕徐中舒主編：《漢語大字典》第 1991 頁，四川辭書出版社、湖北崇文書局 2010 年版。

尤（疣）：取敝蒲席若藉之弱（蒻），繩之，即燔其末，以久（灸）尤（疣）末，熱，即拔尤（疣）去之。102／102

本方中的三個「尤」字，帛書本均釋爲「尤（疣）」，並注：「尤，即疣，古書中還有肬、默、銚、疣、頯等寫法。」考釋本逕改釋爲「疣」，並注：「疣：原作『尤』。疣與尤上古音均匣母，之部韻。同音通假。古書中或作默、肬、銚、疣、頯等字形。」其後的補譯本、校釋本等都釋爲「尤（疣）」。

我們認爲，「尤」是「疣」的初文，應按帛書原文釋爲「尤」爲當。「尤」甲骨文作⺈、⺊、⺋，金文作𡗕，本義爲人體皮膚表面長出的一種乳頭腫瘤，也稱「肉瘤」，俗稱「瘊子」。《說文·乙部》：「尤，異也。从乙又聲。」（十四下）清孔廣居疑疑：「尤，古疣字。从又乙，象贅肬，又亦聲。借爲異也、過也。既爲借義所專，故別作肬。」朱芳圃《殷虛文字釋叢》：「蓋尤爲初文，从又一。又，手也；一，之贅肬。字之結構與『寸』相同。」孔、朱二氏說是，但孔氏說「異」爲「借義」不確，應爲引申義。因皮膚表面長疣，異於正常皮膚，故引申爲奇異、突出。《說文》所釋爲引申義。《左傳·昭公二十八年》：「夫有尤物，足以移人。」杜預注：「尤，異也。」後世增附類母「肉」轉形爲「肬」。《說文·肉部》：「肬，贅也。从肉尤聲。默，籀文肬从黑。」（四下）段注本改作「肬，贅肬也。」清段玉裁注：「各本奪『肬』字，今補。」《釋名·釋疾病》：「肬，丘也。出皮上聚高，如地之有丘也。」《廣韻·尤韻》：「肬，同疣，結病也。」《荀子·宥坐》：「今學曾未如肬贅，則具然欲爲人師。」《靈樞經·經脈》：「虛則生肬，小者如指痂疥。」或增附類母「黑」轉形爲「默」。《說文》「肬」之重文有「默」字。《集韻·尤韻》：「肬，《說文》：『贅也。』或作默。」或增附類母「疒」轉形爲「疣」。《玉篇·疒部》：「疣，結病也，今疣贅之腫也。」唐慧琳《一切經音義》卷十六：「疣瘇：上音尤，下音隆。顧野王云：風結病也。亦爲肬贅之肬字。瘇，起也。」《廣韻·尤韻》：「疣，《釋名》曰：『疣，丘也。出皮上聚高，如地之有丘也。』」《山海經·北山經》：「（滑水）多滑魚，其狀如鱓，赤背，其音如梧，食之已疣。」郭璞注：「疣，贅也。」「肬」再增附類母「疒」轉形爲「瘊」。《龍龕手鑑·疒部》：「瘊」，「疣」之俗字。

又帛書本說：「尤，即疣，古書中還有肬、默、銚、疣、頯等寫法。」繼

後各注釋本也從此說。我們認爲，帛書本此說極爲錯誤，因爲「銥」「疚」「頍」並非「尤」的異體字。《正字通·金部》云：「銥，銑字之譌。」《說文·疒部》：「疚，顚也。从疒又聲。」（七下）《玉篇·疒部》：「疚，與頍同。」《說文·頁部》：「頍，顚也。从頁尤聲。疚，頍或从疒。」（九上）〔註267〕清段玉裁注：「玄應引《說文》云：『頍，謂調動不定也。』」又：「顚，頭不正也。从頁眞聲。」可見，「頍」「顚」都是頭部顚動病，而非瘊子。

　　「頍」是的「頍」的異體字。玄應《一切經音義》卷十一：「《通俗文》：『四肢寒動謂之顚頍。』《蒼頡篇》云：『頭不正也。』」「頍」譌作「頍」。《集韻·宥韻》：「頍，頭顚也。亦从又。」清方成珪考正：「頍，譌從九，據《說文》正，段氏謂頍當作頍。」張家山漢簡《脈書》：「在戒，不能弱（溺），爲閉；其塞人鼻耳目，爲馬蛕。」史常永先生謂：「『蛕』音尤，通蚘、胱、頍，今作疣。『馬蛕』猶言『大疣』。」〔註268〕其說也誤。「頍」不是「疣」的異體字；「蛕」指蛔蟲，「蚘」也指蛔蟲，二字爲異體字，無所謂「通」假。劉春語、張顯成指出：「『馬蛕』之『蛕』通『痏』，義當訓爲『瘡瘍』，『馬蛕』義當訓爲『大瘡瘍』，即同時產生於鼻、耳、目之瘡瘍。」〔註269〕其說甚是。

　　從前文的分析中不難看出，「胱、默、疣、瘊」是一組異體字，它們都是「尤」的後出轉形字，而「銥、頍、疚、頍」與「尤」是全然不相干的一組字，它們既非異體，又無通假關係；考釋本說「尤」是「疣」的通假字，失審。在《五十二病方·尤》第七治方中，「尤」寫作「宥」，云：「祝尤：以月晦日之室北，靡〔磨〕宥〔疣〕，男子七，女子二七。曰：『今日月晦，靡〔磨〕宥〔疣〕室北。』不出一月，宥〔疣〕已。」這裡的「宥」纔通「尤」。

（四）句讀失誤

　　對古書進行標點，就是正確運用現代漢語的標點符號來斷句。古代沒有我們現代意義的標點符號，寫文章時亦不加符號。後人讀書時，爲了方便，就依據上下文意和語氣，在意義完整的地方加上「。」，叫作「句」，意義不

〔註267〕〔漢〕許慎撰，〔宋〕徐鉉等校定：《說文解字》第183頁，中華書局1963年版。
〔註268〕史常永：《張家山漢簡〈脈書〉〈引書〉釋文通訓》，《中華醫史雜誌》1992年第3期。
〔註269〕劉春語、張顯成：《釋張家山漢簡〈脈書〉的「戒」「弱」「閉」「馬蛕」》，《古籍整理研究學刊》2015年第2期。

完整、語氣需要適當停頓的地方加上「、」，叫作「讀」，合起來叫做「句讀」。

「句讀」一詞最早出現於漢何休《春秋公羊傳解詁·序》：「援引他經，失其句讀。」刻印書籍加上「句讀」進行圈點開始於唐代，清羅汝懷《緣漪草堂文集》卷十六：「唐人已有圈點之法，而宋人則盛行。」但數量很少。上世紀以來，人們在整理古籍時使用了現代漢語的標點符號，但經過整理的古籍畢竟是少數，我國絕大部份古籍還是沒有標記的白文，而且受各種條件的限制，加上標點符號的古籍仍然存在不少問題。雖然「句讀」和標點符號並不是同一個系統，但在給古書斷句這一點上是相同的。古人非常重視斷句的能力。《禮記·學記》說：「一年視離經辨志。」鄭玄注：「離經，斷句絕也。」即入學一年以後要學會斷句。唐韓愈《師說》也說得很清楚「句讀之不知，惑之不解」，可見學會斷句是讀懂古書的基本功夫。

前人注解簡帛文獻，釋文斷句，雖至精至密，然也難免百密一疏。如《五十二病方·傷頸》第二治方，帛書本的釋文與句讀是：

傷而頸（痙）者，以水財煮李實，疾沸而抒，浚取其汁，寒和，以飲病者，飲以□□三四故。節（即）其病甚弗能飲者，強啟其口，爲灌之。節（即）毋李實時□□□□□三五煮炊，飲其汁，如其實數。毋禁。嘗【試】。·令三六。

本方中的「抒浚」，從帛書本到集成本均將「抒」連前文「疾沸而」讀，而「浚」則連下文「取其汁」讀。帛書本注：「抒，將水汲出。浚取其汁，濾取藥汁。」考注本注：「疾沸而抒：抒，挹也，即酌取之意。全句意爲煮藥至沸時將藥汁取出。浚取其汁：浚，《說文》：抒也。段注：抒者，挹也，取諸水中也。此處作取講。全句謂濾取藥汁。」校釋（壹）本注：「疾沸而抒：迅速沸沸騰後就將水排掉。浚取其汁：榨取李實的汁液。」考釋本注：「抒（shù，書）──將水汲出。」補譯本注：「抒，汲出。《說文》『抒，挹也。』汲出謂之抒。《漢書·劉向列傳》：『一抒愚意。』顏師古注：『抒謂引而泄之也。』《五十二病方》44 行：『以布捉之，抒其汁。』將捉、抒的意義都講清楚了。『浚取其汁』：《說文》：『浚，抒也』段玉裁注：『抒者，挹也，取諸水中也』。」校釋本注：「疾沸而抒：當水大沸時將水汲出。疾沸，水大沸。抒，汲出。《說文·手部》：『抒，挹也。』浚：挹取、汲出。《說文·手部》：『抒，挹也』。

段玉裁注：『抒者，挹也，取諸水中也。』」

　　前人將「抒浚」斷開的原因是，不知「抒浚」在本方中爲同義詞連用，表示將煮李子的水倒掉。「抒」的本義爲將水舀出。《說文・手部》：「抒，挹也。从手予聲。」（十二上）清段玉裁注：「凡挹彼注茲曰抒。」清王筠句讀：「《通俗文》：『汲出謂之抒。』」又：「挹，抒也。从手邑聲。」王筠句讀：「《華嚴經音義》引《珠叢》曰：『凡以器斟酌於水謂之挹。』」《廣韻・緝韻》：「挹，酌也。」《管子・禁藏》：「讚燧易火，抒井易水。」引申爲發洩、解除、清除等。

　　「浚」的本義亦爲將水舀出。《說文・水部》：「浚，杼也。从水夋聲。」（十一上）清姚文田、嚴可均校議：「小徐、《韻會・十二震》引作『抒』，此作『杼』，誤。」《廣雅・釋詁二》：「浚，盡也。」王念孫疏證：「謂漉取之也。」《說文》以「抒」釋「挹」，以「挹」釋「抒」，爲互訓；以「抒」釋「浚」「挹」爲同訓，說明「抒」「挹」「浚」爲同義詞。在《五十二病方》中「抒」「浚」也可分開使用。單用時，下句若有動詞「取」，既可連下文讀，亦可單獨成句；若無「取」字，則連下文讀。如《痒病》第十四治方（第 186～188 行）：「取棗穜（種）𪏮（𪏰）屑（屑）二升，葵穜（種）一升，合撓，三分之，以水一斗半〔煮一〕分，孰（熟），去滓；有（又）煮一分。如此以盡三分，浚取其汁，以蠠（蜜）和，令㲠（纏）甘，寒溫適，〔□〕歓（飲）之。」句中「其汁」前有「取」字，故可讀爲「浚，取其汁」或「浚取其汁」。再者，在《五十二病方》中，若「其汁」前有「取」字，亦可不用「抒」或「浚」字。如《傷頸》第六治方（第 44 行），帛書本是釋文是：「冶黃黔（芩）、甘草相半，即以蟲膏財足以煎之。煎之潰，即以布足（捉）之，予（抒）其汁。」其中的「予（抒）其汁」，集成本改作「取其汁」。今細看集成本新圖版，帛書本所釋之「予（抒）」，帛書原文本寫作「取」，集成本改釋甚是。

　　本方的「抒」「浚」既然是同義詞連用，就不當分開標點。「疾沸而抒，浚取其汁」，應改讀爲：「疾沸而抒浚，取其汁。」意思是說，將李子到進鍋中煮到水完全沸騰時就停火，然後漉去煮水，立即擠出李子肉汁。

　　再如《五十二病方・㯕》第一治方，帛書本的釋文與句讀是：

㯕：唾曰：「歓，㯕（漆），」三，即曰：「天啻（帝）下若，以㯕（漆）弓矢，今若爲下民疟，涂（塗）若以豕矢。」以履下靡（磨）抵之 [380]。

　　本方中的「唾曰：『歕，柒（漆），』三……」，集成本改讀成：「唾曰：『歕（噴），柒（漆）。』三，即曰……。」集成本祇將帛書本「歕，柒（漆）」後面的「，」號改成了「。」號。我們覺得這樣標點欠妥，因爲「唾曰歕柒三」在本方中是一段敘述語，其中的「唾」表示祝由者的行爲，不當與下文「曰」連讀，應當獨立成句。「曰歕柒三」中之「曰」是個句首語氣詞，而非動詞，與下文「即曰」不同。在上古漢語裡，「曰」字作句首語氣詞用不凡其例。《玉篇‧曰部》：「曰，語端也。」楊樹達《詞詮》卷八：「曰，語首助詞。」《詩經‧豳風‧七月》：「嗟我婦子，曰爲改歲，入此室處。」漢張衡《東京賦》：「曰止曰時，昭明有融。」疑帛書本誤將其當成動詞了。「歕柒」不是祝由者所說的祈禱語，應與前文語氣詞「曰」和下文數詞「三」連讀。「曰歕柒三」，表示祝由者「唾」後再對著漆瘡噴水三次。故本方應重新標點爲：「唾，曰歕柒三，即曰：『天啻（帝）下若，以柒弓矢；今若爲下民疕，塗若以豕矢。』以履下靡（磨）抵之。」

　　再如《五十二病方‧柒》第三治方，帛書本的釋文與句讀是：

　　一，「歕，柒（漆）王，若不能柒（漆）甲兵，令某傷，奚（鷄）矢鼠襄（壤）涂（塗）柒（漆）王三八二。」

　　帛書本注：「鼠壤，《穀梁傳》隱公三年注：『齊魯之間謂鑿地出土，鼠作穴出土，皆曰壤。』王、兵、傷、王，古陽部韻。」我們覺得，帛書本的標點和引文均誤。

　　第一，引文錯誤。「齊魯之間謂鑿地出土，鼠作穴出土，皆曰壤」一語，是唐代楊士勳的注疏，並非東晉經學家晉范甯《穀梁傳集解》中的注文。[註270]帛書本誤引後，考釋本、校釋本相繼誤引，均未核對原文；而考釋本還將其當作《穀梁傳‧隱公三年》正文引錄，一誤再誤。

　　第二，標點錯誤。在《五十二病方》的祝由方中，「歕」均表示「歕水」「歕火」等行爲，並非祝由者所說的祈禱語。帛書本將其標點在雙引號之內，一誤。本方的「奚（鷄）矢鼠襄（壤）塗柒王」，是祝由者在祈禱後對「柒王」（漆瘡）處置的行爲方式，即祈禱後立即將雞屎、鼠壤等汙物塗抹在漆瘡上以驅逐柒王，亦並非是祝由者所說的祈禱語。帛書本亦將其標點在雙引號之

內，再誤。繼後，校釋本、集成本等全然沿襲其錯誤，均未安。

我們認爲，本方中祇有「桼王，若不能桼甲兵，令某傷」纔是祈禱語，全句押「王、兵、傷」三個韻腳字，故應重新標點爲：「歊：『桼王，若不能桼甲兵，令某傷。』奚（鷄）矢、鼠襄（壤）涂桼王。」

再如《武威漢代醫簡》中的 48、49 簡，注解本的釋文與句讀是：

去中令病後不復發冄亖方：穿地長與人等，深七尺，橫五尺，用白羊矢乾之十餘石置其 48 阬中，從火其上，羊矢盡，索橫木阬上，取其臥人臥其阬上，熱氣盡乃止其病者。愼勿得出見 49。〔註 271〕

本方的標點最早見於張延昌、吳礽驤、田雪梅、張宏武《〈武威漢代醫簡〉句讀補正注解》一文，原標點爲：「去中令病後不復發閉塞方：窜地長與人等，深七尺，橫五尺，用白羊矢乾之十餘石置其坑中，從火其上，羊矢盡，索橫木坑上，取其臥，人臥其坑上，熱氣盡，乃止。其病者，愼勿得出見。」〔註 272〕《〈武威漢代醫簡〉句讀補正注解》的標點有三處錯誤：

第一，因不明「盡索」爲同義詞而誤讀。

在上古文獻中「索」與「盡」同義。《廣雅·釋詁一》：「索，盡也。」《小爾雅·廣言》：「索，空也。」《尚書·牧誓》：「牝雞之晨，惟家之索。」唐孔穎達等正義：「索，盡也。」《睡虎地秦墓竹簡·秦律十八種·倉律》：「皆輒出，餘之索而更爲發戶。」本方之的「盡索」爲同義詞連用，與《五十二病方·傷頸》第二治方中的「抒浚」同類。因此，「盡索」當連讀，不能斷開，與下文「橫木阬上」斷開後讀爲：「羊矢盡索，橫木坑上。」張延昌先生不知「索」與「盡」爲同義詞連用，故將「羊矢盡」與「索橫木坑上」斷開，致使「盡」「索」不能連讀而導致句讀錯誤。

第二，因不明句意關係而誤讀。

（1）本方中的「取其臥人臥其坑上」，《〈武威漢代醫簡〉句讀補正注解》讀成：「取其臥，人臥其坑上」。從上下文看，本方的治療方法是：待羊屎完全燒盡後，將木頭橫放在火坑上，再將臥床不起的病人抬放在橫木上，讓他

〔註 271〕張延昌主編：《武威漢代醫簡注解》第 19 頁，中醫古籍出版社 2006 年版。

〔註 272〕張延昌、吳礽驤、田雪梅、張宏武：《〈武威漢代醫簡〉句讀補正注解》，《甘肅中醫》2004 年第 8 期。

（她）面向火坑伏臥著。因此，句中的「臥人」一定是指臥床不起的病人，其中的「人」祇能是「臥」的限制性定語，不當連下文「臥其阬上」讀。若按《〈武威漢代醫簡〉句讀補正注解》讀，則「取其臥」作何解釋呢？二〇六年出版的注解本，已將「取其臥人」與「臥其坑上」之間的「，」號去掉了，改讀成：「取其臥人臥其坑上」。這樣標點亦對，但更準確的標點應爲：「取其臥人，臥其坑上」。

（2）本方中的「熱氣盡乃止其病者。愼，勿得出見」，是說：「等火坑中的熱氣散盡之後就將病人抬起來。（但薰療時千萬要）愼重，（避免灼傷病人。在給病人薰療時）不要讓外人看見。」其中的「其病者」是動詞「止」的賓語，而不是「愼勿得出見」的主語，當連上文「熱氣盡乃止」讀。「止其病者」，指停止對病人薰療。「愼，勿得出見」，是本治方書寫者對病人家屬的告誡語。「愼」是指薰療時要格外小心，不要讓病人受到灼傷，因爲病人伏臥在懸空橫木上，下臨燒得發燙的火坑，很容易掉下去灼傷身體；「勿得出見」，則指在給病人薰療時不要讓外人看見。在二〇〇六年出版的《武威漢代醫簡注解》中，張延昌將原句讀改爲「……從火其上，羊矢盡，索橫木坑上，取其臥人臥其坑上，熱氣盡乃止其病者。愼勿得出見」，祇糾正了「熱氣盡乃止。其病者，愼勿得出見」一處的句讀錯誤，而「盡」「索」的標點錯誤依然未改。

二〇一四年出版的校釋本的標點爲：「去中，令病後不復發閉塞方：窬地長與人等，深七尺，橫五尺，用白羊矢乾之十餘石置其坑中，從火其上，羊矢盡，索橫木坑上，取其臥，人臥其坑上，熱氣盡乃止。其病者愼，勿得出見。」〔註273〕繼續重複《〈武威漢代醫簡〉句讀補正注解》的標點錯誤，今予以糾正，重新標點爲：

去中令病後不復發閉塞方：窬（穿）地長與人等，深七尺，橫五尺，用白羊矢乾之十餘石，置其坑中，從（縱）火其上。羊矢盡索，橫木坑上，取其臥人，臥其附（坑）上，熱氣盡乃止其病者。愼，勿得出見。〔註274〕

〔註273〕周祖亮、方懿林：《簡帛醫藥文獻校釋》第 425 頁，學苑出版社 2014 年版。

〔註274〕本節句讀勘誤，可參看胡娟、鍾如雄《漢代簡帛醫書句讀勘誤四則》，《東亞人文學》第四十五輯，〔韓國〕東亞人文學會出版發行，2018 年 12 月。

六　字詞集釋的原則、方法及凡例

（一）集釋原則

1、本書集釋的漢代簡帛經方文獻，祇限於《五十二病方》《武威漢代醫簡》《養生方》《雜療方》和《雜禁方》五種。

2、集釋文獻的版本，馬王堆漢墓帛書爲：

（1）馬王堆漢墓帛書整理小組編《馬王堆漢墓帛書〔肆〕》，文物出版社1985年版；

（2）周一謀、蕭佐桃《馬王堆醫書考注》，天津科學技術出版社1988年版；

（3）馬繼興《馬王堆古醫書考釋》，湖南科學技術出版社1992年版；

（4）魏啓鵬、胡翔驊：《馬王堆漢墓醫書校釋〔壹〕〔貳〕》，成都出版社1992年版；

（5）嚴健民編著《五十二病方注補譯》，中醫古籍出版社2005年版；

（6）周祖亮、方懿林：《簡帛醫藥文獻校釋》，學苑出版社2014年版；

（7）裘錫圭主編：《長沙馬王堆漢墓簡帛集成〔伍〕〔陆〕》，中華書局2014年版。

《武威漢代醫簡》爲：

（1）甘肅省博物館、武威縣文化館編《武威漢代醫簡》，文物出版社1975年版；

（2）張延昌主編：《武威漢代醫簡注解》，中醫古籍出版社2006年版。

3、集釋文獻搜集的範圍。本文所集釋的文獻，均爲正規出版社正式出版的文獻和正規期刊正式發表過的論文，非正式出版的文獻和未正式發表過的論文，不在本文集釋搜集的範圍之內，祇能作爲參考文獻使用。如尚志鈞的《五十二病方藥物注釋》（1985年油印本）和尚未出版的博士、碩士論文等。

4、字詞集釋的範圍，祇限於前人注本中有爭議，或前人雖無爭議而我們認爲解釋有誤者；前人的釋義雖已準確，仍需要補充論證，使結論更加可靠者。但前後注本解釋相同或分歧不大者，不在本書的集釋範圍。

5、本書所釋的字詞統稱「被釋詞」（或「被釋字詞」）。「被釋詞」條目根據其詞性的差異，編排在相關卷目之內，但不統一編號。

6、本書按內容分卷。全書分成「通論」「實詞集釋」「虛詞集釋」「短語集釋」和「藥名集釋」五卷。「藥名」爲中藥學中特殊的藥物名稱，故從「實詞」中分出，獨立成卷。

（二）集釋方法

1、綜合分析。綜合前人時賢的研究成果，加以認眞分析和甄別，去粗取精。

2、對比分析。對比各家注釋，分析其異同，去僞存眞。

3、綜合運用跨學科（語言文字學、中藥學、文獻學、考古學等）的理論方法。

（三）集釋凡例

在介紹凡例以前，對與凡例相關的一些問題，簡要說明於後：

1、本書所集釋的漢代簡帛經方文獻均用簡稱。《五十二病方》簡稱「《五》」，《武威漢代醫簡》簡稱「《武》」，《養生方》簡稱「《養》」，《雜療方》簡稱「《療》」，《雜禁方》簡稱「《禁》」等。

2、《五十二病方》《武威漢代醫簡》《養生方》《雜療方》和《雜禁方》的釋文，以《長沙馬王堆漢墓簡帛集成〔伍〕〔陸〕》的釋文爲正文，《武威漢代醫簡》的釋文，以《武威漢代醫簡》的釋文爲正文。《長沙馬王堆漢墓簡帛集成》的釋文原爲繁體，故照錄；《武威漢代醫簡》的釋文原爲簡體，且無標點，根據本書全用繁體印刷的原則，則將《武威漢代醫簡》的簡體釋文全部改爲相應的繁體，但仍舊不加標點，若在論證過程中確實需要標點，則用按語說明。

3、本書所集釋的字詞，均是從簡帛經方文獻中篩選出來的。它們或爲前人注釋有誤的字詞，或爲曾有多種解釋尚未統一的字詞，或爲前人「存疑待考」的字詞，或爲前人考釋準確但本書認爲尚可再補充論證的字詞，等等。釋文中的被釋詞，本書統一用著重號「·」下標。

4、釋文出處的標注，分別用以下方法表示：《五十二病方》的處方因有「同處方」與「分處方」之分，所以採用阿拉伯數字下標所在簡帛的行數，釋文後之小括弧「（ ）」內用書名號「《 》」再標明其「同處方」的名稱與「分處方」的名稱。如《諸傷》第一治方釋文「毀一垸（丸）音（杯）酒中，歙（飲）之，日壹歙（飲），以□其☑₂/₂」的標注方法是：

毀一梡（丸）音（杯）酒中，歙（飲）之。日壹歙（飲），以囗其☐₂/₂
（《五·諸傷》第一治方）

《養生方》則採用阿拉伯數字下標所在帛書的行數，釋文後之小括弧
「（ ）」內用書名號「《 》」再標明其「同處方」名稱。如《【益甘】》「【益甘】：
煮＝（煮豬）䎰（芩）去滓，以汁肥豨，以食女子，令益甘中美。」的標注方
法是：

**【益甘】：煮＝（煮豬）䎰（芩）去滓，以汁肥豨，以食女子，令益甘中
美。₅₁/₅₁（《養·【益甘】》）**

《雜療方》無處方名稱，則採用阿拉伯數字下標所在帛書的行數，釋文後
之小括弧「（ ）」內祇用書名號「《 》」標注文獻名稱。如「【約】：取犬骨燔，
與蕃（礬）石各二」，桂」、彊（薑）各一」，蕉莢三，皆冶，并合。以棗【膏】
囗囗囗₂₂前，智（知）而出之 ₂₃」的標注方法是：

**【約】：取犬骨燔，與蕃（礬）石各二」，桂」、彊（薑）各一」，蕉
莢三，皆冶，并合。以棗【膏】囗囗囗₂₂前，智（知）而出之 ₂₃。（《療》）**

《雜禁方》之標注同《雜療方》。如「姑婦善斱（鬥），垒（塗）戶囗方五
尺。嬰兒 ₄善泣，涂（塗）璓（牖）上方五尺 ₅」的標注方法是：

**姑婦善斱（鬥），垒（塗）戶囗方五尺。嬰兒 ₄善泣，涂（塗）璓（牖）
上方五尺 ₅。（《禁》）**

《武威漢代醫簡》無處方名稱，但簡文用竹簡和木牘書寫，其中簡又分「第
一類簡」「第二類簡」，故釋文也採用阿拉伯數字下標所在簡牘的行數，釋文後
之小括弧「（ ）」內用書名號「《 》」標注文獻所屬的類別名稱及簡牘類別，「第
一類簡」簡稱「簡一」，「第二類簡」簡稱「簡二」，「木牘」簡稱「木」。如「服
藥十日知小便數多廿日愈」的標注方法是：

服藥十日知小便數多廿日愈」₈₃乙。（《武》木）

5、「被釋詞」條集釋凡例如下：

（1）所集釋的每一條「被釋詞」，均分爲前人注（考）釋和本書考釋兩個
部分。

（2）前人的注（考）釋，以其出版（或發表）的先後時間爲序排列。本書

所引注本均用簡稱，且僅在第一次出現時用腳注標明作者署名、文獻名稱、出版社名稱和出版時間；所引其他論著，均用腳注標明作者署名、論著名稱、出版社（或刊物）名稱、出版（或發刊）時間等，不計重複。

（3）本書考釋部分用「按」表示。「按」後面的文字爲本書作者的梳理與分析。梳理與分析之內容包括：釋文中的文字校勘，前人注釋中的是非辯正，本書作者的新補釋、新認知等。如《武威漢代醫簡》簡 8「餔米麻（糜）」，在分別列出各家解釋之後，出示本書按語如下：

按：「餔」上古音屬幫母魚部，《廣韻·模韻》博孤切，今音 bū，本義爲申時食，即夕食。古人食兩餐，申時食，即下午四至五點食第二餐。《說文·食部》：「餔，日加申時食也。从食甫聲。䐮，籀文餔从皿浦聲。」（五下）唐玄應《一切經音義》卷十四引《三蒼》曰：「餔，夕食也。」《莊子·盜跖》：「盜跖乃方休卒徒大山之陽，膾人肝而餔之。」唐陸德明釋文：「餔，《字林》云：『日申時食也。』」引申爲泛指喫飯。《說文》「餔」清段玉裁注：「引伸之義，凡食皆曰餔，又以食食人謂之餔。」《廣雅·釋詁二》：「餔，食也。」《管子·度地》：「一日把，百日餔。」「餔」或更換類母「食」和聲母「甫」轉形爲「䐮」。《說文》同部重出字有「䐮」字。《玉篇·食部》：「餔，補胡切。日加申時食也。亦作脯、䐮。」但傳世文獻未見用例。

「飯」注解本、校釋本明確說「餔飯即與食」「餔飯，進食」，其說不確。「飯」的本義爲喫飯（動詞）。《說文·食部》：「飯，食也。从食反聲。」（五下）清段玉裁注：「食之者，謂食之也。此飯之本義也。」《論語·述而》：「飯疏食，飲水，曲肱而枕之，樂亦在其中矣。」引申爲喫的食物，多指米飯。《說文》「飯」段玉裁注：「引伸之，所食爲飯。」《玉篇·食部》：「飯，扶晚切。餐飯也。又符萬切。食也。」《廣韻·願韻》：「飯，《周書》云：『黃帝始炊穀爲飯。』」《洪武正韻·諫韻》：「飯，炊穀熟曰飯。」《墨子·備城門》：「爲卒乾飯，人二斗，以備陰雨。」

「糜」上古音屬明母歌部，《廣韻·支韻》靡爲切，今音 mí，本義爲稠粥。《說文·米部》：「糜，糝也。从米麻聲。」（七上）清段玉裁注：「以米和羹謂之糝，專用米粒爲之謂之糝糜，亦謂之鬻。」《釋名·釋飲食》：「糜，煮米使糜爛也。」《禮記·月令》：「（仲秋之月）是月也，養衰老，授幾杖，行糜粥飲食。」「糜」從「麻」得聲，本方書寫者用聲母記音。

　　前人認爲，本方中的「飯」連「餔」字讀，以爲「餔飯」是一個詞，表示喫，其說誤。我們認爲，「飯」當連「米」讀。「飯米」即粳米，今西南官話仍稱不黏的粳米爲「飯米」，稱黏的米爲「糯米」。「飯米麻」即「飯米糜」，今俗稱飯米粥，簡稱「米粥」或「粥」。

　　「先餔飯米麻（糜），飲藥耳」，醫簡本、校釋本說「謂飯前以粥下藥」或「飯前用米粥送藥」，其說均未安。應爲：在服藥前，先喫些粳米粥，再服湯藥。

　　6、本書所用符號說明：帛書本和集成本所用符號如「▆、■、●、【】、▬、｜、」」等，全部保留。常用符號說明：

（1）「□」表示尚未補出的殘缺字，一個「□」表示一個字元；

（2）字外加框，（如⬚伏），表示從原簡帛中補出的漫漶、殘損的字；

（3）「【　】」表示表示補出的原簡脫文，包括補出原簡殘損部分的字；

（4）「（　）」表示前一字爲古今字、異體字或通假字等，相應的本字、今字、正字則標於（　）內；

（5）「〈　〉」，表示改正譌誤字，相應的正字則標於「〈〉」中；

（6）「▨」，表示原文殘斷處的字數無法確定；

（7）「○」表示原文已削去的廢字；

（8）「（？）」表示前一字爲釋讀不確定之字。

（9）（A－B），表示括號前的字相當於 A，A 相當於 B。如：「㝡（最－撮）」「棓（梧－杯）」等。特別說明：在引用的注釋文獻中，其所用符號與上述符號不盡吻合，爲反映原書的原貌，本書照錄，但不一一注明。

卷二　實詞集釋

　　本卷所集釋的字詞全爲「實詞」。關於「實詞」之定義，我們採用朱德熙先生的看法。在《語法講義》一書中，朱先生對漢語的實詞與虛詞作了詳細解釋與區分。他說：「漢語的詞可以分爲實詞和虛詞兩大類。從功能上看，實詞能充任主語、賓語和謂語，虛詞不能充任這些成分。從意義上看，實詞表示事物、動作、行爲、變化、性質、狀態、處所、時間等等，虛詞有的只起語法作用，本身沒有什麼具體的意義，如『的、把、被、所、呢、嗎』，有的表示某種邏輯概念，如「因爲、而且、和、或」等等。」〔註1〕

　　對漢代簡帛經方文獻中所使用的字詞，歷經前人一次次地校勘、梳理，一個個地深入討論，可以說已經做到字斟句酌，無懈可擊了。然百密一疏，今天我們在集釋的過程中依然會發現其中有些字詞，前人的解釋並非準確精當，仍存在瑕疵，需要再斟酌，重新考釋。關於這部分字詞，我們曾選擇一部分，用論文的方式討論過。〔註2〕

〔註1〕　朱德熙：《語法講義》第 39 頁，商務印書館 1982 年版。

〔註2〕　鍾如雄、胡娟：《〈五十二病方〉釋文字詞勘誤》，《西南民族大學學報》(人文社科版) 2015 年第 11 期。胡娟：《四十年來出土醫簡文字研究之缺失——以〈五十二病方〉〈武威漢代醫簡〉爲例》(《Summary on the studies of the unearthed bamboo medical books for the past Forty years——take Prescriptions of fifty-two diseases and Han medical books of WuWei for example》)，《Chinese Studies》(《中國研究》) 2016 年第 1 期。

本卷所集釋的實詞爲漢代簡帛經方文獻中除藥名之外的所有實詞。所集釋名詞十八條，動詞五十八條，形容詞四條、代詞一條、量詞五條，凡八十六條。

隋

【□□】□□汁□□乾蔥□☒ 163/150 鹽隋（脽）炙尻。164/151《五‧癃病》一）

本方中的「隋」，帛書本釋爲「隋（脽）」，並注：「脽，臀部，見上《足臂十一脈灸經》第三行注九。按在臀部周圍熱熨或按摩，是一種刺激體表部位治療內臟疾病的遠隔療法。《針灸甲乙經》所載臀部附近穴位多主治癃病，如胞肓、秩邊、八窌、委中、中窌等。」

趙有臣認爲「『隋』指臍而不是尻，應無疑意」。他說：「馬王堆漢墓帛書《五十二病方》中，有五處共用六個『隋』字，文物出版社印行本都釋爲『脽』，殆以音近之故歟？但脽即尻部，於帛書文義頗難相合。152 行『逸華，以封隋及少腹』，169 行『贛戎鹽若美鹽，盈隋，有（又）以塗隋口下及其上，而暴若』，兩條均屬治癃病方，其中『封隋』、『盈隋』表明『隋』是一個凹陷可以容藥的部位，在少腹附近，此唯臍部足以當之。不然，要用藥將尻部封上，未免太迂遠不近情理；聯繫少腹即『隋』之上下等語，亦不可解。」〔註3〕

考注本注釋略同帛書本，補注：「趙有臣氏認爲：脽是臍部。《外臺秘要》用鹽裝滿臍部炙療治小便不通是其證明。二說並存待考。」

校釋（壹）本注：「鹽脽炙尻：帛書在此殆鈔寫有誤，當爲『鹽炙脽尻』。脽尻，同義複詞，臀部。這裡指用炒熱的鹽包起後熱熨臀部。《針灸甲乙經》卷九治少腹滿、小便難所選關元、八窌、扶承等穴位，都集中在臀部正中近側。一說，《禮記‧月令》注：『隋爲寶。』本書指肚臍。」

考釋本注：「脽（shuǐ，誰）——原作『隋』，爲同源字。禪邪鄰紐，微歌旁轉。脽即臀部……近也有人將『隋』釋爲『臍』，或『垂』字者。但前者古音不能相通。後者雖與隋同爲歌韻。但垂字既非人體部位之名，而說者將『垂』

〔註3〕趙有臣：《〈五十二病方〉中「隋」字的考釋》，《文物》1981 年第 3 期。

解作陰囊又無所據。」

　　林佩沖、劉士敬說：「乾蔥□，鹽隋炙尻，其治療法應是用蔥及鹽施加臍上同時熱熨尻部（尻部，督脈長強，會陰穴範圍內）。」〔註4〕

　　補譯本注：「隋：《五十二病方》釋脽（shuǐ）無解，各家從之，且對『脽』的強釋。欠妥。筆者認爲：脽，臀也。將脽釋脽，指臀，與尻重複，古醫家知此，不可能在四個字中重複，且語義不通。筆者依《癃》的第十七治方『令病者背火炙之』分析，認定本方爲火療法。因此『鹽』之前的缺字中定有火源。『鹽隋』應釋爲『鹽墮』，《玉篇》『隋（duò）墮落也，』《史記‧天官書》：『廷蕃西有隋星』。『隋星，即墮落之星。』鹽隋（墮）指將鹽撒下去。這裏的問題是將鹽撒下去爲何能『炙尻』？所以筆者疑前文之缺字☑中，必有火源存在。當將鹽逐步撒於火中時，火中不斷產生爆炸聲，並產生橘黃色的火焰，這是『炙尻』的物質基礎。」

　　按：關於本方中的「隋」字，前人有臀部、臍部和墮落三種解釋。我們認爲三種釋義均不準確。本方的「【□□】□□汌□□乾蔥□☑鹽隋（脽）炙尻」怎麼理解爲好？我們覺得祇要瞭解「乾蔥」的療效和臨床應用方法，「隋」在句中具體的含義就能準確解讀。

　　本方中的「隋」是「骽」的記音字，義爲「大腿」。在上古文獻中「隨」有大腿義。《周易‧咸》：「九三，咸其股，執其隨，往吝。」清俞樾平議：「此爻之辭，與《艮》六二『艮其腓，不拯其隨』，文法相似。王氏彼注曰：『隨謂趾也。』竊疑隨乃『骽』之叚字。古無『骽』字，故以『隨』爲之。」漢賈誼《新書‧跪容》：「隨前以舉，項衡以下。」俞樾平議：「『隨』乃『骽』之叚字。言拜之時，其骽必前以舉，其項必衡以下也。」俞氏說「古無『骽』字，故以『隨』爲之」，甚是。

　　上古無「骽」字，則用同音字「隨」來書寫。從用字的先後時代看，「骽」是「隨」後出字，今音 tuǐ，字寫作丨腿」。《玉篇‧骨部》：「骽，他罪切。骽股也。」又《肉部》：「腿，他猥切。腿脛也。本作骽。」《廣韻‧賄韻》：「骽，骽股也。吐猥切。腿，俗。」〔註5〕《字彙補‧骨部》：「骽，案：《金石韻府》：

〔註4〕　林佩沖、劉士敬：《淺論〈五十二病方〉治療癃閉的灸及按摩法》，《甘肅中醫》1996
　　　　　年第2期。

〔註5〕　《宋本廣韻》第252頁，北京市中國書店1982年據張氏澤存堂本影印。

『古文腿字。』」《五十二病方》中有五個病方提及「隋」字，它們都表示「大腿」義，故本方中的「隋」當釋爲「隋（隨－髒）」。但本方中的「髒」特指前陰部左右，即會陰穴範圍，與「尻」構成正反兩面。〔註6〕

「乾蔥」是治療癃病的主要藥物。明李時珍《本草綱目・菜之一・蔥》：「蔥莖白，氣味辛、平，葉溫，根、鬚汁並無毒。主治：作湯治傷寒、寒熱中風、面目浮腫，能出汗（《本經》）。傷寒骨肉碎痛，喉痺不通，安胎，歸目，益目睛，除肝中邪氣，安中，利五臟，殺百藥毒。根治傷寒頭痛（《別錄》），主天行時疾、頭痛、熱狂、霍亂、轉筋，及奔豚氣、腳氣、心腹痛、目眩，止心迷悶（大明），通關節，止衄血，利大小便（孟詵），治陽明。」在付方中，李時珍還特別注明用蔥治療癃病的方法：「小便閉脹，不治殺人蔥白三斤，剉炒，帕盛二箇，更互熨小腹。氣透即通也」；「急淋陰腫，泥蔥半斤，煨熱，杵爛，貼臍上」；「小便淋澀，或有白者，以赤根樓蔥，近根截一寸許，安臍中，以艾灸七壯」。

雖然在古方中有用蔥泥「貼臍上」治療癃閉的記載，但本方所用的則是「乾蔥」，而根據後世的治療原理，應指將多蔥曬乾，研成末後和入鹽，再加熱熨燙。熨燙的應爲小腹以下會陰穴以上部位。

通過以上分析得知，所謂「薗乾蔥□☑鹽隋（隨－髒）炙尻」，就是將乾蔥研成末後，和入鹽中炒熱，用布包好，熨燙小腹以下屁股、大腿（會陰穴）等部位。

尤

尤（疣）：取敝蒲席若藉之弱（蒻），繩之，即燔其末，以久（灸）尤（疣）末，熱，即拔尤（疣）去之。102/102（《五・尤》一）

本方中「尤」出現過三次，帛書本：「尤，即疣，古書中還有肬、黖、鈗、疣、頨等寫法。」考注本、集成本注同帛書本。

校釋（壹）本注：「疣：生長於體表的一種贅生物，又稱『贅疣』，多發於手背、手指和頭面部，起初小如粒黍米，大如黃豆，患者一般無自覺症狀，壓按時有痛感。治療時應先治原發疣，繼發性的往往自行消失。」校釋本注同校

〔註6〕 參看鍾如雄、胡娟《〈五十二病方〉釋文字詞勘誤》，《西南民族大學學報》（人文社科版）2015年第11期。

釋（壹）本。

　　考釋本逕改成「疣」，並注：「疣——原作『尤』。疣與尤上古音均匣母，之部韻。同音通假。古書中或作黖、肬、銥、痋、頖等字形。《說文釋例》：『頖之或體疣。……結病也，今疣贅之腫也。』《字通》：『按』疣與瘤異，與肉偕生者爲疣病，而漸生者爲瘤。』《釋名・釋疾病》：『肬，丘也。出皮上聚高如地之有丘也。』慧琳《音義》四：『疣贅』下云：『《蒼頡篇》云：『疣，贅，病也。或從肉作肬，古作疣。』疣是突出於皮膚表面的一種乳頭良性腫瘤，由於表皮層的病理增殖所形成，多見於顏面部及手部等處，腫物表面粗糙，基底部或廣或呈蒂狀，脆而易斷。」

　　補譯本注：「疣（yóu）：戰國時期，疣已被命名，是常見病。《釋言〔註7〕》：『肬，丘也，出皮上聚高，如地之有丘也。』《莊子・大宗師》：『彼以生附贅縣（懸）疣。』郭象注：『若疣之自懸。贅之於附。』《山海經・北山經》：『滑水多滑魚，……食之已疣。』郭璞注：『疣，贅也。』疣屬皮膚病，爲皮膚突起，或長有細蒂的贅生物。在史料中除疣外，可能還包含了息肉。」

　　按：前人對本方中的「尤」有兩種解釋：帛書本說「即疣，古書中還有肬、黖、銥、痋、頖等寫法」，考釋本說「尤」與「疣」爲同音通假，此二說均誤。我們認爲本方中三個「尤」字均寫的是初文，應按原文釋讀，不當改釋爲「疣」。

　　「尤」甲骨文作 $\dot{\lambda}$、$\dot{\mathcal{L}}$、$\dot{\mathcal{L}}$，金文作 **柔**，本義爲人體皮膚表面長出的一種乳頭腫瘤，也稱「肉瘤」，俗稱「瘊子」。《說文・乙部》：「尤，異也。從乙又聲。」（十四下）宋徐鉉等注引徐鍇曰：「乙欲出而見閡。見閡則顯其尤異。」清孔廣居疑疑：「尤，古疣字。從又乙，象贅肬，又亦聲。借爲異也、過也。既爲借義所專，故別作肬。」朱芳圃《殷虛文字釋叢・尤》：「蓋尤爲初文，從又一。又，手也；一，指贅肬。字之結構，與寸相同。《說文・寸部》：『寸，十分也。人手卻一寸動衇，謂之寸口。從又一。』二字皆從又一，惟一指贅肬，一識寸口，位置不同而已。」〔註8〕孔、朱二氏說是，但孔氏說「異」爲「借義」，不確，應爲「尤」的引申義，因皮膚表面長疣，異於正常皮膚，故引申爲奇異、突出。《說文》所釋爲引申義。《左傳・昭公二十八年》：「夫有

〔註7〕　「言」爲「名」之誤。

〔註8〕　朱芳圃：《殷虛文字釋叢》第 162 頁，中華書局 1962 年版。

尤物，足以移人。」晉杜預注：「尤，異也。」後世增附類母「肉」轉形爲「肬」。《說文》異部重出字有「肬」字，《肉部》云：「肬，贅也。从肉尤聲。默，籀文肬从黑。」（四下）清段玉裁改作「肬，贅肬也」，並注：「各本奪『肬』字，今補。」《釋名・釋疾病》：「肬，丘也。出皮上聚高，如地之有丘也。」《廣韻・尤韻》引作：「疣，《釋名》曰：『疣，丘也。出皮上聚高，如地之有丘也。』」《荀子・宥坐》：「今學曾未如肬贅，則具然欲爲人師。」《靈樞經・經脈》：「虛則生肬，小者如指痂疥。」

或增附類母「黑」轉形爲「默」。《說文》「肬」之重出字有「默」字。《集韻・尤韻》：「肬，《說文》：『贅也。』或作默。」或增附類母「广」轉形爲「疣」。《玉篇・广部》：「疣，羽求切。結病也，今疣贅之腫也。」《廣韻・尤韻》：「肬，同疣，結病也。」《釋名・釋疾病》：「疣，丘也。出皮上聚，高如地之有丘也。」《山海經・北山經》：「（滑水）多滑魚，其狀如鱓，赤背，其音如梧，食之已疣。」晉郭璞注：「疣，贅也。」「肬」再增附類母「广」轉形爲「瘊」。《龍龕手鑑・广部》：「瘊」，「疣」之俗字。

通過以上分析我們得知：

第一，帛書本誤將「疢、鈗、頯」當成「尤」的異體字。因爲「疢、鈗、頯」並非「尤」的異體字。《說文・广部》：「疢，顫也。从广又聲。」（七下）《玉篇・广部》：「疢，尤呪切。頭搖也。與頯同。」《說文・頁部》：「頯，顫也。从頁尤聲。疢，頯或从广。」（九上）清段玉裁注：「玄應引《說文》云：『頯，謂調動不定也。』」又：「顫，頭不正也。从頁亶聲。」《正字通・金部》：「鈗，鈗字之訛。」可見「頯、顫」都是頭部顫動病，而非痤子。

「頯」是「頯」的異體字。唐玄應《一切經音義》卷十一：「顫頯，古文膻，又作殰，同。之繕反。下古文鈗、疢、頯三形，今作疣，同。尤富反。《通俗文》：『四支寒動謂之戰頯。』《蒼頡篇》云：『頭不正也。』經文作枕，非也。」〔註9〕「頯」譌作「頯」。《集韻・宥韻》：「頯，頭顫也。亦從又。」清方成珪考正：「頯，訛從九，據《說文》正，段氏謂頯當作頯。」張家山漢簡《脈書》：「在戒，不能弱（溺），爲閉；其塞人鼻耳目，爲馬蛕。」

第二，考釋本誤將「尤」當成「疣」的假借字。史常永先生也犯了相同

〔註9〕徐時儀校注：《一切經音義三種校本合刊》第233頁，上海古籍出版社2008年版。

的錯誤。他說：「『蚘』音尤，通蚚、肬、頄，今作疣。『馬蚘』猶言『大疣』。」
〔註10〕「頄」不是「疣」字；「蚘」指蛔蟲，「蚚」也指蛔蟲，二字爲異體字，
無所謂「通」假。劉春語、張顯成先生謂：「『馬蚘』之『蚘』通『痏』，義當
訓爲『瘡瘍』，『馬蚘』義當訓爲『大瘡瘍』，即同時產生於鼻、耳、目之瘡
瘍。」〔註11〕

從前文分析看，「肬、默、疣、痜」是一組異體字，它們都是「尤」的後
出轉形字，而「疢、銥、頄、頯」與「尤」是完全不相干的一組字，它們既
非異體，又無通假關係。

在《五十二病方》中，「尤」或寫作「宥」，如《尤》第七治方：「祝尤（疣）：
以月晦日之室北，靡（磨）宥（疣），男子七，女子二七，曰：『今日月晦，靡
（磨）宥（疣）室北。』」不出一月，宥（疣）巳（已）。₃₉₃/₃₈₃」〔註12〕這裡的
「宥」讒通「尤」。所以，漢代簡帛經方文獻中的「尤」均寫的是初文，不當
用後起「疣」字改釋。

擊

**【一】，□□盫（罋）鼠□擊（腕），歙（飲）其【□】一音（杯），
令人終身不髮（鬆）。**₃₉₃/₃₈₃（《五・㿜》四）

本方中的「擊」，帛書本釋爲「擊（腕）」，但無注釋。校釋本釋文從帛書本，
也無注釋。

考注本改釋爲「擊」，但無注釋。集成本釋文從考注本，也無注釋。

考釋本迳改釋爲「腕」，並注：『腕——原作『擊』，古異寫。按，傳世本
《說文解字・手部》（大徐本）：『擊，手擊也。』蓋後以『擊』字傳抄之訛。
據段玉裁注：『擊者，手上，臂下也。……俗作捥。』《說文通訓定聲》：『擊
字亦作腕，作捥。』丁福保《說文解字詁林》：『按，慧琳《一切經音義》卷

〔註10〕 史常永：《張家山漢簡〈脈書〉〈引書〉釋文通訓》，《中華醫史雜誌》1992 年第 3
　　　　期。

〔註11〕 劉春語、張顯成：《釋張家山漢簡〈脈書〉的「戒」「弱」「閉」「馬蚘」》，《古籍整
　　　　理研究學刊》2015 年第 2 期。

〔註12〕 此釋文爲本書在集成本釋文基礎上重新整理、標點後的釋文。

三十六「掔」注引《說文》：「掌後節也。」考《士喪禮》：「設決麗於掔」。注云：「掔，掌後節也。」此掔古訓掌後節之證。二徐本誤不可解。段氏說之甚詳。亦可爲音義之旁證。』」

按：「掔」帛書本如是釋，考注本改釋爲「掔」，考釋本逕改釋爲「腕」，并說「掔」的「腕」字的「古異寫」。今細看集成本新圖版，帛書原文本寫作「🖐（掔）」，前人釋文多誤。

「掔」是「腕」字的初文，本義爲手掌與手臂連接部位，俗稱「手腕」。《說文·手部》：「掔，手掔也。楊雄曰：掔，握也。从手臤聲。」（十二上）〔註13〕清段玉裁注：「掔者，手上臂下也。《肉部》曰：臂者，手上也。肘者，臂節也。《又部》曰：厷者，臂上也。是則肘以下、手以下，渾言之曰臂，析言之，則近手處曰掔……俗作捥。」〔註14〕清邵瑛羣經正字：「今經典作捥……或爲腕。」《墨子·大取》：「斷指以存掔，利之中取大，害之中取小也。」清孫詒讓閒詁：「《意林》引作『脛』。畢〔沅〕云：『此「捥」字正文，舊作「睔」，誤。』《說文》云：『掔，手掔也。楊雄曰：掔，握也。从手臤聲。』鄭〔玄〕《士喪禮》云：『手後節中也古文掔作捥。』」〔註15〕或更換聲母「臤」轉形爲「捥」「捾」。《玉篇·手部》：「掔，於煥切。《儀禮》曰：『鉤中指結于掔。』掌後節中也。捥、捾，並同上。」《集韻·換韻》：「掔，《說文》：『手掔也』。揚雄曰：『掔，握也。』或作腕、捥、捾。」《左傳·定公八年》：「將歃，涉佗捘衛侯之手及捥。」《史記·刺客列傳》：「樊於期偏袒搤捥而進，曰：『此臣之日夜切齒腐心也，乃今得聞教。』」唐司馬貞索隱：「勇者奮厲，必先以左手扼右捥也。捥，古腕字。」或再更換類母「手」轉形爲「腕」「肔」。《釋名·釋形體》：「腕，宛也。言可宛屈也。」《玉篇·肉部》：「腕，烏段切。手腕。」《墨子·大取》：「斷指與斷腕，利於天下相若，無擇也。」《戰國策·魏策》：「是故天下之遊士，莫不日夜搤腕瞋目切齒。」或譌「目」爲「月（肉）」再

〔註13〕見〔漢〕許慎撰、〔宋〕徐鉉等校定《說文解字》第 251 頁，中華書局 1963 年版。「楊雄」，《說文》均引作「楊雄」，《漢語大字典》「掔」條引《說文》作「揚雄」，誤。見《漢語大字典》第 1999 頁，四川辭書出版社、湖北崇文書局 2010 年版。

〔註14〕見〔清〕段玉裁《說文解字注》第 594 頁，上海古籍出版社 1988 年版。

〔註15〕〔清〕孫詒讓撰，孫啓治點校：新編諸子集成《墨子閒詁》第 404 頁，中華書局 2001 年版。

省「叉」左邊一「、」寫作「掔、掔」。《正字通・手部》：「掔，一作掔。別作腕，義同。」再譌作「睅」。《改併四聲篇海・目部》引《龍龕手鑑》：「睅，正作腕。手腕也。」

在古代文獻中，「掔」常與「掔」（qiān）字形混。《漢書・郊祀志上》：「莫不搤掔而言：有禁方能神僊矣。」唐顏師古注：「掔，古手腕之字也。」

本方之「掔」爲「捥、腕」等字的初文，當按帛書原文釋，不當釋爲「掔（腕）」。

狐父

一，以辛巳日，由曰：「賁（噴），辛巳日」，三」；曰：「天神下干疾，神女倚序聽神吾（語）」。某狐父非其處所。巳（已）。不 217/204 巳（已），斧斬若。」即操布殳之二七。218/205（《五・腸膭（癩）》七）

本方中的「狐父」，帛書本釋爲「狐叉」，並注：「狐叉〔註16〕，指狐疝。《黃帝內經太素》卷八楊上善注：『狐夜不得尿，至明始得，人病與狐相似，因曰狐疝，有本作頹疝，謂偏頹病也。』」考注本注同帛書本。

校釋（壹）本改釋爲「叉」，並注：「狐叉，這裏指狐疝，即腸癩症狀。『狐疝，其狀如瓦，臥則入小腹，行立則出小腹，入囊中。狐則晝出穴而溺，夜則入穴而不溺，此疝出入上下往來，正與狐相似也。』（見《儒門事親・七疝病形》）」

考釋本注：「狐叉——狐字指狐疝，爲癩疝的一種。《黃帝內經太素》卷八『肝足厥陰之脈』有狐疝病名。楊上善注：『狐夜不得尿，至明始得。人病與狐相似，因曰狐疝。』『叉』字爲古文『爪』字，疑假爲『尿』。叉與鳥上古音均宵部韻（叉爲精母。尿爲泥母紐。）本書後面【原文一百三十四】祝由詞中又有『狐麃』一稱。麃字上古音也是宵部韻（並母紐），同樣係『尿』之假字。」

補譯本也改釋爲「狐叉」，並注：「此文狐叉指致病的狐仙，『某狐叉』指某狐仙。祝由詞義是：此處不是你某狐仙住的地方。你快走吧。不走，就用

〔註16〕帛書本釋文作「叉」，注文「叉」疑爲「叉」字之誤。

斧子將你斬了。」

廣瀨薰雄說：「205 行『狐叉』、201 行『狐☐』……『狐』下一字都是『父』。從 210 行『某病狐父』可知，狐父是病名。值得注意的是 210 行的『狐麎』。這說明古代人相信狐麎是這種病病因，這就是『狐父』這個病名的來由。」〔註17〕

校釋本注：「狐叉：即狐疝。《黃帝內經太素》卷八：『狐夜不得尿，至明始得，人病與狐相似，因曰狐疝，有本作頹疝，謂偏頹病也。』〔註18〕《華佗神方》卷四載『治狐疝神方』：『狐疝者，其狀如瓦，臥則入小腹，行立則出腹入囊中。狐則晝出穴而溺，夜入穴而不溺，此疝出入上下往來，正與狐類，故名。』」

集成本從廣瀨薰雄說改釋爲「父」，並注：「父，原釋文作『叉』。原注：狐叉，指狐疝。《黃帝內經太素》卷八楊上善注：『狐夜不得尿，至明始得，人病與狐相似，因曰狐疝，有本作頹疝，謂偏頹病也。』今按：狐父，當是病名，223／210 行：『某病狐父。』關於狐疝的病狀，參看 208／195 注〔一〕。」

按：「狐父」之「父」，帛書本釋爲「叉」，繼後各注本多從其釋。校釋（壹）本改釋爲「叉」，認爲指「狐疝」；補譯本也改釋爲「叉」，認爲指「狐仙」；考釋本雖與帛書本釋文同，卻認爲應是「尿」的通假字；廣瀨薰雄認爲當釋爲「父」，狐父是病名，集成本從其說。

今細看集成本新圖版，「叉」帛書原文本寫作「父」，字雖已漫漶難辨，但從殘筆看，不像是「叉」或「父」字，倒像是殘損的「母」字。再聯繫第一治方「必令同族抱，令㿗（癩）者直東鄉窗，道外戡橦（撞）之」，和第三治方「『父乖母強，等與人產子，獨產頹（癩）亢，乖巳（已），操段石穀（擊）而母。』即以鐵椎戡段之二七」等祝辭與施法的所用的法器及其動作看，《腸㿗》祝由方中所驅逐的鬼魅多爲兇惡的雌性，由此推之，應改釋爲「母」字。

「狐母」即女狐妖，本方的祝者敬稱之爲「神女」，而天神則詈稱之「狐母」，實非病名。

〔註17〕〔日〕廣瀨薰雄：《〈五十二病方〉的重新整理與研究》，《文史》第九九輯，中華書局 2012 年版。

〔註18〕此爲《黃帝內經太素》卷八《肝足厥陰之脈》〔隋〕楊上善注文，非《素問》原文，校釋本未注明。

淪

【弱】□淪者方：取【□□□□□】□其□□□□。先取雗（鵲）巢下蒿。204/191（《五·弱（溺）□淪者》）

本方中的「淪」，帛書本：「淪字據本方及目錄殘文試定，疑讀爲垽，澱滓。溺□淪，當指小便白濁。」校釋（壹）本、集成本注同帛書本。

考注本注：「今考垽，魚僅切，《說文》：『澱也。』《爾雅》：『澱謂之垽。』《正義》：『澱，滓也。』」

考釋本注：「淪——疑假爲垽（yǐn，引）。淪與垽上古音均文部韻。淪爲來母，垽爲疑母。故淪假爲垽。垽字義爲澱滓，沉澱物。《爾雅·釋器》：『澱謂之垽』。《說文·土部》：『垽，澱也。』又：『澱，滓也。』同上《水部》：『滓，澱也。澱之爲言定也。其滓定在下也〔註 19〕』。《廣雅·釋器》：『澱謂之滓』。《釋名》：『泥之黑者曰滓』。」

補譯本注：「在本題中，考淪（lún），《說文》：『淪，小波爲淪』。《詩·魏風·伐檀》：『……河水漬且淪猗。』毛傳：『小風水成文，轉如淪也。』〔註 20〕即漣猗。淪又含『一個接一個』的意思，《釋名·釋水》：『淪，倫也，水文相次有淪。』李善注：『鱗淪，相次貌』。即『一個接一個』。此題缺字補『鱗』，『弱鱗淪』即尿頻或多尿之症狀。」校釋本注同帛書本和補譯本。

按：本方中的「淪」，帛書本說「據本方及目錄殘文試定，疑讀爲垽，澱滓」；補譯本則依本字爲訓，釋爲「一個接一個」，並補「鱗」，認爲「『弱鱗淪』即尿頻或多尿之症狀」。我們認爲，如果釋爲「淪」，當依本字爲訓，不當曲說通「垽」（yìn）。

「淪」金文作 ，本義爲小波紋。《說文·水部》：「淪，小波爲淪。從水侖聲。《詩》曰：『河水清且淪漪。』一曰沒也。」（十一上）引申爲沉沒、沉澱。《說文》：「一曰沒也。」《廣雅·釋詁二》：「淪，漬也。」「漬」有污垢沉積在物體上和疾病沉重義。《呂氏春秋·貴公》：「仲父之病矣，漬甚，國人弗諱，寡人將誰屬國？」漢高誘注：「漬，亦病也。按：《公羊傳》曰：『大瘠

〔註 19〕「澱之爲言定也，其滓定在下也」，今大徐本無此語，不知考釋本所引出自何處。

見〔漢〕許慎撰、〔宋〕徐鉉等校定《說文解字》第 236 頁，中華書局 1963 年版。

〔註 20〕《詩經》之「清」，毛傳之「輪」，補譯本誤引爲「漬」「淪」。

者何？大潰也。』」清孫鏘鳴補正：「潰，浸也。謂病浸深也。」

小便白濁也稱「尿精、溺濁、尿濁、精濁、滴白」等，指在排尿時或排尿後從尿道口滴出白色濁物，《內經》稱之爲「白濁」，是慢性前列腺炎徵象之一。隋巢元方等撰《諸病源候論》卷四《虛勞小便白濁候》云：「腎主水而開竅在陰，陰爲溲便之道。胞冷腎損，故小便白而濁也。」〔註21〕明王肯堂《證治準繩·赤白濁》：「今患濁者，雖便時莖中如刀割火灼而溺自清，唯竅端時有穢物如皰膿目眵，淋瀝不斷，初與便溺不相混濫。」

本方之「溺□淪」，指小便時浸出白濁。

叕

一，積（癥）及瘕，取死者叕烝（蒸）之，而新布裹，以橐【□】□喪行前行□殳☒₂₂₄／₂₁₁（《五·腸癩（癥）》十二）

本方中的「叕」，帛書本注：「叕，疑讀爲餟、腏，祭飯。」補譯本、集成本注同帛書本。

考注本注：「叕：帛書整理小組疑讀爲餟、腏，祭飯。可參。」

校釋（壹）本注：「叕：疑讀爲腏、餟。這裡指供奉死者的祭食。」

考釋本逕釋爲「餟」，並注：「餟（zhuì，墜）——原作『叕』。餟與叕上古音均端母。月部韻，同音通假。餟即祭飯。《廣雅·釋天》：『餟，祭也。』《方言》卷十二：『餟，餽也，以酒曰酹，以飯曰餟〔註22〕。』《說文·食部》：『吳人謂祭曰餽』。『死者叕』即祭祀死人用的飯。」

校釋本改釋爲「叕（餟）」，並注：「餟，祭食、祭飯。揚雄《方言》卷十二：『餟，餽也。』郭璞注：『餟，祭餟。』」

按：「餟」上古音屬端母月部，《廣韻·祭韻》陟衛切，今音 zhuì，本義爲將酒灑於地上祭奠。《方言》卷十二：「餟，餽也。」晉郭璞注：「餟，祭餟。」清錢繹箋疏：「吳人謂祭曰餽。」《說文·食部》：「餟，祭酹也。從食叕聲。」

〔註21〕〔隋〕巢元方等撰，南京中醫學院校釋：《諸病源候論》第 128 頁，人民衛生出版社 1982 年版。

〔註22〕今本《方言》卷十二無「以酒曰酹，以飯曰餟」，見周祖謨《方言校箋》第 77 頁，中華書局 1993 年版。

（五下）《史記・孝武本紀》：「其下四方地，爲餟食群神從者及北斗云。」唐司馬貞索隱：「餟，謂連續而祭之。」或更換類母「食」轉形爲「醊」。《玉篇・酉部》：「醊，竹芮切。今作醊祭，酹也。亦作稡。」《玉篇零卷・食部》：「餟，《蒼頡篇》：『祭也。』《聲類》：『今爲醊字。』」唐玄應《一切經音義》卷十五引《字林》：「謂以酒澆地祭也。」《廣韻・祭韻》：「醊，祭也。」引申爲祭祀用的酒肉。漢曹操《告涿郡太守令》：「敬遣丞掾修墳墓，並致薄醊，以彰厥德。」此指祭祀用酒。

本方之「叕（餟）」當指祭祀用的肉，而非祭祀用的飯。此外，帛書本說「叕，疑讀爲餟、腏，祭飯」，有失嚴謹。應祇說「叕讀爲餟」，不當有「腏」字。「腏」與「餟」雖然都表示將酒灑於地上祭奠之義，如《史記・孝武本紀》之「餟」，《漢書・郊祀志上》引作「腏」，唐顏師古注：「腏字與餟同，謂連續而祭也。」但二字本義不同。「腏」上古音屬端母月部，《廣韻・薛韻》陟劣切，今音 chuò，本義爲挑取連接骨頭之間的肉。《說文・肉部》：「腏，挑取骨間肉也。从肉叕聲。讀若《詩》曰『腏其泣矣』。」（四下）《集韻・末韻》：「取肉骨中曰腏。」故知「餟」「腏」爲同源字，而非異體字。

箭

一，令斬足者清明（明）東鄉（嚮），以箭趄（趑）之二」七。_{211/198}
《五・腸積（癩）》二）

本方中的「箭」，帛書本注：「箭，疑指中空如箭的針。《靈樞・九針論》描述員針、鋒針，都說『必箭其身』；同書《四時氣》：『徒水，……以鈹針針之，已刺而箭之，而內之。』是用鈹針刺過後，再以中空的針刺入泄水。《太素》卷二十三《雜刺》篇箭字均作筒。樓英《醫學綱目》卷二十四《脾胃部・水腫通論》：『刺灸水腫有五法。』原注：『箭針，針中有空竅，如箭出水也。』一說，箭讀爲踊，是斬足者的假足。」校釋（壹）本注同帛書本。

考注本注：「箭即竹筒，《說文》：『箭，斷竹也。』在此指斬足者的竹筒假肢。」校釋本同帛書本與考注本注。

考釋本注：「本條的箭字疑指中空如筒的針。」

補譯本注：「箭（tǒng 統）──：本指竹筒，此處指竹棍。」

按：本方中的「箐」，前人有三種解釋：一說指「箐針」；一說通「踊」，指假足；一說「竹筒」，指用竹筒做成的假肢。從前後文看，「箐」應讀如字，意爲用竹子做成的拐杖，即「竹拐杖」。

「箐」的本義爲竹筒。《說文・竹部》：「箐，斷竹也。从竹甬聲。」（五上）唐玄應《一切經音義》卷二引《三蒼》：「箐，竹管也。」《韓非子・說疑》：「御觴不能飲者，以箐灌其口。」引申爲用竹子作成的拐杖。

「箐」與「筒」不同字，前者本義爲竹筒，後者本義爲洞簫。《說文・竹部》：「筒，通簫也。从竹同聲。」（五上）《漢語大字典》說「箐」後作「筒」，〔註23〕誤。

金盂

一，亨（烹）三宿雄雞二，洎水三斗，孰（熟）而出，及汁更洎⌐，以金盂逆甗下。炊五穀（穀）⌐、兔□隹94/94 肉陀甗中，稍沃以汁，令下盂中，孰（熟），歓（飲）汁。95/95《五・蚖》七）

本方中的「金盂」，帛書本釋爲「食□」，但無注釋。考注本、校釋（壹）本釋文從帛書本，也無注釋。

補譯本在帛書本的「□」處補「置」字，並注：「『以食置逆甗下』缺字可補『置』。食，指後文的五穀等，即將五穀等放於甗的下層之箅的上面。』」

集成本將帛書本中「食」改釋爲「金」，並注：「金，原釋文作『食』，此從裘錫圭（1987）釋（此說見《古文字論集》版第⑫條）。盂，原釋文缺釋，今根據反印文釋。今按：原圖版四〇頁三列二行的殘片上有『盂』字，新圖版將其拼到此處。但由於殘片變形，按照原形無法拼接，我們對此進行了一些電腦處理。」

按：「食盂」帛書本釋文作「食□」，其中「□」無釋文，補譯本補釋「置」，指「將五穀等放於甗的下層之箅的上面」。集成本從裘錫圭先生說改「食」爲「金」，〔註24〕又「□」據反印文補釋「盂」字，認爲「食□」就是「金盂」，「意

〔註23〕見《漢語大字典》第 3176 頁，四川辭書出版社、湖北崇文書局 2010 年版。

〔註24〕裘錫圭《馬王堆醫書釋讀瑣議》云：「94 行釋文中的『食』字（38 頁），據圖版似應釋爲『金』。」見裘錫圭《古文字論集》531 頁，中華書局 1992 年版。

指將金盂放在鬳之下」。

今細看集成本新圖版，「金」帛書原文本寫作「(圖)」，字形雖漫漶，但還能辨認是個「食」字，與甲骨文的「(圖)」、金文的「(圖)」、小篆的「(圖)」形近，而與金文的「(圖)」、小篆的「(圖)」不同形，裘錫圭先生釋文不可從；「□」補譯本補「置」，也不可從。我們從下文「令下盂中」推斷，釋爲「食盂」，指飯缽之類的食具。

蠚

一，吠：「謕（嗟）﹂，年蠚〈蠚〉殺人，今茲有（又）復之。﹂ 91/91（《五・蚖》五）

本方中的「蠚」，帛書本釋爲「蠚」，並注：「蠚，古書或作蠚，《廣雅・釋詁二》：『痛也。』」

考注本注：「蠚：古書或作蠚，與蠚（hǎo 郝）同。《說文》：『蠚，螫也。』《廣雅・釋詁二》：『蠚、蠚，痛也。』」

校釋（壹）本注：「蠚：同蠚，痛。」

考釋本注：「蠚（hè，和）──《說文・虫部》：『蠚，螫也。』同上：『螫，蟲行毒也。』《集韻・入・藥》：『蠚，蟲毒。一曰：痛也。』」

補譯本注：「蠚：《說文・虫部》：『蠚，螫也。』」

校釋本注：「蠚：毒蟲名。魏啓鵬（1992）認爲，同『螫』，痛。《說文・虫部》：『蠚，螫也。』又：『螫，蟲行毒也。』」

集成本改釋爲「蠚」，並注：「今按：『蠚』不見字書，疑『蠚』字之誤，因形近而誤。」

按：第一，帛書本釋爲「蠚」的字，集成本改釋爲「蠚」，但從集成本新圖版看，帛書原文本寫作「(圖)」，上從「若」下從「虫」，即「蠚」字，應按原文釋。

第二，「蠚」或寫作「蠚」「蠚」，《說文》大徐本省作「蠚」，《廣韻・鐸韻》呵各切，今音 hē，考注本、考釋本注音均誤。

「蠚」的本義爲毒蟲用蟲毒液螫人或其他動物。《說文・虫部》：「蠚，螫也。從虫，若省聲。」（十三上）〔註 25〕清邵瑛羣經正字：「今經典作蠚。」

―――――――――――――

〔註25〕〔漢〕許愼撰，〔宋〕徐鉉等校定：《說文解字》第 281 頁，中華書局 1963 年版。

《玉篇・虫部》：「蠚，丑略切，又呼各切。螫也；痛也。亦作蠚。」《廣韻・藥韻》：「蠚，蟲行毒。亦作蠚。又火各切。」《山海經・西山經》：「（崑崙之丘）有鳥焉，其狀如蜂，大如鴛鴦，名曰欽原，蠚鳥獸則死，蠚木則枯。」《漢書・田儋傳》：「蝮蠚手則斬手，蠚足則斬足。」唐顏師古注引漢應劭曰：「蠚，螫也。」引申爲毒液。《集韻・藥韻》：「蠚，蟲毒。亦作蠚。」《漢書・蒯通傳》：「故猛虎之猶與，不如蜂蠆之致蠚。」顏師古注：「蠚，毒也。」《楚辭・屈原〈天問〉》：「蠭蛾微命，力何固？」漢王逸注：「言蠭蛾有蠚毒之蟲，受天命，負力堅固。屈原以喻蠻夷自相毒蠚，固其常也。獨當憂秦吳也。一作蠭蟻。」宋洪興祖補注：「蠭，音峯。《傳》曰：蠭蠆有毒，而況國呼？蛾，古蟻字。《記》曰『蛾子時術之』是也。蠚，音若，痛也。」〔註26〕晉葛洪《抱朴子・登涉》：「今吳楚之野，暑濕鬱蒸，雖衡霍正岳，猶多毒蠚也。」再引申爲被毒蟲螫後劇痛。《廣雅・釋詁二》：「蠚、蠚，痛也。」清王念孫疏證：「蠚、蠚，一字也。」《集韻・藥韻》：「蠚，螫痛也。」

本方的「年」指某一個時期，「蜇」是「蠚」字的省形字，指毒蟲的毒液，但本方用作動詞，表示「用毒液」；「年蜇殺人」，意爲當年（你）用毒液殺人。

穄

【□】₁₂₆／₁₂₆ 而乾，不可以塗身，少取藥，足以塗施（瘢）者」，以美醯漬之於瓦䒒中，漬之□₁₂₇／₁₂₇ 可河，稠如恆，煮膠，即置其䒒於穄火上，令藥巳（已）成而發之。₁₂₉／₁₂₉（《五・白處》二）

本方中的「穄」，帛書本如是釋，並注：「穄，禾稈皮。穄火，以禾稈皮爲燃料的火。一說，穄字應讀爲微。」

考注本注：「穄，或當作穧，音灼，《說文》：禾皮也。」

校釋（壹）本注：「穄火：穄是禾皮、穀殼。將穀殼點燃後與未燃者圍成一堆，慢慢燃著而無明火出現，今南方農村猶以此煨焖食物，此即穄火。一說，穄讀爲微。」

考釋本注：「穄（wèi，微）火——穄爲禾稈之屬。穄火當指用稻草稈燃點

〔註26〕〔宋〕洪興祖撰，白化文等點校：《楚辭補注》第116頁，中華書局1983年版。

的火。」

補譯本:「䅽:《漢語大字典》2620 頁『䅽的訛字』。《說文》:『䅽,禾皮也,从禾羔聲。』《馬王堆古醫書考釋》注:『䅽(wèi)火:䅽火,當指用稻草稈燃點的火。』此解可從。」

校釋本注:「䅽火:用禾皮爲燃料的或。䅽,禾皮、穀殼。《說文》:『䅽,禾皮也,从禾,羔聲。』段玉裁改作:『从禾,羑聲。』或說䅽讀爲『微』,微火即小火。魏啓鵬(1992)認爲,䅽火指將穀殼點燃後與未燃者圍成一堆,使其慢慢燃而不出現明火。」

集成本注:「原注:䅽,禾稈皮。䅽火,以禾稈皮爲燃料的火。一說,䅽字應讀爲微。周一謀、蕭佐桃(1989:109):䅽,或當作䅽,音灼,《說文》:禾皮也。」

按:從集成本新圖版看,「䅽」帛書原文本寫作「䅽」,帛書本等誤釋爲「䅽」,考釋本誤讀爲「wèi」,今改釋爲「䅽」。

「䅽」上古音屬章母藥部,《廣韻·藥韻》之若切,今音 zhuó,本義爲禾皮,或稱穀殼。《說文·禾部》:「䅽,禾皮也,从禾羔聲。」(七上)清段玉裁注:「禾皮者,禾稿之皮也。」《玉篇·禾部》:「䅽,之弱、枯督二切。禾皮也。又齊地名。」《集韻·沃韻》:「䅽,禾皮。」《呂氏春秋·審時》:「得時之麥,稠長而頸黑,二七以爲行,而服薄䅽而赤色。」許維遹集釋引清王筠曰:「《禹貢》『納秸服』,傳曰:『服藁役,謂服力藁之役也。』《呂覽》曰:『得時之麥,服薄䅽而赤色。』知服者䅽之別名。今呼禾葉之下半包其䅽者爲蘆莩,即此義也。」〔註27〕

「䅽」《說文》段注本作「从禾,羑聲」。清馮桂芬《說文段注考正》說譌作「䅽」。或更換類母「禾」作「莣」《集韻·沃韻》:「䅽,禾皮。或作莣。」本方之「䅽火」並非「微火」,而是指穀殼火或禾皮火。西南官話仍説用什麼燃料燒的火爲「XX 火」,如用青杠燒的叫「青杠火」,穀殼燒的叫「穀殼火」,麥稈燒的叫「麥稈火」等。中醫煎藥,什麼藥用什麼燃料煎製十分講究。

〔註27〕許維遹:《呂氏春秋集釋》第 1197 頁,文學古籍刊行社 1955 年版。

即

蛭食（蝕）人胕股，【即】產其中者，并黍⌐、叔（菽）⌐、秫（朮）而炊之，丞（蒸）以熏，瘳病。₈₅/₈₅（《五·蛭食人胕股》一）

本方中的「【即】」，帛書本補釋爲「【膝】」，但無注釋。注本、校釋本釋文從帛書本。

考釋本注：「膝——字原殘，今補。」

補譯本注：「膝：原字殘存，根據文意及殘筆補。」

集成本改釋爲「【即】」，並注：「『【即】』，原釋文補『膝』，此從陳劍（2010）釋。」

按：從集成本新圖版看，「【即】」右邊僅存「卩」，已漫漶難識。帛書本釋爲「【膝】」字，顯然不妥；集成本從陳劍說改釋爲「【即】」，且連下文「產其中者」讀。我們認爲，從殘存的「卩」推斷，再聯繫文意，應是「卻」字，故改釋。

「卻」是「膝」的初文。後世更換類母「卩」轉形爲「膝」。《說文·卩部》：「卻，脛頭卩也。从卩桼聲。」（九上）宋徐鉉等注：「今俗作膝。」南唐徐鍇繫傳也云：「今俗作膝。」《玉篇·卩部》：「卻，思栗切。脛頭卩也。或作膝。」《禮記·既夕禮》：「明衣裳，用幕布，袂屬幅，長下膝。」《資治通鑒·魏明帝青龍三年》：「兄弟有不良之行，當造卻諫之。」元胡三省注：「卻，與膝同。」

「卻」也譌作「郯、膝」。《集韻·質韻》：「郯，《說文》：『脛頭卩也。』或作膝。」清方成珪考正：「郯，譌从阝，據《說文》《類篇》正。」《字彙·肉部》：「膝，俗膝字。」《史記·范雎蔡澤列傳》：「郯行蒲伏，稽首肉袒。」後世在「卻」上纍增類母「肉」寫作「膝」。《集韻·質韻》：「膝，《說文》：『脛頭卩也。』或作膝，亦从卻。」

「卻、膝、郯、膝、膝」雖是一組異體字，但在本方中當以「卻」補釋爲是。

野

一，煮鹿肉若野彘（豕）肉，食【之】，歡（歡）汁。●精。₉₉/₉₉（《五·蚖》十）

本方中的「野」，帛書本如是釋，繼後各注本釋文均從帛書本。

按：今細看集成本新圖版，帛書原文本寫作「𡐨（壄）」，與馬王堆帛書《老子》甲後 225 行寫法相同，故改釋爲「壄」。「壄」是「野」的異體字。

「野」甲骨文作（图），金文作（图），從土從林，會意字。本義爲郊外。《晏子春秋·外篇上弟七》：「及莊公陳武夫，尚勇力，欲辟勝於邪，而嬰不能禁，故退而壄處。」或增附聲母轉形爲形聲字「壄」。《玉篇·土部》：「壄，亦者切。古文野。」《集韻·馬韻》：「野，古文作壄、埜。」《楚辭·宋玉〈九辯〉》：「願徼幸而有待兮，泊莽莽與壄草同死。」宋洪興祖補注：「壄、埜並野字。」《睡虎地秦墓竹簡·爲吏之道》：「原壄如廷。」或譌作「壄」。《正字通·土部》：「壄，別從矛壄作，乃壄之譌文。」《管子·小匡》：「是故聖王之處士必于閒燕，處農必就田壄，處工必就官府，處商必就市井。」《文選·馬融〈長笛賦〉》：「山雞晨羣，壄雉晁雊。」唐李善注：「壄，古野字。」

注意：《漢語大字典·土部》「埜」條引《玉篇》云：「『埜』同『野』。《玉篇·土部》：『埜，古文野。』」[註28] 今本《宋本玉篇》有「壄」無「埜」。或更換「壄」轉形爲形聲字「野」。《說文·里部》：「野，郊外也。從里予聲。壄，古文野從里省，從林。」（十三下）清羅振玉《增訂殷虛書契考釋·野》：「許書之古文亦當作壄，許於古文下並不言聲也，今增予者，殆後人傳寫之失，許書字本不誤。」[註29] 或增「爻」轉形爲會意字「壄」。《篇海類編·地理類·土部》：「壄，郊牧之外。」或從土從田予聲作「壄」。「壄」祇見於馬王堆帛書《五十二病方》和《老子》。

「壄、壄、壄、野、壄」均是「埜」的後起異體字。注意：《漢語大字典》「壄」條無例證，[註30] 應據《五十二病方》補。

喉

治久咳上氣喉中如百虫鳴狀₃（《武》簡一）

本方中的「喉」，醫簡本如是釋，並注：「『喉中如百虫鳴狀』，形容哮喘

〔註28〕見《漢語大字典》第 484 頁，四川辭書出版社、湖北崇文書局 2010 年版。

〔註29〕〔清〕羅振玉：《殷虛書契考釋三種》第 400 頁，中華書局 2006 年影印本。

〔註30〕同上，第 497 頁。

聲。張仲景《金匱要略》有：『咳而上氣，喉中水雞聲。』」

　　注解本注：「喉中如百虫鳴狀：喉中哮喘聲如百鳥啼鳴。張仲景《金匱要略》有：『咳而上氣，喉中水雞聲』，義同。」

　　校釋本注：「喉中如百蟲鳴狀：喉中哮喘如百蟲啼鳴。張仲景《金匱要略》有：『咳而上氣，喉中水雞聲。』」

　　按：本方中「喉中如百虫鳴狀」之「喉」，醫簡原文本寫作「**喉**（喉）」，醫簡本誤釋爲「喉」，繼後各注本從其釋，非是。「喉」雖然是「喉」字的異體字，但簡文本寫作「喉」，當按原文釋讀。

　　「喉中如百虫鳴狀」，意爲：嗓子中發出嘈雜的喘息聲，那聲音就像各種蟲子的叫聲。漢張仲景《金匱要略》：「欬而上氣，喉中水雞聲。」隋巢元方等撰《諸病源候論》卷十三《氣病諸候》：「上氣喉中如水雞鳴候：肺病令人上氣，兼胸鬲痰滿，氣机壅滯，喘息不調，致咽喉有聲如水雞之鳴也。」南京中醫學院注：「如水雞鳴：形容哮喘的聲音如水雞鳴聲，即痰鳴音。水雞，即青蛙，一說是秧雞。」〔註31〕

縟

　　□筮（噬）：【□□】○○○取莓芏（莖），暴（曝）乾之，□【□□□□□】□。巳（已）解縟（褥），₄₆₈/₄₅₈毋【□□】。巳（已）歠（飲）此，得臥＝（臥。臥）臂（覺），更復【□□□□□□】乾莓用之。₄₆₉/₄₅₉（《五·蛇筮》）

　　本方中的「縟」，帛書本釋爲「弱（溺）」，但無注釋。繼後各注本釋文多從帛書本。考釋本逕改釋爲「溺」，並注：「溺——原作弱。通假。參見本書【原文三十六】注。」集成本改釋爲「縟（褥）」，並注：「縟，原釋文作『弱』。今按：原釋文將『已解弱』三字歸於下一行，不妥。本方『已解褥，毋【□□】』『已飲此，得臥』『臥覺，更復……』三句內容銜接。」

　　按：本方中的「縟」，帛書本釋爲「弱（溺）」，顯然是將「溺」當成小便了，集成本改釋爲「縟」，但未注釋。今細看集成本新圖版，帛書原文本寫作

〔註31〕〔隋〕巢元方等撰，南京中醫學院校釋：《諸病源候論校釋》第 423 頁，人民衛生出版社 1980 年版。

「![字形]」，其中的「糸」雖寫得偏左上了些，但無疑是個「縟」字，絕非「弱」字。

「縟」的本義爲繁密的彩飾。《說文・糸部》：「縟，繁采色也。从糸辱聲。」（十三上）清段玉裁改作「緐采飾也」，並注：「『飾』各本作『色』，今依《文選》（之）《西京賦》《月賦》《景福殿賦》《劉越石答盧諶賦》注正。『緐』本訓馬髦飾，『飾』本訓㕑，引申之爲文飾。」

「褥」字始見於漢末的傳世文獻，《說文》未收；本義爲坐墊、臥墊。古代坐、臥用的墊子同爲一物。《釋名・釋牀帳》：「褥，辱也。人所坐褻辱也。」《玉篇・衣部》：「褥，而欲切。氈褥。」南朝宋劉義慶《世說新語・雅量》：「（顧雍）以爪掐掌，血流沾褥。」

注意：在「縟」字的引申義坐墊、臥墊沒有產生之前都用「褥」字來表示；其坐墊、臥墊義產生之後，它們都能表示坐墊、臥墊義，後世則漸漸專用「褥」字來表示。因此本方寫作「縟」並非通假字，釋作「縟」最爲恰當，不當改釋爲「縟（褥）」。從下文「歃此，得臥」看，「解縟」當特指不服藥時下牀走動。

注意：《漢語大字典》「縟」條說「『縟』通『褥』」，不確，且引例晚於三國時期，[註32] 應據《五十二病方》補。

溨

【一】曰：五月取蟺蠃三斗，桃實二斗，并撓，盛以缶，沃以美溨（釃）三斗，蓋涂（塗）┘，貍（埋）竃中，令【□□】47/47 三寸，杜上，令與地平。48/48（《養・【勺】》）

本方中的「溨（釃）」，帛書本如是釋，但無注釋。集成本釋文從帛書本，也無注釋。考注本注：「沃以美釃：釃：《廣韻》：『醋也。』沃以美釃，[註33] 即澆上優質醋。」

校釋本（貳）注：「沃以美溨：用好醋澆淋。」

校釋本注：「沃以美釃：用好醋澆淋。」

〔註32〕見《漢語大字典》第3663頁，四川辭書出版社、湖北崇文書局2010年版。

〔註33〕此「戴」爲「釃」字之誤。

按：「截」初文作「截」，上古音屬從母之部，《廣韻·代韻》昨代切，今音zài，本義爲醋。《說文·酉部》：「截，酢漿也。从酉㦰聲。」（十四下）清徐灝注箋：「醯爲酢漿之本名，截亦爲酢漿，今則二字竝廢，而以其味爲其名，又易『酢』爲『醋』矣。」後省寫作「截」。《正字通·酉部》：「截，本作截，俗省作截。」《玉篇·酉部》：「截，昨戴、祖代二切。酢漿也；釋米汁也。」《廣韻·代韻》：「截，醋也。」

「截」本爲形聲字，漢代或增類母「水」轉形爲「瀻」。本方之「瀻」當爲「截」的異體字，應逕釋爲「瀻」，不當釋爲「瀻（截）」。注意：《漢語大字典》未收「瀻」字，可據《養生方》補。

塝

埮（塗）塝（牖）上方五尺 ₅。（《禁》）

本方中的「塝」，帛書本釋爲「塝（牖）」，並注：「塝，讀爲牖。帛書《篆書陰陽五行》牖字作榬。」繼後各注本均從其釋，校釋（貳）本注同帛書本。

考注本注：「塝（yěu〔註34〕有）：讀爲牖。帛書《篆書陰陽五行》牖字作塝。牖即窗戶。塝，又疑爲垜字，即作屏障用的土牆或磚牆。」

校釋本注：「牖：窗戶。周一謀（1988）還指出，原字『塝』又疑爲『垜』，指用作屏障的土牆或磚牆。」

集成本注：「原注：塝，讀爲牖。帛書《篆書陰陽五行》牖字作榬。今按：其說可從，釋文據之括注『牖』字。」

按：本方中的「塝」，前人有一種釋文，兩種解釋。第一，帛書本釋爲「塝（牖）」，且認爲「塝，讀爲牖」，繼後各注本多從其釋。第二，考注本既說「塝讀爲牖」，又說「疑爲垜字，即作屏障用的土牆或磚牆」。今細看集成本新圖版，帛書原文本寫作「 （塝）」，既不是「牖」的假借字，也不是「垜（垜）」的形誤，而是「牖」的異體字，也寫作「榬」。

「牖」上古音屬餘母幽部，《廣韻·有韻》與久切，今音 yǒu，本義爲木窗。《說文·片部》：「牖，穿壁以木爲交窗也。从片戶甫。譚長以爲甫上日也，牖所以見日。」（七上）清段玉裁注：「交窗者，以木橫直爲之，即今之窗也。

〔註34〕此拼音錯誤，當爲 yǒu。

在牆曰牖，在屋曰窗。」馬宗霍引通人考：「从『戶』从『日』之說，又均可通於穿壁交窗之義。」《玉篇·片部》：「牖，余受切。牕牖也。」《尚書·顧命》：「牖間南嚮，敷重篾席。」唐孔穎達等正義：「牖謂窗也。」

《說文·手部》：「擂，引也。从手畱聲。抽，擂或从由。挏，擂，或从秀。」（十二上）「擂」是個形聲字，其類母「手」可以選擇「畱」「由」「秀」三個聲母組合成「擂、抽、挏」三個形聲字，以構成一組異體字。「牖」也如此，或從片戶甫作會意字「牖」或從土秀聲作形聲字「坴」，或從戶秀聲作形聲字「房」。本方的「坴」當按帛書原文釋，不必釋爲「坴（牖）」。注意：「坴、房」二字爲漢代民間用的俗字，祇見於漢代帛書文獻，後世不再使用。

膣

一，身有膣穜（腫）者方┘：取牡【□】一，夸就，皆勿【□□□□□□】炊之，候其洎不盡 386/376 一斗，抒臧（藏）之，稍取以塗身膣（體）穜（腫）者而炙之┘，【□□□□□□】癃穜（腫）盡去，巳（已）。嘗試。●令。387/377（《五·癃》七）

本方中的「膣」，帛書本釋爲「膣（體）」，但無注釋。考注本、校釋（壹）本、集成本等釋文從帛書本，也無注釋。

考釋本改釋爲「體」，並注：「膣爲體字形訛。」

按：「膣」是「體」的異體字。《养生方》也寫作「膣」，如《【醪利中】》：「巳（已）歈（飲），身膣（體）養（癢）者，靡（摩）之。168/167」本方的「膣」應按帛書原文釋，不宜改字。帛書本釋爲「膣（體）」，不妥；考釋本逕改釋爲「體」，並說是「體字形訛」，非是。

「體」初文從身豊聲寫作「軆」（《中山王壺》）。《玉篇·身部》：「軆、體，他禮切。並俗體字。」「體」字非俗體，《玉篇》所說不確。漢蔡邕《篆勢》：「蒼頡循聖作冊，制文體，有六篆。」後更換類母「身」轉形「體」。《說文·骨部》：「體，總十二屬也。从骨豊聲。」（四下）清段玉裁注：「首之屬有三：曰頂，曰面，曰頤。身之屬三：曰肩，曰脊，曰尻。手之屬三：曰厷，曰臂，曰手。足之屬三：曰股，曰脛，曰足。」《廣雅·釋親》：「體，身也。」《玉篇·骨部》：「體，他禮切。形體也。」《詩經·鄘風·相鼠》：「相鼠有體，人

而無禮。」毛傳：「體，肢體也。」再更換聲母「豊」轉形爲「骷」。《改併四聲篇海‧骨部》引《俗字背篇》：「骷與體同。」再更換類母「身」轉形爲「軀」。《字彙補‧身部》：「軀，同體。」再更換類母「骨」轉形爲「躰」。《玉篇‧身部》：「躰、體，並俗體字。」《大戴禮記‧盛德》：「以之道則國治……以之禮則國定，此御政之躰也。」再更換類母「骨」轉形爲「膿」。《睡虎地秦墓竹簡‧帛書》《老子》甲乙本均從「肉」。再轉形爲會意字「骼」。《龍龕手鑑‧骨部》：「骼，古文。音體。」今簡化爲「体」。「體、膿、躰、骷、軀、骼、体」都是「體」的異體字。

及

一，亨（烹）三宿雄雞二，泊水三斗，孰（熟）而出，及汁更泊 $\lrcorner$ ，以金盂逆甗下。炊五穀（穀）$\lrcorner$ 、兔□隹 $_{94/94}$ 肉陀甗中，稍沃以汁，令下盂中，孰（熟），歙（飲）汁。 $_{95/95}$ （《五‧蚖》七）

本方中的「及」，帛書本如是釋，但無注釋。

考注本注：「及汁更泊：及，疑爲汲。全句意爲汲出湯汁，再加水烹。」

考釋本改釋爲「極」，並注：「極——原作『及』。極與及上古音均群母紐。極爲職部，及爲緝部，故及假爲極。極字義爲极，窮盡。《史記‧伍子胥傳》：『此其無天道之極乎？』本條的『極汁』指水汁乾枯。」

補譯本從考注本改釋爲「汲」，但無注釋。

校釋本釋文同帛書本，並注：「及汁：水乾枯。及，讀爲『極』。《玉篇‧木部》：『極，盡也。』」周一謀、蕭佐桃（1988）認爲，及疑讀爲「汲」。

集成本釋文同帛書本，並注：「周一謀、蕭佐桃（1989：96）：及，疑爲汲。全句意爲汲出湯汁，再加水烹。」

按：「孰而出及汁更泊」一句，存在兩個問題需要解決，一是「及」在句中到底怎麼釋讀？二是該句怎麼斷句更妥？

前人對「及」有「假爲極」和通「汲」兩種解釋。考注本說「及，疑爲汲」，就是指「汲出湯汁，再加水烹」，此說尙通；而「極字義爲极，窮盡」，這句釋語有問題，因爲「極」是「极」繁體字，同字釋義不合邏輯。

從集成本新圖版看，帛書原文確實寫作「**夂**」，我們認爲此「及」字可能

是「其」字的草書。「孰而出其汁更泊以金盃逆甗下」，應讀爲：「孰而出其汁，更泊，以食盃逆甗下。」不当讀作：「孰（熟）而出，其汁更泊，以金盃逆甗下。」意爲：（雄雞）煮熟後倒出雞湯，再加水（蒸），將食盃放在甑隔下面接著蒸氣水。

音

【諸傷：□□】□□膏」、甘草各二，桂」、畺（薑）」、椒【」】、朱（茱）【萸】□【□□□□□□□□□□□□□□□□】1/1【□□】毀一垸（丸）音（杯）酒中，歙（飲）之，日壹歙（飲），以□其☑2/2（《五・諸傷》一）

本方中的「音」，帛書本釋作「杯」，但無注釋。考注本、校釋（壹）本、校釋本、集成本等釋文從帛書本，也無注釋。

考釋本逕改釋爲「杯」，並注：「杯——原作『音』，爲『棓』字之省。而栯爲杯之古寫。棓與栯上古音均之部韻，棓爲並母，栯爲幫母。故棓假爲栯（或杯）。《說文・木部》：『栯，匜也。』段注：『古以棓盛羹』。《大戴禮記・曾子事父母》：『執觴觚杯豆而不醉。』注：『杯，盤、盎、盆、盞之總名也。』《說文通訓定聲》：『古盛羹，若注酒之器通名曰杯也。』」

補譯本注：「音：《五十二病方》釋杯，各家從之。古音同杯，古代盛羹及注酒器。《逸周書・器服》：『四棓禁，豐一簴。』朱右曾校釋：『棓讀爲栯，盤盎之總名。』因此音爲棓的省寫。」

按：本方中的「音」，帛書本釋爲「杯」，無注釋。繼後考注本、校釋（壹）本、校釋本、集成本等釋文從帛書本，也無注釋。考釋本認爲：「栯爲杯之古寫」，「棓假爲栯（或杯）」；補譯本則認爲「音爲棓的省寫」，「古音同杯」。

「音」上古音屬透母侯部，《廣韻・候韻》他候切，今音 tòu，本義爲拒絕他人而發出的唾罵聲，相當於今語之「呸」。《說文・丶部》：「音，相與語唾而不受也。从丶从否，否亦聲。歆，音或从豆从欠。」（五上）清段玉裁注：「《不部》曰：『否，不也。』从丶否者，主於不然也。」

「栯」上古音屬幫母之部，《廣韻・灰韻》布回候切，今音 bēi，本義爲盛飲料的器皿。《說文・木部》：「栯，匜也。从木否聲。匹，籀文栯。」（六上）

小徐本作：「桮，䰝也。從木否聲。匫，籀文。」繫傳：「䰝，音貢，小桮之別名也。」〔註35〕《晏子春秋‧內篇雜上第三》：「晏子奉桮血，仰天歎曰：『嗚呼！崔子爲無道，而殺其君。』」

「桮」從木否得聲，後更換聲母「否」轉形爲「杯」。《玉篇‧木部》：「桮，博回切。《說文》：『䰝也。』杯，同上。」《集韻‧灰韻》：「桮，《說文》：『䰝也。』蓋今飲器。或作杯、匫。」《莊子‧逍遙遊》：「覆杯水於坳堂之上，則芥爲之舟，置杯焉則膠，水淺而舟大也。」再更換聲母轉形爲「桸」。《字彙‧木部》：「桸，古杯字」。《史記‧孝文本紀》：「十七年，得玉桸，刻曰：『人主延壽。』」宋郭茂倩《樂府詩集‧舞曲歌辭‧晉桸柈舞歌》：「舞桸柈，何翩翩，舉座翻覆壽萬年。」

「杯、桸」或更換類母「木」轉形爲「匫、匦、盃」。《說文》同部重出字有「匫」，並說：「籀文桮。」《玉篇‧匚部》：「匦，布迴切。籀文桮。匫，古文。」《廣韻‧灰韻》：「桮，《說文》曰：『䰝也。』杯，同上。盃，俗。」〔註36〕《史記‧項羽本紀》：「（漢王曰：）吾翁即若翁，必欲烹而翁，則幸分我一桮羹。」《漢書‧項籍傳》引作「必欲烹乃翁，幸分我一盃羹」。

「桮、杯、桸、匫、匦、盃」或從「否」得聲，或從「不」得聲，或從「丕」得聲，它們是一組異體字。

「棓」爲「棒」字的初文，上古音屬並母東部，《廣韻‧講韻》步項切，今音 bàng，本義爲棍棒。《說文‧木部》：「棓，梲也。从木音聲。」（六上）清段玉裁注：「棓、棒，正俗字。」又：「梲，木杖也。从木兌聲。」《廣雅‧釋器》：「棓，杖也。」《淮南子‧詮言訓》：「羿死於桃棓。」或變音爲 bēi，與「桮」同義。《逸周書‧器服》：「四棓禁，豐一觶。」清朱右曾校釋：「棓讀爲桮，盤盂之總名。禁，所以胅瓵，如方案，橢長，足高三寸。豐，承觶之器，似豆而卑。觶，讀爲觴，酒器也。棓與桮、杯並同。」

由此可知，「棓」「桮」二字均見於上古文獻，但其本義相去甚遠，衹因「棓」形似音近「桮」而混用。從用字規律看，「棓」假借爲「桮」，而漢代簡帛多省寫作「音」。《五十二病方》中的「音」，帛書本釋爲「音（杯）」，繼

〔註35〕〔南唐〕徐鍇：《說文解字繫傳》第115頁，中華書局1987年版。
〔註36〕見《宋本廣韻》第78頁，北京市中國書店1982據張氏澤存堂本影印。

後各注本多從其釋，均不妥，因爲「栝」是「杯」之本字，「杯」是「栝」的後起字。考釋本逕改釋爲「杯」，失審。我們認爲，釋爲「音（桮－栝）」，更合乎文字運用的歷史眞實。

雄

一，亨（烹）三宿雄雞二，洎水三斗，孰（熟）而出，及汁更洎⌐，以金盂逆齏下。炊五穀（穀）⌐、兔□隹₉₄／₉₄肉陀齏中，稍沃以汁，令下盂中，孰（熟），歙（飲）汁。₉₅／₉₅（《五·蚖》七）

本方中的「雄」，帛書本釋爲「雄」，繼後各注本釋文均從帛書本。

按：今細看集成本新圖版，帛書原文本寫作「𩿾」，即「雄」字，當按原文釋爲是。

「雄」爲「雄」字異體，在上古漢語和後世字書、文獻中也常使用。如《墨子·非樂上》：「今之禽獸麋鹿蜚鳥貞蟲，因其羽毛以爲衣裘，因其蹄蚤以爲綺屨，因其水草以爲飲食，故唯（雖）使雄不耕稼樹藝，雌亦不紡績織紝，衣食之財固已具矣。」《字彙補·佳部》：「雄與雄同。見《篇韻》。」注意：《漢語大字典·佳部》未收「雄」的異體字「雄」，應據《五十二病方》補。

雞涅

一，白=瘕=（白瘕：白瘕）者，白毋（無）奏（腠），取丹沙與鱔魚血，若以雞血，皆可。雞涅居二【□】者（煮）之，□₁₃₀／₁₃₀以蚤（爪）挈（契）虒（瘕）令赤，以傅之。二日，洵（洗），以新布孰（熟）暨（摡）之，【復】傅，如此數，卅【三十】日而止。●令。₁₃₁／₁₃₁（《五·白處》三）

本方中的「雞涅」，帛書本釋爲「雞湮」，但無注釋。考注本、校釋（壹）本、考釋本、校釋本釋文從帛書本，也無注釋。

補譯本注：「湮，沉沒。《說文》：『湮，沒也。』……即將雞血湮沒於某某之下二（日、月或年）。」

集成本改釋爲「雞涅」，並注：「涅，原釋文作『湮』。今按：涅，此字亦

見《雜療方》65 行『黑涅衣』。此句是雞血的說明，說明雞血要用『涅居』的雞的血。涅居具體的含義待考。一說，此字當釋爲『湼』。」

　　按：本方中的「涅」帛書本釋爲「湮」，繼後各注本從其釋，集成本改釋爲「涅」，並說「一說，此字當釋爲『湼』」。從集成本新圖版看，帛書原文本寫作「涅」，當按原文釋讀爲是。

　　「涅」的本義爲一種黑色礦物，古代多用作染料。《說文·水部》：「涅，黑土在水中也。从水从土，曰聲。」（十一上）《廣雅·釋詁二》：「涅，泥也。」《玉篇·水部》：「涅，奴結切。染也。又水中黑土。」《山海經·西山經》：「女牀之山，其陽多赤銅，其陰多石涅。」晉郭璞注：「即礬石也。楚人名之涅石，秦名之羽涅也。」《淮南子·俶眞訓》：「今以涅染緇，則黑於涅；以藍染青，則青於藍。」漢高誘注：「涅，礬石也。」引申爲黑色。《廣雅·釋器》：「涅，黑也。」《淮南子·說山訓》：「流言雪汙，譬猶以涅拭素也。」《周禮·考工記·鍾氏》：「三入爲纁。」唐孔穎達等正義：「涅，即黑色也。」

　　本方「雞涅」即「涅雞」，黑公雞。古今漢語有將修飾或限制成分放在中心語之後的構詞規律。如「國中」說成「中國」，「穎城」說「城穎」（《左傳·隱公元年》），「衣魚」說成「魚衣」（《五十二病方·火闌（爛）者》第七治方），「雄魚」說成「魚亲」（《武威漢代醫簡》）。現代方言也多用，如西南官話「公雞」「母雞」說「雞公」「雞母（婆）」，「公鴨」說「鴨親」，「鰍魚」說「魚鰍」等。這種構詞法，前人稱爲「以大名冠小名」。清俞樾《古書疑義舉例》卷三：「《荀子·正名》篇曰：『物也者，大共名也；鳥獸也者，大別名也。』是正名百物，有共名別名之殊。乃古人之文，則有舉大名而合之於小名，使二字成文者。如《禮記》言『魚鮪』，魚其大名，鮪其小名也。《左傳》言『鳥烏』，鳥其大名，烏其小名也。《孟子》言『草芥』，草其大名，芥其小名也。《荀子》言『禽犢』，禽其大名，犢其小名也。皆其例也。」〔註37〕

　　再則，「雞涅居二【□】者（煮）之」中的「者」，據前後文意推斷不當是「煮」字。如果釋爲「煮」，那麼本方被煮的物是什麼？本方爲敷方，用來敷治的藥物爲「丹沙」「鱓魚血」或「雞血」，被敷治的皮膚病是「瘕」（白癜風），與「煮」無干。方中所謂「雞涅居二【□】者」，應爲「居二日之涅雞」，即關

〔註37〕〔清〕俞樾等著：《古書疑義舉例五種》第 52 頁，中華書局 1956 年版。

兩天以上不讓它喫喝的黑公雞。其後的「之」連下讀，整句話應讀爲：「雞涅居二日者，之時以蚤（爪）挈（契）虎（瘕），令赤以傅之。」「之時」的「之」爲動詞，指待到治病時。前一個「以」爲介詞，義爲「用」；後一個「以」是順接連詞，相當於「而」。全句意爲：敷藥前，先將黑雄雞放在籠子裡關養兩天，待到治病時抓出來，用它的爪子抓傷白癜風後再敷藥。餓雞性子烈，爪力強，故爪痕深。

宋唐愼微《政類本草》卷三十：「雞涅，味甘，平，無毒。主明目，目中寒風，諸不足，水腫，邪氣；補中，止泄痢，療女子白沃。一名陰洛。生雞山，采無時。」明李時珍《本草綱目・草之十・雞涅》：「雞涅，《〔名醫〕別錄》曰：味甘，平，無毒。主明目，中寒風，諸不足、水腫、邪氣；補中、止洩痢，療女子白沃。一名陰洛。生雞山。采無時。」本方的「雞涅」與草本藥物的「雞涅」不是同一種物。

淒

【夕】下：以黃＝枔＝（黃芩，黃芩）長三寸⌐，合盧大如□□豆卅（三十），去皮而并冶。【□□□】□大把，搗（搗）而煮之，令 68/68 沸，而溍去其宰（滓），即以【其】汁淒夕下。巳（已），乃以脂【□□□】，因以所冶藥傅 69/69 之⌐。節（即）復欲傅之，淒傅之如前。巳（已），夕下靡。70/70（《五・夕下》）

本方中的「淒」，帛書本有「淒」「淒」兩種釋文，但在「淒夕【下】」下注云：「淒，疑讀爲揩，《廣雅・釋詁》：『摩也。』」

孫曼之說：「《廣雅・釋室〔註38〕》：『墀，塗也』。《說文》：『墀，塗地也』，『屖，屖遲也』。屖遲通常寫作棲遲，如《詩經・衡門》：『衡門之下，可以棲遲』。又作栖遲，如《後漢書・周榮傳》：『隨筆栖遲，誠可歎息』。也作屖遲，如《漢書・楊雄傳》：『徘徊招搖，靈屖遲兮』。可知屖妻可相通，淒實乃墀字之假借，爲塗抹之意。」〔註39〕

校釋本注：「淒：讀爲揩，塗抹。」

〔註38〕「釋室」爲「釋宮」之誤。
〔註39〕孫曼之：《〈五十二病方〉箋識二則》，《中國醫史雜誌》1990 年第 2 期。

考釋本注：直接改釋爲「揩」，並注：「揩：原作『淒』。揩與淒上古音均脂部韻。揩爲溪母，淒爲清母。故淒假爲揩。《廣雅·釋詁》：『揩，摩也。』《博雅》：『揩，摩拭也。』」

補譯本注：「淒：同淒，寒涼。《詩·邶風·綠衣》：『淒其以風』。毛傳：『淒，寒風也』。段玉裁《說文解字》注：『蓋淒有陰寒之意』。本文指藥物涼後。」

陳劍說：該句當讀爲「即以【其汁】淒夕下」。「淒：讀爲『揩』，揩拭、塗抹。《廣雅·釋詁》：『揩，磨也。』」〔註40〕

集成本注：「『【其】汁』，原釋文作『汁□□』，此據文意改。原注：汁字反粘在《陰陽十一脈灸經》甲本第四七行。淒，疑讀爲揩。《廣雅·釋詁》：『摩也。』」

按：本方中的「淒」，前人有三種解釋：帛書本說「疑讀爲揩」，義爲塗抹；補譯本說「同淒」，義爲寒涼；孫曼之說「實乃墀字之假借，爲塗抹之意」。第一、三兩說並無區別，都表示塗抹義，衹是被借字的不同。我們認爲，「淒」應爲「洒」的假借字，指清洗（後再敷藥）。

「淒」或寫作「淒」，類母從「水」或從「冫」，聲母都是「妻」聲。在漢字系統中，凡從「妻」得聲的字或可換成「西」聲。《爾雅·釋宮》：「鳥類棲於弋爲榤，鑿垣而棲爲塒。」晉郭璞注：「今寒鄉穿牆棲雞。」唐陸德明釋文：「栖，音西。下同。又作棲。」〔註41〕《說文·西部》：「西，鳥在巢上。象形。日在西方而鳥棲，故因以爲東西之西。棲，西或从木、妻。卥，古文西。䆶，籀文西。」（十二上）南唐徐鍇繫傳：「此本象鳥棲也。」《玉篇·木部》：「棲，思奚切。鳥棲也。亦作栖。」唐慧琳《一切經音義》卷一：「栖廬，先奚反。俗字也，正作棲。《爾雅》：棲，息也。從木妻聲。」〔註42〕《廣韻·齊韻》：「棲，鳥棲。《說文》或从木西。栖，上同。」孫玉文云：「栖，原始詞，義爲鳥類棲息於木林，引申爲一般的棲息，止息，動詞，先稽切。」〔註43〕又悲痛之「悽」，或從「西」得聲。《說文·心部》：「悽，痛也。从心妻聲。」（十下）《玉篇·心部》：「悽，

〔註40〕陳劍：《馬王堆帛書〈五十二病方〉〈養生方〉釋文校讀札記》，《出土文獻與古文字研究》第五輯，上海古籍出版社 2013 年版。

〔註41〕〔唐〕陸德明：《經典釋文》第 415 頁，中華書局 1983 年版。

〔註42〕徐時儀校注：《一切經音義三種校本合刊》第 522 頁，上海古籍出版社 2008 年版。

〔註43〕孫玉文：《漢語變調構詞考辨》第 962 頁，商務印書館 2015 年版。

悽愴也，傷也。」《正字通・心部》：「恓，與悽同。」

「洒」甲骨文作𣲙、𣲙、𣲙，上古音屬心母文部，《廣韻・薺韻》先禮切，今音 xǐ，本義爲洗滌。《說文・水部》：「洒，滌也。从水西聲。古文以爲灑埽字。」（十一上）清段玉裁注：「下文云：『沬，洒面也』；『浴，洒身也』；『澡，洒手也』；『洗，洒足也』。今人假『洗』爲『洒』，非古字。」又：「滌，洒也。从水條聲。」段玉裁注：「《皿部》曰：『蕩，滌器也。』引申爲凡清瀞之晉。」〔註44〕《玉篇・水部》：「洒，先禮、先殄二切。濯也；深也；滌也。今爲洗。」《左傳・襄公二十一年》：「在上位者，洒濯其心，壹以待人，軌度其信，可明徵也，而後可以治人。」《孟子・梁惠王上》：「及寡人之身，東敗於齊，長子死焉，西喪地於秦七百里，南辱於楚。寡人恥之，願比死者壹洒之。」宋孫奭疏：「今願近死不惜命者一洗除之。」

「洒」從「西」得聲，與「栖」「恓」從「西」得聲同理，但「淒（凄）」不是「洒」的異體字。「洒」後世用「洗」來表示。《廣韻・薺韻》：「洗，洗浴也。又姓。先禮切，又音銑。洒，上同。所賣切。」〔註45〕但是在《五十二病方》中卻祇用本字，不用「洗」。

本方中「淒」通「洒」，而不通「揩」。「淒」是「凄」的異體字，通假之說也不能成立。帛書本、補譯本之說均未安。孫曼之說「淒實乃墀字之假借」更不確，因爲「墀」指專指塗飾地面，而「洒」則是指清洗（後再敷藥），故「淒」不當讀爲「墀」。「淒夕下」即「洒夕（亦一腋）下」，指先用藥水清洗胳肢窩，再「以所冶藥傅之」，下文「淒傅之如前」，也可佐證「洒」與「傅」是相繼的兩種處理方法，即先清洗再敷藥。《諸傷》第十五治方有「稍（消）石直（置）溫湯中以洒癰」，其中的「洒」也指清洗。

洒

一，稍（消）石直（置）溫湯中，以洒（洗）癰。22 / 22（《五・諸傷》十五）

〔註44〕〔清〕段玉裁：《說文解字注》第 563 頁，上海古籍出版社 1988 年第 2 版。
〔註45〕《宋本廣韻》第 249 頁，北京市中國書店 1983 年據張氏澤存堂本影印。

本方中的「洇」，帛書本釋爲「洒」，並注：「洒，洗滌。」

考注本注：「洒：《說文》：『滌也。』即洗滌。」

考釋本注：「洒（sǎ，撒）——洗滌。《說文・水部》：『洒，滌也』。段注：『下文云：沬，洒面也；浴，洒身也；澡，洒手也；洗，洒足也。』《字林》：『洒，濯也』。」

校釋（壹）本注：「洒：洗滌。」

補譯本注：「洒（sǎ）：《說文》：『洒，滌也。』洒癰，即用消石沖溫水洗傷口，癰在此指潰瘍面。」

校釋本注：「洒癰：沖洗癰傷潰瘍處。洒，沖洗、清洗。《說文・水部》：『洒，滌也。』」

集成本改釋爲「洇（洗）」，並注：「洇，原釋文作『洒』，此從劉釗（2010）釋。」

按：本方中的「洇」，帛書原文寫作「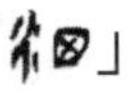」，帛書本釋爲「洒」，繼後考注本、考釋本、校釋（壹）本、補譯本、校釋本等均從其釋，唯集成本改釋爲「洇（洗）」，並注：「洇，原釋文作『洒』，此從劉釗（2010）釋。」從集成本新圖版看，帛書本等釋爲「洒」最合原文，集成本釋爲「洇」不可從。

「洒」泛指一切的洗滌，「洗」則專指洗腳，它們在洗滌以上同義，本爲同源字。在王力先生的《同源字典》中，就是將其作爲同源字看待的。〔註 46〕從《玉篇》「洒，滌也，今爲洗」看，「洗」取代「洒」是從南朝開始的，後世泛指洗滌都用「洗」，而不再用「洒」了，段玉裁說很清楚：「今人假『洗』爲『洒』，非古字。」（參看「凄」條集釋。）

「洒」後世變讀爲 sǎ（《廣韻・卦韻》所賣切）。表示把水均勻地散佈在地面或物體表面上。《廣韻・卦韻》：「洒，埽也。又先禮切。」後世另造「灑」來表示，今統一用「洒」字。本方所謂「洒癰」，指將消石放入溫水中兌勻，用以清洗潰爛的傷口。考釋本、補譯本讀「洒」爲 sǎ，甚誤。集成本改釋爲「洇（洗）」，更是臆說。因爲「洇」爲水名，古今文獻未見與「洒」字混用的例證。《說文・水部》：「洇，水。出汝南新郪入潁。从水囟聲。」（十一上）清朱駿聲通訓定聲：「洇水……當出今安徽潁州府阜陽縣東，《水經注・潁水

〔註 46〕王力：《同源字典》第 521 頁，商務印書館 1982 年版。

注》作『細水』，引《地理志》：『細水出細陽縣，東南入穎。』今此水未知其審。」「洇」又音 náo（《篇海類編》尼交切），即「洇沙」，也寫作「硇沙」，礦物類方藥名。《篇海類編・地理類・水部》：「洇，洇沙，藥名。亦作硇。」

祝

一，傷者血出，祝曰：「男子竭」，女子酨蔑（滅）」。」五畫地【囗】之。13/13《五・諸傷》八）

本方中的「祝」，帛書本注：「祝，即呪、咒。」

考注本注：「祝：即呪，咒，念咒文。這是古代巫術治病的『祝由』法，又稱『禁』法。《抱朴子・內篇》：『或長於符水禁祝之法，治邪有效。』《論衡・言毒篇》：『南郡極熱之地，其人祝樹樹枯，唾鳥鳥墜。巫咸能以祝延人之疾，愈人之禍者。』《千金翼方》載有『禁經』，其中有『禁血不止法』，『禁瘡斷血法』等。如『某甲不良，某甲不愼，爲刀箭木石所傷。一唾斷血，再唾愈瘡。青衣怒士，卻血千里。急急如律令。』這些都是古代唯心主義在醫學領域中的直接反映。」

考釋本注：「祝——又通『呪』或『咒』字。古代巫術用的咒語，即祝由詞。《禮記・郊特牲》：『詔祝於室』。孔疏：『祝，呪也。』《莊子・逍遙遊》：『尸祝不越樽俎而代之矣。』《經典釋文》卷二十六：『傳鬼神詞曰祝。』《淮南子・說山訓》：『尸祝齋戒。』高注：『祝，祈福祥之詞。』《釋名・釋言語》：『祝，屬也。以善惡之詞相屬著也。』《後漢書・賈逵列傳》李注：『呪，詛也。』」

校釋（壹）本注：「祝：祝禱。原始醫學與原始宗教的遺習，用祝禱和符咒治病。後世稱符咒禳病爲祝由科。」

按：「呪、咒」與「祝」爲同源字，考釋本說「祝——又通『呪』或『咒』字」，失審。

「祝」上古音屬章母覺部，《廣韻・屋韻》之六切，今音 zhù，甲骨文作𥛀、𥛀、𥛀、𥛀等，徐中舒先生說：「（祝）從𥛀（與𥛀有別）從示，示爲神主，象人跪於神主前有所禱告之形。或不從示。」〔註47〕其本義爲遠古祭祀時司禮

〔註47〕徐中舒主編：《甲骨文字典》第 24 頁，四川辭書出版社 1989 年版。

的男巫。《詩經·小雅·楚茨》:「工祝致告,徂賚孝孫。」唐孔穎達等正義:「工善之祝以此之故,於是致神之意以告主人。」《楚辭·宋玉〈招魂〉》:「魂兮歸來,入修門些。工祝招君,背行先些。」漢王逸注:「工,巧也。男巫曰祝。背,倍也。言選擇名工巧辯之巫,倍道先行,導以在前,宜隨之也。」宋洪興祖補注:「五臣云:工祝,良巫也。君謂原。言良巫背行在先,君宜隨後。」

引申爲向鬼神祈禱消災求福。《尚書·洛誥》:「王命作冊,逸祝冊。」唐孔穎達等正義:「讀冊告神謂之祝。」《史記·滑稽列傳》:「(淳于髡謂齊王曰),今者臣從東方來,見道傍有禳田者,操以豚蹄,酒一盂,而祝曰:『甌窶滿篝,汙邪滿車,五穀蕃熟,穰穰滿家。』臣見其所持者狹而所欲者奢,故笑之。」唐司馬貞索隱:「(禳)謂爲田求福禳。」〔註48〕再引申爲祭辭(文)。《玉篇·示部》:「祝,祭詞也。」《篇海直音·示部》:「祝,饗神之辭也。」《漢書·武五子傳》:「爲立禖,使東方朔枚皋作禖祝。」唐顏師古注:「祝,禖之祝辭。」

「祝由」的「祝」是指「向鬼神祈禱」,而非「詛咒」,故其讀音不能讀zhòu(《廣韻·宥韻》職救切)。因爲祈望鬼神賜福時說的都是尊敬的話,而詛咒則說的惡語毒言。漢王充《論衡·言毒》:「南郡極熱之地,其人祝樹樹枯,唾鳥鳥墜。」「祝由」可單說成「祝」。《說文·示部》:「祝,祭主贊詞者。从示从人口。一曰从兌省。《易》曰:『兌爲口、爲巫。』」(一上)漢許慎引自《周易·說卦傳》:「兌爲口……爲少女,爲巫,爲口舌。」唐孔穎達等正義:「兌西方之卦,主言語,故爲口也……爲巫,取其口舌之官也;爲口舌,取西方於五事爲言,取口舌爲言語之具也」。故段玉裁注:「此以三字會意,謂以人口交神也。」「以人口交神」既是「祝」治病的顯著特徵,也是「巫」治病的顯著特徵。

《說文·巫部》:「巫,祝也。女能事無形、以舞降神者也。象人兩褎舞形。與工同意。古者巫咸初作巫。𢍏,古文巫。」(五上)清段玉裁注:「按:『祝』乃『覡』之誤。巫、覡皆巫也。覡篆下總言其義。《示部》曰:『祝,祭主贊辭者。』《周禮》『祝』與『巫』分職。二者雖相須爲用,不得以『祝』

〔註48〕〔漢〕司馬遷撰、〔唐〕司馬貞索隱:《史記》第3198頁,中華書局1959年版。

釋『巫』也。」段氏認爲「不得以『祝』釋『巫』」，說明二字的表義範圍是有區別的。

在遠古時代，巫覡既是族群的精神領袖，同時也是驅邪治病的醫生。後來隨著族群活動範圍的擴大、族群成員的劇增，促使巫覡的分化。他們中的一部分上升爲氏族首領兼精神領袖，一部分成爲主持祭祀的「主贊辭者」，平時協助氏族首領管理族群事務，一部分則成爲從事巫術活動和治病療傷的醫生。

第一部分巫覡稱「氏」稱「后」，第二部分巫覡稱「祝」，第三部分巫覡仍稱「巫」或「巫醫」「巫師」。所以「巫醫和巫師往往是一職兩兼的。他們在治病時，常常一面使用巫術驅走鬼邪，一面用原始原始藥物治療」。〔註49〕

據《五十二病方》《養生方》《雜療方》《雜禁方》等記載，西漢以前巫醫用「祝由」術禳除疾病的方法可粗分爲四類：祈禱療法；祈禱與行爲配合療法；祈禱與藥物配合療法；祈禱與行爲、藥物綜合療法。〔註50〕

炪

一，身有癰者，曰：「睪（皋），敢〖告〗大山陵：某〖不〗幸病癰，我直（值）百疾之【□】，我以明（明）月炪（炙）若，寒且【□】若，379/369 以柞槍柱若，以虎蚤（爪）抉取若，刀而割若，葦而刉若。今【□】若不去，苦湅（唾）□若。」即以 380/370 朝日未食，東鄉（嚮）湅（唾）之。381/371（《五・癰》五）

本方中的「炪」：帛書本如是釋，無注釋。
考注本注：「炪，當作炤，即古照字。」
校釋（壹）本注：「炪：讀爲磔。這裡意爲裂開你的肢體。」
考釋本逕改釋爲「照」，並注：「照——原作炪。按，炪不見《說文》《玉篇》等字書，應爲炤字之形訛。炤爲照字之異寫。《玉篇・火部》：『照，明也。炤同上。』」

〔註49〕楊堃：《民族學概論》第266頁，中國社會科學出版社1984年版。
〔註50〕參看石琳、胡娟、鍾如雄《漢代祝由術的禳病法》，《雲南師範大學學報》（哲社版）2016年第4期。

校釋本注：「我以明月炻若：我用明月來照射你，讓你顯現原形。」

二〇〇六年九月六日，范常喜在簡帛网上發了一篇題爲《〈五十二病方〉札記一則》的文章，至二〇一五年則正式以《〈五十二病方〉「身有癰者」祝由語補疏》爲題，發表在《湖南省博物館館刊》第十一輯上。文中將「炻」改釋爲「炙」，並注：「『以明月炻（炙）若』中的『炻』當即爲『庶』字，在此讀作『炙』。《包山楚簡》257：『炻（炙）豬一筭，……惁（熬）雞一筭，炻（炙）雞一筭，惁（熬）魚二筭。』整理者指出，『「炻」，即「庶」借爲「炙」。炙豬即烤豬。』馬王堆漢墓一號漢墓遣冊所記有『炙雞一笥（簡45）』『熬雞一笥（簡78）』，可證包山簡整理者之說至確。九店楚簡 M56.53：『□□於室東，日出商（炙）之，必肉飤（食）以飤（食）。』整理者注：『商』應當讀爲『炙』，是照曬的意思。』《吳越春秋・夫差內傳》：『吳王乃取子胥屍盛以鴟夷之器，投之於江中，言曰：「胥汝一死之後，何能有知？」即斷其頭，置高樓上，謂之曰：「日月炙汝肉。飄風飄汝眼，炎光燒汝骨，魚鱉食汝肉，汝骨變成灰，有何所見？」乃棄其軀，投之江中。子胥因隨流揚波，依潮往來，蕩激崩岸。』可見帛書中『炻』也應當與楚簡中用法相一致，亦當讀作『炙』，而這樣破讀也正可與《吳越春秋》中『日月炙汝肉』的『炙』字相對參。」〔註51〕

集成本注：改釋「炻」爲「炻（炙）」，並注：「范常喜（2006）：《吳越春秋・夫差內傳》：『日月炙汝肉。』……帛書中『炻』當讀作『炙』，而這樣破讀也正可與《吳越春秋》『日月炙汝肉』中的『炙』字相對參。」

按：今細看集成本新圖版，帛書本所釋之「炻」，帛書原文本寫作「順」。從「順」字的右文看，「反」明明是個「反」字，與「石」字的書寫特徵毫無相似之處。在《五十二病方》中，「石」都寫作「石」。如《諸傷》十五治方（即 22 行）：「稍（消）石直（置）溫湯中，以洒癰。」《狂犬齧人》第一治方（即 56 行）：「取恒石兩，以相靡（磨）擊（也）。」另外《睡虎地簡二三・三》寫作「石」，《居延簡七》寫作「石」。這些「石」字的書寫特徵，怎麼看也不能與「反」聯繫在一起，故本方的「順」，既不能釋讀爲「炻」，

〔註51〕 范常喜：《〈五十二病方〉「身有癰者」祝由語補疏》，《湖南省博物館館刊》第十一輯，嶽麓書社 2015 年版。

更不能釋讀爲「炤」「磏」或「庶（炙）」，而應釋爲從火反聲的「炍」字。「炍」是「煥」異體，本義爲光明、光亮。《篇海類編・天文類・火部》：「炍，亦作叛、煥，明也。《文選》：『炍赫戲以輝煌。』」今本《文選》「炍」作「叛」。《文選・張衡〈西京賦〉》：「譬眾星之環〔北〕極，叛赫戲以輝煌。」唐李善注引三國吳薛綜曰：「叛，猶煥也。」《說文》未收「炍」「煥」二字。《說文》新附字曰：「煥，火光也。从火奐聲。」《集韻・換韻》：「煥，明也。」《論語・泰伯》：「煥乎，其有文章！」宋朱熹注：「煥，光明之貌。」

　　從以上訓釋語料中我們得知：「炍」上古音屬並母元部，《集韻・換韻》普半切，今音 pàn，「煥」上古音屬曉母元部，《廣韻・換韻》火貫切，今音均讀 huàn，它們是一對異體字；而「叛」則是「炍（煥）」的通假字，故也有具「光明」義。《漢語大字典》沒有釐清楚「叛」與「煥」的關係，誤以爲「炍，也寫作『叛』」。〔註52〕本方所謂「以明（明）月炍若」，意爲「用明月照亮你，（讓你原形畢露）」。前人之所以會產生「炍當作照」「炍讀爲磏」「炍當讀爲炙」等爭議，或未細看圖版原文，或不明「炍」「煥」異體關係造成的。

柱

　　一，身有癰者，曰：「睪（皋），敢【告】大山陵：某【不】幸病癰，我直（值）百疾之【□】，我以明（明）月炍（炙）若，寒且【□】若，₃₇₉／₃₆₉以柞槍柱若，以虎蚤（爪）抉取若，刀而割若，葦而刉若。今【□】若不去，苦涶（唾）□若。」即以 ₃₈₀／₃₇₀朝日未食，東鄉（嚮）涶（唾）之。₃₈₁／₃₇₁（《五・癰》五）

　　本方中的「柱」，帛書本釋爲「桯」，但無注釋。

　　裘錫圭說：「從圖版看似當釋『柱』。」〔註53〕

　　考注本注：「桯（tīng 汀）若以虎蚤：桯，《儀禮・既夕》注：夷床橫木也。又爲楹或字。此處作棍棒講，當動詞用，打擊之意。」

　　校釋（壹）本注：「桯：碓的木杵。這句是說用虎掌搗你。」

〔註52〕《漢語大字典》第 2349 頁，四川辭書出版社、崇文書局 2010 年版。

〔註53〕裘錫圭：《馬王堆醫書釋讀瑣議》，《湖南中醫學院學報》1987 年第 4 期。

考釋本改釋爲「梃」，並注：「梃若以虎蚤——梃字原作桯。梃與桯上古音均耕部韻。桯爲透母，梃爲定母，故桯假爲梃。梃字義爲木棍，木杖。《孟子·梁惠王上》：『殺人以梃與刃』趙注：『挺〔註54〕，杖也。』其引申義，即用棍打擊。又，赤堀昭氏等以『桯』爲『枉』字，并引《呂氏春秋·仲秋紀》：『无或枉橈』高注：『凌弱爲枉。』。但桯、枉二字上古音异，不能通假。」

校釋本注：「寒且□若，以柞槍柱若，刀而割若，葦而刐若，今□若不去，苦湩（唾）□若：該處原釋文爲『寒□□□□以柞槍，桯若以虎蚤，抉取若刀，而割若葦，而刐若肉，□若不去，苦。湩（唾）□□□』。廣瀨薰雄（2012）〔註55〕根據新綴合圖版，並參考其他學者意見，對該句釋文作了補充，並重新點斷，現依其說。□若不去，周一謀（1988）將殘字補釋爲『如』。」

集成本從裘錫圭說改釋爲「柱」，並注：「柱，原釋文作『桯』，此從裘錫圭（1987）釋（此說見《古文字論集》版第㉖條）。」

范常喜改釋「桯」爲「投」。〔註56〕

按：今細看集成本新圖版，帛書原文本寫作「桯」，從木呈聲，顯然是「桯」字，帛書本所釋甚確，裘錫圭先生改釋爲「柱」，未安。按帛書的書寫習慣，「丶」則寫成點兒，「口」則寫成圓圈。「桯」字右上是個圓圈而不是點兒，祇能釋爲「桯」字，不可能是「柱」字。

「桯」的本義爲床榻前置放的條几。《方言》卷五：「榻前几，江沔之間曰桯。」《說文·木部》：「桯，牀前几。從木呈聲。」（六上）清段玉裁注：「古者坐於牀而隱於几，此牀前之几，與席前之几不同。謂之桯者，言其平也。《考工記》『蓋桯』則謂直杠。」〔註57〕引申爲橫木。《說文·木部》：「桱，桯也。從木巠聲。」南唐徐鍇繫傳：「桯，即橫木也。」《儀禮·既夕禮》：「遷於祖，用軸。」鄭玄注：「軸狀如長牀，穿桯前後，著金而關軹焉。」再引申爲廳堂前兩邊的楹柱，變讀 yíng，也寫作「楹」。《集韻·清韻》：「楹，《說文》：『柱

〔註54〕 此「挺」爲「梃」字之誤。

〔註55〕 〔日〕廣瀨薰雄：《〈五十二病方〉的重新整理與研究》，《文史》第九九輯，中華書局 2012 年版。

〔註56〕 范常喜：《〈五十二病方〉「身有癃者」祝由語補疏》，《湖南省博物館館刊》（第十一輯），嶽麓書社 2015 年版。

〔註57〕 〔清〕段玉裁：《說文解字注》第 257 頁，上海古籍出版社 1988 年版。

也。』引《春秋傳》『丹桓宮楹』。或之呈。」本方之「楹」用爲動詞，表示（用木柱）撞擊。

再則「楹」本有「柱」義，裘錫圭先生說通「柱」，不僅過於彎繞，更與本方文意不合；范常喜先生從裘錫圭釋文，義則改釋爲「投」，是因爲他將「柞梌」強釋成「橡實」，如果不這樣講，其橡實說則未有著落；考釋本改釋爲「梃」，且說「梃」由木棍、木杖引申爲「用棍打擊」，其說雖也可通，但與帛書原文字形不吻合；考注本說「（楹）作棍棒講，當動詞用，打擊之意」，可從。

我們認爲，本方的「楹」當從帛書本釋爲「楹」。名詞「楹」在本方中用作動詞，表示用木柱撞擊。「楹若」即「撞你」。

剸

一，傷而頸（痙）者，小剸一犬，溮與薛（蘗）半斗，毋去其足，以□并盛，漬井甕（斷）【□□□】41／41 出之，陰乾百日，即有頸（痙）者，冶，以三指一撮（撮），和以溫酒一音（杯），歙（飲）之。42／42（《五・傷痙》四）

本方中的「剸」，帛書本注：「剸，《廣雅・釋詁》：『斷也。』小剸，切爲小段。」

考注本注：「小剸（zǔn 撙）一犬：剸，《廣雅・釋詁》：『斷也。』全句意爲把一條小狗切成小塊。」

校釋（壹）本注：「小剸一犬：把一隻小狗剁成小塊。」考釋本：「剸（zūn，尊）——切斷。《廣雅・釋詁》：『剸，斷也。』『小剸』，即切成小段，又可參見【原文二百六十三】『刊』字注。」

補譯本注：「剸：《廣雅・釋詁》：『剸，斷也。』此處引申爲切，即將死的小狗切成小塊。」

校釋本注：「剸：切斷。《廣雅・釋詁一》：『剸，斷也。』」

集成本注：「原注：剸，《廣雅・釋詁》：『斷也。』小剸，切爲小段。今按：剸，當是刌的繁體。《說文》：『刌，切也。』本篇 425／415 行有『細刌』。此外，378／368 行有『細剸』，剸也是剸、刌的異體字。」

按：帛書原文之「剸」，帛書本釋爲「剸」，繼後各注本均從其釋，且均

認爲義爲「切斷」，「小劗一犬」，就是「把一條小狗切成小塊」。此說可商。我們認爲，「𪊨」應是「烝」字的異體字。

第一，從集成本新圖版看，「𪊨」帛書原文構形左從「酉」右從「爭」，而「劗（zǔn）」則左從「尊」右從「刀」，異體字作「撙」。從表義看，「劗」的本義爲減省。《說文·刀部》：「劗，減也。从刀尊聲。」（四下）清王筠句讀：「今作『撙』。《〔禮記·〕曲禮》：『君子恭敬撙節，退讓以明禮。』」《管子·五輔》：「節飲食，撙衣服，則財用足。」引申爲切斷、朽斷等。《廣雅·釋詁一》：「劗，斷也。」《蜀語》：「物朽而斷曰劗。」集成本說「劗」是「刌」的繁體，也可商。「劗」「刌」雖均有切斷、朽斷等義，但上古音「劗」屬精母文部，「刌」（cǔn）屬清母文部〔註58〕，二字並不同音，故異體之說很難成立。

第二，從下文「即有頸（瘟）者，冶，以三指一撮，和以溫酒一音（杯）歙之」看，犬肉應是蒸過（或煮過）的熟肉。古人有喫整隻蒸煮幼小動物的習慣，尤其是蒸的小豬，不僅自己喜歡喫，還可作爲貴重禮物送人。《論語·陽貨》：「陽貨欲見孔子，孔子不見，歸孔子豚。孔子時其亡也而往拜之，遇諸塗。」唐孔穎達等正義：「豚，豕之小者。」楊伯峻譯注：「（陽貨）趁孔子不在家，送一個蒸熟了的小豬去。」〔註59〕《孟子·滕文公下》：「陽貨矙孔子之亡也，而饋孔子蒸豚。」

本方的「𪊨」應是「烝」字的異體。「烝」金文作𤎭，本義爲用蒸氣加熱，即蒸食物。《詩經·大雅·生民》：「釋之叟叟，烝之浮浮。」高亨今注：「烝，蒸也。」引申爲火氣或熱氣上陞。《說文·火部》：「烝，火氣上行也。从火丞聲。」《墨子·節用中》：「逮夏，下潤濕上熏烝。」「蒸」的本義爲去皮的麻杆。《說文·艸部》：「蒸，析麻中杆也。从艸烝聲。莁，蒸或省火。」（一下）引申爲用熱氣烹飪食物。漢王充《論衡·幸偶》：「蒸穀爲飯，釀飯爲酒。」

「烝」「蒸」爲同源字，後世二字合流混用，今習慣用「蒸」。「烝」漢代俗字或寫作「𪊨」，故本方寫作「𪊨」，與《嬰兒索瘟》 封殖 二，鹽一，合

〔註58〕見郭錫良《漢字古音手册》（增訂本）第 389 頁，商務印書館 2010 年版。
〔註59〕見楊伯峻《論語譯注》第 181 頁，中華書局 1980 年版。

撓而炙」之「炙」同義。

本方之「小 🐕 一犬，滑與薜（檗）半斗，毋去其足，以□並盛，漬井鬮（斷）【□□□】出之，陰乾百日」，意爲：蒸一隻小狗，再和上滑石和米麴，不要去掉豬腳，用容器裝好，儲藏在井底的泥中，再取出來陰乾一百天後，用以治療「瘛病」。故知「🐕」在本方中並非表示「切斷」義。在《五十二病方》中表示把小動物切成小塊多用「段」字，如《癪（癩）》第三治方：「即以鐵椎攷段之二七。以日出爲之，令癪（癩）者東鄉（嚮）。」

陀

一，亨（烹）三宿雄雞二，洎水三斗，孰（熟）而出，及汁更洎」，以金盃逆鬮下。炊五穀（穀）」、兔□惟_{94/94} 肉陀鬮中，稍沃以汁，令下盃中，孰（熟），歓（飲）汁。_{95/95}（《五・蚖》七）

本方中的「陀」，帛書本釋爲「陀（他）」，但無注釋。校釋（壹）本、校釋本、集成本的釋文從帛書本，也無注釋。

考注本注：「陀，帛書整理小組訓爲他，據文意應訓爲隋，古書陀、隋、墮，音近義通。此處有投入之義。全段意爲將食□投入鬮的底部，再把煮好的五穀、兔頭肉投放鬮中，澆上汲出的雞汁，再將鬮安放入盃中，煎熱。」

考釋本改釋爲「它」，並注：「它——原作『陀』。它爲『他』字的古寫（《說文》段注）。它與陀上古音均歌部韻。它爲透母，陀爲定母，故陀假爲它。它字義爲其他，另外的。《詩經・小雅・鶴鳴》：『它山之石，可以攻玉。』」

補譯本改釋爲「毀」，並注：「『兔頭肉陀』是一個詞組。陀《五十二病方》釋（他），各家從之，欠妥。孫氏啓明考之（參《中華醫史雜誌》1985（4）：259），釋陀爲隋，指出：『帛書陀，在此引申爲放與置，正與『陀，落也』『隋，下垂也』之義相合，即放進去。』然在《五十二病方》中常強調將藥物冶，搗之後再製作，本文兔頭肉亦應冶或搗。爲此，筆者補考陀：陀，還有『毀』意。《方言》：『陀，毀也。』《龍龕手鑑・阜部》：『陀，毀落也。』本文陀可轉釋爲『毀壞』搗碎。全句指將兔頭肉切細放入鬮的中部。」

按：前人對本方中的「陀」有四種釋文：帛書本釋爲「陀（他）」，但無注釋；考注本釋爲「隋」，義爲「投入」；考釋本改釋爲「它」，義爲「另外的」；

譯本改釋爲「毀」，義爲「毀壞」。

今細看從集成本新圖版，帛書原文雖已漫漶，但依然能看出應是個「**段**」（段）字，《武威漢代醫簡》的書寫與此相同，而非「陀、他、它」，更非「毀」字，故改釋爲「段」。

「段」金文作**段**，爲「鍛、煅」的初文，本義爲敲打。《說文・殳部》：「段，椎物也。从殳，耑省聲。」（三下）清段玉裁注：「用椎曰椎。《考工記》『段氏爲鎛器』……鎛欲其段之堅，故官曰段氏。《函人職》曰：『凡甲鍛不摯則不堅。』鍛亦當作段。《金部》曰：『鍛，小冶也。』小冶，小鑄之灶也。後人以鍛爲段字，以段爲分段字。」〔註60〕清徐灝注箋：「段、鍛古今字，引申之，則爲分段。」朱芳圃《殷周文字釋叢・段》：「桉：金文段象手持椎於廠中捶石之形。許君訓椎物，引申之義也。云耑省聲，誤象形爲形聲矣。孳乳爲碫，《說文・石部》：『碫，厲石也。从石，段聲。』爲鍛，《金部》：『鍛，小冶也。从金，段聲。』徐鍇曰：『椎之而已，不銷，故曰小冶。』《急就篇》：『鍛鑄鉛錫鐙錠鐎。』顏〔師古〕注：『凡金鐵之屬，椎打而成器者謂之鍛。』爲腶，《禮記・內則》『腶脩』鄭〔玄〕注：『腶脩，捶脯施薑桂也。』」〔註61〕《字彙・火部》：「煅，與鍛同。打鐵也，椎鍊也。」

引申爲特指在石頭上捶打乾肉。後世寫作「腶」。清桂馥義證：「（段）又作鍛字。哀十一年《左傳》『腶脯』，戴侗曰：『腶，捶脯也。古單作段。《記》曰：「棗、栗、段脩。」康成曰：『捶脯，加薑、桂也。』段必捶之於石，故因以得名。後人加『肉』。」〔註62〕《禮記・昏義》：「婦人執笲、棗、栗、段脩以見。」唐陸德明釋文：「段，本又作腶，或作鍛，同。脩，脯也。加薑、桂曰腶脩。」〔註63〕「腶脩」古代指捶打後加薑桂製成的乾肉。《集韻・換韻》：「腶脩，捶脯施薑桂也。」《禮記・郊特牲》：「大饗尙腶脩而已矣。」漢鄭玄注：「加薑桂曰腶脩。」再引申爲截斷、分段。《釋名・釋言語》：「斷，段也。

〔註60〕〔清〕段玉裁：《說文解字注》第 120 頁，上海古籍出版社 1988 年第 2 版。

〔註61〕朱芳圃：《殷周文字釋叢》第 138～139 頁，中華書局 1962 年版。

〔註62〕〔清〕桂馥：《說文解字義證》第 255 頁，中華書局 1987 年影印本。

〔註63〕「脩，脯也」，《漢語大字典》讀作「脩脯也」，誤。「脯」爲「脩」的注文，不當連讀。見《漢語大字典》第 2310 頁「段②」，四川辭書出版社、湖北崇文書局 2010 年版。

分成異段也。」《廣韻・換韻》:「段，分段也。」《說文》「段」清段玉裁注:「分段字自應作『斷』，蓋古今字之不同如此。」《銀雀山漢墓竹簡・孫子兵法・擒龐涓》:「於是段齊城、高唐爲兩，直將蟻附平陵。」

本方的「兔□隹肉段甗中」爲「兔□隹肉段於甗中」之省文，是說將兔頭肉剁成小塊放入甗中（蒸）。

私

一，般（瘢）者，以水銀二，男子惡四，丹一，并和，置突【上】二」、三日，盛，即【以】阳□令囊，而傅=之=（傅之。傅之，）居內【中】，₃₂₈/₃₁₈塞窻（窗）閉戶，毋出，私內中，毋見星月，一月者而巳（已）。₃₂₉/₃₁₉（《五・火闌（爛）者》十）

本方中的「私」，帛書本注:「私，便溺。私內中，在寢室中便溺。」考注本注同帛書本。

校釋（壹）本注:「私內中:在臥室裡便溺。」

考釋本注:「私——指大小便。《左傳・襄公十五年》:『師慧過宋朝，將私焉。』杜注:『私，小便。』本條的『私』字當包括大、小便。」

補譯本注:「私（si）:私下生活在室內。《論語・爲政》:『退而省其私』。朱熹注:『私，謂燕居獨處。』內（nèi）:室內。」

校釋本注:「私內中:在臥室內便溺。私，便溺。」

按:本方中的「私」前人有兩種解釋:帛書本說爲「便溺」，其說不準確;補譯本說爲「私下生活在室內」，其說甚誤。

「私」在古今都有解大小便之義。《左傳・襄公十五年》:「師慧過宋朝，將私焉。」晉杜預注:「私，小便也。」南朝宋劉義慶《世說新語・德行》:「（王）祥嘗在別牀眠，母自往闇斫之，值祥私起，空斫得被。」這種動詞用法依然保留在今西南官話中。姜亮夫《昭通方言疏證》「屎溺小便綏私」條云:「《左傳・襄公十五年》:『師慧過宋朝，將私焉。』注:『私，小便也。』綏乃私之音轉，則宋人已通用之矣。」〔註64〕在今川南官話中，大人大小便不再叫「私」了，但給小孩「提尿」「提屎」仍叫「私尿」「私屎」。

〔註64〕姜亮夫:《姜亮夫全集》（十六）第213頁，雲南人民出版社2002年版。

本方中的「私」泛指大小便。「塞竈閉戶，毋出，私內中」，意爲：必須將病人居住房間的門窗緊閉，不許通風；病人不得外出行走，就連大小便也祇能在臥屋內解。

饍

一，冶僕纍，以攻（釭）脂饍而傅＝（傅。傅，）炙之。三、四傅。 349／339（《五・加（痂）》三）

本方中的「饍」，帛書本注：「饍，應爲攪拌摻合的意思。」集成本注同帛書本。

考注本注：「饍：同膳。《周禮・庖人》注：『煎和也。』即將釭脂加熱後與搗融的蝸牛摻合拌匀。」

校釋（壹）本注：「饍：這裡的意思是攪拌摻合。」

考釋本注：「饍（shàn，善）──原義爲飯食，進食，《玉篇・食部》：『饍，食也。』但在本書中此字有攪拌、摻合之義。關於『饍』字赤堀昭氏曾根據該字在《五十二病方》中共出現的次數及其涵義作了考察。同時又根據《周禮・王官〔註65〕・庖人》及鄭注中用禽獸製膳時根據四時不同分別用『饍』法處理牛、豕、羊的動物性脂肪的記載，提出『饍』字應爲『膳』字應爲『膳』字別體，是指對脂肪與粉末類藥物長時間加溫，充分混合，並使之成爲高粘性物質，冷卻後達固化程度的意見。」

補譯本注：「饍（shán）：《玉篇》：『饍，食也。與膳同。』《周禮・天官・庖人》：『凡用禽獸，春行羔豚，膳膏香。』孔穎達疏：『煎和謂之膳。』釭脂饍：即用車軸中的潤滑油進行加熱後再調和。」

校釋本注：「饍：同『繎』，指攪拌摻合。饍，禪母、元部；繎，日母、元部。故兩字可通。《說文・糸部》：『繎，絲勞也。』段玉裁注：『勞，《玉篇》作縈，蓋《玉篇》爲是。與下文『紆』義近。』又，『紆，縈也。』段玉裁注：『縈者，環之相積，紆則曲之而已。』」

按：本方中的「饍」前人有兩種解釋：考注本說「同膳」，義爲「攪拌摻

〔註65〕《周禮》無「王官」而有「天官」，此「王官」爲「天官」之誤。

合」；校釋本說通「𤌾」，義也爲「攪拌摻合」。

「膳」的本義爲備辦食物。《說文・肉部》：「膳，具食也。从肉善聲。」（四下）南唐徐鍇繫傳：「具食者，言具備此食也。」清段玉裁注：「具，供置也，欲善其事也。」《漢書・宣帝紀》：「其令太官損膳省宰，樂府減樂人，使歸就農業。」唐顏師古注：「膳，具食也。食之善者也。」引申爲煎和。《周禮・天官・庖人》：「凡用禽獸，春行羔豚，膳膏香。」唐賈公彥疏：「煎和謂之膳。」或更換類母「肉」轉形爲「饍」。《玉篇・食部》：「饍，時戰切。食也。與膳同。」《集韻・線韻》：「膳，《說文》：『具食也。』庖人和味必加善，故从善。或从食。」《東觀漢記・崔瑗傳》：「問安侍饍，不改家人之禮。」

「膳」有煎和、調和義。本方以烹飪時的煎和來比喻蝸牛醬加入釭油後的調和，用本字來解釋也文從字順，無需強說通「𤌾」。下文第十二治方「燔牡鼠矢，冶，以善㱿饍而封之」之「饍」，與本方用義同。

㓞

一，㓞加（痂）：冶巫（茈）夷（荑）半參，以肥滿㓞貕膏，巫（茈）夷（荑）上膏【□□□□】□善以水㳙（洗）加（痂），乾而傅之，以 _366/356_ 布約之。_367/357_ 《五・加（痂）》十九）

本方中的「㓞」，帛書本、考注本、校釋（壹）本、集成本等均無注釋。

考釋本注：「㓞（yǎn，掩）——㓞，本義爲銳利（見《說文》）。轉注義爲切斷，斬，及削、刮。《荀子・彊國〔註66〕》：『案欲㓞其脛而以蹈秦之腹。』楊注：『㓞，亦斬也。』《禮記・雜記下》：『㓞上。』孔疏：『㓞，殺也。』……肥滿㓞貕膏——切削肥滿多脂的生豬油（相當豬板油之屬）。」

補譯本注：「㓞（yǎn 偃）：朱駿聲《說文通訓定聲》：『㓞假借爲㷠』。《說文》.『㷠，火行微焰焰也』。『肥滿㓞貕膏』指將肥公豬的肥肉放在火焰上烤。參 21 行注。本句及 327 行糒（炳）都是解臘（臟）膏的重要資料。」校釋本注同補譯本。

按：「㓞貕膏」之「㓞」前人有兩種解釋：考釋本釋爲「切削」，補譯本說通「㷠」，義爲「烤」。我們認爲，本方的「㓞」不當訓爲「削」或「烤」，應釋

〔註66〕《荀子》有《彊國》篇，而無《疆國》篇，此『疆』爲『彊』字之誤。

爲「剖開」。

「剡」的本義爲銳利。《爾雅・釋詁下》:「剡,利也。」《說文・刀部》:「剡,銳利也。从刀炎聲。」(四下)《廣雅・釋詁四》:「剡,銳也。」《楚辭・屈原・〈橘頌〉》:「曾枝剡棘,圓果摶兮。」漢王逸注:「剡,利也。」引申爲削。《玉篇・刀部》:「剡,削也。」《周易・繫辭下》:「弦木爲弧,剡木爲矢。」

本方之「剡」特指開膛。「剡豯膏」,動物類方藥名,指公豬開膛後取出其板油。即用新鮮的、沒有熬過的公豬油。

抵

鬄:唾曰:「歓(噴),柒(漆)。」三,即曰:「天啻(帝)下若,以柒(漆)弓矢,今若爲下民疕,涂(塗)若以豕矢。」以履下靡(磨)抵之。₃₉₀/₃₈₀(《五・柒》一)

本方中的「抵」,帛書本如是釋,並注:「履下,鞋底。抵,疑爲抵之誤。抵,《說文》:『側擊也。』」

考注本注:「履下:鞋底。抵,《說文》:『擠也。』〔註67〕」

校釋(壹)本注:「以履下磨抵之:用鞋底磨患部。抵讀爲砥,磨砥爲同義複詞。」

考釋本將「靡」「抵」逕改釋爲「糜」「抵」,並注:「履——鞋。《說文・尸部》:『履,足所依也。』糜——原作靡。通假。參見本書【原文二百〇八】注。糜字義爲爛碎。《釋名・釋飲食》:『糜,煮米使爛也。』抵(zhǐ,紙)——原作抵,形近而訛。《說文・手部》:『抵,側擊也。』《漢書・杜周傳贊》:『業因勢而抵陷。』顏注:『陷,音詭,毀也。言因事形勢而擊毀之也。』」

補譯本注:「抵:抵當轉釋爲按摩、摩擦。」

校釋本注:「抵:擠壓。《說文・手部》:『抵,擠也。』整理小組指出,抵疑爲『抵』字之誤。《說文・手部》:『抵,側擊也。』」

按:本方中的「抵」,帛書本如是釋,且說「疑爲抵之誤」;校釋(壹)

〔註67〕今本《說文・手部》作:「抵,側擊也。从手氏聲。」(十二上)〔清〕段玉裁注:「『抵』字今多譌作『抵』。其音義皆殊。」見《說文解字注》第 609 頁,上海古籍出版社 1988 年版。考注本誤將「抵」字釋詞引作「抵」字的釋詞。

本則說「抵讀爲砥，磨砥爲同義複詞」；考釋本逕將「靡」「抵」改釋爲「糜」「抵」，認爲「糜」爲爛碎，「抵」爲側擊；補譯本認爲「抵當轉釋爲按摩、摩擦」；校釋本則說「抵，擠壓」。

今細看集成本新圖版，「抵」帛書原文寫作「㨄」，即「撞」字。「撞」的本義爲碰擊。《說文・手部》：「撞，卂擣也。从手童聲。」（十二上）請王筠句讀：「『卂』當作『丮』，玄應引作『戟』。」清姚文田、嚴可均校議：「撞，當作『丮擣也』。《一切經音義》卷五引作『戟擣也。』丮，讀若戟。知『卂』爲『丮』之誤。」《集韻・絳韻》：「撞，撞擊也。」《禮記・學記》：「善待問者如撞鐘，叩之以小者則小鳴，叩之以大者則大鳴。」漢鄭玄注：「撞，擊也。」

本方「以履下靡（磨）抵之」，應改釋爲「以履下靡（磨）撞之」，意爲：祝由之後，用鞋底（輕輕）拍打漆瘡。

頪

一，以刃傷，頪（燔）羊矢，傅之 10/10 **。（《五・諸傷》六）**

本方中的「頪」，帛書本如是釋，並注：「頪，從煩從犬，讀爲燔。《武威漢代醫簡》85『人髮一分，煩之令焦』，煩字也讀爲燔。」

考注本注逕改釋爲「燔」，并注：「燔——原作『頪』。頪字從煩，從犬，音煩。煩與燔上古音均並母，元部韻。同音通假。武威醫簡《治百病方》八十五簡有『煩（燔）之令焦。』可證。燔字義見本書原文四注。」

補譯本注：「頪：《五十二病方》注『頪，從煩從犬，讀爲燔（fán）』即燔燒。」

集成本改釋爲「頪（燔）」。

按：今細看集成本新圖版，帛書本所釋之「頪」，帛書原文本寫作「䫞」，不像「從煩從犬」構形，倒像個「頪」字。考注本釋爲「煩」，其推論是：「原作『頪』。頪字從煩，從犬，音煩。煩與燔上古音均並母，元部韻。同音通假。」也就是說，帛書之「頪」，應是「煩」字之誤，而「煩」在本方中通「燔」，故逕改釋爲「燔」。我們認爲，不能因爲《武威漢代醫簡》木牘 85甲「人县（髟）一分煩之」中之「煩」通「燔」就認定本方之「頪」也通「燔」。

「頪」字始見於《玉篇》。《頁部》云：「頪，徒含切，又余占切。面長也。」

《篇海類編・身體類・頁部》也云：「頹，面長兒。」但祇見於字書的解釋，而古今文獻均無用例。應爲從火煩聲的「頹」字，是漢代「燓」字的俗體。

「燓」甲骨文作　、　、　、　等，上古音屬並母文部，《廣韻・文韻》符分切，今音 fén，本義爲焚燒山林。《說文・火部》：「燓，燒田也。从火棥，棥亦聲。」（十上）清段玉裁改「燓」爲「焚」，並注：「《玉篇》《廣韻》有『焚』無『燓』⋯⋯份，古文作『彬』，解云：『焚省聲。』是許書當有『焚』字；況經傳『焚』字不可枚舉，而未見有『燓』，知《火部》『燓』即『焚』之譌。玄應書引《說文》：『焚，燒田也。』字從火燒林意也，凡四見。然則唐初本有『焚』無『燓』，不獨《〔玉〕篇》《〔廣〕韻》可證也。」商承祚《殷虛文字類編》云：「今證以卜辭，亦從林，不從棥，可爲段說佐證。或又從草，於燒田之誼更明。」《春秋經・桓公七年》：「七年春二月己亥，焚咸丘。」晉杜預注：「焚，火田也。」引申爲泛指焚燒。

「燌」爲「焚」的異體字，《說文》雖未收錄。《集韻・支韻》：「焚，火灼物也。或作燌。」漢代文獻中已見「燌」字。漢王充《論衡・雷虛》：「以人中雷而死，即詢其身，中頭則鬚髮燒燋，中身則皮膚灼燌，臨其屍上聞火氣。」「焚」是個會意字，「燌」則是後出的形聲字，而「頹」應該是「焚」從會意字轉形爲形聲字過程中創造的俗字。「頹羊矢」即「燌羊矢」。

醢

一，傷者血出，祝曰：「男子竭┘，女子醢（滅）┘。」五畫地【囗】之。13/13（《五・諸傷》八）

本方中的「醢」，帛書本釋爲「醢」，但無注釋。

考注本注：「醢，指酢漿，醋也。按：醢在此解爲醋，顯然不通，疑爲『截』字之誤寫，即截斷、阻斷之意。男子竭，女子截，意即男子、女子的出血停止。」

校釋（壹）本注：「醢：本義是醋漿。醋爲酸，酸主收斂。這裡指女子出血也逐漸收斂停止。」

考釋本注：「醢——疑假爲裁。醢與裁上古音均從母，之部韻。同音通假。裁字義爲斷，停止。《管子・形勢》：『裁大者眾之所比也。』尹注：『裁，斷

也。』《廣雅・釋詁二》：『裁，斷也。』」

校釋本注：「戴：本義是醋漿，《說文・酉部》：『戴，醋漿也。』周一謀（1988）指出，此處戴爲『截』字之誤寫，義爲截斷、阻斷。馬繼興（1992）則疑『戴』假借爲『裁』。魏啓鵬（1992）認爲，醋即酸，主收斂，此處指女子出血也逐漸收斂。蔡偉（2009）認爲『戴』『在』古音極近，可以假借，表示終盡。《爾雅・釋詁下》：『求、酋、在、卒、就，終也。』邢昺疏：『皆謂終盡也。』」

集成本改釋爲「蔑（滅）」，並注：「蔑，原釋文作『戴』，此從陳劍（2010）釋。陳劍（2010）：（『蔑』）當讀爲『滅』，與『竭』義近，二者也正押韻。」

按：本方中的「戴」，前人有五種解釋：帛書本無注釋，以本字「戴」爲訓；校釋（壹）本從其說；考注本說「疑爲『截』字之誤寫」；考釋本說「戴——疑假爲裁」；蔡偉說通「在」；陳劍改釋爲「頾（滅）」。帛書不破讀，考釋本、蔡偉說均破讀，其餘兩種爲改釋，但均作「裁斷」「終盡」等解釋。

今細看集成本新圖版，帛書原文本寫作「臷」，其左面筆劃甚多且密集，右上部分雖有殘損，但右下部分顯然從「戈」，怎麼看也不像是「戴、截、裁」或「蔑」字，倒與「戩」字的草書相近，故改釋爲「戩」。

「戩」是「翦」字的異體，上古音屬精母元部，《廣韻・獮韻》即淺切，今音jiǎn，本義爲剪滅。《說文・戈部》：「戩，滅也。從戈晉聲。《詩》曰：『實始戩商。』」（十二下）「戩商」今《詩經・魯頌・閟宮》作「翦商」。引申爲盡。《詩經・小雅・天保》：「天保定爾，俾爾戩穀。」宋朱熹集傳：「戩，與翦同，盡也。穀，善也。盡善云者，猶其曰『單厚多益』也。」

本方的「戩」指令血液不再流出。另從祝由方的用語看，「竭」與第二句的韻腳字「戩」押韻。「竭」上古音屬群母月部，其韻部之韻腹〔a〕與「戩」相同，屬陽入對轉。

蔽

一，諸傷，風入傷=（傷，傷）癰痛。治：以枲絮爲獨（韣），□□癰傷，漬以【□□□□】臲膏煎汁，置 37/37 【□□】沃，數□注，下膏勿絕，以歙（翕）寒氣，【□□□□】礜【□□□□□】，以傅傷空（孔），

蔽上，₃₈/₃₈休，復爲□【□□□□□□】□□□【□□□□□】□【□
□□】□癃□【□□□□】。₃₉/₃₉傅藥先食後食次（恣）。毋（無）禁，
毋（無）時。【□】礜不暴□【□】盡入。₄₀/₄₀（《五・傷痓》三）

本方中的「蔽」，帛書本釋爲「蓒（蔽）」。考注本、校釋（壹）本釋文從帛
書本，均無注釋。

考釋本改釋爲「蔽」，並注：「蔽巾——原作『蓒』，係合文。巾爲古代的
佩巾或浴巾（相當於今日的手巾）。《禮記・內則》：『盥卒授巾』。鄭注：『巾
以帨手。』《儀禮・士冠禮》：『沐巾一。』鄭注：『巾，所以拭污垢。』《說文・
巾部》：『巾，佩巾也。』蔽巾即用手巾遮蓋。」

補譯本注：「『蓒（蔽）〔之〕』：蓒，馬繼興氏指出：『蓒是蔽巾的合文，即用
手巾遮蓋』，可從。蓒後補『之』。本處指用手巾將浸有煎汁（止痛藥）的枲絮
紮好。」

集成本釋爲「蔽」，並注：「蔽：原釋文作『蓒』，此從陳劍（2010）釋。上，
原釋文缺釋，此根據反印文釋。陳劍（2010）：『蔽』應與本篇 121 行『厚蔽肉，
扁（遍）施所而止』之『蔽』用法相同。今按：蔽上，即覆蓋傷口上面。」

按：本方中的「蔽」，前人釋文、注釋差異有三：帛書本釋爲「蓒（蔽）」；
考釋本釋爲「蔽巾」，認爲係「蓒巾」的合文；集成本釋爲「蔽」，義爲覆蓋。

今細看集成本新圖版，帛書原文本寫作「蓒」，帛書本釋爲「蓒」無誤，
不當改釋。

「蔽」本義爲小草伏地而生的樣子。《說文・艸部》：「蔽，蔽蔽，小草也。
从艸敝聲。」（一下）清段玉裁注：「『也』當作『皃』。《召南》『蔽芾甘棠』，
毛云：『蔽芾，小皃。』此小艸皃之引伸也。」引申爲覆蓋、遮蓋等。《楚辭・
屈原〈國殤〉》：「旌蔽日兮敵若雲，矢交墜兮士爭先。」

「蓒」是「蔽」的異體字。漢魏時期「蔽」俗寫作「蓒」。《隸辨・祭韻》：
「蓒，《魏元丕碑》：『蓒芾其縱。』《隸釋》云：『以蓒芾爲蔽芾。』按：《靈臺
碑》：『永□蓒兮。』蔽皆作蓒。」本方所謂「蓒上」，是指將熱化的豬膏敷在
傷口（傅傷空）上後，再將其蓋好。故知「蓒」既非「蔽巾」的「合文」，也無
需改釋爲「蔽」。

膆

一，癰穜（腫）者，取烏豪（喙）、黎（藜）盧，冶之鈞，以彘膏
【□】之，以布裹，【□】□膆之，以尉（熨）穜（腫）所。_{376 / 366}（《五·
癰》三）

本方中的「膆」，帛書本無釋文。

校釋本補「膆」字，並注：「膆，亦見於下文『久疕』篇（第 421 行），讀
爲『膆』。《玉篇·肉部》：『膆，與嗉同。』嗉，禽類食道末端的食囊。」

集成本也補「膆」字，並注：「膆，原釋文缺釋，此從劉欣（2010）釋。
刘欣（2010：124）：421 行有『膆以尉（熨）疕』之語。」

按：今細看集成本新圖版，帛書寫作「🀥」，「索」字左上有個向左歪斜的
「月」字，似乎沒有與「索」連爲一體，倒像是某個字的殘片黏在「索」字一
樣，如果釋爲「膆」字，不知表示何義。校釋本說通「膆」，其譯文說「以鳥膆
裝袋」，甚難理會。因此我們改釋爲「索」。

「以布裹索之」，意爲：用布將調好的膏藥包好，用來熨燙腫處。

吙

一，吙：「謑（嗟）」，年薑〈蠤〉殺人，今茲有（又）復之。」_{91 / 91}
（《五·蚖》五）

本方中的「吙」，帛書本如是釋，並注：「吙，《玉篇》：『呼氣。』《集韻》
作噓。」補譯本注同帛書本。

考注本注：「吙（hē 呵）：《玉篇》：『呼氣。』《集韻》曰：『噓，或作吙。』
又謂『噓，吐氣也。』爲祝由術的一種動作。」

校釋（壹）本注：「吙：吐氣；吐氣聲。這裡指念咒語祝由。」

考釋本注：「吙（xuē，靴）──呼氣，吐氣。《玉篇·口部》：『吙，呼氣。』
《集韻·平·戈》：『吙，吐氣也。』《篇海類編·身體類·口部》：『吙，吐氣
聲。』」

校釋本注：「吙：呼氣，吐氣。此指念咒語。《說文·口部》：『吙，呼氣
也。』」

集成本說「原注：吙」，並注：「吙，《玉篇》：『呼氣。』《集韻》作噓。

劉欣（2010）：『吙』當與『噴』一樣，是祝由術的一種動作。」

按：今細看集成本新圖版，「吙」帛書原文本寫作「𠴗」，上從火下從口，會意字，故改釋爲「㕦」。「㕦」今音 huō，或 xuē，「吙」的異體字。考注本音 hē，誤。

「㕦」本義爲吹氣，與「吙」同義。吹氣則有聲響，故以擬吹氣之聲音。其異體字有「吙」「嘛」。《玉篇・口部》：「吙，許戈切。呼氣。」《篇海類編・身體類・口部》：「吙，吐氣聲。」《廣韻・戈韻》：「嘛，《道經疏》云：『吐氣聲也。』」《集韻・戈韻》：「嘛，吐氣也。或作吙。」[註68]

冪

一，以青粱米爲鬻（粥），水十五而米一，成鬻（粥）五斗，出，揚去氣，盛以新瓦甖（罋），冥（冪）口以布三【口】，92/92 即封涂（塗）厚二寸，燔，令泥盡火而歍（歍）之，肎（痏）巳（已）。93/93（《五・蚖》六）

本方中的「冥」，帛書本釋爲「冥（冪）」，並注：「冪，罩蓋。」考注本、校釋（壹）本、補譯本、校釋本釋文均從帛書本。

考注本注：「冥當作冪，覆蓋也。」

考釋本逕改釋爲「冪」，並注：「冪（mì，迷）——原作『冥』。冪與冥上古音均明母紐，冪爲錫部，冥爲耕部。故冥假爲冪。雷浚《說文外篇》卷四：『《說文》無冪字。陸《釋文》作「以冪」。阮氏《校勘記》曰：「石經作冪」。又曰：「依《說文》當作幎」』。冪義爲覆蓋、罩蓋，以巾覆物。《說文》：『幎，幔也。』段注：『謂冡其上也。《周禮》注曰：「以巾覆物曰幎。」』《一切經音義》卷六：『冪，覆也。』《說文義箋》：『幎之引申爲有所覆之稱。』」

補譯本注：「冪（mì 蜜）：『冪口以布□』：根據《五十二病方》中211、212行常用『布裹』，缺字補『裹』，『以布三□』即用布條對甖蓋上縫包裹三層。」

校釋本注：「冪：以巾覆蓋。」

集成本改釋爲「冥（冪）」，並注：「冪，原釋文逕釋作『冥』。原注：冪，罩蓋。」

[註68]〔宋〕丁度等編：《集韻》第202頁，上海古籍出版社1985年版。

　　按：「冥」帛書本釋爲「冥（幂）」，考釋本改釋爲「幂」，集成本改釋爲「冥（幂）」。但細看集成本新圖版，帛書原文本寫作「」，是「索」字，而非「冥」或「冥」，故我們改釋爲「索」，義爲捆緊。

　　「索」的本義爲繩索。《說文・宋部》：「索，艸有莖葉可作繩索。从宋糸。杜林說：宋亦朱木字。」（六下）林義光《文源》卷六：「象兩手緔索形，不从宋。」〔註69〕《小爾雅・廣器》：「大者謂之索，小者謂之繩。」《尚書・五子之歌》：「若朽索之馭六馬。」

　　本方「索口」指用繩索捆緊「新瓦甖口」。「索口以布三□，即封塗」，則指蓋上三層布後將「新瓦甖口」捆緊，再用稀泥封實，不讓其漏氣。今川南民間製作榨菜仍採用此種辦法封口：將碼鹽後的榨菜裝入大缸後蓋上草墊，用棕繩將缸口捆緊，再用稀泥密封被捆緊草墊的缸口，防止空氣流通。如果缸內進了氣，榨菜就會變酸。本方「青粱米鬻」的發酵方法與今川南醃製榨菜方法略同。

濕

　　顚（癲）疾：先侍（偫）白雞、犬矢。發，即以刀劙（剝）其頭，從顚到項，即以犬矢【溉】之，而中劙（剝）雞□$_{112/112}$，冒其所以犬矢濕（溉）者，三日而巳﹦（已﹦——已。已）即孰（熟）所冒雞而食之，致巳（已）。$_{113/113}$（《五・顚疾》一）

　　本方中的「濕」，帛書本釋爲「濕」，但無注釋。後繼各注本多從其釋。

　　集成本改釋爲「濕（溉）」，但也無注釋。

　　按：今細看集成本新圖版，「濕」帛書原文本寫作「」，即「溼」，故改釋爲「溼」。

　　「溼」甲骨文作，金文作，上古音屬書母緝部，《廣韻・緝韻》失入切，今音 shī，本義指土地低窪潮溼。《說文・水部》：「溼，幽溼也。从水，一，所以覆也。覆而有土，故溼也。㬎省聲。」（十一上）〔註70〕清段玉裁注：「今字作濕。」《莊子・讓王》：「上漏下溼，匡坐而弦。」

〔註69〕林義光：《文源》第249頁，中西書局2012年版。

〔註70〕〔漢〕許愼撰，〔宋〕徐鉉等校定：《說文解字》第235頁，中華書局1963年版。

「濕」上古音屬透母緝部，《廣韻・合韻》他合切，今音 tà，本義爲古水名，黃河下游的支流，在今山東境內。後世寫作「漯」。《說文・水部》：「濕，水。出東郡東武陽入海。从水㬎聲。桑欽云：出東平高唐。」（十一上）後世變讀 shī，與「溼」音義合流。《玉篇・水部》：「溼，尸及切。水流就溼也。濕，同上。」〔註71〕「溼」與「濕」並非異體字，但漢隸多作「濕」，其後通用無別。《周易・乾》：「水流濕，火就燥。」唐孔穎達等正義：「水流於地，先就濕處。」

本方所謂「以犬矢溼之」，指用狗糞水浸濕病人的頭。帛書本釋爲「濕」，集成本改釋爲「潿（溉）」，均與帛書原文不合。

汌

一，瘃，取景天長尺、大圍束一，分以爲三，以淳酒半斗，三汌煮之，孰（熟），浚取其汁，【歠】189／176 之。不巳（已），復之，不過三歓（飲）而巳（已）。先莫（暮）毋食，旦歓（飲）藥。【●】令。190／177（《五・瘃病》十五）

本方中的「汌」，帛書本注：「三汌，疑汌應讀爲蒸，其義當與三沸相近。」

考注本注：「三汌：疑即三沸。」

校釋（壹）本注：「汌：《龍龕手鑑》收此字，義不詳。」

考釋本注：「三汌——汌字原殘，今補。按，《說文》《玉篇》等傳世古書均無汌字。《龍龕手鑑・水部》：『汌，隻忍反。』《字彙補・水部》：『汌，音軫。義缺。』復考，『汌』字在本書中除本條外，又見有四次。其中【原文一百一十九】（假字：『乃』）、【原文一百六十五及二百七十三】均作：『三汌煮』，【原文二百六十四】作『煮 XX 三汌』。今據其內容所指，所謂『三汌』有煮沸三次之義。」

補譯本注：「汌：原殘，《五十二病方》依 189 乃 273、417、426 等補，各家從之。但都未能澄清『汌』何以釋沸。筆者從字形分析；汌可能是汋的抄誤，也許因帛書字跡不清而誤釋。汋（zhuó）水湧出，《莊子・田子方》：『夫水之於汋也。』王先謙集解：『汋乃水之自然湧出。』汋瀹（yuè）同音。

〔註71〕《宋本玉篇》第 351 頁，北京市中國書店 1983 年據張氏澤存堂本影印。

《集韻‧藥韻》：『鸙《說文》：「內肉及菜湯中薄出之」。通瀹汋』。段玉裁解注：『內（納）肉及菜於灪湯中而迫出之。』因此，三汈即三沸，與 410 行『三沸止』同意。」

校釋本注：「按，汈形體近『沸』，義當同『沸』，下文『汈煮』即『沸煮』。」

集成本注：「汈，原釋文補『汈』，此據殘筆逐釋。原注：三汈，疑汈應讀爲蒸，其義當與三沸相近。今按：『汈』，說見 140 行注〔四〕。」

按：今細看集成本新圖版，本方中的「汈」，帛書原文僅存殘筆，帛書本補「汈」字，集成木逐釋爲「汈」字；補譯本認爲可能是「汋」字的「抄誤」或後人「誤釋」。我們認爲，既然漢魏以前的字書均不見「汈」字，鈔誤之說可疑，而帛書本誤釋的可能性較大。

從集成本新圖版看，帛書原文殘筆下部依稀可見「沸」字的書寫特徵，應是「沸」字的草書，故改釋爲「沸」。在《五十二病方》中，「沸」有「沸、潰、汈」三種寫法，「汈」爲「沸」的草書體，考注本說「三汈：疑即三沸」，甚確。

但從行文看，「三沸」之「三」當連上讀，「沸煮之」當連下讀，整句話改讀爲：「以淳酒半斗三，沸煮之孰，浚取其汁，〔歚〕之」。意爲：每次用半斗醇酒的三分之一，沸煮景天至熟，然後泌出藥湯來給患者喝。因爲「長尺、大圍束一」景天要「分以爲三」，半斗醇酒理當「分以爲三」，不可能煮一次用「淳酒半斗」。

「沸煮」與下面第二十二治方的「溫煮」相對，「沸」「溫」在句中都充當「煮」的狀語，表示「煮」時鍋中之水呈現的狀態。「沸煮」表示鍋中之水（酒）始終要保持沸騰的狀態，今西南官話叫「架起火煮」，即用旺火煮，讓鍋中的藥湯始終處於沸騰狀態；「溫煮」則表示鍋中之水始終要保持平靜的狀態，不能翻滾。

庀

一，以己巳晨庀（嚏），東鄉（嚮）弱（溺）之。不巳（已），復之。196/183（《五‧痤病》二十）

本方中的「庀（嚏）」，帛書本釋爲「㿉（寢）」，但無注釋。

考注本注：「寢：廟後曰寢。如《禮記‧月令》：『寢廟畢備。』注：『凡廟，

前曰廟，後曰寢。』疏：『廟是接神之處，其處尊，故在前。寢，衣冠所藏之處，對廟爲卑，故在後。』」

　　裘錫圭改釋爲「虖（嘑）」，義爲啼叫。〔註72〕

　　考釋本逕改釋爲「寢」，並注：「寢——原作『寢』，形近而訛。《釋名·釋姿容》：『寢，權假臥之名也。』《說文》段注：『寢，臥也。』」

　　校釋本注：「寢（寢）：臥室。裘錫圭（1987）釋爲『虖』，即啼叫。」

　　集成本注：「虖，原釋文作『寢』，讀爲寢，此從裘錫圭（1987）釋。裘錫圭（1987）：『晨』下一字從圖版看當釋爲『虖』，馬王堆一號漢墓遣策『卑虖』之『虖』皆如此作（見《馬王堆一號漢墓》下集圖版竹簡部分第46、55、60、68、88、124等號簡，參看朱德熙、裘錫圭《馬王堆一號漢墓遣策考釋補正》，《文史》第十輯62頁）。此『虖』字似當讀爲『嘑』（啼），屬上讀（引者按：此說見《古文字論集》版第⑭條）。」

　　按：本方中的「虖」，帛書本釋爲「寢（寢）」，裘錫圭先生改釋爲「虖（啼）」。今細看集成本新圖版，帛書原文本寫作「虖」，爲「遞」字，故改釋。「遞」「嘑」均從「虖」得声，本方之「遞」通「嘑」，義爲呼喊啼叫。

　　「嘑」的本義爲大聲哭著呼喊。《說文·口部》：「嘑，號也。从口虖聲。」（二上）清段玉裁注：「嘑，俗作啼。」後世更換类母「口」轉形爲「謕」，或更換声母「虖」轉形爲「啼」。《集韻·齊韻》：「啼，《說文》：『號也。』通作謕。」《正字通·口部》：「嘑，啼本字。」又：「謕，俗作啼。」《說文》無「啼」字。《儀禮·既夕禮》：「主人啼，兄弟哭。」漢鄭玄注：「哀有甚有否。」唐賈公彥疏：「哀有甚有否者，啼即泣也。《檀弓》云：『高柴泣血三年。』注云：『言泣無聲如血出。』則啼是哀之甚。」《漢書·嚴助傳》：「親老涕泣，孤子謕號。」唐顏師古注：「謕，古啼字。」《後漢書·第五倫傳》：「永平五年，坐法徵，老小攀車叩馬，嘑呼相隨。」

　　此外，帛書本「寢（寢）」連下「東鄉（嚮）弱（溺）之」讀，而裘錫圭先生改釋爲「虖」後說：「此『虖』字似當讀爲『嘑』（啼），屬上讀」。我們認爲「嘑」當連連下讀，帛書本句讀不誤，但「溺之」宜獨立成句，讀爲：「以

〔註72〕裘錫圭：《馬王堆三號墓「養生方」簡文釋讀瑣談》，《湖南考古輯刊》第四輯，嶽麓書社1987年版。

己巳晨，嘄東鄉，溺之。」意爲：在己巳那天清晨，先向著東方大聲呼喊，再對著東方撒尿。

潰

　　一，傷脛（痙）者，擇蘦（蘺）一把，以敦（淳）酒半斗者（煮）潰（沸），歙（飲）之，即溫衣陜（夾）坐四旁，汗出到足，乃【口】。43／43（《五・傷痙》五）

　　本方中的「潰」，帛書本釋爲「潰（沸）」，但無注釋。考注本、校釋（壹）本、補譯本、校釋本、集成本釋文從帛書本，也無注釋。

　　考釋本改釋爲「沸」，並注：「沸——原作『潰』，古異寫。下同。」

　　按：「沸」是「潰」的初文，本義爲泉水湧出的樣子，也泛指水波翻騰。《說文・水部》：「沸，畢沸，濫泉。从水弗聲。」（十一上）清段玉裁注：「《詩〔經〕・小雅》《大雅》皆有『觱沸檻泉』，傳云：『觱沸，泉出兒。』」引申爲鍋中的水燒開時翻滾的樣子。《詩經・大雅・蕩》：「如蜩如螗，如沸如羹。」漢鄭玄箋：「其笑語遝遝，又如湯之沸羹之方熟。」《呂氏春秋・盡數》：「夫以湯止沸，沸愈不止，去其火則止矣。」或更換聲母「弗」轉形爲「潰」。《玉篇・水部》：「沸，方味切。泉湧出兒。潰，同上。」《集韻・未韻》：「潰，泉湧出兒。」

　　「潰」既然是「沸」的後出字，帛書本釋爲「潰（沸）」不妥，考釋本改釋爲「沸」失審，當按帛書原文釋爲「潰」爲是。在漢代簡帛經方文獻中，「沸」多寫作「潰」（參看「汍」條集釋），這可能漢人是書寫習慣。

　　注意：「潰」也能表示鍋中的水燒開時翻滾的樣子，如本方「以敦（淳）酒半斗者（煮）潰」。《漢語大字典》「潰」字下未收此義項，〔註73〕應據《五十二病方》補。

鄉

　　巢者：矦（候）天旬（電）而兩手相靡（摩），鄉（嚮）旬（電）祝

〔註73〕見《漢語大字典》第1874～1875頁，四川辭書出版社、湖北崇文書局2010年版。

之曰：「東方之王，西方【□□□】主冥_＝（冥_＝——冥冥）人星。」二七而【□】。_{66/66}（《五·巢者》一）

本方中的「鄉」，帛書本釋爲「鄉（嚮）」，但無注釋。校釋本、集成本釋文從帛書本，也無注釋。

考釋本注：「嚮電祝之：對著閃電的方向念咒語。」

校釋（壹）本改釋爲「鄉（向）」，但無注釋。

考注本逕改釋爲「向」，並注：「向——原作『鄉』。向與向上古音均曉母，陽部韻。同音通假。在古籍中鄉假爲向之例甚多。如《詩經·豳風·七月》：『塞向墐戶。』《儀禮·士虞禮》賈疏引上文『向』作『鄉』。《禮記·月令》：『雁北鄉。』《逸周書·時訓》載上文『鄉』作『向』。《荀子·仲尼》：『鄉方略。』楊注：『鄉，讀爲向。』」

補譯本注：「鄉：方向。《荀子·成相》『紂卒易向啓乃下』，楊倞注：『易向，回面也，謂前徒倒戈於後……，鄉：讀爲向。』」

按：本方中的「鄉」前人有三種釋文：帛書本釋爲「鄉（嚮）」，校釋（壹）本改釋爲「鄉（向）」考注本直接改釋爲釋爲「向」，但均認爲它們之間爲通假關係。

今細看集成本圖版，帛書原文本寫作「鄉」。「鄉」甲骨文作 {象形}，金文或增「食」作 {象形}，象兩人面對而食，本音讀 xiāng，本義爲面對著進餐。楊寬《「鄉飲酒禮」與「饗禮」新探》云：「『鄉』和『饗』原本是一字，甲骨文和金文中只有『鄉』字，字作『{象形}』，其中 {象形} 像盛食物的簋形，整個字像兩人相向對坐、共食一簋的情況，其本義應爲鄉人共食。因爲『鄉』的本義是鄉人共食，所以鄉人的酒會也稱爲『鄉』了。」「在金文中『鄉』和『卿』的寫法無區別，本是一字。《儀禮·士冠禮》《禮記·冠義》：『遂以贄見鄉大夫、卿先生。』『鄉大夫』也或作『卿大夫』，清代學者爲此曾發生爭議，其實『鄉』和『卿』原本就是一字。」〔註74〕既然「相向對坐，共食一簋」，故「鄉」引申爲面向、朝著，變讀爲 xiàng。《集韻·漾韻》：「鄉，面也。或從向。」《左傳·僖公三十三年》：「秦伯素服郊次，鄉師而哭。」《漢書·張良傳》：「雒陽東有成皋，

〔註74〕見《中華文史論叢》1963 年第四輯，或見《古史新探》第 289 頁，中華書局 1965 年版。

西有崤、黽，背河鄉雒，其固亦足恃。」

「向」甲骨文作⌂，金文作⌂，本義爲朝北開的窗戶。《說文·宀部》：「向，北出牖也。从宀从口。」清徐灝注箋：「古者前堂後室，室之前爲牖，後爲向，故曰『北出牖』……象形。」《詩經·豳風·七月》：「穹窒熏鼠，塞向墐戶。」毛傳：「向，北出牖也。」既然爲朝北開的窗戶，就很自然地引申爲面向、朝著。故在「面向」「朝著」義上，「鄉」「向」語義合流。漢語異字同義的合流，鍾如雄先生稱之爲「字義凝聚」。他說：「所謂『字義凝聚』是指異字同義的凝聚。」〔註75〕

「鄉」「向」都有「面向」「朝著」義，後世則將其合併，另造「嚮」字來表示。故「嚮」的本文義爲「面向」「朝著」。《集韻·漾韻》：「鄉，面也。或从向。」《尚書·多士》：「嚮于時夏，弗克庸帝。」唐孔穎達等正義：「天歸向，於是夏家。」《史記·滑稽列傳》：「西門豹簪筆磬折，嚮河立待良久。」

在漢代簡帛經方文獻中，表示朝向、面向均寫著本字「鄉」，均不當改釋爲「嚮」或「向」，更不能說「鄉」與「向」爲「同音通假」關係。本方「鄉甸（電）祝之」之「鄉」，書寫者用的是本字，不能改釋爲「嚮」或「向」。

擣

【夕】下：以黃＝枔＝（黃芩，黃芩）長三寸」，合盧大如□□豆丗（三十），去皮而并冶。【□□□】□大把，擣（擣）而煮之，令 ₆₈/₆₈ 沸，而潛去其宰（滓），即以【其】汁淒夕下，巳（已），乃以脂【□□□】，因以所冶藥傅 ₆₉/₆₉ 之」。節（即）復欲傅之，淒傅之如前。巳（已），夕下靡。₇₀/₇₀（《五·夕下》）

木方中的「擣」，帛書本釋爲「擣（擣）」，但無注釋。考注本、校釋（壹）本、補譯本、校釋本、集成本釋文均從帛書本，也無注釋。

考釋本逕改釋爲「擣」，並注：「擣——原作『擣』。擣與擣上古音均端母，幽部韻。同音通假。擣字同擣（《證韻》）。《廣雅·釋詁》：『擣，刺也，用棍。』即棒的一端撞擊。」

〔註75〕曾玉洪、鍾如雄：《論字義的凝聚與擴散》，《西南民族大學學報》2013 年第 5 期。

按：本方中的「搗」，各注本均釋爲「搗（擣）」，但細看集成本新圖版，帛書原文本寫作「搗」，《養生方》《武威漢代醫簡》等漢代簡帛經方文獻中也寫作「搗」，應按原文釋。

「搗」的初文作「擣」，後隸定爲「擣」，本義爲舂。《說文·手部》：「擣，手椎也。一曰築也。从手𡕿聲。」（十二上）小徐本作「從手壽聲」。清邵瑛羣經正字：「今經典『擣』作『擣』……此隸變之訛。」《玉篇·手部》：「擣，丁道切。《說文》云：『手椎也。一曰築也。』」《篇海類編·身體類·手部》：「擣，敲也；舂也。亦作搗。」《詩經·小雅·小弁》：「我心憂傷，惄焉如擣。」或更換聲母「𡕿」轉形爲「搗」。《正字通·手部》：「搗，俗擣字。」《儀禮·有司徹》：「擣肉之脯。」漢劉向本作「搗」。再更換聲母「島」轉形爲「搗」。《集韻·晧韻》：「擣，《說文》：『手推也。一曰築也。』或作搗、搗。」清朱駿聲《說文通訓定聲·孚部》：「擣，手椎也。一曰築也。从手𡕿聲。今字作擣，或又作搗、作搗、作𦥑。」〔註76〕《敦煌變文集·妙法蓮華經講經文》：「令人搗合交如法，及月收來必異常。」再更換類母「手」轉形爲「𦥑」。《玉篇·臼部》：「𦥑，舂也。亦作搗。」

「擣（擣）」「搗」「搗」「𦥑」是一組轉形字。本方的「搗」是「擣」的異體字，帛書本等釋爲「搗（擣）」，未安；考釋本說二字「同音通假」，失審。

趫

一，令斬足者清明（明）東鄉（嚮），以箭趫（趌）之二」七。 211／198（《五·腸癪（癩）》二）

本方中的「趫」，帛書本釋爲「趌」，並注：「趌，讀爲搊。」

考注本注：「趌，帛書整理小組注謂讀搊，今考《集韻》讀坼（恥格切），『跮步也』。《玉篇》：『半步也』。以箭趌之二七，意即用竹箭作假肢行走十四個跮步。」

校釋（壹）本注：「趌，讀爲搊，戳、紮之意。」校釋本注同校釋（壹）本。

考釋本注：「趌（chě，扯）——抗拒。《說文·走部》：『趌，距也。』《集

〔註76〕〔清〕朱駿聲：《說文通訓定聲》第249頁，武漢市古籍書店1983年影印。

韻・去・禡》：『趆，斜（衺）逆也。』《增韻》：『凡刀鋒倒刺皆曰距。』本條『以箭趆之』當指用針筒象徵性的刺激患者之義。」

補譯本注：「趆（chè 圻）：用足踏。睡虎地秦墓竹簡整理小組《睡虎地秦墓竹簡》北京文物出版社 1987.131 頁：『輕車、趆張、引強、中卒所載傳到軍。』注曰：『趆張，用腳踏張開的硬弓。』《說文》：『漢令曰：趆張百人』。古書也寫作蹶張。『以箭趆之二七』：用竹棍對著癩疝處敲擊十四次。」

集成本改釋爲「趠（趆）」，而注同帛書本和考注本。

按：本方中的「趠（chě）」帛書本釋爲「趆」，集成本改釋爲「趠（趆）」；釋義則有四種：一說通「搣」，一說通「圻」，一說指「刺激」，一說「敲擊」。

今細看集成本新圖版，帛書原文本寫作「𧺫」，逕釋作「趆」，帛書本釋文是。「趆」的本字爲「趠」，本義爲用腳踏弩張弓。《說文・走部》：「趠，距也。从走，席省聲。漢令曰：『趆張百人。』」（二上）小徐本作「席聲」，南唐徐鍇繫傳：「趆張，蓋謂以足踏張弩也。」清段玉裁注：「『距』當作『歫』。歫，止也。一曰槍也。按：蹴弩主於歫距，故曰『趆張』。」清王筠繫傳校錄：「當作『席』聲。」《睡虎地秦墓竹簡・秦律雜抄》：「輕車、趆張、引強、中卒所載傳（傳）到軍，縣勿奪。」或寫作「趆」「塚」。《類篇・走部》：「塚，距也。又衺逆也。又跮步也。」《集韻・陌韻》：「趆，跮步也。一曰距也。或作趠。」《止字通・走部》：「塚，塚腳立也，腳斜立也……篆作塚，《正韻》及俗書皆作『趆』。『斥』即『圻』之變形。」本方中的「以箭趆之二七」，意爲用竹拐杖捅癩疝處十四次。

易

一，癪（癩），先上卵，引下其皮，以砏（砭）穿其【隋（脽）】旁；□【□】汁及膏□，撓以醇□。有（又）久（灸）其痏，勿令風_{234/221}及，昜〈易〉瘳」；而久（灸）其泰（太）陰、泰（太）陽【□□】。●令。_{235/222}（《五・腸癪（癩）》十八）

本方中的「昜」，帛書本釋爲「昜」，但無注釋。繼後各注本多從其釋，也無注釋。

集成本改釋爲「昜〈易〉」，並注：「昜，原釋文逕釋作『易』，此從劉欣

（2010：80）釋。」

按：今細看集成本新圖版，帛書原文本寫作「易」。「易」即「陽」，非容易之「易」，帛書本釋爲「易」，集成本改釋爲「易〈易〉」，均不妥。當釋爲「易（陽）」，指陽光。

「易」甲骨文作，爲「陽」字的初文。《說文・勿部》：「易，開也。一曰飛揚。一曰長也。一曰彊者眾皃。」（九下）清段玉裁注：「此陰陽正字也。陰陽行而昜易廢矣。」《漢書・地理志》「（交趾郡之）曲昜」，唐顏師古注：「昜，古陽字。」「陽」古有太陽義。《詩經・小雅・湛露》：「湛湛露斯，匪陽不晞。」毛傳：「陽，日也。」《呂氏春秋・辯土》：「故畝欲廣以平，甽欲小以深，下得陰，上得陽，然後咸生。」漢高誘注：「陽，日也。」

本方之「易（陽）」爲動詞，指見陽光或曬太陽。「勿令風及易（陽）」，指針灸後不要吹風和見陽光。因此，「易（陽）」應連上「勿令風及」讀，不能連下「瘳」讀，「瘳」應連下「而久（灸）其泰陰、泰陽」讀。

居

一，未有巢者，煮一斗棗、一斗膏，以爲四斗汁，置般（盤）中而居（踞）之，其蟲出。274/261（《五・牝痔》六）

本方中的「居」，帛書本釋爲「居（踞）」，但無注釋。集成本釋文從帛書本，也無注釋。

考釋本逕改釋爲「踞」，並注：「踞——原作居。踞與居上古音均見母，魚部韻。同音通假。《說文・足部》：『蹲也。』段注：『若蹲則足底著地，而下其脾，聳其膝曰蹲。』」

補譯本注：「踞（jù）：坐下。」

按：本方中的「居」不當釋爲「踞」或改釋爲「蹲」。「居」爲「蹲」字的初文，帛書書寫者用的是本字，不存在通假問題，應按原文釋爲「居」。考釋本說「同音通假」不確，且臆改爲「蹲」，失審未安。

「居」上古音屬見母魚部，《廣韻・魚韻》九魚切，今音 jū，本義爲蹲。《說文・尸部》：「居，蹲也。从尸。古者居从古。踞，俗居从足。」（八上）清段玉裁改爲「从尸古聲」，並注：「凡今人居處字，古祇作『凥處』。居，蹲

也。凡今人蹲踞字，古祇作『居』……今字用『蹲居』字爲『尻處』字，而『尻』字廢矣，又別制『踞』字爲蹲居字，而『居』之本義廢矣。」

後世纍增「足」轉形爲「踞」，《廣韻・御韻》居御切，今音 jù。《說文・足部》重出字有「踞」，云：「踞，蹲也。从足居聲。蹲，也踞。从足尊聲。」（二下）清徐灝注箋：「『居』字借爲居處之義，因增『足』旁爲蹲踞字。」清朱士端校定本：「俗『居』从足者，蓋古人製字『居』字最先。許君因漢時『踞』字已行，故亦列於《足部》，而於『居』下『踞』字云『俗从足』者，以證『居』爲本字也。」《足部》又云：「蹲，踞也。从足尊聲。」唐玄應《一切經音義》卷六引《字林》：「踞，謂垂足實坐也。」漢王延壽《王孫賦》：「踡兔蹲而狗踞，聲歷鹿而喔咿。」

本方的「居之」，指讓病人騎坐（或蹲）在藥盆上，不是坐在藥盆裡。

溜

一，冶雄黃，以虆（虋）膏脩（滫），少菽（椒）以醯，令其口寒溫適，以傅=之=（傅之。傅之）毋久（流）。先孰（熟）洵（洗）加（痂）以湯，乃傅。₃₄₈/₃₃₈《五・加（痂）》二）

本方中的「溜」，帛書本釋爲「濯」，但無注釋。補譯本釋文從帛書本。

補譯本注：「濯（zhuo 酌）：洗滌。《詩經・大雅・泂酌》：『可以濯罍』，毛傳：『濯，滌也。』『傅之毋濯』即藥敷的過程中不要洗。」

集成本改釋爲「溜（流）」，並注：「溜，原釋文作『濯』，此從陳劍（2010）釋。」

按：本方中的「溜」，帛書本釋爲「濯」，補譯本釋爲「洗滌」，集成本改釋爲「溜（流）」。今細看集成本新圖版，帛書原文的確寫作「溜」，集成本改釋是，然說「溜」通「流」則不確，因爲「溜」本身自有流布義，不存在通「流」之說。

「溜」本字作「潘」，上古音屬來母幽部，《廣韻・宥韻》力救切，今音 liù，本義爲古水名「潭江」。《說文・水部》：「潘，水。出鬱林郡。从水雷聲。」（十一上）引申爲水或其他液體向下流。唐玄應《一切經音義》卷十八引《蒼頡解詁》曰：「溜，謂水垂下也。」《廣韻・宥韻》：「溜，水溜。」再引申爲

泛指流布。

古代醫書也常用「溜」字來表示流布。如《靈樞經・九針十二原》:「經脈十二,絡脈十五,凡二十七氣。以上所出爲井,所溜爲榮,所注爲腧,所行爲經,所入爲合。」《難經・六十八難》也引作「所溜爲榮」。在「水或其他液體向下流」和「流布」意義上,「溜」與「流」意義合流通用。

本方之「傅之毋溜」,指加醋調和的雄黃膏不宜太稀,貼敷後不四處流出即可。

胕

一,痂方:取三歲織(膱)豬膏,傅之。燔胕(腐)荊(荊)箕,取其灰,以痤(摩)囗三【而巳(已)。●】令。369/359(《五・加(痂)》二十一)

本方中的「胕」,帛書本釋爲「胕(腐)」,並注:「腐荊箕,已陳舊腐朽的荊編畚箕。」補譯本、集成本釋文及注文同帛書本。

考注本注:「胕(腐)荊箕:已陳腐的用荊條編的畚箕。」

校釋(壹)本注:「腐荊箕:陳破壞爛的荊條所編的畚箕。」

考釋本逕改釋爲「腐」,並注:「腐——原作胕。腐與胕均候母韻,〔註77〕腐爲並母,胕爲幫母,故胕假爲腐。《說文・肉部》:『腐,爛也。』《廣韻・上・麌》:『腐,朽也,敗也。』荊箕(jī,基)——箕爲簸箕,爲揚米去糠用的器物。《說文・竹部》:『箕,簸也。李尤《箕銘》:『箕主簸揚糠粃及陳。』本條的荊箕即用荊條編成的箕。」

校釋本注:「腐荊箕:已經陳腐的用荊條編成的畚箕。」

集成本釋爲「胕(腐)」,但無注釋。

按:「胕」帛書原文如是書寫,帛書本、集成本均釋爲「胕(腐)」,考釋本認爲通「腐」,故改釋爲「腐」。我們認爲:「胕」是「腐」的異體字,從上下結構構形改成了從左右結構構形,不存在通假問題,應逕釋爲「胕」。

「腐」的本義爲朽爛。《說文・肉部》:「腐,爛也。從肉府聲。」(四下)

〔註77〕上古韻部「侯」,考釋本誤寫作「候」。「侯」屬於韻部,考釋本說成「候母韻」,將韻部與聲母攪混在一起,有失嚴謹。

《禮記·月令》:「溫風始至,蟋蟀居壁,鷹乃學習,腐草爲螢。」《玉篇·肉部》:「腐,扶甫切。《說文》曰:『爛也。』《月令》云:『腐草化爲螢。』」或更換聲母「府」轉形爲「胕」。《素問·異法方宜論》:「其民嗜酸而食胕。」唐王冰注:「言其所食不芬香。」又:「癘者,有榮氣熱胕,其氣不清,故使其鼻柱壞而色敗,皮膚潰瘍。」王冰注:「合熱而血胕壞也。」「胕」在漢代以前的醫典中是個常用字,後世因與「臟腑」之「腑」混用,考釋本誤以爲通「腐」。《漢語大字典》也混淆了「胕」與「腐」的字體源流關係,把臟腑義作爲「胕」的本義,且引例無文獻例證,祇引了《廣韻》《集韻》的解釋,〔註78〕失愼。「胕菥箕」後世寫作「腐荊箕」,即腐爛的荊條簸箕。

秳

一,乾加(痂):冶蛇牀實,以牡蠥(蠇)膏饍,先秳(刮)加(痂)潰,即傅而炙,□乾,去【□】□傅☑370/360(《五·加(痂)》二十二)

本方中的「秳」,帛書本釋爲「括(刮)」,並注:「先刮加潰,先將痂的表面刮破。」

校釋(壹)本注:「先刮痂潰:先將患處皮膚表面刮破。」

考釋本逕改釋「括」爲「刮」,並注:「刮——原作括,刮與括上古音均見母,月部韻。同音通假。刮字義爲精〔註79〕理、洗刷。《說文·刀部》:『刷,刮也。』《爾雅·釋詁》:『刷,清也。』郭注:『掃刷所以爲潔清。』《三國志·蜀志·關羽傳》:『刮骨去毒。』本條的『刮痂』係清理瘡面的一種步驟。」

陶安、陳劍改釋爲「秳」。〔註80〕

校釋本注:「先括(刮)痂潰:先將患處皮膚表面刮破。括(刮),劉欣(2010)改釋爲『秳』,疑爲『刮』之誤;廣瀬薫雄(2012)改釋爲『秳』,讀爲『刮』。」

集成本從陶安、陳劍說改釋爲「秳」,並注:「秳,原釋文作『括』,讀爲

〔註78〕見《漢語大字典》第2210頁,四川辭書出版社、湖北崇文書局2010年版。

〔註79〕此「精」疑爲「清」字之誤。

〔註80〕陶安、陳劍:《〈奏讞書〉校讀札記》,《出土文獻與古文字研究》第四輯,上海古籍出版社2011年版。

『刮』，此從陶安、陳劍釋（《〈奏讞書〉校讀札記》，《出土文獻與古文字研究》第四輯，上海古籍出版社，2011 年，四〇〇～四〇一頁）。」

按：「秳」帛書本釋爲「括（刮）」，義爲刮破，考釋本逕改釋爲「刮」，陶安、陳劍再改釋爲「秳」。今細看集成本新圖版，帛書原文寫作「秳」，字已殘缺，但從其左上的「禾」頭看應釋爲「秳」字。前人認爲，無論釋爲「括」還是「秳」，均讀爲「刮」，我們認爲此說非是。

本方之「秳」應讀如字，因爲「秳」字自有磨破義，與《加（痂）》第二十一治方「取其灰以痤（摩）痂」之「痤」同義，既非通「刮」，也非洗刷義。

「秳」本寫作「秳」，上古音屬匣母月部，《廣韻·末韻》戶括切，今音 huó，本義爲舂擣不破的穀子。《說文·禾部》：「秳，舂粟不漬也。從禾昏聲。」（七上）清鈕樹鈺校錄：「《繫傳》同《玉篇》注『漬』作『潰』。《廣韻》：『舂穀不潰也。』則『漬』爲譌。」清段玉裁注：「潰，漏也。舂粟不潰者，謂無散於臼外者也。」清徐灝注箋：「不潰，非不散於臼外之謂也，謂米之堅者舂不破也。」清桂馥義證、王筠句讀引《一切經音義》改釋爲「堅米也」，且引《聲類》「䊣，米不碎」、三國魏孟康《漢書音義》「麥穬中不破者也」爲證。又：「䎶（hé），秳也。從禾氣聲。」徐灝注箋：「《一切經音義》二十三云：『䎶，堅米也。謂米之堅鞕舂擣不破者也。』」《玉篇·禾部》：「秳，胡栝切。舂粟不潰也。䎶，下沒切。秳也。」〔註81〕《廣韻·沒韻》：「䎶，秳也。舂粟不潰也。」

在本方中「秳」特指用手搓磨。「秳加（痂）潰」，意爲磨瘡的表面，磨到破皮爲止。

涂

一，以青粱米爲鬻（粥），水十五而米一，成鬻（粥）五斗，出，揚去氣，盛以新瓦罋（甕），冥（幂）口以布三【□】，92/92 即封涂（塗）厚二寸，燔，令泥盡火而歇（歠）之，胏（痏）巳（已）。93/93（《五·蚖》六）

本方中的「涂」，帛書本釋爲「涂（塗）」，但無注釋。考注本、校釋（壹）

〔註81〕《宋本玉篇》第 287～288 頁，北京市中國書店 1983 年據張氏澤存堂本影印。

本釋文從帛書本，也均無注釋。

考釋本逕改釋爲「塗」，並注：「涂〔註82〕——涂與塗上古音均定母，魚部韻。同音通假。『涂』與『塗』在古籍中也多互通：如《周禮·考工記·匠人》：『經涂九軌』。《文選·行旅詩》引上文『涂』作『塗』，《後漢書·班彪列傳》：『脩涂飛閣。』李注：『涂，亦塗也。古字通用。』鄭珍《說文新附考》：『以泥涂敷於他物亦曰涂。因之凡以物傅物皆得曰塗。俗以泥涂字加土。』」

集成本注：「劉欣（2010：40）：《說文》：『塗，泥也。』〔註83〕」

按：「涂」帛書原文寫作「𣶏」，帛書本釋爲「涂（塗）」，繼後各家注本從其釋。考釋本說二字「同音通假」，其說失審。「涂」「塗」古今字，本方的「塗」當按帛書原文釋，不當釋爲「塗」。

上古漢語本用「垛」字來表示粉刷義。《墨子·節葬下》：「今王公大人之爲葬埋，則異與此。必大棺中棺，革闠三操，碧玉即具，戈劍鼎鼓壺濫，文繡素練、大鞅萬領、輿馬女樂皆具，曰必捶垛差通，壟雖凡山陵。」清孫詒讓引畢沅注：「垛當爲『塗』，《說文》《玉篇》無垛字。言築塗使堅。」〔註84〕《雜禁方》也寫作「垛」。

「涂」也表示粉刷義，後世多寫作「塗」。《說文·木部》：「杇，所以涂牆也。」（六上）清段玉裁注：「涂者，飾牆也。」《篇海類編·地理類·水部》：「涂，飾也。」又《說文·土部》新附字：「塗，泥也。從土涂聲。」清鄭珍新附考：「古涂、途字並止作涂。」詳細論述可參看「垛」條。

注意：《漢語大字典》：「涂，粉刷物品。後作『塗』。」〔註85〕但無文獻例證，應據《五十二病方》補。

汏

穜=囊=（腫囊：腫囊）者，氣實囊，不去⌐。治之：取馬矢挦（犅）者三斗，孰（熟）析，汏以水=（水，水）清，止；浚去汁，洎以酸漿

〔註82〕此「涂」應爲「塗」之誤。

〔註83〕「塗，泥也」爲大徐本新附字的釋語，不當簡稱「《說文》：『塗，泥也。』」

〔註84〕〔清〕孫詒讓撰，孫啓治點校：《墨子閒詁》第186頁，中華書局2001年版。

〔註85〕見《漢語大字典》第1745頁，四川辭書出版社、湖北崇文書局2010年版。

（漿）【□】_{206／193}斗⌉，取芥衷莢。壹用，暂（智－知）⌉；四五用，種（腫）去。毋（無）禁，毋（無）時。●令。_{207／194}（《五・種（腫）囊》）

　　本方中的「汰」，帛書本釋爲「沃」，但無注釋。

　　考釋本注：「沃——澆灌。」

　　校釋本注：「沃以水：用水澆淋。」

　　集成本改釋爲「汰」，並注：「汰，原釋文作『沃』，此從陳劍（2010）釋。陳劍（2010）：『汰』意爲淘洗、淘汰。……後世醫書中習見，多與『淘』（或作『洮』）連用。如《外臺秘要方》卷二十『水通身腫方』：『大麻子、赤小豆右二味取新精者，仍淨揀擇，以水淘汰，暴令乾。』《醫心方》卷一『合藥料理法』：『凡菟絲子，暖湯淘汰去沙土，乾，漉……』《千金翼方》卷十三『辟穀』之『仙人服柏葉減穀方』：『柏葉三石，熟煮之，出置牛筥中以汰之，令水清乃止。』末例與帛書尤爲密合。」

　　按：「汰」帛書本釋爲「沃」，考釋本訓爲「澆灌」，校釋本訓爲「澆淋」；集成本從陳劍說改釋爲「汰」，訓爲「淘汰」。今細看集成本新圖版，帛書原文本寫作「狀」。其右文「夭」雖已殘缺，但從筆鋒的運行看，仍能看出是個「沃」字，故應依帛書本釋爲「沃」爲是，義爲「浸泡」。

　　「沃」的本字作「芺」，本義爲澆灌。《說文・水部》：「芺，溉灌也。從水芺聲。」（十一上）清段玉裁注：「芺，隸作沃。自上澆下曰沃。」《周禮・夏官・小臣》：「大祭祀，朝覲，沃王盥。」引申爲浸泡。《玉篇・水部》：「芺，於酷切。溉灌也；柔也；漬〔註86〕也。沃，同上。」《廣雅・釋詁二》：「沃，漬也。」北魏賈思勰《齊民要術・造神麴並酒》：「大率中分，半米前作沃饋，半後作，再餾黍。純作沃饋，使就鈍；再餾黍，酒便輕香。是以須中半耳。」

　　本方所謂「執析，沃以水，水清止，浚去汁」，意爲：（將馬糞）切細，先用水浸泡，待水澄清後，泌出馬糞水。集成本說「汰」爲「淘洗、淘汰」馬糞，不合事理。

〔註86〕此「漬」當爲「漬」字之誤。《廣雅・釋詁二》云：「沃，漬也。」古籍中「漬」與「漬」常混用。如《說文・禾部》「秳，舂粟不漬也」，《玉篇・禾部》引作「舂粟不漬也」；大徐本《說文・米部》「䊤，漬米也」，小徐本作「䊤，漬米也」，是其證。

邦

一，諸疽物初發者」，取大叔（菽）一斗，熬孰（熟），即急邦〈抒〉置甀【□□□□□□□□】置其【□】_{300/286}醇酒一斗淳之至上下，即取其汁盡歓（飲）之。_{301/287}（《五・雎（疽）病》九）

本方中的「邦」，帛書本釋爲「抒」，但無注釋。

考釋本注：「抒——取水。參見本書【原文十九】注。」

補譯本注：「抒（shū，舒）：從液體中將某物汲出謂之抒。『熱熬，即急抒』，指將煮好的大豆快撈起來放入甀內繼續蒸烹。」

校釋本注：「抒：陳劍（2013）認爲當釋作『邦』。」

集成本改釋爲「邦」，並注：「邦，原釋文作『抒』，此從陳劍（2010）釋。陳劍（2010）：『邦』將讀爲何字待考。也不排除它有可能還是就應當看作『抒』之誤字。今按：『邦』，當是『抒』之誤字。本篇 262／249 行『抒置甕中』，與此同例。」

按：「抒」帛書本釋文如是，陳劍先生認爲當釋作「邦」，但又說「『邦』將讀爲何字待考」。集成本從陳劍說改釋爲「邦」，並說「當是『抒』之誤字」。今細看集成本新圖版，帛書原文本寫作「**邦**」，應是「抒」字的草書體，帛書本釋文不誤，不當改釋爲「邦」。

本方的「抒」，考釋本釋爲「取水」，補譯本釋爲「從液體中將某物汲出」，我們認爲應訓爲「漉」「泌」。《說文・水部》：「漉，浚也。从水鹿聲。淥，漉或从录。」（十一上）「漉」今西南官話叫「泌」。《五十二病方・傷頸》第二治方：「傷而頸（痙）者，以水財煮李實，疾沸而抒浚，取其汁，寒和，以飲病者。」其中「抒浚」连用，表示舀出、泌出。〔註87〕「急抒置甀」，意爲：快速地泌出煮人豆的水，然後再將煮過的大豆放入甀中蒸。

誽

一，氣雎（疽）始發，湞₌（湞湞）以痒，如□狀，扣靡（摩）□

〔註87〕 參看胡娟、鍾如雄《漢代簡帛醫書句讀勘誤四則》，見《東亞人文學》第四十五期，〔韓〕東亞人文學會出版發行，2018 年 12 月。

而【□□】雎（疽），桓（樝－薑）、桂、椒□，居四芎【□□□□□□
□】306/292+299 二果（顆），令䚻叔（菽）□鏊（熬）可【□】，以酒沃，
即浚【□□】淳酒半斗，煮，令成三升，【□□□□□□□】307/293+300
出而止。308/294《五·雎（疽）病》十一）

　　本方中的「䚻」，帛書本釋爲「䚻」，但無注釋。

　　校釋（壹）本注：「䚻，音義不詳。」

　　考釋本注：「䚻字待考。」

　　補譯本改釋爲「舝」，並注：「舝：從言勿從廾，廾雙手奉物之意；䚻疑
爲訅，《龍龕手鑑·言部》：『訅，俗；訰正，因也，就也、厚也。』《說文》：
『訰，厚也』。因此，䚻可能爲將某物加厚之意。」

　　集成本注：「陳劍（2010）：（䚻）頗疑就是『與』字之訛體……本篇 61
行『犬笡（噬）人傷者，取丘（蚯）引（蚓）矢二升（？），以井上罋鬵處土
與等，並熬之……』，《養生方》48 行有『……杜上，令與地平』，《諸傷》題
下 23～24 行『一，令金傷毋痛方，取蘮鼠，乾而冶；取鱟魚，燔而冶；□□、
新（辛）夷、甘草各與【蘮】鼠等……』，皆可與此文相印證。」

　　按：「䚻」，帛書本如是釋，補譯本改釋爲「舝」，陳劍說爲「與」字的訛
體。其音義校釋（壹）本說「不詳」，考釋本說「䚻字待考」。

　　今細看集成本新圖版，帛書原文本寫作「」，從下文「鏊」字看，「」
叔」應爲把大豆擣爛，故疑「」爲「舝」字，「舝」之訛體。

　　「舝」的初文作「丯」，後增「刀」轉形爲「刅」，再增「大」（代表人）
或「木」轉形爲「契、栔」。「刅」甲骨文作，本義爲刻畫。《說文·刅部》：
「刅，巧刅也。從刀丯聲。」（四下）應爲「從刀從丯，丯亦聲」。清段玉裁
注：「巧刅，蓋漢人語。」清朱育仁部首箋正：「巧刅，古語謂刻畫之工也。」
《說文》同部重出字有「栔」，云：「栔，刻也。從刅從木。」

　　「契」有割斷義。《爾雅·釋詁下》：「契，絕也。」晉郭璞注：「今江東
呼刻斷物爲契斷。」漢劉向《說苑·雜言》：「干將鏌鋣，拂撞不錚，試物不
知；揚刃離金，斬羽契鐵斧，此至利也。」「契」的訛體作「舝」。《龍龕手鑑·
廾部》：「舝，舝約也。」本方的「令舝叔□鏊」，意爲將大豆壓破後再熬。

爵

一，闌（爛）者，爵〈壽（擣）〉蘖米，足（捉）取汁而煎，令類膠，即冶厚柎，和，傅。₃₁₇/₃₀₇（《五・火闌（爛）者》二）

本方中的「爵」，帛書本釋爲「爵（嚼）」，但無注釋。

考釋本逕改釋爲「嚼」，並注：「嚼（jiào，攪）——原作爵。嚼與爵上古音均藥部韻。嚼爲從母。爵爲精母，故爵假爲嚼。嚼字義爲咀嚼。《字林》：『嚼，咀齬也。』按，在古籍中嚼與咀二字同義，而互用。如《大戴禮・易本命》：『咀嚾者九竅而胎生。』《淮南子・墜形》引此文『咀嚾』作『嚼咽』二字。又按，嚼字在古代醫學著作中又稱㕮咀。《廣韻・上・麌》：『㕮，咀嚼也。』《方言》：『藥之初齊（劑）爲㕮咀。』《本草綱目》卷上（序例上）之注文節選：『宗奭曰：㕮咀有含味之意，如人以口齒咀齬，雖破而不塵。古方多言㕮咀，此義也。……杲曰：㕮咀古制也。古無鐵刃，以口咬細，令如麻豆，煎之，今人以刀剉細耳。』」

補譯本注：「爵：㕮嚼：古時粉碎藥物的一種方法。《靈樞・壽夭剛柔》：『凡四物，皆㕮嚼。』」

集成本改釋爲「爵〈壽（擣）〉」，並注：「爵，原釋文讀爲『嚼』。劉欣（2010：105）釋爲『壽（擣）』，云：此字……疑是『壽』字在寫的過程中受『爵』的影響而誤。今按：此字仍當釋爲『爵』。但參考劉欣（2010）的意見，在此認爲是『壽』的誤字。」

按：「爵」帛書本釋爲「爵（嚼）」，繼後各注本多從其釋，唯集成本從劉欣說改釋爲「爵〈壽（擣）〉」，但仍釋爲「爵」字。今細看集成本新圖版，帛書原文本寫作「𡐫」，即「壽」字。本方的「擣」祇寫了聲母「壽」，故改釋爲「壽（擣）」。在《五十二病方》《武威漢代醫簡》等出土文獻中，以聲母代本字的書寫規律極爲普遍。「壽（擣）蘖米」意爲搗碎生芽的穀米，而非「嚼碎（㕮咀）」。

傅

以刃傷，䐣（燔）羊矢，傅之₁₀/₁₀。（《五・諸傷》六）

本方中的「傅」，帛書本注：「傅，外敷。」

考注本注：「傅：通敷，即外敷。」

考釋本逕改釋爲「敷」，并注：「傅——假爲『敷』。二字上古音均魚部韻。傅爲幫母，敷爲滂母。在古籍中二字也多互通，如《詩經·大雅·長發》：『傅奏其勇。』〔註88〕《經典釋文》卷七：『傅，本亦作敷。』敷字義爲塗抹藥物。《詩經·小雅·小旻》：『敷於下土。』毛傳：『敷，布也。』《左傳·僖公十四年》：『毛將安敷。』杜注：『敷，著也。』《穆天子傳》卷六：『敷筵席。』郭注：『敷，猶鋪也。』按，本書中『敷』全作『傅』，故今仍依原文，下同。」

校釋（壹）本注：「傅：外敷。」

補譯本注：「傅：古通敷。《荀子·成相》『禹傅土，平天下。』楊倞注：『傅讀爲敷。』《漢書·陳湯傳》：『離城三里，止營傅城。』顏師古注：『傅，讀爲敷，敷布也。』〔註89〕《五十二病方》中，傅，均指將藥敷布於傷口之上。」

按：本方中的「傅」，前人有兩種解釋：帛書本祇有釋義，未注明與他字的關係；考注本、補譯本既有釋義，另注明「通敷」；考釋本不僅注明「通敷」，而且還將原文的「傅」逕改釋爲「敷」。

我們認爲，「傅」「敷（敷）」爲同源字，二字在「搽抹」義上，清代以後同義，故前人說漢代簡帛經方文獻「傅」通「敷」，不可信。據我們調查，在漢代簡帛經方文獻中，凡「搽抹」義均寫作「傅」，考釋本不當改釋。

「傅」金文作𫝈，上古音屬幫母魚部，《廣韻·遇韻》方遇切，今音 fù，本義爲輔佐。《說文·人部》：「傅，相也。从人專聲。」（八上）《左傳·僖公二十八年》：「鄭伯傅王，用平禮也。」晉杜預注：「傅，相也。」輔佐爲次要的、依附於主體的，並給予主體以利益，故引申爲將木板、灰粉、藥物等塗抹在物（身）體上，且變音爲 fū（《集韻·虞韻》芳無切）。《墨子·備城門》：「板周三面，密傅之。」清孫詒讓閒詁：「蘇（子卿）云：『傅即塗也，所以放火。』」

「敷」的本字作「敷」，上古音屬滂母魚部，《廣韻·虞韻》芳無切今音 fū，本義爲給予。《說文·攴部》：「敷，攰也。从攴專聲。《周書》曰：『用敷遺後人。』」（三下）後世更換聲母「專」轉形爲「敷」。《說文》「敷」引《周

〔註88〕《詩經·大雅》無《長發》篇，此文出自《大戴禮記·衛將軍文子》。

〔註89〕〔唐〕顏師古注：「傅，讀爲敷，敷布也。」應讀爲：「傅，讀爲敷。敷，布也。」補譯本讀誤。

書》曰：「用敷遺後人」，而今本《尚書》作「敷」。《尚書・康王之誥》：「勘定厥功，用敷遺後人休。」僞孔安國傳：「用布遺後人之美，言施及子孫無窮。」引申爲傳佈、公佈、鋪陳、鋪展、散佈、生長、分別搽抹等，而「敷」的「搽抹」義產生於清代，故清代以前凡敷藥均用「傅」字，而不用「敷」。既然「敷」的「搽抹」義清代纔產生，而漢代簡帛經方文獻用「傅」來表示「搽抹」義就極爲正常，故釋文不當隨意改釋。

欽

一，諸傷，風入傷=（傷，傷）癰痛。治：以枲絮爲獨（韣），□□癰傷，漬以【□□□□】麙膏煎汁，置 37/37【□□】沃，數□注，下膏勿絕，以欽（翕）寒氣，【□□□□】礜【□□□□□】，以傅傷空（孔），蔽上，38/38 休，復爲□【□□□□□□】□□□【□□□□□】□【□□□】□癰□【□□□□】。39/39 傅藥先食後食次（恣）。毋（無）禁，毋（無）時。【□】礜不暴□【□】盡入。40/40（《五・傷痙》三）

本方中的「欽」，帛書本釋爲「歐（驅）」。校釋（壹）本、補譯本釋文從帛書本，但均無注釋。

考注本也釋爲「歐（驅）」，並注：「以歐（驅）寒氣：用這種治療法來驅散傷口中的寒氣。」

考釋本逕改釋爲「驅」，並注：「驅——原作『歐』。『歐』與『毆』上古音均侯部韻。歐爲影母，毆爲溪母。故歐假爲毆。毆爲驅之古寫。其義爲驅逐。《玉篇・馬部》：『驅，逐遣也。……古作毆。』《禮記・月令》：『驅獸，毋害五穀。』《漢書・賈誼列傳》：『或毆之以法令。』顏注：『毆與驅同。』」

校釋本注：「驅寒氣：驅除體內寒氣。」

集成本改釋爲「欽（翕）」，並注：「原釋文作『歐』，此從陳劍（2010）釋。陳劍（2010）：『欽』疑當讀爲『翕』。……『翕』常訓『斂』『合』，字亦當作『歙』。……帛書『以欽（翕）寒氣』即以使寒氣收斂。」

按：今細看集成本新圖版，帛書本所釋之「歐」，帛書原文本寫作「𠭲」，字形既像「欽」也像「歙（歠）」字，但與「歐」或「翕」一點兒也不相干。

「欽」上古音屬曉母緝部，《廣韻・合韻》呼合切，今音 hē，本義爲吸飲。

《說文・欠部》:「㰦,歙也。从欠合聲。」(二上)清段玉裁注:「㰦與吸意相近,與歙爲反對。《東京賦》曰:『㰦野噴山。』」又:「歙,㰦也。从歙省。映,歙或从口从夬。」《玉篇・欠部》:「㰦,呼合切。歙也。」《廣韻・合韻》:「㰦,大歙也。」清桂馥《札樸・鄉里舊聞・雜言》:「飲酒曰㰦。」「㰦」就是今天所說「喝水」「喝酒」「喝茶」的「喝」字之本字。

「喝」上古音屬影母月部,《廣韻・夬韻》於辖切,今音 yè,本義爲声音沙哑。

本方「㰦寒氣」,指不斷地在傷口上塗抹豬膏,以吸收傷口中的寒氣。考釋本說「歐假爲㰦」,以誤釋字爲訓,失審;陳劍說「㰦」即「翕」,「翕」即「歙(xī)」,義爲「使寒氣收斂」,輾轉爲訓,未安。

蓐

一,「父居蜀,母爲鳳=(鳳鳥)蓐。毋敢上下塈(尋),鳳=(鳳鳥)【貫】而心。」84/84(《五・螱》六)

本方中的「蓐」,帛書本如是釋,但無注釋。繼後各注本釋文均從帛書本。
校釋本注:「蓐,臥墊。」
考釋本注:「蓐:草席。《一切經音義》卷二十一引《三蒼》:『蓐,薦也。』《後漢書・段潁列傳》李注:『蓐,席也。』」
補譯本注:「蓐,《左傳・昭公元年》:『沈、姒、蓐、黃,實守其祀』,杜注:『四國,台之駘後』,祝詞指父母所居。」

按:本方中的「蓐」前人釋爲「臥墊」「草席」,或釋爲「父母所居」,均未安;補譯本以國名釋之,更爲不妥。

「蓐」上古音屬日母屋部,《廣韻・燭韻》而蜀切,今音 rù,本義爲陳草復生。《說文・蓐部》:「蓐,陳艸復生也。从艸辱聲。一曰蔟也。薅,籀文蓐从茻。」(下一)南唐徐鍇繫傳:「陳根復生繁縟也……言草繁多也。」〔註90〕引申爲草席、草墊。《爾雅・釋器》:「蓐謂之茲。」晉郭璞注:「茲者,蓐席也。」清王筠《說文句讀》:「案:此皆人之蓐也,蔟則蠶之也。俗作褥字,蓋即蓐之分別文。」再引申爲厚、繁複。《方言》卷十二:「蓐,厚也。」《廣

〔註90〕〔南唐〕徐鍇:《說文解字繫傳》第 23 頁,中華書局 1987 年影印本。

雅·釋詁三》：「蓐，厚也。」清王念孫疏證：「《說文》：『蓐，陳艸復生也。』又云：『縟，繁采飾也。』張衡《西京賦》云：『采飾纖縟。』縟與蓐同義。」《左傳·文公十七年》：「訓卒利兵，秣馬蓐食，潛師夜起。」清王引之《經義述聞》卷十七：「食之豐厚於常，因謂之『蓐食』。」〔註91〕

用「蓐」的本義陳草復生和引申義草席、草墊和厚、繁複來解釋本方「母為鳳鳳蓐」之「蓐」都不恰當，因為從下文「鳳鳳【貫】而心」看，「蓐」應該是個動詞，而非名詞。

我們認為，本方的「蓐」通「戝」。「戝」的本義為戡。《玉篇·戈部》：「戝，如欲切。戡也。」「戝」的異體字作「戝」，有殺義。《集韻·燭韻》：「戝，《博雅》：『戡其子謂之戝。』或作戝。」〔註92〕「戡其子」即用戡刺殺其子，與鳳鳥用喙啄殺毒蠍相似。「戝」也寫作「戝」。《集韻·腫韻》：「戝，戡屬。」

本方「父居蜀，母為鳳鳳蓐（戝）。毋敢上下尋，鳳鳳【貫】而心」，意為：「你的父親遠在蜀地，你的母親已被鳳鳥啄殺。你還敢再東張西望嗎，（趕快逃走吧，）鳳鳥就要啄殺你了。」

煩

一，穿小瓠壺，令其空（孔）盡容積（癩）者腎與寧（膓），即令積（癩）者煩夸（瓠），東鄉（嚮）坐於東陳垣下，即內（納）腎、寧（膓）於壺空（孔）中，而以采為四寸杙二七，即以采木椎窡（剟）之。[231/218]《五·腸積（癩）》十七） [230/217]

本方中的「煩」，帛書本注：「煩，疑假為卷，握。」考注本、校釋本注同帛書本。

校釋（壹）本注：「煩：讀為抃。《呂氏春秋·古樂》注：『兩手相擊曰抃。』這裡指用兩手緊抱著小葫蘆。」

考釋本改釋為「反」，並注：「反瓠——反字原作『煩』。煩與反上古音均元部韻。煩為並母，反為幫母。故煩可假為反。反字義為反覆，反轉。《說文·又部》：『反，覆也。』《素問·陰陽應象大論》：『此陰陽反作。』王注：『反，

〔註91〕〔清〕王引之：《經義述聞》418 頁，江蘇古籍出版社 2000 年版。
〔註92〕〔宋〕丁度等編：《集韵》第 652 頁，上海古籍出版社 1985 年版。

謂反覆。』『反瓠』，即將葫蘆反轉過來，令其底部向上，柄部向下。」

補譯本注：「『煩夸』：煩，煩瑣。《釋名·釋言語》：『煩，繁也。』」

按：本方中的「煩」，前人有四種解釋：帛書本說「疑假爲卷，握」；校釋（壹）本說「讀爲抃」，意爲「緊抱著」；考釋本說通「反」，意爲「反轉過來」；補譯本說意爲「煩瑣」。以上四說均誤。

「煩」的本義爲熱頭痛。《說文·頁部》：「煩，熱頭痛也。從頁從火。一曰焚省聲。」（九上）引申爲煩躁。《玉篇·頁部》：「煩，憒悶，煩亂也。」《素問·生氣通天論》：「因於暑汗，煩則喘喝，靜則多言，體若燔炭，汗出而散。」唐王冰注：「煩，謂煩躁。」再引申爲繁多。《釋名·釋言語》：「煩，繁也。」《左傳·昭公三年》：「唯懼獲戾，豈敢憚煩？」再引申爲頻繁攪動或用兩手反復搓磨。《呂氏春秋·音初》：「土弊則草木不長，水煩則魚鱉不大。」《史記·樂書》引《呂氏春秋》，唐張守節正義：「煩，猶數攪動也。」《詩經·周南·葛覃》：「薄汙我私，薄澣我衣。」毛傳：「汙，煩也。」唐陸德明釋文：「阮孝緒《字略》云：『煩摀，猶捼莏也。』」後世另造「撋」字來表示用兩手反復搓磨。《玉篇·手部》：「撋，扶袁切。撋捼也。」《集韻·元韻》：「撋，撋摀，按也。通作煩。」明黃淳耀《蘇母金孺人六十序》：「盥浣撋摀之節，未嘗不整理也。」

本方的「煩」既不通「抃」或「反」，也不通「卷」，而用的是「煩」的引申義「用兩手反復搓磨」。「令積（癩）者煩夸（瓠）」，意爲：叫癩疝病人用兩手反復搓摩陰囊和陰莖，令其發熱。

毋

積（癩）⌐：操柏杵，禹步三，曰：「賁（噴）者一襄胡⌐，濆（噴）者二襄胡⌐，濆（噴）者三襄胡⌐。柏杵臼穿一，毋（無）一。□【□】₂₀₈/₁₉₅獨有三。賁（噴）者穜（撞）若以柏杵七，令某積（癩）毋（無）一。」必令同族抱，令積（癩）者直東鄉（嚮）窻（窗），道外₂₀₉/₁₉₆歧橦（撞）之。₂₁₀/₁₉₆（《五·腸積（癩）》一）

本方中前一「毋（無）一」之「毋」，帛書本釋爲「母」，但無注釋。繼後各注本從其釋，均無注釋。

考釋本注：「一母一 X──『X』字原脱，疑是『子』字。」

補譯本釋爲「一母一 父，毌 獨有三」，並注：「『一母一父』依杵臼之陰陽關係對應稱之。缺字補『父』爲宜。『父』後補『毌』。『毌獨有三』：即杵、臼、腫物。」

廣瀨薰雄說：「195 行『一母一□』之『母』，當釋爲『毌』。」〔註93〕

校釋本從廣瀨薰雄說，改釋爲「毌（無）」，並注：「毌（無）：原釋文爲『母』。廣瀨薰雄（2012）指出，『母』當釋作『毌』。此說可從。』」

集成本注：「毌，原釋文作『母』。原釋文斷此句爲『柏杵臼穿，一母一□，□獨有三』。今按：此句意爲用柏杵臼貫穿一次，一個癩疝也沒有。此『毌一』與下文『令某癩毌一』之『毌一』同例。」

按：關於帛書本釋文「柏杵臼穿一母一□□獨有三」的準確解釋，涉及到字義訓釋和句讀兩個方面。

第一，帛書本的釋文「母」和「獨」是否準確？廣瀨薰雄認爲，「母」當釋爲「毌」，但「獨」字他未改釋，仍從其舊。今細看集成本新圖版，帛書原文「毌」字已漫漶，但據前後句意分析，應與下文「毌一」之「毌」同，故釋爲「毌」最爲恰當。在本方中「毌」用作動詞，表示沒有（或除掉）。而釋爲「獨」的那個字，帛書原文木寫爲「𣙗」，實爲「橦」字之草書，與下文「皮橦（撞）」之「橦」同。「橦」字前脱二字，根據本方所治之病推斷，應爲「胡𧵅」。「𧵅橦（癩撞）」即「撞癩」。

第二，「柏杵臼穿，一母一□，□獨有三」是帛書本的句讀，廣瀨薰雄認爲當改讀爲：「柏杵臼穿一，毌（無）一。□【□】獨有三。」校釋本、集成本從其說。我們認爲此讀有誤，不可從。因爲祝由方用語很講究句式整齊和押韻。上古音「穿」屬元（〔an〕）部，「心」屬侵（〔əm〕）部〔註94〕，在本方中屬於合韻。

因此我們將「柏杵臼穿一母一□□獨有三」改釋爲「柏杵臼穿一毌（無）一胡𧵅橦（撞）有三」，標點成：「柏杵臼穿，一毌一 胡，𧵅（癩）橦（撞）有

〔註93〕〔日〕廣瀨薰雄：《〈五十二病方〉的重新整理與研究》，《文史》第九九輯，中華書局 2012 年版。

〔註94〕參看郭錫良《漢字古音手册》（修訂本）第 348、305 頁，中華書局 2010 年版。

三。」整句意爲：用柏木杵穿刺癩疝，一撞攘除一塊，接連撞三次（，癩疝徹底消除）。

烗

　　以土罋（甕）₂₈₀／₂₆₇盍會，毋【令】煙能烗（泄），即被盍以衣，而毋蓋其盍空（孔）。₂₈₁／₂₆₈（《五·胊養（癢）》一）

　　本方中的「烗」，帛書本釋爲「烗（泄）」，但無注釋。

　　考釋本直接改釋爲「泄」，並注：「泄——原作烗宂，形近致訛。《廣雅·釋言》：『泄，漏也。』」

　　補譯本注：「煙能烗（xie）：讓煙衹從小陶盆口冒出。」

　　集成本注：「原釋文此處的釋文斷句爲『以土雍（甕）盍，會毋□，煙能烗（泄）』。此處的斷句、補『令』字，從陳劍（2010）的意見。」

　　按：「烗」，帛書本釋爲「烗（泄）」，考釋本逕改釋爲「泄」，且認爲「烗」是「泄」的譌體。我們認爲，帛書本釋「烗」爲「烗（泄）」，未安；考釋本逕改釋爲「泄」，且認爲「烗」是「泄」的譌體，甚誤。

　　「泄」上古音屬餘母月部，《廣韻·祭韻》餘制切，今音 yì，本義爲水名，即今安徽六安市的汲水。《說文·水部》：「泄，水。受九江博安洵波，北入氏。從水世聲。」（十一上）後變音私列切，今音 xiè，義爲排出。《廣韻·薛韻》：「泄，漏泄也。」《篇海類編·地理類·水部》：「泄，出也；發也。」《詩經·大雅·民勞》：「惠此中國，俾民憂泄。」漢鄭玄箋：「泄，猶出也，發也。」

　　「烗」不見於字書和傳世文獻，故無所謂「形近致訛」。水排出爲「泄」，煙火排出爲「烗」。漢人類推，而造從火世聲的「烗」字，且衹見於出土的漢代文獻。「烗」與「泄」爲同源字，而本方用的是本字，故不當釋爲「泄」。本方所謂「毋令煙能烗」，意爲：不要讓土坑裡的煙霧從密封瓦盆邊沿烗漏出來。

鬻

　　【治瘺：瘺】者，癰痛而潰」。瘺居右，□馬右頰【骨】；左，□【馬】左頰骨，□燔，冶之。鬻（煮）叔（菽），取汁洳（洗）【□】₄₆₁

／₄₅₁，以羲（羲）膏巳（已）湔（煎）者膏之，而以冶馬頰【骨□□□】傅布□，膏、傅【□】，輒更裹，再膏、傅 ₄₆₂／₄₅₂，而泅（洗）以叔（菽）汁。₄₆₃／₄₅₃（《五・治瘑》一）

本方中的「鬻」，帛書本釋爲「鬻（煮）」，但無注釋。繼後各注本釋文均從帛書本。

按：今細看集成本新图版，「鬻」帛書原文寫作「**鬻**」，從上「者」下「鬲」構形，實爲「鬻」是特殊寫法，因爲「鬲」也寫作「鬲」，《說文》中有「鬲」「弼」兩部，「鬻」在《弼部》，而「鬻」則是「鬻」的異體字。在《養生方》中「鬻」也寫作「鬻」，如《【走】》：「・馬膏【□□□□】棲肥雞□【□□】₁₇₉／₁₇₈□，復鬻（煮）瓦苣長如中指，置【□□□□】汁，出苣，以囊盛，□□□□日棄貍（埋）【□□】₁₈₀／₁₇₉嗜（滓）₁₈₁／₁₈₀。」

《說文・弼部》：「鬻，孚也。从鬲者聲。爇，鬻或从火。鬻，或从水在其中。」（三下）〔註95〕小徐本作「鬻，烹也」，《集韻・語韻》引《說文》作「亨也」。清鈕樹鈺校錄：「宋本作『孚也』，蓋即『亨』譌，《繫傳》《韻會》直作『烹』，俗。」《周禮・天官・鹽人》：「凡齊（齋）事，鬻鹽以待介令。」或增「水」作「鬻」。《說文》同部重出字有「鬻」字。或省「鬲」增「火」作「爇（熺、彌）」。《玉篇・火部》：「爇，之與切。亦作爇。」《字彙補・弓部》：「彌，古文爇字。」或省「弼」增「火」作「爇（煮）」。《說文》同部重出字有「爇」字。《周禮・天官・亨人》：「職外內饗之爨亨（烹）煮，辨膳羞之物。」漢鄭玄注：「職，主也；爨，今之竈。主於其竈煮物。」由此可知，本方之「鬻」實爲「鬻」字異體，不當釋爲「鬻（煮）」。

搜

炙之＝（之之）時，養（癢）甚難禁，【毋】₁₂₂／₁₂₂搜（搔），及毋手傅之。₁₂₃／₁₂₃（《五・白處》二）

〔註95〕「鬻，或从水在其中」之「鬻」，《漢語大字典》寫作「鬻」，誤。分別見〔漢〕許愼撰、〔宋〕徐鉉等校定《說文解字》第63頁，中華書局1963年版；《漢語大字典》第2370頁，四川辭書出版社、湖北崇文書局2010年版。

本方中的「搜」，帛書本如是釋，但無注釋。考注本、校釋（壹）本、補譯本釋文從帛書本，也無注釋。

考釋本改釋爲「搜」，並注：「搜——尋求。《說文·手部》：『搜，求也。』」

廣瀨薰雄說：「『搜』讀爲『搔』。」〔註96〕

校釋本從廣瀨薰雄說，改釋爲「搜（搔）」，但無注釋。

集成本也從廣瀨薰雄說，改釋爲「搜（搔）」，並注：「搜，讀爲搔。《詩經·大雅·生民》：『釋之叟叟』，《釋文》云『叟，《爾雅》作溞』，《史記·屈原賈生列傳》『而作《離騷》』，《索隱》本騷作慅。」

按：今細看集成本新圖版，「搜」原文如是寫不誤，考釋本釋爲「尋求」，不確；廣瀨薰雄認爲「『搜』讀爲『搔』」，不可從。

傷口或皮膚瘙癢，用手挖，北方人說「搔癢癢」，西南官話說「摳癢癢」或「抓癢癢」「挖癢癢」。《說文·手部》：「搔，括也。从手蚤聲。」（十二上）清段玉裁改作「刮」，並注：「刮者，掊杷也。掊杷，正『搔』之訓也。」《廣韻·豪韻》：「搔，爬刮。蘇遭切。」《漢書·枚乘傳》：「夫十圍之木，始生如蘖，足以搔而絕，手可擢而拔。」唐顏師古注：「搔謂抓也。」

在傳世文獻中，「搜」的「挖」義始見於元代。如元無名氏《朱砂蛋》第二折：「著這逼綽刀子搜開這牆阿，磕綽我靠倒這牆。」但它早已用於漢代簡帛經方文獻，所以本方的「搜」可逕訓爲「挖」，无需改讀爲「搔」。

河

【□】 126/126 而乾，不可以涂（塗）身，少取藥，足以涂（塗）施（瘀）者」，以美醯漬之於瓦鬲中，漬之□ 127/127 可河，稠如恆，煮膠，即置其鬲於穅火上，令藥巳（已）成而發之。 129/129（《五·白處》二）

本方中的「河」，帛書本釋爲「河（和）」，但無注釋。校釋（壹）本、補譯本、校釋本釋文從帛書本，也無注釋。

考注本注：「□可河（和）：缺文擬補爲『令』字。令可和，即使之能混合起來。」

〔註96〕〔日〕廣瀨薰雄：《〈五十二病方〉的重新整理與研究》，《文史》第九九輯，中華書局2012年版。

考釋本逕改釋爲「和」，并注：「可和——可，適合。和，原作『河』。和與河上古音均匣母，歌部韻。同音通假。『可和』即適當地調勻。」

集成本改釋爲「河」，並注：「河，原釋文讀爲和。今按：此說可疑，待考。」

按：「河」帛書本釋爲「河（和）」，集成本認爲「此說可疑，待考」。今細看從集成本新圖版，帛書原文確寫作「河」，在本方中通「合」，指令藥粉與醋能完全融合。故改釋爲「河（合）」。

「合」甲骨文作 🔺，金文作 🔺，本義爲合攏。《說文·亼部》：「合，合口也。从亼从口。」（五下）小徐本作「亼口也」。朱芳圃《殷周文字釋叢·合》：「林義光曰：『按口象物形，倒之爲亼。合象二物相合形。』《文源》六、一二。按林說非也。字象器蓋相合之形。會、倉二字皆從此作。」〔註97〕《山海經·大荒西經》：「西北海之外，大荒之隅，有山而不合，名曰不周負子。」引申爲融合。《詩經·小雅·常棣》：「妻子好合，如鼓琴瑟。」本方之「令可河（合）」指調和到藥與醋能融合的程度。

癑

□₌食₌（□食：□食）者，【□□□】□☐ 155/殘片 12+5 物皆【□□□】冶之☐ 156/殘片 12+5 之柔【□□□】農（膿）☐ 157/殘片 12+5 癑（膿）而□，其已（已）潰☐ 158/殘片 12+5 及傅。巳（已）傅藥☐ 159/殘片 12+5（《五·諸食病》一）〔註98〕

本方中的「癑」，集成本釋爲「癑（膿）」，但無注釋。

按：集成本釋「癑」爲「癑（膿）」不當，應逕釋爲「癑」。「癑」初文作「衁」，今音 nòng，本義爲疼痛。《說文·血部》：「衁，腫血也。从血，膿省聲。膿，俗衁从肉農聲。」（五上）清邵瑛羣經正字：「今經典從俗體作『膿』。」或轉換成形聲字「癑」。《說文》異部重出字有「癑」字，《疒部》：「癑，痛也。从疒農聲。」（七下）但傳世文獻無用例。引申爲惡瘡潰爛。《集韻·送韻》：

〔註97〕朱芳圃：《殷周文字釋叢》第 104 頁，中華書局 1962 年版。

〔註98〕本方帛書本無釋文。

「癑，瘡潰。」傳世文獻也無用例。變讀 nóng，化膿性炎症病變所形成的黃白色液汁。再更換類母「疒」作「膿」。《集韻‧多韻》：「盥，《說文》：『腫血也。』或作膿、癑。」《玉篇‧肉部》：「膿，乃公切。癰疽潰也。亦作盥。」〔註99〕《史記‧扁鵲倉公列傳》：「此病疽也，內發於腸胃之間，後五日當臛腫，後八日嘔膿死。」漢王充《論衡‧幸偶》：「氣結閼積，聚爲癰；潰爲疽創，流血出膿。」

「盥、膿、癑」是一組異體字，它們都與惡瘡的潰爛有關。《說文》訓「癑」爲「痛也」，並無文獻用例證明。注意：《漢語大字典》「癑」訓「瘡潰」〔註100〕，但無文獻例證，應據《五十二病方》補。

垒

又（有）犬善皋（嗥）於亶（壇）與門，垒（塗）井上方五尺┘。夫₁妻相惡，垒（塗）戶口方五尺。欲微（媚）貴人，垒（塗）₂門左右方五尺┘。多惡薨（夢），垒（塗）牀下方₃七尺。姑婦善訢（鬭），垒（塗）戶方五尺。嬰兒₄善泣，垒（塗）埍（牖）上方五尺₅。（《禁》）

本方中的六個「垒」字，帛書本均釋爲「垒（塗）」，但無注釋。繼後各注本均從其釋，校釋本也無注釋。

考注本注：「垒井上方五尺：垒，同塗，即在井的上方塗抹五尺以示戒束，這是早期的符禁法。」

校釋（貳）本注：「塗井上方五尺：疑本方係殺犬取血塗之，意在免災除患。參看《風俗通義‧祀典》：『今人殺白犬以血題門戶，正月白犬血辟除不祥。』」

按：今細看集成本新圖版，「垒」帛書原文本寫作「𡍬」。上古漢語的「垒」本有粉刷義。《墨子‧節葬下》：「今王公大人之爲葬埋，則異與此。必大棺中棺，革闠三操，碧玉即具，戈劍鼎鼓壺濫，文繡素練、大鞅萬領、輿馬女樂皆具，曰必捶垒差通，壟雖凡山陵。」清孫詒讓引畢沅注：「垒當爲『塗』，《說

〔註99〕《宋本玉篇》第145頁，北京市中國書店1983年據張氏澤存堂本影印。

〔註100〕見《漢語大字典》第2888頁，四川辭書出版社、湖北崇文書局2010年版。

文》《玉篇》無『垎』字。言築塗使堅。」〔註101〕「垎」因《說文》漏收，故後世不再用，而改用「涂」字。

「涂」的本義爲水名，即今雲南牛欄江。《說文・水部》：「涂，水。出益州牧靡南山西北入灕。从水余聲。」（十一上）引申爲道路，後世寫作「途」。《釋名・釋道》：「涂，度也。人所以得通度也。」南唐徐鍇《說文解字繫傳》：「涂，《周禮》書塗路字如此，今無『塗』字。途，彌俗也。」《周禮・地官・遂人》：「百夫有洫，洫上有涂。」漢鄭玄注：「涂，道路。」引申爲粉刷。《說文・木部》：「杇，所以涂也。秦謂之杇，關東謂之槾。从木亏聲。」（六上）清段玉裁注：「涂者，飾牆也。」《篇海類編・地理類・水部》：「涂，飾也。」此義後世寫作「塗」（參看「涂」條集釋）。

「塗」的本義爲泥土。《說文・土部》新附字：「塗，泥也。从土涂聲。」（十三下）清鄭珍新附考：「古涂、塗字並止作涂。」《孟子・公孫丑上》：「立於惡人之朝，與惡人言，如以朝衣朝冠，坐於塗炭。」漢趙岐注：「塗，泥。」引申爲粉刷。清鄭珍《說文新附考》：「凡以物傅物皆曰涂。俗以泥涂字加『土』作『塗』。」《尚書・梓材》：「若作家室，既勤垣墉，惟其塗塈茨。」

由此可知，表示粉刷義的字本寫作「垎」，「涂、塗」在「粉刷」義上與「垎」同義。「垎、涂、塗」是一組同源字。本方書寫的是本字，當逕釋爲「垎」，不當釋爲「垎（塗）」。

會

以土礜（壅）₂₈₀/₂₆₇**盉會**，毋【令】煙能泄（泄），即被**盉**以衣，而毋蓋其**盉**空（孔）。₂₈₁/₂₆₈（《五・朐養（癢）》一）

本方中的「會」，帛書本注：「會，密合。」

考注本注：「會毋□：會，密合。缺字據文意擬補作『泄』。」

校釋（壹）本注：「會毋□：這幾句是說另取一隻小盆、在盆底打一個寸許小孔，覆扣在土坑上，又用土壅圍四周，使之密合。」

考釋本注：「會毋 X——會字義爲聚、合。《爾雅・釋詁》：『會，合也。』

〔註101〕〔清〕孫詒讓撰，孫啓治點校：《墨子閒詁》第 186 頁，中華書局 2001 年版。

《廣雅‧釋詁三》：『會，猶聚也。〔註 102〕』《尚書‧洪範》：『會其有極。』孔疏：『會，謂會集。』『毋 X』二字當指不得洩漏。故全句有密閉之義。」

補譯本逕補「□」爲「移」，並注：「『會毋移』：會《說文》：『會，合也。』段玉裁注：『器之蓋曰會，其上下相合也。』缺字補『移』，強調將盒圓蓋牢。不要讓其移動。」

校釋本注：「會毋□：據文意，可補釋爲『會毋泄』。指將土壅住盒的周圍，使之密合，讓藥氣不洩露。會，密合。」

集成本注：「陳劍（2010）：『會』字義爲『際』，即倒扣的『盒』與周圍泥土交接之處，也可以說是倒扣的『盒』與周圍泥土之間的縫隙。」

按：本方中的「會」，前人有兩種解釋，因此就出現了兩種句讀。一說爲「密合」，故「會」連下「毋□」讀，讀成「以土壅（壅）盒，會毋□，煙能炪（泄）」；一說爲「際」，即「『盒』與周圍泥土交接之處」或「『盒』與周圍泥土之間的縫隙」，故「會」連上「盒」讀，讀成「以土壅（壅）盒會，毋【令】煙能炪（泄）」，與「毋□」讀開。

今細看從集成本新圖版，前文「以土壅（壅）盒」，是指將瓦盆倒扣在「大如盒」的土坑上後，用泥土將盆沿與土坑結合的四周密封死；下文「毋令煙能炪」，則是指密封後，不能讓土坑內的煙霧從盆沿周圍炪漏出來，祇能從瓦盆底部的圓洞中冒出來，病人騎坐（或蹲）在瓦盆上，冒出來的煙霧剛好薰著肛門。如果是這樣，「會」字宜獨立成句，表示「以土壅（壅）盒」後，一定要把盆沿與土坑結合的四周密封死。整句話應讀成：「以土壅（壅）盒，會，毋【令】煙能炪。」

「會」甲骨文作會，金文作會，象將蓋子蓋在器皿上，本義爲會合、聚合，並非特指器物的蓋子。《爾雅‧釋詁上》：「故、郃、盍、翕、仇、偶、妃、匹、會，合也。」晉郭璞注：「皆謂對合也。」《說文‧會部》：「會，合也。從亼，從曾省。曾，益也。佮，古文會如此。」（五下）清段玉裁注：「《禮經》：器之蓋曰會，爲其上下相合也。」《廣雅‧釋詁三》：「會，聚也。」《尚書‧禹貢》：「雷、夏既澤，灉、沮會同。」唐孔穎達等正義：「謂二水會合而入此澤也。」

〔註 102〕「猶聚也」，今本《廣雅》作「聚也」，無「猶」字。見〔清〕王念孫《廣雅疏證》第 94 頁，中華書局 1983 年版。考釋本引衍。

本方中的「會」特指密封的土坑與瓦盆的邊沿緊密結合。

膫

胻膫：治胻膫，取陳赤叔（菽），冶，以犬膽和，以傅。₃₃₆ ╱ ₃₂₆（《五・胻膫》一）

本方中的「膫」，帛書本注：「膫，即燎，《說文》：『炙也。』《一切經音義》卷七：『今江北謂炙手足爲炙燎。』胻膫，即小腿部燒傷。」

考注本注：「胻膫（héng liāo 衡撩）：胻，《說文》：『脛耑也。』即腳脛。膫，同燎。燎，《說文》：『炙也。』胻膫，即小腿部燒傷或燙傷。」

校釋（壹）本注：「胻膫：小腿部燒傷。膫，通燎，義爲烤灼手足，這裡指燒傷。」

考釋本逕改釋爲「燎」，並注：「燎（liáo，遼）——原作膫。膫與燎，上古音均來母，宵部韻。同音通假。其義爲用火烤炙。《說文・火部》：『燎，放火也。』《廣雅・釋言》：『燎，燒也。』《漢書・王莽傳下》：『疑以火自燎。』顏注：『燎，謂炙令腺也。』《呂氏春秋・季冬紀》：『及百祀之薪燎。』高注：『燎者，積聚柴薪置壁與牲上，而燎之，升起煙氣。』《後漢書・馮異列傳》李注：『燎，炙也。』按，膫古又與爒字通。《說文・火部》：『爒，炙也。一作炙之也。』《一切經音義》卷七：『今江北謂炙手足爲炙爒。』《說文通訓定聲》：『爒，……燎字。或以膫爲之。』本條『胻膫』即小腿部燒傷。」

補譯本注：「膫（liáo）：《廣韻》：『膫，炙也。』周祖謨校刊記：『敦煌土韻此字作爒，按膫爒一字』。《說文》：『爒，炙也。』《廣韻》：『爒，火炙也。』胻膫即小腿燒傷。」

校釋本將「膫」改釋爲「膫（爒）」，並注：「胻爒：指小腿部燒傷。胻，腳即脛。《說文・肉部》：『胻，脛耑也。』又《炙部》：『爒，炙也。』」

集成本注：「原注：膫，即爒，《說文》：『炙也。』《一切經音義》卷七：『今江北謂炙手足爲炙爒。』胻膫，即小腿部燒傷。今按：張家山漢簡《脈書》12號簡：『在胻，疕，赤淫，爲膫。』」

按：「胻膫」之「膫」，帛書本說「即爒」，並沒有說通「爒」，校釋（壹）本逕說「通燎」，考釋本逕改釋爲「燎」，且說既通「燎」也通「爒」。其實「燎」

與「䕔」爲同源字,「膫」與「爒」爲異體字。

　　「燎」的初文作「尞」,甲骨文作 、,金文作 。《說文‧火部》:「尞,柴祭天也。从火从昚。昚,古文慎字。祭天所以慎也。」(十上)清羅振玉《增訂殷虛書契考釋‧尞》:「今此字實从木在火上,木旁諸點象火燄,上騰之狀。」〔註103〕《漢書‧禮樂志》:「朝隴首,覽西垠,霤電尞,獲白麟。」唐顏師古注:「尞,古燎字。」《說文》同部重出字有「燎」字,云:「燎,放火也。从火尞聲。」南唐徐鍇繫傳:「尞、燎實一字,相承增『火』旁……今云『放火』者,後人改之。燎之本義爲燒艸木。」引申爲燒烤。《漢書‧王莽傳下》:「火燒灞橋……大司空行視考問。或云寒民居橋下,疑以火自燎,爲此災也。」唐顏師古注:「燎,謂炙令腃也。」在燒烤義上,與「爒」同義,可以互換。《說文‧炙部》:「爒,炙也。从炙尞聲。讀若龜燎。」(十下)〔註104〕清段玉裁注:「爒,其義同炙,其音同燎。」《廣韻‧篠韻》:「爒,火炙。盧鳥切。」

　　「膫」上古音屬來母宵部,《廣韻‧蕭韻》洛蕭切,今音 liáo,本義爲牛腸上的脂肪。《說文‧肉部》:「膫,牛腸脂也。从肉尞聲。《詩》曰:『取其血膫。』膋,膫或从勞省聲。」(四下)引申爲烤炙。《廣韻‧笑韻》力照切,今音 liào。《廣韻‧笑韻》:「膫,炙也。」周祖謨校勘記:『敦煌王韻此字作爒。案:膫、爒一字。故宮王韻作膫,注云:『又爒。』本書《小韻》有爒字。」

　　既然「膫」有燒烤義,本方書寫者作「膫」用的是正字,而非假借字,故不當改釋爲「爒」或「燎」。注意:《漢語大字典》「膫(二)」下祇有古代韻書例證,而無普通文獻例證,〔註105〕應據《五十二病方》補。

歙

　　【諸傷:□□】膏⌐、甘草各二,桂⌐、薑(薑)⌐、、椒【⌐】朱(茱)【萸】□【□□□□□□□□□□□□□□□□】₁/₁【□□】

〔註103〕〔清〕羅振玉:《殷虛書契考釋三種》第 414 頁,中華書局 2006 年版。

〔註104〕「从炙尞聲」,《漢語大字典》引作「从火,尞聲」,誤。見《漢語大字典》2409 頁,四川辭書出版社、湖北崇文書局 2010 年版。

〔註105〕見《漢語大字典》第 2264 頁,四川辭書出版社、湖北崇文書局 2010 年版。

毀一垸（丸）音（杯）酒中，歙（飲）之，日壹歙（飲），以□其□2/2
（《五・諸傷》一）

　　本方中的「歙」，帛書本釋作「飲」，但無注釋。繼後多家注本釋文從帛書
本。集成本改釋爲「歙（飲）」，也無注釋。

　　按：「歙」是「飲」字的初文，「飲」是「歙」字的譌體。帛書本釋爲「飲」，
集成本改釋爲「歙（飲）」，均未安。今細看集成本新圖版，原文本寫作「歙」，
應按原文釋爲「歙」。

　　「飲」甲骨文作 、 、 、 等，金文作 ，從構形意看，象一人
趴在酒罐上伸長舌頭吸酒之形，會意字，隸變爲「酓」「歙」，本義爲喝酒，
也泛指喝。《說文・歙部》：「歙，歠也。從欠酓聲。㰟，古文歙從今水。㱃，
古文歙從今食。」（八下）〔註106〕又：「歠，飲也。從歙省，叕聲。㕍，歠或
從口從夬。」《玉篇・欠部》：「歙，一錦切。古文飲。」「酓」是「歙」的省
形字。《說文・酉部》：「酓，酒味苦也。從酉今聲。」（十四下）許君析形釋
義均誤。譚戒甫《西周𣄰鼎銘研究》：「酓，卻是由歙而省欠。」《玉篇・酉部》：
「酓，於乑、火含二切。酒苦也。」《集韻・琰韻》：「歙，《說文》：『歠也。』
或從食，古文作酓。」《正字通・酉部》：「飲，本作酓，別作歙。」《陝西扶
風出土西周周伯㲉諸器》：「（酓壺）腹底銘文五字：『白（伯）㲉乍（作）酓（飲）
㲉（壺）。』」

　　「歙」或寫作「醓」。《字彙補・酉部》：「醓，《字學指南》與飲同。」又
譌作「歠」。《楚辭・大招》：「清馨凍歠，不歠役只。」宋朱熹注：「歠，一作
飲。」「歙」後世或更換「酓」轉形爲「飲」。《說文》未收「飲」字。《玉篇
零卷・食部》：「飲，飲歙也；咽水也。」今宋本《玉篇・欠部》：「歙，古文
飲。」今經典均寫作「飲」。《詩經・小雅・無羊》：「或降于阿，或飲于池。」
《孟子・告子上》：「冬日則飲湯，夏日則飲水。」或再更換「欠」轉形作「㱃、
酓（飲）、淾」。《說文》重文有「㱃」「酓」二字。《玉篇・食部》：「飲，於錦
切。咽水也。酓，古文亦作歙。」又《水部》：「淾，烏錦切。古文飲。」《字
彙・食部》：「飲，古文歙字。」

　　在漢代簡帛經方文獻中，《五十二病方》均寫本字「歙」，《武威漢代醫簡》

均寫作「歙」。故帛書本所釋之「歙」和集成本改釋之「歙（飲）」，均應全部改釋爲「歡」。

表示「喝」這一行爲，《五十二病方》還用「歇」字。「歇」是「歡」的異體字。如《蚖》第六治方（第 93 行）：「一，以青粱米爲鬻（粥），水十五而米一，成鬻（粥）五斗，出，揚去氣，盛以新瓦罋（甕），冪（冪）口以布三【□】，92/92 即封涂（塗）厚二寸，燔，令泥盡火而歇（歡）之，肩（瘠）巳（已）。93/93」

注意：《漢語大字典》「歡」字下所引例證爲清代王闓運《衡州西禪寺碑》：「是以龍宮象闕，興自信心，坐樹歡河，還其所息。」〔註107〕其引例太晚，應據《五十二病方》補。

澤

一，雎（疽）未【□□□□□】豙（喙）十四果（顆），□【□□□□□□】□食【□□】澤（釋）泔二參，入藥中【□□□】294/280 令如【□□□□□】炙，手以靡（磨）【□□□□□□□□】出之，以餘藥封而裹之，【□□□】295/281 不痛巳（已）□【□】。●令。296/282 《五·雎（疽）病》六）

本方中的「澤」，帛書本釋爲「澤（釋）」，並注：「澤泔，米湯。」校釋（壹）本、集成本釋文、注同帛書本。

考注本注：「澤泔：淘米水。」

考釋本將「澤」逕改釋爲「釋」，並注：「釋（shì，試）——原作澤。釋與澤上古音均定母，鐸部韻。同音通假。《說文·米部》：『釋，漬米也。』段注：『按漬米，淅米也。』泔（gān，甘）——《說文·水部》：『泔，周謂潘曰泔。潘淅米汁也。』釋〔註108〕泔即淘米泔水。」

補譯本注：「澤：疑爲釋的假借。《說文》：『釋，漬米也。』泔：《說文》：『泔、周謂潘曰泔』。又『潘，米汁也。』釋泔，即淘米水。」

校釋本注：「釋泔：即淘米水。《說文·米部》：『釋，漬米也。』」

〔註107〕見《漢語大字典》第 2305 頁，四川辭書出版社、湖北崇文書局 2010 年版。
〔註108〕「釋」應爲「釋」字之誤。

　　按：今細看集成本新圖版，帛書原文本寫作「ⵣ」，右文上雖殘損，但還能看出是個「澤」字。在漢代「澤」自有搓洗義。《禮記・曲禮上》：「共食不飽，共飯不澤手。」漢鄭玄注：「爲汗手不絜也。澤謂挼莎也。」唐孔穎達等正義：「古之禮，飯不用箸，但用手。既與人共飯，手宜絜淨，不得臨食始挼莎手乃食，恐爲人穢也。」

　　上古淘米也寫作「釋」，但祇見於《說文》，不見於其他字書和傳世文獻。《說文・米部》：「釋，潰米也。从米睪聲。」清段玉裁改作「漬米」，並注：「《大雅》曰：『釋之叟叟。』傳曰：『釋，淅米也。叟叟，聲也。』按：漬米，淅米也。漬者初湛諸水，淅則淘汰之。《大雅》作『釋』，『釋』之叚借字也。」[註109] 清田吳炤二徐箋異：「大徐本作『潰米也』，小徐本作『漬米也』。炤按：《玉篇》《廣韻》引皆作『漬米也』，則小徐本不誤。」

　　凡淘米，必用手在水中搓洗。本方之「澤」應如是釋，不當釋「澤（釋）」。「澤泔」就是淘米水，而非「米湯」，帛書本釋爲「米湯」，甚誤。

嘑

　　一，令尤（疣）者抱禾，令人嘑（呼）曰：「若胡爲是？」癃（應）曰：「吾尤（疣）」。」置去禾〈禾去〉，勿顧。103 / 103（《五・尤》二）

　　本方中的「嘑」，帛書本釋爲「嘑（呼）」，但注釋。考注本、校釋（壹）本、校釋本、集成本釋文均從帛書本，也無注釋。

　　考釋本逕改釋爲「呼」，並注：「呼——原作『嘑』，與『謼』字均古異寫。《集韻・去・莫》『謼』條：『或作嘑、呼。』」

　　補譯本注：「嘑：《說文》嘑，唬也。《周禮・春官・雞人》：『大祭祀，夜嘑旦已嘂（音叫）百官』。陸德明釋文：『嘑，本又作呼。』」

　　按：「嘑」是「呼」的異體字，不當釋爲「呼」，當按帛書原文釋爲「嘑」。

　　「乎」的初文甲骨文作ⵣ，金文作ⵣ，後隸定爲「乎」，上古音屬曉母魚部，《廣韻・模韻》戶吳切，今音 hū，本義爲高聲叫喊。《說文・兮部》：「乎，語之餘也。从兮，象聲上越揚之形也。」（五上）清段玉裁注：「意不盡，故言乎以永之。」楊樹達《釋乎》云：「考之《尙書》及古金文，乎字絕少作語

〔註109〕〔清〕段玉裁：《說文解字注》第 332 頁，上海古籍出版社 1988 年第 2 版。

末詞用者，而甲文、金文乎字皆用作評召之評……以此知乎本評之初文，因後人久借用爲語末之詞，乃有後起加言旁之字。古但有乎而無評，說金文者往往謂乎爲評字之假，非也。呼召必高聲用力，故字形象聲上越揚，猶曰字表人發言，字形象氣上出也。」〔註110〕

後增附類母「口」轉形爲「呼」。《說文》異部重出字有「呼」字。《口部》云：「呼，外息也。从口乎聲。」（二上）吐氣不是「呼」的本義，許君說誤。《詩經·大雅·蕩》：「式號式呼，俾畫作夜。」《後漢書·朱穆傳》：「陳勝奮臂一呼，天下鼎沸。」

後世或增附類母「言」轉形爲「評」。《說文》異部重出字有「評」字。《言部》云：「評，召也。从言乎聲。」（三上）段玉裁注：「《口部》曰：『召，呼也。』後人以『呼』代之，『呼』行而『評』廢矣。」《玉篇·言部》：「評，吳火切。喚也。」

或更換聲母「乎」轉形爲「嘑」。《說文·口部》重出字有「嘑」字，云：「嘑，唬也。从口虖聲。」（二上）《周禮·春官·雞人》：「大祭祀，夜嘑旦以嘂百官。」唐陸德明釋文：『嘑，火吳反。本又作呼。」〔註111〕《漢書·息夫躬傳》：「仰天大嘑。」

再更換類母「口」轉形爲「謼」。《說文·言部》重出字有「謼」字，云：「謼，評謼也。从言虖聲。」段注本據《韻會》引《說文》改作「謼，評也」。《玉篇·言部》：「謼，荒烏切。大叫也。」《詩經·大雅·蕩》：「式號式呼。」陸德明釋文：「呼，崔本作謼。」《養生方·【走】》：「東鄉（嚮）謼（呼）：『敢告東君明星，日來敢到畫所者，席彼裂瓦，何人？』有（又）周〖畫〗中 192/191。」《漢書·賈山傳》：「一夫大謼，天下回應者，陳勝也。」唐顏師古注：「謼字與呼同。謼，叫也。」

鍾如雄先生說：「乎、評、呼、謼、嘑」爲一組轉注字，《說文》分別部居且又作重文處理，說明許慎不知道它們的同字轉注關係。」〔註112〕

本方之「嘑」字，帛書本將其釋爲「嘑（呼）」不妥，應逕釋爲「嘑」。

〔註110〕楊樹達：《積微居小學述林全編》第 93、94 頁，上海古籍出版社 2007 年版。

〔註111〕〔唐〕陸德明：《經典釋文》第 120 頁，中華書局 1983 年版。

〔註112〕鍾如雄：《轉注系統研究》第 269 頁，商務印書館 2014 年版。

參

一，以水一斗煮葵穜（種）一斗，浚取其汁，以其汁煮膠一廷（梃）半，爲汁一參，而□181/168（《五·癃病》九）

本方中的「參」，帛書本注：「參，容量單位，即三分之一斗，見《墨子》及《急就篇》。」補譯本、集成本注同帛書本。

考注本注：「一參：參通三，∴三，即三分之一斗。《墨子·襍守》：『參食，食參升小半。』即三分之一斗。又：參與升同聲，一參，或爲一升。」

校釋（壹）本注：「參：量詞，一觶（酒器）的容量，爲參升。《急就篇》：『蟸升參升半巵觛。』顏師古注：『參升亦以其受多少爲名。半者受五升之半，謂二升五合也。此二者皆罃壺之類也。』王應麟補註：『參升者，觶也。』王說有據，《周禮·考工記》：『梓人爲飲器，爵一升，觶三升。』」

考釋本注：「一參──三分之一。《漢書·律曆志上》：『立則見其參於前也。』顏注引孟康：『權衡量三等爲參。』《方言》卷六：『參，分也。』（《廣雅·釋詁一》同）《墨子·雜守篇》：『斗食，終歲三十六石。參食，終歲二十四石。四食，終歲十八石。……』俞注：『上說（指『斗食』）是常數。下所說（指『參食』『四食』……等）是圍城之中民食不足，減去其半之數也。參食者，參分斗而日食其二，故終歲二十四石也。……』故『參食』即自常數三十六石中減去三分之一斗，共有二十四石。《急就篇》第十三章：『蟸升、參升、半、巵觛。』顏注：『蟸升，瓢蟸之受一升者，因以爲名，猶今人言勺升耳。參升亦以其受多少爲名也。半者，受五升之半，謂二升五合也。此二者皆罃壺之類也。巵，飲酒圓器也。觛，謂觶之小者，行禮飲酒爵也。』故『參升』即三分之一升，『半』爲四分之一升。根據上述『參』字在衡量方面均可解釋爲三分之一，故在本條中的『爲汁一參』，乃指『水一斗』的三分之一，也即三分之一斗。」

校釋本注：「參：量詞，一參當爲一升。」

按：本方之「參」，帛書本說指「容量單位，即三分之一斗」，繼後各注本均從其說。其說均誤。

「參」金文作𣍱，本寫作「曑」，上古音屬山母侵部，《廣韻·侵韻》所今切，今音 shēn，本義爲星宿名，即西方白虎七宿的末宿，二十八宿之一。

《說文・晶部》：「曑，商星也。从晶㐱聲。」（七上）宋徐鉉等注：「㐱非聲。」朱芳圃《殷周文字釋叢・曑》：「曑象曑宿三星在人頭上，光芒下射之形。或省人，義同。」「曑」之「晶」構形爲一分爲三，故變音爲 sān，表示數量「三」，後世也寫作「叁」。《廣雅・釋言》：「參，三也。」《左傳・隱公元年》：「先王之制，大都不過參國之一，中五之一，小九之一。」晉杜預注：「三分國城之一。」《史記・淮陰侯列傳》：「足下與項羽有故，何不反漢與楚連和，參分天下王之？」考注本說本方之「參通三」，非是。

從上下文看，本方之「參」當連下文「而☐」讀，「☐」應補「歙」字，讀爲：「爲汁一，參而☐歙☐。」意爲：將熬好的葵膠湯，分成三次飲服。

爁

一，令金傷毋（無）痛，取薺尞（熟）乾實，爁（熬）令焦黑，冶一；林（术）根去皮，冶二；凡二物并和，取三 25/25 指冣（最－撮）到節一，醇酒盈一衷（中）桮（杯），入藥中，撓歙（飲）。26/26（《五・諸傷》十七）

本方中的「爁」，帛書本釋文作「爁（熬）」，並注：「熬，《說文》：『乾煎也。』」校釋本、集成本釋文從帛書本，也無注釋。

考釋本逕改釋爲「熬」，並注：「熬——原作『爁』。爁字從火，囂聲。上古音熬與囂均爲疑母，宵部韻，同音通假。《方言》：『熬，或乾也。凡以火而乾五穀之類，自山而東，齊楚以往謂之熬。』按：《說文・火部》：『熬，乾煎也。』熬與煎的共同特點都是用火乾，但熬是用火乾燥五穀之類的固體物質，而煎是用火乾燥帶有液汁的物質。可參見後【原文一百七十一】『煎』字注。」

補譯本改釋爲「爁」，并注：「爁（xiāo 消）：《五十二病方》釋熬，未證，各家從之。筆者考慮，古人用字，必有其由，爁，從火從囂，表意與火有關。囂，意含喧嘩。《詩・小雅・車攻》：『之子于苗，選徒囂囂。』毛傳：『囂囂，聲也。』《左傳・成公十六年》：『在陳而囂』。杜預注：『囂，喧嘩也』。本文及 30 行的『爁鹽令黃』均指將某物放在鍋中炒。『爁鹽令黃』古多用海鹽，即結晶大粒鹽，結晶鹽粒，在高溫鍋中炒時，常有爆裂聲。因此用『爁』形容炒鹽。本文將薺菜子放在鍋中炒（爁）至焦黑。」

　　按：本方中的「燺」帛書本說是「熬」的異體字，考釋本說是「熬」的通假字，補譯本說讀 xiāo，指乾炒食物時發出的爆裂聲音，均不准確。「燺」從火嚻聲，是「炒」的異體字。

　　「炒」初文作「嚻」。《說文·嚻部》：「嚻，熬也。从嚻𢼎聲。」清段玉裁注：「嚻，《爾雅音義》引《三蒼》：『熬也。』《說文》：『火乾物也。』與今本異。」或寫作「𪔛」，從「鬲」與從「嚻」無別。《玉篇·鬲部》：「𪔛，楚狡切。熬也。」又《火部》：「焣（焣），初絞切。火乾也。煼、炒，同上。」《集韻·巧韻》：「嚻，《說文》：『熬也。』或作𪔛、炒。」漢崔寔《四民月令·正月》：「上旬𪔛豆，中旬煮之。以碎豆作『末都』。」或類母、聲母全部更換轉形爲「燺」，再更換聲母「嚻」轉形爲「炒」。北魏賈思勰《齊民要術·造神麴並酒》：「炒麥黃，莫令焦。」

　　「燺」是個衹見於漢代簡帛文獻中的俗字。《五十二病方》「炒」均寫作「燺」。本方中的「燺鹽令黃」，與《齊民要術》中的「炒麥黃」火候相近。

段

　　一，□【□】及㿉（癩）不出者方：以醇酒入【□】，煮膠，廣【□□□□□】消，而燔段（煅）礜【□□□】_{171/158} 火而焠酒中，沸盡而去之，以酒歙（飲）病者。_{172/159}（《五·㿉病》七）

　　本方中的「段」，帛書本釋爲「叚（煅）」，但無注釋。

　　考釋本改釋爲「煅」，並注：「煅——原作『段』。古異寫。《正字通》：『段，煅。』《說文·殳部》：『段，椎物也。』按，古代段與鍛二字通用，又作煅。均指用椎椎物而言，與截開分段字之義有別。段玉裁云：『（後人）以段爲分段，……分段自應作斷，蓋古今字之不同如此。』此外，煅字又有加熱之義。《廣雅·釋詁二》：『煅，也。』」

　　補譯本改釋爲「段（煅）」，並注：「段（煅）：熟也。燔煅：強調對某物的燃燒爲炭灰。」

　　張雷說：原文「段」應讀爲「蝦」，蝦可溫補壯陽，增加膀胱的氣化功能，對㿉病的治療起關鍵作用。〔註113〕

〔註113〕張雷：《馬王堆帛書〈五十二病方〉釋讀再探 3 例》，《安徽中醫學院學報》2009

校釋本注：「燔煆：焚燒。」

集成本改釋爲「叚（煆）」，但無注釋。

按：本方中的「叚」前人有四種釋文：帛書本釋爲「叚（煆）」，補譯本改釋爲「叚（煆）」，張雷改釋爲「蝦」，集成本改釋爲「叚（煆）」。

今細看集成本新圖版，帛書原文本寫作「叚」。「叚」金文作叚，象手持椎敲打石頭之形，會意字，即「鍛、煆」等的古字。《說文·殳部》：「叚，椎物也。从殳，耑省聲。」（三下）〔註114〕清段玉裁注：「用椎曰叚。《考工記》『叚氏爲鑄器』，鑄欲其叚之堅，故官曰叚氏。《函人職》曰：『凡甲鍛不摯則不堅。』叚亦當作叚。《金部》：『鍛，小冶也。』小冶，小鑄之竈也。後人以『鍛』爲『叚』字，以『叚』爲分叚字。」清徐灝注箋：「叚、鍛，古今字。引申之，則爲分叚。」朱芳圃《殷周文字釋叢》：「金文『叚』象手持椎於苫中捶石之形，許君訓『椎物』，引申之義也。云『耑省聲』，誤象形爲形聲矣。」《禮記·曲禮下》：「天子之六工：曰土工、金工、石工、木工、獸工、草工。」漢鄭玄注：「金工：築、冶、鳧、栗、叚、桃也。」唐孔穎達等正義：「叚氏主錢鑄、田器。」

「叚」的本義爲敲擊，引申爲：①在石頭上捶製乾肉；②斷開、分開；③鳥蛋孵不出；④捶物墊的石頭；⑤身段；⑥一種質地厚實而有光澤的絲織品等。後世另造區別字「鍛」區分本義，另造「腶」區分引申義①，另造「毈」區分引申義③，另造「緞」區分引申義⑥。因此「叚」與「鍛」「腶」「毈」「緞」就成古今字。從漢字轉注原理看，「鍛」不僅是「叚」的區別字，還是它的轉形字。

「叚」的另一個區別字是「煆」。「煆」與「煆」不是異體字，帛書本不僅沒有搞清楚「叚」與「煆」的古今字關係，而且還用一個錯字來釋讀「叚」。補譯本將「煆」改釋爲「煆」，集成本從其釋，甚確。

「煆」與「煆」是兩個不同的字。「煆」今音 xiā 或 xià，本義爲熱或火氣猛。《廣雅·釋詁二》：「煆，爇也。」清王念孫疏證：「《方言》：『煦、煆，爇也。』」《玉篇·火部》：「煆，許嫁切。热也。乾也。」《廣韻·麻韻》：「煆，

年第 5 期。

〔註114〕〔漢〕許慎撰，〔宋〕徐鉉等校定：《說文解字》第 66 頁，中華書局 1963 年版。

火氣猛也。許加切，又呼嫁切。」〔註115〕「煆」字則是「鍛」的異體字。《字彙・火部》：「煆，與鍛同。打鐵也；椎鍊也。」引申爲中藥炮製的方法之一，即將藥材放在火裡燒。本方「段」用的古字，所謂「段駱阮少半斗」，就是將小半斗駱阮倒進桑炭火中燒。

呭

一，濡，以鹽傅之，令牛呭（吔－舐）之。80/80（《五・蠹》三）

本方中的「呭」，帛書本釋爲「吔（舐）」，並注：「吔，即舐字，《說文》作舓。《千金要方》卷二十五載，治卒死無脈，『牽牛臨鼻上二百息，牛舐一必差。牛不肯舐，著鹽汁塗面上，牛即肯舐』。也是用鹽誘使牛舐的療法。」

考注本、校釋（壹）本、校釋本注同帛書本。

考釋本改釋爲「舐」，並注：「舐（tian，忝）——原作吔。按，《一切經音義》卷二十一引《字詁》：『舐，古文舓同。』《漢書・吳王濞傳》：『猋糠及米。』顏注：『舓，用舌食也。』故：『吔』字當爲舓之形訛。舐字古寫又作舓、舔。《說文・舌部》：『舓，以舌取食也。』《莊子・列禦寇》：『秦王有病召醫。……舐痔者，得車五乘。』同上，《田子方》：『舐筆和墨。』」

補譯本注：「吔：《五十二病方》釋舐。《一切經音義》卷二十一引《字詁》：『舐，古文吔同。』」

集成本改釋爲「呭（吔－舐）」，並注：「呭，原釋文逕釋作『吔』，此從劉欣（2011:36）釋。原注：吔，即舐字，《說文》作舓。《千金要方》卷二十五載，治卒死無脈，『牽牛臨鼻上二百息，牛舐一必差。牛不肯舐，著鹽汁塗面上，牛即肯舐』。也是用鹽誘使牛舐的療法。」

按：本方中的「呭」帛書本釋爲「吔（舐）」，集成本從劉欣說改釋爲「呭（吔－舐）」。

今細看帛書新圖版，原文本寫作「𧮫」，本爲「舓」字的異體，故改釋爲「呭」。考釋本說「舐字古寫又作舔」，即把「舔」字當成「舓」的異體字了，顯然錯誤。從字源關係看，「舔」與「舓」祇是同源關係。

　　第一，「䑙」是「䑒」的異體字。「䑒」上古音屬船母支部，今音 shì，本義爲用舌頭取食。《說文・舌部》：「䑒，以舌取物也。从舌易聲。䑙，䑒或从也。」（三上）清段玉裁注：「也聲。」《廣韻・紙韻》：「䑒，以舌取物。」《宋書・符瑞志上》：「湯將奉天下放桀，夢及天而䑒之，遂有天下。」

　　「䑒」或更換聲母「易」轉形爲「䑙」，《說文》重出字有「䑙」。《玉篇・舌部》：「䑒，神爾切。《說文》云：『以舌取物也。』舓、䑙並同上。」清徐珂《清稗類鈔・藝術類》：「畫者䑙筆和墨，旁睨而髣髴焉。」但在宋代以前的傳世文獻中，「䑒」「䑙」均無用例。

　　再更換聲母「也」轉形爲「舓」。《玉篇・舌部》云「舓、䑙」並同「䑒」。唐慧琳《一切經音義》卷二十九：「舓血：上時爾反，上聲字。《說文》：以舌取物也。從舌氏聲。或作䑒，亦作舓，古字也。」〔註116〕《莊子・列禦寇》：「秦王有病召醫，破癰潰痤者得車一乘，舓痔者得車五乘。」《後漢書・楊彪傳》：「愧無日磾先見之明，猶懷老牛舐犢之愛。」

　　再更換聲母「氏」轉形爲「舐」。慧琳《一切經音義》卷二十九：「舐，《說文》正作䑒，從舌易聲。經本作舐，俗用字也。」宋蘇過《思子臺賦》：「同舐犢於晚歲兮，又何怨於老臗。」

　　第二，「呮」從口它聲，或寫作「呭」。因爲「它」和「也」的本義都是蛇類動物，二字古文同形，故凡從「也」得聲的字多可換成「它」，如「蚍」也寫作「蛇」，「牠」也寫作「牰」等。它們是「䑒」的初文。《漢語大字典》未收「呮」字，當據《五十二病方》補。

　　注意：「呭」今音 yě，傳世文獻始見於字書《龍龕手鑑・口部》，云：「呭，俗。」卻無釋義，後人揣測說它是佛經咒語的譯音字；現代用來表示驚異、驚疑的語氣，讀音 yē。但它最早卻見於漢代帛書《五十二病方》，從文意看，顯然是「䑒」的初文。

　　「呮、呭、䑒、䑙、舓、舐」是一組轉形異體字，考釋本說「『呭』字當爲䑙之形訛。舐字古寫又作䑒、舔」，失審。「呭」既非「䑙」字之譌，更不同於「舔」。「舔」字見於唐代文獻，本音 tān，與「舕」連用，表示吐舌的樣子。唐李白《鳴皋歌送岑徵君》：「玄猿綠羆，舔舕崟岌。」清王琦注：「舔舕，

〔註116〕徐時儀校注：《一切經音義三種校本合刊》第 1022 頁，上海古籍出版社 2008 年版。

吐舌貌。」〔註117〕後變音 tiǎn，字也寫作「㖞」，表示「以舌取物」，與「䑛」合流。《字彙・舌部》：「舓，以舌舓物也。」但它與「咃、㖸、餲、舓、舐、舓」等祇是同源關係，與「䑸」與「鍋」的關係相同，而非異體關係。

「舓（tiǎn）」也寫作「㖞」，雖然也表示「以舌取物」，如《字彙・舌部》：「舓，以舌舓物也。」但與「咃、㖸、餲、舓、舐、舓」是同義字，而非異體字。注意：《漢語大字典》未收「咃」字，當據《五十二病方》補。

尉

　　傷痙＝（痙：痙）者，傷，風入傷，身倍〈信（伸）〉而不能詘（屈）。治之：爤（熬）鹽令黃，取一斗，裹以布，卒（淬）醇酒中，入 ₃₀/₃₀ 即出，蔽以市，以尉·（熨）頭。熱則舉，適下。爲□裹，更以尉＝·（熨＝—熨。熨）寒，更爤（熬）鹽以尉＝·（熨＝—熨，熨）勿 ₃₁/₃₁ 絕」。一尉（熨）寒汗＝出＝（汗出，汗出）多能詘（屈）倍〈信（伸）〉，止。尉（熨）時及巳（已）尉·（熨）四日內，【□□】衣，毋見風。過【四】日自 ₃₂/₃₂ 適。尉·（熨）先食後食次（恣）。毋（無）禁，毋（無）時。●令。₃₃/₃₃（《五・傷痙》一）

　　本方中的五個「尉」字有「尉」「尉」兩種寫法，帛書本均釋爲「熨」，但無注釋。考注本、校釋（壹）本、考釋本釋文均從帛書本。

　　考釋本注：「熨（yùn，運）—— 熨法是用溫熱的物質（包括加熱後的藥物）刺激體表局部以達到治療目的的一種外治法，又有溫熨，藥熨，毒熨等稱。《史記・扁鵲列傳》：『案扤毒熨』。注：『毒熨，謂毒病之處，以藥物熨貼也。』《素問・血氣形志》：『治之以熨引』，張介賓注：『熨以藥熨，引謂導引。』《靈樞・刺節眞邪篇》：『治厥者必先熨調和其經。』張介賓注：『必藉火氣以熨調其經。』」

　　校釋本也釋爲「熨」，並注：「尉（熨）頭：熨貼頭部。原釋爲『熨頭』，據圖版改正。本段中的『尉（熨）』共九處，原釋文都直接寫作『熨』。」

　　集成本將前三個改釋爲「尉（熨）」，後兩個改釋爲「尉（熨）」，並注：「尉，

原釋文逕釋作『熨』。今按：本篇中釋作『尉』『尉』的字，原釋文一律釋作『熨』。以下不加注。」

　　按：「尉」在本方中用過五次，其中「尉頭」「尉寒」「尉勿絕」中均寫作「尉」，「尉時」「已尉」中寫作「尉」，而帛書本均釋爲「熨」，且無注釋，考注本、校釋（壹）本、考釋本均從其釋，未安；集成本將前三個改釋爲「尉（熨）」，後兩個改釋爲「尉（熨）」，不確。均應訓如本字。「尉」是「熨」的初文，「尉」是「尉」的譌體，當按帛書原文釋爲「尉」或「尉」。

　　「尉」金文作𡙁（《龍淵宮鼎》），從𡰥從又從火，會意字，上古音屬影母物部，《廣韻・未韻》於胃切，今音 yùn，本義爲熨燙絲織品，〔註118〕泛指熨燙。《說文・火部》：「𡰥，从上按下也。从𡰥，又持火以尉申繒也。」（十上）徐鉉等注：「今俗別作熨。」〔註119〕邵瑛羣經正字：「今俗又加『火』作『熨』。」《五十二病方・牡痔》：「燔小隋（橢）石，淬醯中以尉。」注意：《漢語大字典》「尉」下無文獻例證，〔註120〕應據《五十二病方》補。

　　「熨」初文作「𡰥」，後世更換「又」轉形爲「尉」，譌變爲「𡰥」「尉」。《廣韻・物韻》：「尉，《說文》作『尉』，从𡰥火，持火所以申繒也。」〔註121〕《集韻・未韻》：「尉，隸作尉。」《篇海類編・通用類・又部》：「𡰥，音尉，義同。」《字彙・又部》：「𡰥，同尉。」再纍增「火」轉形爲「熨」。《玉篇・火部》：「尉，於貴切。申帛也，按也。又紆物切。熨，同上。」《廣韻・物韻》紆物切，云：「熨，火展帛也。《說文》本作『尉』。」或更換「𡰥」「又」轉形爲「爩」。《集韻・迄韻》：「熨，持火展繒也。一曰火斗。或从鬱。」

　　由此可知，「𡰥」是「尉、熨」的初文，「𡰥、尉」是「𡰥、尉」是譌體。本方之「尉、尉」，或爲初文，或爲譌字，但均不當改釋作「熨」。今人多不熟悉「𡰥、尉、尉」與「熨」之間的字源演變關係，而誤將初字文當成通假字。注意：《漢語大字典》「尉」下無文獻例證，當據《五十二病方》補。〔註122〕

〔註118〕郭錫良先生說：「尉（尉），燙平布帛。」見郭錫良《漢字古音手冊》第 393 頁，商務印書館 2010 年版。

〔註119〕〔漢〕許慎撰、〔宋〕徐鉉等注：《說文解字》第 208 頁，中華書局 1963 年版。

〔註120〕見《漢語大字典》第 554 頁，四川辭書出版社、湖北崇文書局 2010 年版。

〔註121〕見《宋本廣韻》第 455 頁，北京市中國書店 1982 年據張氏澤存堂本影印。

〔註122〕見《漢語大字典》第 554 頁，四川辭書出版社、湖北崇文書局 2010 年版。

脩

　　一，多空（孔）者，亨（烹）肥豭，取其汁漬（漬）美黍米三斗，炊之，有（又）以脩（滫）之，孰（熟），分以為二，以稀【囗】布各裹 _{254/241} 一分，即取蓑（鉛）末」、叔（菽）醬（醬）之宰（滓）半，并臺（擣），以傅痔空（孔），厚如韭葉，即以居囗，裹【囗囗】囗更溫，_{255/242} 二日而巳（已）。_{256/243}（《五・牡痔》二）

　　本方中的「脩」，帛書本釋為「脩（滫）」，但無注釋。

　　考注本注：「脩（滫）：滫，《史記・三王世家》：『蘭根與白芷，漸之滫中。』《集解》注：『徐廣曰：滫者，淅米汁也。』即淘米水也。」

　　校釋（壹）本注：「滫：古代的烹調方法，用植物澱粉拌和食物使之柔滑。《禮記・內則》：『滫瀡以滑之。』」

　　考釋本注：「滫（xiǔ，杇）——原作『脩』。滫與脩上古音均心母，幽部韻。同音通假。滫字義有三：①淘米汁。如：《玉篇・水部》：『滫，米泔也。』《史記・三王世家》：『漸之滫中』。徐廣云：『滫者，淅米汁也。』②陳舊酸腐的淘米汁。如：《說文・水部》：『滫，久泔也。』《淮南子・人間訓》高注：『臭汁也』。③人尿。如《荀子・勸學篇》：『其漸之滫。』楊注：『滫，溺也。』《說文義證》：『溺當曰溲。』本條『滫』字當指第一義。本書後【原文二百三十一】『渚滫』為第二義。」

　　補譯本注：「脩：《五十二病方》釋滫，各家從之。《說文》：『滫，久泔也』。《玉篇・水部》：『滫，米泔也』，泔《說文》：『泔，……淅米汁也』。脩（滫）即淘米水。」

　　校釋本注：「滫：本義為淘米汁，此處引申為烹調方法。帛書整理小組指出，『滫』之後疑脫一字。」

　　集成本注：「今按：本篇 348／338 行『以豬膏脩（滫）』，《養生方》164 行『以麴汁脩（滫）之』，辭例與此相同。『又以滫之』，是又用肥豭的煎汁浸泡淘洗黍米的意思。《周禮・秋官・司烜氏》『以共祭祀之明齍、明燭，共明水』，鄭注引鄭司農云：『明齍謂以明水滫滌粢盛黍稷。』亦可以參考。」

　　按：本方中的「脩」帛書本釋為「脩（滫）」，繼後各注本皆從其釋。但對「滫」表義的理解有兩種：一說為淘米水，一說為「古代的烹調方法，用

植物澱粉拌和食物使之柔滑」。我們認爲本方的「脩」應釋爲「脩（餐）」，不當釋爲「滫」。「餐」的異體有「餷」。「脩飯」即「餐飯」或「餷飯」，今天所謂「蒸飯」。

「餐」《中山王鼎》從食攸聲，《廣韻・尤韻》息流切，今音 xiū，本義爲蒸飯。《廣雅・釋器》：「饙謂之餐。」清王念孫疏證：「《說文》：『饎，滫飯也。』或作饙、餴。《大雅・泂酌篇》：『可以饙饎。』毛傳云：『餴，餾也。』《爾雅・釋言》：『饙、餾，稔也。』孫炎注云：『蒸之曰饙，均之曰餾。』郭璞注云：『今呼餐飯爲饙，饙熟爲餾。』《釋文》引《字書》云：『饙，一蒸米也。』又引《蒼頡篇》：『餐，饙也。』餐與滫同。餐之言羞也。卷三云：『羞，熟也。』」〔註123〕「餐」或更換聲母「攸」轉形爲「餷」。《玉篇・食部》：「餐，思流切。饙也。餷，同上。」〔註124〕「餐」與「饙」同義。

「饙」初文作「餴」。《爾雅・釋言》：「饙、餾，稔也。」晉郭璞注：「今呼餐飯爲饙，饙熟爲餾。」宋邢昺疏：「孫炎曰：『蒸之曰饙。』……《說文》曰：『饙，蒸米也。』」《說文・食部》：「餴，滫飯也。从食桼聲。饙，餴或从賁。餴，餴或从奔。」（五下）〔註125〕清朱駿聲通訓定聲：「如今北方蒸飯，先以米下水一滔，漉出，再蒸匀熟之。下水滔之曰饙，再蒸之曰餾。《爾雅・釋言》：「饙，餾稔也。」《詩・泂酌》：『可以饙饎。』疏引《說文》：『饙，一蒸米也。』毛本作餴。」〔註126〕《玉篇・食部》：「饙，甫雲切。半蒸飯。餴、餴同上。」

「餐」也同「餾」。《爾雅・釋言》：「饙、餾，稔也。」清郝懿行義疏：「稔者，飪之假音也。《說文》：『飪，大熟也。』又『飆』云：『食飪也。』引《易》曰：『飆，飪。』今《易・鼎》文作：『亨，飪。』《方言》云：『飪，熟也。』通作胚。《聘・禮記》云：『賜饔唯羹飪。』鄭注：『古文飪作胚。』《詩・楚茨》，傳：『亨，飪之也。』《釋文》：『飪，本又作胚，又通作稔。稔，穀熟也。』《釋文》『稔』字又作『飪』。《詩・泂酌》，《釋文》引《爾雅》正作『飪』。《說文》亦饙、餾、飪三字連文，可證矣……饙者，半蒸之尚未熟，故《釋名》

〔註123〕見〔清〕王念孫《廣雅疏證》第 247 頁，中華書局 1983 年影印本。

〔註124〕見《宋本玉篇》第 181 頁，北京市中國書店 1983 年影印本。

〔註125〕〔漢〕許慎撰，〔宋〕徐鉉等校定：《說文解字》第 107 頁，中華書局 1963 年版。

〔註126〕見〔清〕朱駿聲《說文通訓定聲》第 805 頁，武漢市古籍書店 1983 年影印本。

云：『饙，分也。眾粒各自分也。』餾者，《說文》云：『飯氣蒸也。』《詩》正義引作：『飯氣流也。』蓋餾之言流也。飯皆烝熟，則氣欲流。」〔註127〕《玉篇·食部》：「餾，力救切。飯氣蒸也。」

「餾」本字作「䭄」。《說文·食部》：「䭄，飯氣蒸也。从食畱聲。」（五下）朱駿聲通訓定聲：「按：米一蒸曰饙，再蒸曰䭄。」《正字通·食部》：「餾，本作䭄。」《說文》云：「餴，滫飯也。」此「滫飯」即郭璞所謂「餐飯」，就是今天所謂「蒸飯」。

「滫」字本無蒸飯義，今本《說文》用的是假借字。淘米、水煮、漉飯、蒸飯的程序，朱駿聲解釋得很仔細，即「先以米下水一涫，漉出，再蒸勻熟之。下水涫之曰饙，再蒸之曰餾。」今南方用甑蒸飯依然如此操作：先淘米，將鍋水燒沸後把淘好的米放進鍋裡，待煮至五六成熟時漉去米湯，再倒進甑中蒸透氣，徹底蒸熟。

本方的「亨（烹）肥羭，取其汁，滫（漬）美黍米三斗，炊之；有（又）以脩（餐）之，孰」，講的也是蒸黍米飯的程序和做法：先燉一鍋羊肉湯，燉好後將肉湯泌出來，倒進鍋中用以煮黍米；待煮到六七成熟時熄火，泌去肉湯，再把剩下的羊肉湯倒進鍋裡蒸泌出的黍米，直至蒸熟。其中「脩」的本字爲「餐」，而非「滫」字，前人所釋均不確。注意：《漢語大字典》將「餐」看作是「脩」的異體字，並注：「金文『脩』字從食，攸聲。」〔註128〕失審。

橐

橦=橐=（腫橐：腫囊）者，氣實橐，不去」。206/193《五·橦（腫）橐》）

本方中的「橐」，帛書本釋爲「橐」，並注：「腫橐，陰囊重大，也見於同墓出土竹簡《天下至道談》。《外臺秘要》卷二十六有陰囊腫病方。」

考注本注：「橐，囊也。腫橐，即陰囊腫大。此症亦見於同墓出土的竹簡《天下至道談》。」

〔註127〕見〔清〕郝懿行《爾雅義疏》第384～385頁，上海古籍出版社1983年影印本。

〔註128〕見《漢語大字典》「脩」條引《中山王鼎》，四川辭書出版社、湖北崇文書局2010年版。

校釋（壹）本注：「腫橐：陰囊腫大。即《千金方》所說『癩有四種』中的『卵脹』。」

考釋本改釋「橐」爲「槖」，並注：「槖（tuō，托）──原作『橐』，形近而訛，槖爲口袋的一種。《說文・木部》『槖』條，段注：『按，許云：槖，囊也。』又：『囊，槖也。』渾言之也。《大雅》毛傳曰：『小曰槖，大曰囊。』高誘注：《戰國策》曰『無底曰囊，有底曰槖』，皆析言之也。《說文義證》：『囊槖之制，諸說不同。』但本書此條所說的『槖』，則係指男性外陰部陰囊（內爲睪丸）的代稱。本條的『腫槖』即陰囊（或睪丸）腫大。」

補譯本注：「橐即囊（náng），《說文》：『橐（pāo 泡），囊張大貌』。人體的囊最典型者如男子的陰囊，腫囊即陰囊腫大或睪丸的慢性炎症等病。在馬王堆與《五十二病方》同時出土的《天下至道談》第二十九行『產（生）座腫囊』，講的也是陰囊腫大之類病症。」

集成本改釋「橐」爲「囊」，並注：「囊，原釋文都作『橐』，此從裘錫圭（1987）釋……裘錫圭（1987）：（此字）應該釋爲『囊』，這種『囊』字由於它們的偏旁寫得過於草率，看起來有些像『缶』，所以很容易被認作『橐』（引者按：此說見《古文字論集》版第⑧條）。」

按：帛書本「橦橐」之「橐」，裘錫圭先生改釋爲「囊」，〔註 129〕考釋本改釋爲「槖」。今細看集成本新圖版，帛書原文本寫作「🔲」，即「橐（pāo）」字，裘錫圭先生所釋極誤。今西南官話謂腫爲「泡」，〔註 130〕其本字就寫作「橐」。

〔註 129〕裘錫圭先生在《馬王堆醫書釋讀瑣議》一文中說：「《五十二病方》目錄的釋文有『〔種（腫）囊〕』（25 頁）正文的釋文也有『〔種（腫）囊〕』條（193 行，見 48 頁），〔注 1〕：『腫囊，陰囊腫大，也見於同墓出土竹簡《天下至道談》（引者按：竹簡實作「腫橐」，詳後第 58 條）。《外臺秘要》卷 26 有陰囊腫病方。』（48 頁）從圖版看，所謂『囊』字與馬王堆一號漢墓遣策『囊』字相似（看《長沙馬王堆一號漢墓》上集 139～140 頁 113～119 號簡釋文及下集有關圖版），應該改釋爲『囊』。這種『囊』字由於它們的聲旁寫得過於草率，看起來有些像『缶』，所以很容易被認作『橐』。『腫囊』的病名跟《外臺秘要》的『陰囊腫痛』相合。」見裘錫圭《古文字論集》第 530 頁，中華書局 1992 年版。

〔註 130〕參看王文虎、張一舟、周家筠：《四川方言詞典》第 297，四川人民出版社 1987年版。

「橐」本義爲囊張大貌。《說文・橐部》：「橐，囊張大貌。从橐省，匋省聲。」（六下）清王筠句讀：「桂氏、段氏皆曰：當作缶聲。」本方的「穜」通「腫」。「腫橐」即陰囊腫脹。

農

薄以涂其雍者上空者遺之中央大如錢藥乾復涂之如 60 前法三涂去其故藥其毋農者行愈已有農者潰毋得力作禁食諸采 61（《武》簡二）

本方中的「農」，醫簡本如是釋，並注：「『農』用作『膿』。」

注解本注：「農：『膿』字的誤寫。」

校釋本改釋爲「農（膿）」，但無注釋。

按：今細看醫簡本拓片，簡文原本前一個寫作「辳」，後一個寫作「辳」，比較清晰，應釋爲「辳」。

「農」金文作辳，隸變爲「農、辳、辳」等，本義爲耕種。《說文・晨部》：「農，耕也。从晨囟聲。辳，籀文農从林。辳，古文農。辳，亦古文農。」（三上）《左傳・襄公九年》：「其庶人力於農穡。」晉杜預注：「種曰農，收曰穡。」「辳」爲「農」的謁體。《字彙補・辰部》：「辳，古農字。」清畢沅《經典文字辨證書》：「辳、農並通。」《北海相景君銘》：「假階司辳。」「辳」是「農」的謁體。

「膿」從「農」得聲，初文爲「衋」，本義膿血。《說文・血部》：「衋，腫血也。从血，農省聲。膿，俗衋从肉農聲。」（五上）《玉篇・肉部》：「膿，乃公切。癰疽潰也。亦作衋。」《史記・扁鵲倉公列傳》：「此病疽也，內發於腸胃之間，後五日當臒腫，後八日嘔膿死。」引申爲腐爛、潰爛。

本方之「辳」是「膿」的記音字，動詞，義爲瘡潰。「其毋辳（膿）者行愈，已有辳（膿）者潰」，意爲：（塗上膏藥後，）人身上沒有化膿祇是紅腫的癰創，行將痊癒；已經化膿的，行將潰爛（出膿）。

涿

一，以酒一音（杯），潰襦頸及頭垢中，令涿（涿－濁）而歓（飲）之。185 / 172《五・癃病》十三）

　　本方中的「淶」，帛書本釋爲「沸」，但無注釋。校釋（壹）本、校釋本釋文從帛書本，也無注釋。

　　考注本注：「（沸）煮沸。」

　　補譯本注：「取頭垢若干放入煮沸。」

　　集成本改釋爲「淶」，並注：「淶，原釋文作『沸』，此從陳劍（2010）釋。」

　　按：本方中的「淶」，帛書本釋爲「沸」，集成本從陳劍說改釋爲「淶（淶－濁）」。今細看集成本新圖版，帛書原文寫作「淶」，其筆跡雖模糊不清，但我們覺得帛書本釋爲「沸」不當，集成本改釋爲「淶」也欠妥，應釋爲「涿」，理由如下：

　　第一，本方說的是用浸泡過頭垢等汙物的酒飲服，與「煮沸」不相干。

　　第二，漢代以前無「涿」字。卷子《玉篇・水部》：「涿，豬角反。《山海經》：『成山，涿水出焉。』《漢書》有涿縣。應劭曰：『涿水出上谷涿鹿縣。』《說文》：『流下適涿也。』」今本《山海經・南山經》作「闟」，晉郭璞注：「音涿。」今本《漢書・地理志上》《說文・水部》均作「涿」。《龍龕手鑑・水部》：「淶」，「涿」之俗字。說明「淶」比「涿」晚出。

　　「涿」甲骨文作ᶘ、ᶘ，本義爲污水下滴。《說文・水部》：「涿，流下滴也。从水豕聲。上谷有涿縣。旽，奇字涿，从日乙。」（十一上）〔註131〕清段玉裁注：「乙象滴下之形，非甲乙也。」由污水下滴，引申爲浸出。

　　本方「以酒一音（桮－桮），漬襦頸及頭垢中，令涿而歓之」，意爲：先倒一杯酒，再將有污垢的衣領和頭垢浸泡在酒中，待衣領上的污垢和頭垢漸漸溶解在酒中後，讓患者喝下去。故知本方之「淶」當釋爲「涿」，而釋爲「沸」或「淶（淶－濁）」，均甚誤。

埶

　　【一，□】□□胸，令大如荅，即以赤荅一斗并【□，□□□□□□□□□□□□□】₃/₃埶（熟）而□【□飲】其汁=（汁，汁）宰（滓）皆索」，食之自次（恣）殹。☑₄/₄（《五・諸傷》二）

〔註131〕〔漢〕許慎撰，〔宋〕徐鉉等校定：《說文解字》第234頁，中華書局1963年影印本。

　　本方中的「孰」，帛書本釋為「孰（熟）」，繼後各注本多從其釋。

　　考釋本逕改釋為「熟」，并注：「熟——原作孰。熟與孰上古音均禪母，覺部韻。故孰假為熟。《群經正字》：『隸作熟。又加火作熟。』『熟』字義為加熱，或烹煮。《素問‧大奇論》：『五臟菀熟。』王注：『熟，熱也。』《禮記‧禮運》鄭注：『熟冶萬物』。孔疏：『熟，謂烹煮』。又按，熟與孰在古籍中也多互通。如《禮記‧月令》：『則五穀晚熟。』《淮南子‧是則訓》引上文『熟』作『孰』字。《戰國策‧齊策一》：『願大王熟計之。』《史記‧張儀列傳》引上文『熟』作『孰』字。」

　　按：本方中的「孰」帛書本釋為「孰（熟）」，繼後各注本多從其釋，均未安。「孰」是「熟」的初文，「熟」是「孰」的後起字，二者為古今字關係。在漢代簡帛文獻中，「熟」均用初文「孰」書寫，故本方中也當按原文釋為「孰」。

　　「孰」甲骨文作🔣，金文作🔣，隸變作「𦏧」和「孰」，本義為食物燒烤或煮熟。《說文‧丮部》：「𦏧，食飪也。从丮，𦎫聲。《易》曰：『孰飪。』」（三下）清段玉裁改為「从丮、𦎫」，並注：「各本衍『聲』字，非也。」《玉篇‧丮部》：「孰，示六切。《說文》云：『食飪也。』《爾雅》云：『誰也。』」

　　後世累增「火」轉形為「熟」，也寫作「爇」。《說文》無「熟」字。《玉篇‧火部》：「熟，市六切。爛也。」《說文》「孰」段玉裁注：「後人乃分別『爇』為生爇，『孰』為誰孰矣。曹憲曰：『顧野王《玉篇》始有「爇」字。』」〔註132〕《字彙‧子部》：「孰，古惟孰字，後人以此字為誰孰字，而於生熟字下加『火』以別之。」「熟」字見於今本《方言》卷七，云：「腼、飪、亨、爛、糦、酋、酷，熟也。自關而西秦晉之郊曰腼，徐揚之間曰飪，嵩岳以南陳潁之間曰亨，自河以北趙魏之間火熟曰爛，氣熟曰糦，久熟曰酋，穀熟曰酷。熟，其通語也。」可見，漢時應該已有「熟」字。儘管在西漢時期「熟」已經成為全國的通用字，但是帛書的書寫者依然習慣於用初文書寫，故《五十二病方》寫作「孰」並非假借字。

　　「熟」是「孰」的後起字，二者為古今字關係。在《五十二病方》《養生方》等簡帛經方文獻中，「熟」字均寫作本字「孰」，而帛書本釋為「孰（熟）」，繼後各注本多從其釋，均未安，當按帛書原文釋為「孰」。

────────────

〔註132〕〔清〕段玉裁：《說文解字注》第112頁，上海古籍出版社1988年版。

此外，從集成本新圖版看，本方之「孰」字未漫漶，補譯本、校釋本用「孰」表示，不妥。注意：《漢語大字典》「孰」字之本義有釋義而無例證，〔註133〕應據《五十二病方》等帛書補。

精

六日脛中當悳₌至足下傷膿出逐服之卅日知愈六十日須麋生音聲虽嘶敗能复精鼻柱 ₆₈（《武》簡二）

本方中的「精」，醫簡本無注釋。

注解本注：「精，『清』的誤寫。」

校釋本注：「音聲雖嘶敗能復精：聲音即使嘶啞，亦能恢復清亮。」

按：《說文·米部》：「精，擇也。從米青聲。」（七上）小徐本作「精，精擇也」。清段玉裁改作「擇米也」，並注：「擇米，謂菓擇之米也。」注意：《說文》釋本義爲選擇，但不見用例，應釋爲精選而純淨的米。《論語·鄉黨》：「食不厭精，膾不厭細。」清劉寶楠正義：「精者，善米也。」引申爲純淨、純正。《廣韻·清韻》：「精，正也。」《國語·周語上》：「被除其心，精也。」三國吳韋昭注：「精，潔也。」

本方之「精」指純正；「能復精」，指服藥後嘶啞的嗓子能恢復純正的嗓音。注解本說「精，『清』的誤寫」，未安；校釋本說爲「清亮」，也失之準確。

幸

一，身有癃者，曰：「睪（皋），敢〖告〗大山陵：某〖不〗幸病癃，我直（值）百疾之【□】，我以明（明）月炙（炙）若，寒且【□】若，₃₇₉／₃₆₉以柞槍柱若，以虎蚤（爪）抉取若，刀而割若，葦而刖若。今【□】若不去，苦浧（唾）□若。」即以 ₃₈₀／₃₇₀朝日未食，東鄉（嚮）浧（唾）之。₃₈₁／₃₇₁（《五·癃》五）

本方中的「某〖不〗幸病癃」之「不」，帛書本釋文作「某幸病癃」，並注：「幸字上疑脫一不字。」繼後各注本均從其釋。

〔註133〕見《漢語大字典》第 1089 頁，四川辭書出版社、湖北崇文書局 2010 年版。

　　裘錫圭認爲：「上引釋文的注一說：『某幸病癘』句，『幸』字上疑脫一『不』字（67 頁），甚是。」〔註 134〕

　　考注本從裘錫圭說，並注：「幸：當爲不幸，脫一不字。」

　　校釋（壹）本也從裘錫圭說，並注：「某幸：帛書整理小組說：『幸字上疑脫一不字。』」

　　考釋本在「幸」前補「不」，並注：「不——原脫，今依文義補。」

　　校釋本注：「某不幸病癘，我直（值）百疾之□：某人不幸患癘病，我遇到了百種疾病。『某不幸病癘』原文爲『某幸病癘』。帛書整理小組認爲，『幸』字之前疑脫一『不』字。」

　　按：帛書本說「幸字上疑脫一不字」，繼後各注本均從其釋，裘錫圭先生也認同其說。校釋本在「幸」前逕補「【不】」字，並注：「某不幸病癘，我直（值）百疾之□：某人不幸患癘病，我遇到了百種疾病。『某不幸病癘』原文爲『某幸病癘』。帛書整理小組認爲，『幸』字之前疑脫一『不』字。」集成本也補「〖不〗」。

　　今細看集成本新圖版，帛書本所釋之「幸」字，帛書原文本寫作「𧒱」，其字跡雖略顯模糊，但仍能看出是個「蚤」字，與下文「虎蚤」之「𧒱」的書寫極爲相似。在《五十二病方》中，「蚤」字寫法大體相同。如《白處》第三治方（即 130/130～131/131 行）：「鸡涅居二【□】者（煮）之，□以𤓰（爪）挈（契）虎（瘢）令赤，以傅之。」《㿗（癩）》十四治方（即 226/213 行）：「㿗（癩）者及股痛、鼠復（腹）者，【灸】中指𤓰（爪）二荘（壯），必瘳。」這些「蚤」字的書寫特徵，與本方的「𧒱」幾乎沒有明顯區別。此外，在《武威簡·士相見一二》中也寫作「𧒱」。由此可見，帛書本所釋之「幸」當釋爲「蚤（早）」。「蚤」通「早」，在上古漢語中已成習慣，多表示時間。「幸」釋爲「蚤」後，自然解除了「『幸』字上疑脫一『不』字」之惑。「某蚤（早）病癘」，意爲：我很早以前就得了癘病。

六

　　一，瘙（瘆），以月十六日始毀，禹步三，曰：「月與日相當」、「日

〔註 134〕裘錫圭：《馬王堆醫書釋讀瑣議》，《湖南中醫學院學報》1987 年第 4 期。

與月相當」，各三」；「父乖母強，等與人產子，獨 ₂₁₂／₁₉₉ 產癪（癩）
尪」。乖巳（已），操段石毄（擊）而毌」。」₂₁₃／₂₀₀（《五・腸癪（癩）》
・三）

本方中的「尪」，帛書本釋爲「尢」，並注：「尢，不正行，此處指病者因
患癩疝而行走不便。」

考注本注：「尢：今文作尪，烏光切，讀汪（wāng）。《說文》：『跛曲脛也，
本作允，从大，象偏曲之形。』〔註135〕指行走不便。」

校釋（壹）本注：「尢：跛。這裡指患兒因癩疝而行走不便。」

考釋本注：「尢（wāng，汪）——本義爲行走跛僂不正。《玉篇・尢部》：
『尢，跛曲脛也。又，僂也，短小也。』此處的『尢』字係影射癩病患者的
陰囊偏墜現象。本書後【原文一百三十】有『某癩尢』之語也是同樣的影射
之詞。」

補譯本注：「尢（wāng，汪）：《玉篇》：『尢，破，曲脛也』〔註136〕，癩尢：
因患癩疝而行走不便，此文描寫了癩疝的一個症狀。」

張雷說：「尢」應釋爲「亢」，指極其、非常。《左傳・宣公三年》：「先納之，
可以亢寵。」杜預注：「亢，極也。」「癩亢」指癩病過於嚴重。〔註137〕

校釋本注：「尢：跛。此處指癩疝患者行走不便。《玉篇・尢部》：『尢，
跛，曲脛也。』」

集成本從張雷說，改釋爲「亢」，並注：「亢，原釋文作『尢』，此從裘錫
圭（1987）釋（此說《古文字論集》版第⑯條）。原注：尢，不正行，此處之
病者因患癩疝而行走不便。今按：『亢』字亦見本篇 219／206 行，云：『今日
庚，某癩亢；今日己，某癩已。』『亢』與『已』相對。『亢』有極義，《素問・
六微旨大論》：『亢則害，承則制。』張介賓注：『亢，盛之極也。』『癩亢』
當是癩疝的病狀極其嚴重的意思。參看張雷（2009）。」

〔註135〕今本《說文・尣部》作「尫曲脛也。从大，象偏曲之形」，考注本引誤。見《說文
解字》第 214 頁，中華書局 1963 年影印本。

〔註136〕「破」今《宋本玉篇》作「跛」，補譯本引誤。見《宋本玉篇》第 398 頁，北京市
中國書店 1983 年影印本。

〔註137〕張雷：《馬王堆帛書〈五十二病方〉釋讀再探 3 例》，《安徽中醫學院學報》2009
年第 5 期。

按：本方中的「亢」，前人有兩種釋文、兩種解釋：帛書本釋爲「尤」，意爲「指病者因患癩疝而行走不便」，繼後各注本多從其釋。張雷改釋爲「亢」，意爲「極其、非常」。今細看集成本新圖版，帛書原文本寫作「 亢 」，帛書本釋文錯誤。張雷改釋爲「亢」，甚確，但說它是個程度副詞，表示「極其、非常」，未安。

「亢」的本義爲頸項、喉嚨。《說文・亢部》：「亢，人頸也。从大省。象頸脈形。頏，亢或从頁。」（十下）南唐徐鍇繫傳：「亢，喉嚨也。」清徐灝注箋：「頸爲頭莖之大名，其前曰亢，亢之內爲喉。渾言則頸亦謂之亢。」唐玄應《一切經音義》卷二十引《蒼頡篇》：「亢，咽也。」《漢書・陳餘傳》：「乃仰絕亢而死。」唐顏師古注：「亢者，總謂頸耳。《爾雅》云：『亢，鳥嚨。』即喉嚨也。」引申爲太過、到了極點。《廣雅・釋詁四》：「亢，極也。」《素問・六微旨大論》：「亢則害，承則制。」明張介賓（景岳）注：『亢，盛之極也。』《左傳・宣公三年》：「先納之，可以亢寵。」晉杜預注：「亢，極也。」

本方之「亢」當作形容詞「極」解，在句中作後置定語，「頹（癩）亢」即「亢頹（癩）」，嚴重的癩病。下文第八治方「某積（癩）亢」之「亢」，其表義與此同。

決

・內加」：取春鳥卵₌（卵，卵）入桑枝中，炁（蒸）之，伏黍中食之。卵壹決，勿（？）多₌食₌（多食，多食）☒₈（《療》）

本方中的「決」，帛書本釋爲「決（唊）」，並注：「唊，即歠字。」

考注本注：「決：帛書整理小組謂決即唊字，注爲歠，飲之，可參。按：飲指飲湯液類物，《周禮・天官・膳夫》：『凡王之饋，食用六穀，膳用六牲，飲用六清。』是知古時飲、食有別。本句『卵壹決』之前言『食之』，後亦言『勿多食』，又知鳥卵蒸熟後當是食而不是飲的。考決，《國策・秦策》：『寡人決講矣。』注：必也，《禮記・曲禮》：『非禮不決。』決，判斷也；《三國志・蜀志・諸葛亮傳》：『吾計決矣。』決，定也。此處亦表示判斷，卵壹決，意指壹卵即足，故下文更謂『勿多食』。」

校釋（貳）本注：「唊：同啜。飲；喝。《說文》：『啜，或从口从夬。』《集

韻·薛韻》：『歠，或作映，通作啜。』」

　　校釋本注：「卵壹映：指只吃一卵。帛書整理小組認爲，映即『歠』字。《說文·歠部》：『歠，歙也。映，歠或从口从夬。』周一謀（1988）認爲，原文『卵壹決』是指壹卵即足，與下句『勿多食』相應。」

　　集成本改釋爲「決」，並注：「原注：『映，即歠字。』周一謀、蕭佐桃（1988：317）：『決，定也。此處亦表示判斷。卵壹決，意指壹卵即足，故下文更謂「勿多食」。』今按：以上兩種解釋均可疑，『決』字到底讀爲何字待考。」

　　按：本方中的「決」，帛書本釋爲「決（映）」，繼後各注本多從其釋，且均曰「映，即歠字」，唯集成本疑其說，云：「『決』字到底讀爲何字待考。」今細看集成本新圖版，帛書原文確實寫作「𣲹」。

　　「決」上古音屬見母月部，《廣韻·屑韻》古穴切，今音 jué，本義爲疏通水道。《說文·水部》：「決，行流也。从水从夬。廬江有決水，出於大別山。」（十一上）《尚書·益稷》：「予決九川，距四海。」引申爲水溢出、弄斷、打開、分辨、判決、杖擊、處死等。或變讀爲 xuè（《廣韻·屑韻》呼決切），形容詞，表示疾速樣子。《莊子·逍遙遊》：「我決起而飛。」唐陸德明釋文：「李頤云：『疾貌。』」〔註138〕

　　本方的「決」當讀 xuè，形容詞，表示疾病迅速消除，不當讀爲「映（歠）」。「卵壹決，勿多食」即「卵壹而決，勿多食」，意爲：這種與桑樹枝蒸熟後夾在黍米飯中的春鳥蛋，衹需喫一次，疾病就會很快消除，不要多喫。

垸

　　【諸傷：□□】膏⌐、甘草各二，桂⌐、畺（薑）⌐、椒【⌐】、朱（茱）【萸】□【□□□□□□□□□□□□□□□□□】₁╱₁【□□】毀一垸（丸）音（杯）酒中，歙（飲）之，日壹歙（飲），以□其☒₂╱₂（《五·諸傷》一）

　　本方中的「垸」，帛書本注：「垸，讀爲丸。」

〔註138〕〔唐〕陸德明：《經典釋文》第 360 頁，中華書局 1983 年版。

　　考注本注：「垸：通丸。《周禮・考工記》有『重三垸』的記載，鄭玄注：『垸，量名，讀爲丸。』毀一丸杯酒中，意即將一丸藥破碎後置於一杯酒中。」

　　考釋本逕改釋爲「丸」，並注：「丸——原作垸。『垸』字爲先秦時代的重量單位（《說文通訓定聲》：『垸，假爲丸。』《周禮・冬官・冶氏》：『重三垸』。鄭注：『垸，量名，讀爲丸。』）丸與垸上古音均匣母，元部韻，同音通假。在古籍中垸與丸互通之例又可舉《莊子・達生》：『五六月累丸二而不墜。』《列子・黃帝》載上文『丸』作『垸』。」

　　校釋（壹）本注：「垸：古代重量單位。《周禮・考工記・冶氏》：『重三垸。』鄭司農註：『垸，量名，讀爲丸。』戴震認爲即『鍰』的假借字。每鍰爲十一銖又五十二絫。如從戴說，則一丸（鍰）相當於 4.5 個三指撮。（百絫爲銖。每個三指撮折合爲四圭即二百五十六絫。）」

　　補譯本注：「垸：《五十二病方》釋丸，各家從之。《周禮・考工記・冶氏》『重三垸』。鄭玄注：『垸，量名。』《淮南子・時則》：『規之爲度也，轉而不復，員而不垸。』高誘注：『垸，轉也。』《說文》：『垸，以㯡和灰丸，而鬃也。〔註139〕』段玉裁注：『丸者圓也，傾側而轉者。』此解做丸的方法。《五十二病方》中用垸均代表丸。」

　　集成本注：「原注：垸，讀爲丸。今按：《莊子・達生》『五六月累丸二而不墜』，《列子・黃帝》丸作垸。」

　　按：本方中的「垸」，前人有通「丸」和通「鍰」兩種解釋。通「丸」說引自東漢鄭玄《周禮》注；通「鍰」說則引自清代戴震說。其說均誤。我們認爲，「垸」「丸」是中成丸藥先後使用的兩個計量單位，二字在漢代以前並不能構成假借關係，故釋文應釋爲「垸」，不當釋爲「垸（丸）」。

　　「垸」上古音屬匣母元部，《廣韻・桓韻》胡官切，今音 huán，本義爲往石灰中摻合骨灰以塗抹器物。〔註140〕《說文・土部》：「垸，以㯡和灰而鬃也。从土完聲。一曰補垸。」（十三下）唐玄應《一切經音義》卷十八：「骫節：又作垸，同。胡灌反。《通俗文》：燒骨以㯡曰垸。《蒼頡訓詁》：垸，以㯡和之。

〔註139〕《說文・土部》：「垸，以㯡和灰而鬃也。」補譯本引誤增「丸」字，且句讀也誤。

〔註140〕郭錫良說：「垸，以漆和灰塗器。」見郭錫良《漢字古音手冊》第 345 頁，商務印書館 2010 年版。

今中國人言垸，江南人言髶，音瑞。桼，古漆字。」〔註141〕《周禮‧地官‧角人》：「凡骨物於山澤之農。」漢鄭玄注：「骨，入漆垸者。」

　　「鋝」上古音也屬匣母元部，古代重量單位。《說文‧金部》：「鋝，鍰也。从金爰聲。《罰書》曰：『列百鋝。』」（十四上）《集韻‧線韻》：「鋝，量名。」《尚書‧呂刑》：「其罰百鋝。」清孫星衍疏：「古《尚書》說『百鋝』。鋝者率也。一率，十一銖二十五分銖之十三也。百鋝爲三斤。馬融曰：『鋝，鍰也。』鍰，十一銖二十五分銖之十三也。賈逵說：『俗儒以鍰重六兩。《周官》「劍重九鍰」，俗儒近是。』鄭康成曰：『鍰，六兩也。』」《周禮‧考工記‧冶氏》：「冶氏爲殺矢，刃長寸，鋌十之，重三垸。」鄭玄注引鄭司農曰：「垸，量名。讀爲丸。」〔註142〕《漢語大字典》引鄭玄注未引「讀爲丸」三字，而採用清朱駿聲《說文通訓定聲‧乾部》「垸，叚借爲鍰」之說。〔註143〕清戴震《辨〈尚書〉〈考工記〉鍰鋝二字》：「鍰、鋝，篆體易譌，說者合爲一，恐未然也。鍰讀若丸，十一銖二十五分銖之十三，垸其假借字也。鋝讀如刷，六兩大半兩。率選饌，其假借字也。」

　　「丸」上古音也屬匣母元部，但在上古漢語中祇有彈丸義，還沒有藥丸義。《說文‧丸部》：「丸，圓，傾側而轉者。从反仄。」（九下）清姚炯部首訂：「以圓說丸，通其名也，又以傾側而轉說圓，申其義也。」《廣韻‧桓韻》：「丸，彈丸。」《左傳‧宣公二年》：「晉靈公不君，厚斂以彫牆，從臺上彈人，而觀其辟丸也。」而表示揉成丸形（動詞）、藥丸（名詞）和藥丸的計量單位（量詞）等義，則始見東漢以後。如三國魏曹植《善哉行》：「仙人王喬，奉藥一丸。」晉葛洪《抱朴子‧內篇‧至理》：「今醫家通明腎氣之丸，內補五絡之散。」《晉書‧陳壽傳》：「有疾，使婢丸藥。」

　　在「丸」的藥丸及其計量單位義尚未產生以前的西漢時期，祇用「垸」的引申義來表示藥丸及其計量單位，東漢以後纔改用「丸」來表示。因此，中成丸藥中的「垸」和「丸」，是漢語中先後使用的兩個計量單位，它們在漢代以前並非共時存在，故構不成假借關係。《五十二病方》中所有的「垸」，都應按帛書原文釋讀，不當釋爲「垸（丸）」故知帛書本說「垸」通「丸」，

〔註141〕徐時儀校注：《一切經音義三種校本合刊》第 378 頁，上海古籍出版社 2008 年版。

〔註142〕見〔清〕阮元校刻《十三經注疏》第 915 頁，中華書局 1980 年影印本。

〔註143〕見《漢語大字典》第 480 頁，四川辭書出版社、湖北崇文書局 2010 年版。

失審；其後考注本、集成本等從其說，失確；考釋本逕改釋爲「丸」，失察。鄭眾說「梡，量名，讀爲丸」，甚是。今西南官話「丸」仍說「梡（圓）」，「丸子」說「圓子」，是其證。

廷

一，以水一斗煮葵穜（種）一斗，浚取其汁，以其汁煮膠一廷（梃）半，爲汁一參，而☐₁₈₁/₁₆₈（《五・痿病》九）

本方中的「廷」，帛書本釋爲「廷（梃）」，但無注釋。校釋本、集成本釋文從帛書本，也無注釋。

考注本注：「梃：《說文》：『一枚也。』〔註144〕梃，是古代對竿狀、棒狀物的計量單位。可見，古代膠類藥物多製成竿狀或棒狀，與現今所製成的塊狀不同。」

考釋本注：「挺〔註145〕——原作『廷』，通假。」

補譯本逕釋爲「梃」，但無注釋。

按：本方中的「廷」帛書本釋爲「廷（梃）」，繼後各注本從其釋，但均無注釋，唯考釋本說「廷」通「梃」。我們認爲，「梃」雖能用於表示竿狀物的計量單位，但本方所說的是阿膠，不當言「杆」或「支」，當言「塊」，故帛書本釋爲「梃」，失當，應改釋爲「廷（鋌）」。

「鋌」古代用來計量熔鑄成條塊狀的金銀等。元戴侗《六書故・地理一》：「鋌，五金鍛爲條樸者。金曰鋌，木曰梃，竹曰筳，皆取其長。」清錢大昕《十駕齋養新錄》卷十九「錠」條云：「古人稱金銀曰鋌，今用錠字。按《廣韻》錠有兩音：一丁定切。豆有足曰錠，無足曰鐙。一徒徑切。錫屬。具與銀鋌義不協。元時行鈔法，以一貫爲定。後移其名於銀，又加金旁。」〔註146〕引申爲泛指條塊狀物。清翟灝《通俗編・貨財》：「古記墨亦曰幾鋌。」阿膠也爲條塊狀物，故用古人也用「鋌」來計量。本方的「廷」是「鋌」的記音字，從字源看，與「鋌」同源。

〔註144〕「挺」應爲「梃」字之誤。

〔註145〕此「一枝」《說文》本作「一枚」。

〔註146〕〔清〕錢大昕：《十駕齋養新錄》第406頁，江蘇古籍出版社2000年版。

捽

一,屑(屑)勺(芍)藥,以□半桮(杯),以三指大捽(撮),歆(飲)之。72 / 72(《五·毒烏彖(喙)》二)

本方中的「捽」,帛書本釋爲「捽(撮)」,但無注釋。考注本、校釋(壹)本、校釋本、集成本釋文均從帛書本,也無注釋。

考釋本逕改釋爲「撮」,並注:「撮——原作『捽』。捽與撮爲同源字。從清旁紐,物月旁轉。三指大撮——即撮取藥物粉末時較一般的三指撮更多一些的容量。」

補譯本注:「三指大捽(撮)與 272 三指大最(撮)行文一致,即要求作到多撮一點藥,又如 26 行『三指撮到節』意同。」

按:「捽」是「撮」異體字,是漢代以前用來表示藥物劑量單位的一個量詞,後世文獻專用「撮」來表示,不再使用「捽」。在《五十二病方》或寫作「捽」,或寫作「取」。

「取」是「最(cuō)」的異體字,也是「撮」「撮」的異體字,本義爲用三指抓取。《說文·手部》:「撮,四圭也。一曰兩指撮也。從手最聲。」(十二上)清段玉裁注:「此蓋醫家用四圭爲撮之說。」清桂馥義證:「兩指當爲三指。兩指爲抵,三指爲撮。」《玉篇·手部》:「撮,三指取也。」唐玄應《一切經音義》卷六引《字林》:「撮,手小取也。」《莊子·秋水》:「鴟鵂夜撮蚤,察毫末,晝出瞋目而不見丘山,言殊性也。」引申爲量詞,表示用三個手指抓取的分量。《集韻·末韻》:「撮,《說文》:『四圭也。一曰兩指撮也。』或省。」《禮記·中庸》:「今夫地,一撮土之多,及其廣厚,載華嶽而不重,振河海而不洩,萬物載焉。」

「撮」表示藥物劑量單位始見於漢代簡帛經方文獻,且多用「取」來表示,偶爾也寫作「捽」。如《五十二病方·狂犬齧人》第二治方:「取竈(竈)末灰三指取(撮)【□□】水中,以歆病者。」在後世文獻中,「捽」「撮」也寫作「撮」。《龍龕手鑑·手部》「撮」同「撮」。《敦煌變文集·維摩詰經講經文》:「是身如聚沫,不可撮摩。」

「捽」與「撮」既然是異體字,故本方的「捽」不宜釋爲「捽(撮)」,當逕釋爲「捽」。注意:《漢語大字典》未收「捽」字,應據《五十二病方》補。

抍

一，取壺（蠃）牛二七，蟹（薤）一抍（葉），并以酒煮而歓（飲）之。195/182《五· **癃病**》十九）

本方中的「抍」，帛書本釋爲「抍（葉）」，並注：「葉，《說文》：『小束也。』」集成本注同帛書本。

考注本注：「葉（jiǎn 檢），《說文》：『小束也。』即取用一小束也就是一小把薤白。」

校釋（壹）本注：「葉：一小束。」

考釋本逕改釋爲「葉」，並注：「葉（jiǎn，鹼）——原作「抍」，形近致譌。小束。《說文·束部》：『葉，小束也。』《玉篇·束部》：『葉，禾十把也。』」

校釋本注：「一葉：一小束。《說文·束部》：『葉，小束也。』」

按：「抍」，今細看集成本新圖版，帛書原文本寫作「扞」，從手幵聲，應是草書的「秆」字，但書寫者卻將「禾」寫成了「才」，當釋爲「抍（秆）」，帛書本釋爲「抍（葉）」，不當。

「葉」上古音屬見母元部，《廣韻·銑韻》古典切，今音 jiǎn，本義爲一小把，物量詞。《說文·束部》：「葉，小束也。从束幵聲。讀若繭。」（六下）宋徐鉉等注：「古典切。」《北魏賈思勰《齊民要術·種麻》：「勃如灰便收。葉欲小，穮欲薄。一宿則翻之。」或更換類母「束」轉形爲「秆」。《玉篇·束部》：「葉，公殄切。小束也。」《集韻·銑韻》：「葉，《說文》：『小束也。』或作秆。」後譌體作「秉」。《集韻·銑韻》：「葉，《說文》：『小束也。』或作秉。」《字彙·大部》：「秉，俗葉字。」引申爲禾十把爲葉，物量詞。《玉篇·束部》：「葉，或作秆。禾十把也。」又《禾部》：「秆，古殄切。十把曰秆。」〔註147〕

「葉、秆」是漢代通用的異體字，表示事物的數量。本方的「一秆」，即一小把。

〔註147〕見《宋本玉篇》第 515、289 頁，北京市中國書店 1983 年据張氏澤存堂本影印。又「十把曰秆」，《漢語大字典》引作「十把謂之秆」，誤。見《漢語大字典》第 2775 頁，四川辭書出版社、湖北崇文書局 2010 年版。

廷

一，傷者，以續𦸅（斷）根一把，獨□長支（枝）者二廷（梃），黃

岑（芩）二梃，甘草【□】廷（梃），秋烏豪（喙）二□【□】 17/17 【□

□】□者二甌，即并煎【□】孰（熟），以布捉，取出其汁，以陳緼□【□】

傅之 18/18。（《五・諸傷》十二）

本方中的「廷」出現過兩次，即「獨□長支（枝）者二廷（梃）」和「甘

草【□】廷（梃）」，帛書本均釋爲「廷（梃）」，但無注釋。繼後各注本從其

釋。

考注本注：「梃：《說文》：『一枚也。』後代醫書對某些藥物一梃的度量作

了規定，如《醫心方》卷三引《極要方》：『聲葛根一梃，長一尺，徑三寸。』」

校釋（壹）本注：「梃：長形枝榦物體量詞，猶言一支、一桿。《醫心方》

卷三引《極要方》：『聲葛根一梃，長一尺，徑三寸。』則以長一尺，橫切面直

徑三寸爲一梃，亦未成通例。」

考釋本改爲「挺」，並注：「挺——原作『廷』。挺與廷上古音均定母，耕

部韻。同音通假，下同。《說文・木部》：『梃，一枚也。』《醫心方》卷三，

引《極要方》：『聲葛根一梃，長一尺，徑三寸。』按，『挺』字作爲量詞雖已

見於《說文》（上面有引文），但在傳世先秦古籍中尚未見直接有以『梃』字

作爲量詞者。故後世注家或疑上引《說文》中『一枚』的『一』爲『木』字

之譌（如段玉裁），或疑『枚』字當爲『杖』字（如朱駿聲氏）、『枝』（如徐

鍇氏）之誤。但從馬王堆出土醫書中除本條外，『梃』字尚見於本書【原文一

百零二】（『煮膠一梃半』）及《養生方》【原文三十七】（『桂尺者五梃』）諸處，

足徵早在先秦時代『梃』字已作爲數量名詞流行使用，同時也爲《說文》釋

爲『一枚』之說正確無誤提供了證明。」

補譯本將「黃岑（芩）二梃」之「梃」改釋爲「廷」，並注：「廷（tíng

庭）：《五十二病方》釋梃，古量詞，《說文》『梃，一枚也』。段注：『凡條直

者曰梃，梃之言挺也，一枚也』。《五十二病方》169 行『煮膠一廷（梃）半。』

《養生方》85 行『桂尺者五廷（梃）。後文講：取長一尺的桂枝條五條。換言

之，物長一尺叫廷（梃）。」

按：從帛書釋文看，量詞「梃」在本方中有兩種書寫方法，一種是寫本字

「梃」，一種是寫記音字「廷」，補譯本將本字「梃」也改釋爲記音字「廷」了。

關於「廷」的釋義，前人有兩種解讀：一說同「梃」，一梃即一枚，考注本、校釋（壹）本、考釋本持此說；一說通「挺」，但釋義又同「梃」，考釋本持此說。今細看集成本新圖版，「獨 活 長支者二梃」「甘草□梃」中的「 」，字形雖已殘損，但從下文「黃鈐（芩）二梃」之「梃」看，當是「梃」的記音字。

「梃」本義爲樹木的主榦。《說文‧木部》：「梃，一枚也。从木廷聲。」（六上）清王筠句讀：「梃，下文『材，木梃也』，《竹部》『竿，竹梃也』，但指其榦，不兼枝葉而言，今猶有此語。」清朱駿聲通訓定聲：「竹曰竿，艸曰莛，木曰梃。」引申爲量詞，表示竿狀物的計量單位，相當於「杆」「支」，而醫書用語則相當於一尺長。作爲表示計量和長度單位的量詞「梃」，早見於出土的漢代文獻，而傳世文獻則始見於魏晉以後。《魏書‧李孝伯傳》：「（武陵王）駿奉酒二器，甘蔗百梃。」

注意：第一，考釋本注文的敍述文字和句讀均錯亂不清，難以識讀。且被釋詞本來是「梃」，不知怎麼的卻又把「挺」字扯了進來。第二，《漢語大字典》「梃」的量詞引例晚於漢代，〔註148〕當據《五十二病方》補。

〔註148〕見《漢語大字典》第 1285 頁，四川辭書出版社、湖北崇文書局 2010 年版。